Steffi Kugler

Mord, Mörder, Sylt

Der fünfte Fall des Redaktionsteams der RA

Mehr Informationen über Steffi Kugler: https://www.steffikug-ler.de

Bisher veröffentlichte Fälle des Redaktionsteams der RA, erhältlich als ebook und Taschenbuch:

> Ent-Täuschung, Der erste Fall
> Es war nicht die Sylter Royal, Der zweite Fall
> Falsche Sylter Freunde, Der dritte Fall
> Der Herzschlag des ganzen Universums, Der vierte Fall
> Mord, Mörder, Sylt, Der fünfte Fall
> Ein kunstvoller Mord auf Sylt, Der sechste Fall
> Mord macht sychtig, Der siebte Fall

Zusätzlich zu dieser erfolgreichen ersten Serie von Kriminalromanen erscheint 2024 eine neue Krimi-Reihe von Steffi Kugler.

Titel des ersten Bands: ,Der Rinderbaron von Sylt'
Titel des zweiten Bands: ,Ein Bulle auf Sylt'

Steffi Kugler

Mord, Mörder, Sylt

Der fünfte Fall des Redaktionsteams der RA

Bibliografische Information der Deutschen Nationalbibliothek:
Die Deutsche Nationalbibliothek verzeichnet diese
Publikation in der Deutschen Nationalbibliografie;
detaillierte bibliografische Daten sind im Internet
über http://dnb.dnb.de abrufbar.

Verlag: BoD · Books on Demand GmbH, Überseering 33,
22297 Hamburg, bod@bod.de
Druck: Libri Plureos GmbH, Friedensallee 273, 22763 Hamburg

ISBN: 978-3-8192-3033-2

*Vielen Dank allen Lesern,
die auch noch beim fünften Fall der RA Krimireihe
ausreichend Nachsicht und Geduld beweisen,
Ruben Bertram und seine Kollegen
bis zur Aufklärung zu begleiten.*

Am Abend des Todes von Kunibert Wedel meinte es das Schicksal nicht gut mit ihm. Starker Regen hatte innerhalb kürzester Zeit ganz Wenningstedt unter Wasser gesetzt. Schon auf den ersten Metern vom Immobilienkontor zu seinem parkenden Auto durchnässte der heftige Niederschlag Bert Wedels gesamte Kleidung. Jeder weitere, kalte Tropfen schien vom Wind direkt durch die Poren seiner Haut gepresst zu werden und sein Blut zu verdünnen.

Im warmen Wagen sitzend, fror Bert immer noch. Dass er die anstehende Verabredung angesichts der vorherrschenden Wetterverhältnisse nicht auf einen anderen Treffpunkt umgeleitet hatte, ärgerte ihn maßlos.

Warum hatte er der Renger bloß so sehr von diesem dämlichen Holzsteg vorgeschwärmt? Wie er sich malerisch durch die Dünen schlängelte. Von der Aussicht auf Strand und Nordsee bei Sonnenuntergang. Verdammt, wen interessierte das, wenn er in diesem unsäglichen Regen stehen musste? Eine absolut idiotische Verabredung. Die Frau sah gut aus, natürlich. Aber war er nicht langsam alt genug, sich deswegen nicht mehr auf jeden Unsinn einzulassen?

Den ganzen Tag lang war nicht ein einziger Sonnenstrahl durch die dichte Wolkendecke gedrungen. Das vereinzelte Nieseln während der letzten Stunden hätte ihn warnen sollen. Auch wenn der heftige Regen erst eingesetzt hatte, kurz bevor die Zeit für sein abendliches Rendezvous gekommen war, hätte es ihm doch vorher schon klar sein müssen, dass es nicht der richtige Abend für ein Treffen im Freien war.

Ungeachtet der mit weißen Linien markierten Parkareale stellte er seinen dunkelblauen Mercedes direkt am Fuß des Dünenwegs ab, die Kühlerhaube in Richtung Ausfahrt gerichtet.

Bert wäre nicht er selbst gewesen, wenn er in jeder Herausforderung nicht zugleich eine Chance für sich gesehen hätte. Bei dem miserablen Wetter konnten sie zwar kaum das Meer sehen, aber vielleicht boten sich stattdessen andere Möglichkeiten. Eine frierende Frau war sicher dankbar für einen wärmenden Arm, der sich um ihre Schultern legte; für ein wartendes Auto, das sie trocken ins Hotel brachte; für einen gestandenen Mann, der sich rührend um ihr Wohl kümmerte.

Die Tropfen, die außen die Seitenscheiben herunterliefen, wurden immer größer. Noch im Wagen sitzend, knöpfte er seine Regenjacke bis zum Kragen zu. Begleitet von einem Seufzen, öffnete er mühsam die Tür; natürlich blies der Wind genau aus der Richtung, zu der er aussteigen musste. Rasch schlüpfte er aus dem Wagen, bemüht, nicht auch noch die Lederausstattung seines fast neuen Mercedes nass regnen zu lassen.

Kennengelernt hatte er die Renger erst am Tag zuvor. Sie war eine strenge Schönheit mit einem beeindruckenden Körper, den er so schnell nicht wieder aus den Augen hatte verlieren wollen. Um sie möglichst lang im Kontor zu halten, hatte er euphorisch die Natur von Sylt und ganz besonders den Ausblick vom Roten Kliff geschildert. Offenbar hatte seine dargebotene Begeisterung ihre Wirkung nicht verfehlt. Nur wenige Stunden nachdem die Renger gegangen war, hatte er eine E-Mail von ihr erhalten; darin hatte sie für den folgenden Abend das Treffen am Roten Kliff vorgeschlagen. Und natürlich hatte er sofort zugestimmt. Auf die Idee, dass schlechtes Wetter die Romantik des Abends zerstören könnte, war er überhaupt nicht gekommen.

Mit ihrem kurzen Kleid und den hohen Absätzen, auf denen sie in sein Büro stolziert war, hatte sie ihn so sehr in ihren Bann gezogen, dass er auch noch dümmeren Vorschlägen gefolgt wäre. Je älter er wurde, um so mehr faszinierten ihn jüngere Frauen mit wohlgeformten, langen Beinen. Nein, wahrscheinlich hatten sie ihn auch früher schon fasziniert, aber damals war er sich seiner eigenen Wirkung noch nicht so sicher gewesen. Sogar wenn sie mit ihren hohen Absätzen größer waren als er, ließ er sich nicht abschrecken; sein Charme, manchmal sicher auch unterstützt von seinem Vermögen, verfehlte selten seine Wirkung. Am Schluss bekam er auf jeden Fall fast immer das, was er begehrte.

Die Renger hatte sein Kontor besucht, weil sie ein kleines Haus oder eine größere Wohnung mit Meerblick suchte, möglichst in Wenningstedt gelegen. Eine Illusion, so etwas heute noch in Aussicht zu stellen, das wusste er. Dennoch hatte er sofort Optimismus verbreitet und angeboten, ihr persönlich bei der Suche nach einem passenden Objekt behilflich zu sein.

Er hätte nur rechtzeitig bei ihr anrufen und das Treffen in ein schönes und vor allem trockenes Restaurant verlegen sollen. Dann müsste er jetzt nicht durch den Regen stapfen und dabei auch noch befürchten, sich lächerlich zu machen. Vielleicht war sie schlauer als er und gar nicht hergekommen.

Verärgert über sich selbst, verfluchte er die unbedachte Zusage, während er die wenigen Schritte über den Parkplatz lief.

Soeben noch konnte er den ersten hölzernen Steg entlangsehen und den Anfang der ersten Treppe erkennen. Die Landschaft dahinter lag bereits im Dämmerlicht des abendlichen Starkregens. Eilig stieg er die rutschigen Stufen hinauf. Auf dem nassen Holz der vorletzten Stufe glitt er aus und landete unsanft mit seinem rechten Knie dort, wo gerade noch sein dreckiger Schuh gestanden hatte. Beinahe wäre er vollständig zu Boden gestürzt und die Treppe wieder hinabgerutscht; in letzter Sekunde konnte er sich noch am nassen Geländer festhalten und sein Gleichgewicht zurückerlangen.

Ein erneuter Fluch entwich seinem Mund, während er sich aufrichtete. Die Hände an seinem Taschentuch sauber wischend, stieg er vorsichtig die letzten Stufen hoch und sah sich im Halbdunkel um. Die schwachen Lichter der Stegbeleuchtung wiesen ihm den Weg und ließen ihn ahnen, dass am hinteren Ende des vor ihm liegenden Holzstegs, eine schlanke, hochgewachsene Gestalt auf ihn wartete. Sie schien auf einer der Stufen der nächsten Treppe zu stehen. Vielleicht hielt sie nach ihm Ausschau.

Die schöne Sophie Renger hatte ihre Verabredung also eingehalten. Trotz des unseligen Wetters wollte sie ihn sehen.

Voller Spannung, was der Abend ihm noch brächte, eilte er auf die wartende Gestalt zu. So nass geregnet wie er selbst, musste auch sie sein. Sich in diesem Zustand in ein Restaurant zu setzen, war undenkbar. Vielleicht wollte sie sich zuerst in ihrem Hotelzimmer umziehen. Möglicherweise böte sie auch ihm an, sich vor dem gemeinsamen Abend auf ihrem Zimmer etwas abzutrocknen. Auf diese Fortsetzung des Abends hoffend, konnte er ein Lächeln nicht unterdrücken.

Kurz nach 23:00 Uhr ließ der Regen nach. Es tröpfelte noch, aber davon ließen sich Andreas Hüttner und seine schwarzrote Kurzhaardackeldame Frieda nicht mehr aufhalten.

Auch wenn beide erfahrene Nordsee-Urlauber waren, hatte sie die kühle, unerfreulich feuchte und windige Juniwoche ihres diesjährigen Sylt-Aufenthaltes überrascht. Aber was half es? Am nächsten Morgen mussten sie bereits wieder abreisen und ihre Lieblingsinsel für ein Jahr anderen Urlaubsgästen überlassen. Da sie wie immer den frühen Autozug um 7:30 Uhr nehmen wollten, bestand ihre letzte Chance, noch einmal leinenlos den Strand zu betreten, aus diesem Spaziergang. Jetzt, kurz vor Mitternacht, konnten sie ein letztes Mal den Sand zwischen den Zehen und Krallen spüren. Zu dieser Uhrzeit und nach dem schier endlosen Regen hatten sie den Strand bestimmt ganz für sich allein.

Als sie die Promenade von Wenningstedt überquert hatten und Hüttner die Schuhe ablegte, um barfuß die hölzerne Strandtreppe hinabzusteigen, nahm er erfreut zur Kenntnis, dass der Niederschlag mittlerweile vollständig aufgehört hatte.

Sogar ein bleicher Mondschein wagte sich durch die Wolken, während Frieda und er gemächlich die Stufen hinuntergingen.

Der immer noch kräftige Wind blies aus Nordwesten. ‚Immer zuerst gegen den Wind marschieren‘, war Hüttners Devise, deshalb wandte er sich nach Norden, als er das Meer knapp vor sich sah. Nur wenige Lampen leuchteten über die Düne. Ein schummeriger, milchiger Lichtschein fiel auf den Strand und ermöglichte es ihm soeben, ein paar Schritte vor sich die Umgebung zu erkennen. Bereits zwanzig Meter um ihn herum war nur noch Dunkelheit. Fast kam es ihm so vor, als liefen er und Frieda innerhalb einer gut durchlüfteten Glocke über den kühlen Strand.

Der Zeitpunkt des letzten Hochwassers war schon ein paar Stunden her und ein wunderbar glatter, fester Sand erlaubte es ihm, schnell auszuschreiten. Er hatte etwa einen Kilometer zurückgelegt, als er bemerkte, dass Frieda nicht mehr neben ihm lief. Trotz seines Pfeifens und Rufens zeigte sie sich nicht, was ungewöhnlich war. Normalerweise hielt sie einen möglichst geringen Abstand zu ihm ein und ließ ihn dabei kaum aus den Augen. Frieda war kein mutiger Hund; sie vertraute auf den Schutz durch ihr Herrchen und suchte deshalb stets seine Nähe. Er musste sie suchen. Falls ihr in dieser Dunkelheit etwas zugestoßen war, konnte er sich das nicht verzeihen.

In der Hoffnung, so wieder auf die Fährte seiner Dackeldame zu stoßen, drehte Hüttner um und folgte seiner eigenen Fußspur zurück. Nach etwa zweihundert Metern entdeckte er endlich die bekannten Pfotenabdrücke im Sand. Im Neunziggradwinkel entfernten sie sich von dem Weg, den er genommen hatte. Hüttner folgte ihnen und schon bald hörte er Friedas Knurren. Sich rasch dem Laut nähernd, erkannte er schließlich, dass sie wie ein wütender Wachhund neben einem menschlichen Körper hin und herlief, die Lefzen hochgezogen und knurrende Laute von sich gebend. Unnatürlich verrenkt lag ein Mann vor ihr auf dem Strand. Eine seiner Hände berührte die

Basis der in der Dunkelheit verschwindenden, wahrscheinlich zwanzig Meter hohen Abbruchkante des Kliffs. Die andere Hand war von seinem verdrehten Rumpf verdeckt, der bei Hüttner keinen Zweifel daran ließ, dass der Mann den Fall nicht überlebt haben konnte.

Frieda bemerkte ihr Herrchen und lief zu ihm. Erwartungsvoll sah sie ihn von unten an. Möglicherweise ging sie davon aus, dass er dem liegenden Menschen nun die Meinung sagte und ihr wütender Einsatz damit nicht mehr notwendig war. Dem Mann auf dem Strand mussten sie bereits früher einmal begegnet sein, anders war Friedas Abscheu nicht zu erklären. Hüttner beugte sich zu dem Kopf des Toten hinab, der ihn mit einem weit aufgerissenen, toten Auge ansah. Trotz seines erschreckenden Aussehens erkannte Hüttner den Mann. Nickend gab er Frieda zu erkennen, dass er sie verstand.

Aber niemand musste dem Immobilienmakler Kunibert Wedel mehr die Meinung sagen. Die Verletzungen am Kopf, die er sich gerade aus der Nähe angesehen hatte, ließen Übelkeit in Hüttner aufsteigen. Kein Mensch sollte so sterben müssen. Mit zitternden Händen zog er sein Handy aus der Hosentasche und wählte die Notrufnummer der Polizei. Es fiel ihm schwer, die kleinen Tasten seines Mobilfunktelefons sicher zu treffen. Erst beim dritten Versuch war er richtig verbunden. Mühsam seine Stimme beherrschend, beschrieb er Friedas Fund.

Wenn Wedel sich nicht selbst umgebracht hatte oder versehentlich vom Kliff gestürzt war, hatte seine letzte Auseinandersetzung mit einem seiner Mitmenschen tragisch geendet. Hüttner zweifelte nicht einen Moment daran, dass der Hundehasser, der da vor ihm lag, sich für ein solches Ende ausreichend Feinde gemacht hatte. Ihn selbst hätte er dazu zählen können, wenn Hüttner überhaupt dazu in der Lage gewesen wäre, jemanden als Feind anzusehen. Nie wieder konnte dieser Mann Frieda oder ein anderes lebendes Wesen mit Tritten oder Worten verletzen, nur weil sie ihm im Weg standen. Kunibert

Wedel war dabei, sein letztes Ziel zu erreichen; ob im Himmel oder der Hölle, hatte Hüttner glücklicherweise nicht zu entscheiden.

Der erneut fallende Regen zwang die Polizei dazu, eine große Plane über den Körper des Toten und ein paar Quadratmeter der Fundstelle zu spannen. Trotz der kräftigen Scheinwerfer, die das Szenario mittlerweile beleuchteten, blieb Andreas Hüttner damit der weitere Anblick des verdrehten, geschundenen Körpers erspart.

Seit seinem Anruf auf der Polizeiwache waren fünfzig feuchtkalte Minuten vergangen. Inzwischen hielt er Frieda auf dem Arm, um sie mit seiner Jacke gegen den Regen abzuschirmen. Dass auch sie sich auf diesem Strandstück den Tod holte, durfte nicht passieren; ein Verstorbener pro Nacht reichte ihm völlig aus.

Ein rundlicher, nicht sehr groß gewachsener Mann in dunkler Hose und Regenjacke kam unter der Plane hervor und schritt auf ihn zu. Schon aus der Ferne streckte er ihm seine rechte Hand entgegen.

„Kriminalhauptkommissar Brunner", stellte er sich vor.

Wenn Hüttner sich nicht täuschte, blitzte aus der Regenjacke des Polizisten der Kragen eines Schlafanzugoberteils hervor. Möglichst unauffällig ließ er den Blick nach unten schweifen und musterte die nassen Hosenbeine des Polizisten. Ähnliche Beinkleider trug auch er, wenn er ins Bett ging.

„Andreas Hüttner", erwiderte er, gegen ein Grinsen ankämpfend

„Sie haben den Toten entdeckt und den Notruf gewählt?"

„Nein, eigentlich hat mein Dackel Frieda ihn entdeckt. Aber angerufen habe ich."

Jetzt erst schien der Kommissar den Hund auf seinem Arm wahrzunehmen. Er nickte kurz und fast hatte Hüttner den Eindruck, dass die Geste eine Begrüßung Friedas darstellte.

„Haben Sie oder Ihr Hund etwas an der Fundstelle verändert?", fragte Brunner. „Hat einer von Ihnen beiden den Toten berührt?"

„Nein, zumindest glaube ich es nicht, soweit es Frieda betrifft. Ich musste ihn nicht berühren. So wie sein Kopf aussieht und sein Körper dort auf dem Sand liegt, bin ich sofort davon ausgegangen, dass niemand dem Mann mehr helfen kann."

„Das ist wohl wahr."

Eine Pause trat ein, die Hüttner schließlich unterbrach. „Langsam wird Frieda und mir kalt; wir sind die letzte halbe Stunde ganz schön nass geworden. – Ich beantworte Ihnen ja gern Ihre Fragen, aber können wir das vielleicht irgendwo unter einem Dach tun?"

Brunner nickte beschämt. „Ja, natürlich. – Den Toten haben die Kollegen vor dem Regen abgeschirmt, aber Sie lässt man hier einfach so warten. – Bitte entschuldigen Sie, der Beruf lässt uns wohl manchmal die Prioritäten falsch setzen."

Abrupt drehte er sich um und machte ein paar Schritte auf den Streifenwagen zu, mit dem er und zwei uniformierte Beamte auf den Strand gefahren waren. „Kollegen, ich setze mich mal kurz in euer Auto", schrie er in Richtung Abdeckplane. „Keine Angst, ich fahre euch schon nicht davon."

Gemeinsam nahmen sie auf der Rücksitzbank Platz. Vorsichtig zog Hüttner seine Jacke auseinander. Nach einem kurzen Zögern setzte er Frieda auf den Beifahrersitz vor sich, wo sie sich sofort ausgiebig schüttelte.

Als auch der Kriminalkommissar seine Regenjacke aufknöpfte, bekam Hüttner Gewissheit über dessen Kleidung. Ein schiefes Grinsen zeigte ihm, dass dieser seinen Blick richtig interpretiert hatte.

„Der Regen – es musste schnell gehen", gab Brunner als einzige Erklärung dazu ab. „Allmählich kommt es mir so vor, als wären es immer die besonders ungemütlichen Nächte, in denen ich aus dem Bett geholt werde."

Der Kommissar kramte in einer seiner Taschen und holte sein Handy hervor. „Haben Sie etwas dagegen, dass ich unser Gespräch hiermit aufzeichne? In der Eile habe ich Papier und Stift vergessen."

„Nein, wir haben keine Einwände", antwortete Hüttner und warf einen zärtlichen Blick auf Frieda. Für seine Dackeldame schien die Welt langsam wieder in geordneten Bahnen zu verlaufen. Eng zusammengekringelt lag sie auf dem vorderen Sitz und schlief.

Brunner verlor nicht viel Zeit mit Smalltalk. Seine Fragen kamen schnell und logisch zusammenhängend. Es dauerte nur wenige Minuten, dann hatte Hüttner in allen Einzelheiten erzählt, wie er dazu gekommen war, den Toten am Fuß der Düne zu entdecken. Nein, sonst war ihm niemand in der Nähe des Toten begegnet. Nein, auf der Düne war ihm auch kein weiterer Mensch aufgefallen.

„Gut, dann war es das für heute Nacht", beendete Brunner die Befragung und schaltete die Aufnahmefunktion des Handys ab. „Ich sehe kein Problem darin, dass Sie wie geplant abreisen. Wir haben ja Ihre Kontaktdaten. Sollten wir weitere Fragen an Sie haben, werde ich mich melden."

Ganz sanft stupste Hüttner seine Frieda an. Sie konnten jetzt gehen, hatte der Kriminalhauptkommissar gesagt. Der Blick, den die Dackeldame ihm vom Beifahrersitz aus zuwarf, machte ihm schnell klar, dass sie nicht mehr gehen wollte. Er musste sie nach Hause in ihre Ferienwohnung tragen.

„Eine Frage habe ich doch noch", sprach Brunner ihn noch einmal an, während er bereits dabei war, den Wagen zu verlassen. „Woher kannten Sie Kunibert Wedel so gut, dass Sie ihn sogar in seinem jetzigen Zustand erkannt haben?"

„Gut gekannt haben wir ihn nicht, auch wenn er bleibenden Eindruck bei uns hinterlassen hat. Seine Schuhe waren eigentlich unsere einzigen Berührungspunkte. Ich nehme an, daran hat Frieda ihn auch erkannt."

Redaktion der Rheinischen Allgemeinen in Köln

„Erinnert sich einer von euch noch an Willi Lasse?" Ruben Bertram stand in der geöffneten Tür des Konferenzraums und stellte seine Frage der bereits vollständig vertretenen Teilnehmerrunde der Redaktionskonferenz.

Wie fast immer war er verspätet. Und wie sonst auch beinahe jedes Mal fingerte er einen zusammengefalteten Fünfeuroschein aus einer seiner Hosentaschen, um ihn in das grellrote Sparschwein zu stecken, das direkt neben der Tür auf einer kleinen Kommode stand und das Strafgeld für jedes Zuspätkommen einsammelte.

„Guten Morgen erst einmal, Ruben", begrüßte ihn ungehalten Richard Achtelik, Herausgeber der renommierten Tageszeitung ‚Rheinische Allgemeine'. Richard war ein hochgewachsener, guterhaltener und respekteinflößender Sechzigjähriger mit weißem Haar und scharfblickenden tiefblauen Augen. „Bitte setz dich und lass uns den Punkt zu Ende bringen, den wir vor deiner Ankunft begonnen haben."

Es war unüblich, dass Richard an einer der täglichen Redaktionskonferenzen teilnahm. Etwas Besonderes musste vorgefallen sein. Gerade an diesem Tag hätte er sich vielleicht sein unbedachtes, verspätetes Hereinpoltern sparen sollen.

„Wie gehen wir also damit um?", setzte Richard die unterbrochene Diskussion fort und sah sich im Kreis seiner Chefredakteure um.

„Ich denke, wir werden Sandra Krone entlassen müssen", antwortete Hamann, der Chefredakteur des Wirtschaftsressorts, nachdem niemand sonst reagiert hatte.

„Also hegst du keinen Zweifel an der Darstellung von Leo Marx?"

„Nein, absolut keinen. Wenn ich einem meiner Redakteure blind vertraue, dann ihm."

Hellhörig geworden, sah Ruben von Hamann zu Richard und zurück. „Ich weiß, dass ich den Betrieb hier nicht mit unnötigen Fragen aufhalten soll, aber kannst du mir bitte sagen, worüber ihr sprecht", bat er seinen ehemaligen Ressortleiter.

Peter Hamann, ein schlanker, quirliger Mittfünfziger mittlerer Größe, hatte bis vor zwei Jahren als Chefredakteur die Ressorts Sport und Feuilleton geleitet. Sein erfahrenster Mitarbeiter war zu der Zeit Ruben gewesen. Als durch den Weggang von Harry Winter die Leitung des Wirtschaftsressorts vakant wurde, wechselte Hamann auf diesen Posten und setzte Ruben als seinen Nachfolger für die Sportredaktion und das Feuilleton durch.

Mit seinen zweiundvierzig Jahren war Ruben bereits seit sechzehn Jahren Angestellter der Rheinischen Allgemeinen. Da er vorwiegend für das Feuilleton geschrieben hatte, war ihm kaum ein menschliches Fehlverhalten fremd geblieben, was es umso erstaunlicher machte, dass er unverändert hohe moralische Ansprüche an sein eigenes Handeln stellte. Seine unbeugsamen Überzeugungen versteckte er hinter einem jungenhaften und frechen Auftreten. Er war knapp 1,80 Meter groß, bis auf einen leichten Bauchansatz schlank und eher schlaksig als sportlich. Fast immer war sein mittelblondes Haar so lang, dass es ihm strähnig bis auf die Schultern fiel. Seine Bekleidung bestand üblicherweise aus abgetragenen Jeans, einem zerknitterten Hemd und Sneakers. Mit seiner saloppen Art und diesem etwas ungepflegt wirkenden Äußeren täuschte er viele seiner Gesprächspartner: Sie hielten ihn für harmlos und gaben deshalb oft mehr von sich preis, als sie in der nächsten Ausgabe der Rheinischen Allgemeinen lesen wollten.

„Ich habe ein personelles Problem in meiner Redaktion", antwortete Hamann knapp auf Rubens Frage. „Aber die Lösung haben wir bereits gefunden und das weitere Vorgehen festgelegt."

Richard ignorierte seine Einmischung gänzlich. Weit über den Tisch in Richtung Hamann gelehnt, setzte er das unterbrochene Gespräch fort: „Ein Punkt ist mir noch wichtig: Binde Marga Ledka ein. Sie sollte alle Personalentscheidungen mittragen. Marga wird dir auch am qualifiziertesten sagen können, wie in diesem Fall die Kündigung formuliert sein muss, damit wir uns nicht in noch tiefere Probleme hineinmanövrieren."

Damit schien das Thema für Richard endgültig beendet zu sein. Ruben hörte ihn einmal tief durchatmen. Aus dem Augenwinkel heraus beobachtete er, wie sich der Verleger entspannte und auf seinem Stuhl zurücklehnte.

Eine kurze Pause entstand, während der sich die restlichen Teilnehmer der Redaktionskonferenz wieder auf die nächste Ausgabe der Rheinischen Allgemeinen und die dafür zusammengestellten Nachrichten konzentrierten.

„Habt ihr gerade über die Insidergeschäfte gesprochen?" unterbrach Ruben die Stille. Er konnte es einfach nicht lassen. Wenn er schon durch sein verspätetes Erscheinen unangenehm aufgefallen war, wollte er wenigstens nicht länger wie ein ahnungsloser Idiot dastehen.

„Was genau meinst du mit dem Ausdruck ‚Insidergeschäfte'?", fragte Richard, alarmiert klingend, lehnte sich wieder nach vorne und sah ihn scharf an. „Woher hast du diese Information? Und vor allem: Seit wann hast du sie?"

„Gerade eben erst habe ich davon gehört", begann Ruben, von Richards Reaktion eingeschüchtert, seine Antwort. „Sonst hätte ich euch bereits eher darauf angesprochen. – Der Grund für meine heutige Verspätung war ein etwas länger andauerndes Telefonat mit Willi Lasse. Für diejenigen, die ihn noch nicht kennen: Willi ist ein Kollege auf Sylt, der dort leider immer wieder in Fettnäpfchen tritt und sich Feinde macht. Ich kenne ihn jetzt bereits seit vier Jahren und sein Riecher für gute Stories ist nach wie vor stärker ausgeprägt als sein journalistisches Fingerspitzengefühl. Er wird es wahrscheinlich nie lernen, korrekt einzuschätzen, wann er etwas schreiben darf und wann er es lieber lassen sollte. – Aber er ist verdammt gut darin, das Gras wachsen zu hören."

„Also ein Seelenverwandter von dir", unterbrach ihn scherzend einer seiner anwesenden Kollegen und erntete zustimmendes Lachen aus der Runde.

Lediglich Richard schien sich nicht zu amüsieren. „Und was genau hat Herr Lasse gehört?", fragte er mit äußerst angespannter Stimme.

„Willi hat ziemlich viele Informationen dazu, wahrscheinlich nur vom Hörensagen. – Ich nehme an, er wollte den Wahrheitsgehalt der Gerüchte bei mir überprüfen. – In jedem Fall hat er bereits mehr über das gehört, was bei uns schiefläuft, als ich."

Erneut sah Richard ihn scharf an.

„Natürlich habe ich erst einmal alles abgestritten", beeilte sich Ruben, zu versichern. „Vor allem, dass Sandra Krone darin verstrickt sein kann."

Ernst sah Richard zu Hamann. „Wir scheinen nicht die Einzigen zu sein, die die Brisanz der Ereignisse erkannt haben."

Zu Ruben gewandt ergänzte er: „So schnell es geht, möchte ich mit diesem Willi Lasse telefonieren. Ich muss erfahren, woher er von den Vorgängen in unserer Redaktion weiß und was wir tun können, um ihn von einer Veröffentlichung abzuhalten. – Er darf nichts weitergeben, bevor ich mit ihm sprechen konnte. – Ich verlasse mich auf dich, Ruben."

Haus der Familie Wedel in Wenningstedt-Braderup

„Habt ihr gesehen, welche Menschenmengen schon wieder für Biike angereist sind?"

Sebastian Wedel, von seinen Freunden Basti genannt, lehnte sich weit nach vorne über den Tisch und griff nach dem Aufschnittteller. Sorgfältig achtete er dabei darauf, seinen Pullover nicht mit der vor ihm auf dem Tisch stehenden Butter zu beschmieren. An diesem Abend hatte er noch etwas Besonderes vor, einen kleinen Wettstreit um die Mannesehre. Sich mit ungepflegtem Äußeren einen Nachteil zu verschaffen, wollte er sich nicht leisten.

Trotz seiner fünfunddreißig Jahre wohnte er immer noch im Haus seiner Eltern. Es war komfortabel, sich um nichts kümmern zu müssen. Putzen, Waschen und alle notwendigen Einkäufe erledigte die Haushälterin. Regelmäßige Abendessen im Kreis der Familie waren die einzige Verpflichtung, die sich für ihn aus seiner Bequemlichkeit ergab.

Heute war einer dieser Pflichtabende und er hatte noch weniger als sonst Lust dazu, Zeit mit seinen Eltern zu verbringen. Wie war seine Mutter darauf gekommen, ausgerechnet Biike als Familienabend auszuwählen? In der Innenstadt von Westerland warteten bereits seine Freunde. Und natürlich die potenziellen Opfer für ihren kleinen Wettbewerb, der daraus bestand, den Biike-Abend zu nutzen, um durch die Kneipen und Bars zu ziehen und auf Kosten betrunkener Touristen ‚ordentlich einen drauf zu machen'. Nicht dass er oder einer seiner Freunde es nötig hatten, sich seine Getränke von Fremden bezahlen zu lassen, aber so waren eben die Regeln. Gewonnen hatte, wer am Ende ausreichend, aber nicht zu betrunken war, um auch noch eine der ebenfalls nicht mehr ganz nüchternen Biike-Touristinnen zu einem One-Night-Stand abzuschleppen. Verfängliche Beweisfotos gehörten selbstverständlich dazu.

„Ich habe den Eindruck, dass jedes Jahr mehr Verrückte auf die Insel kommen", setzte er seine Kommunikation fort, in Gedanken schon weit weg von seinem Elternhaus.

„So solltest du nicht über die Urlaubsgäste auf Sylt reden." Frauke Wedel, eine sehr schlanke, gepflegte Endfünfzigerin mit sportlichem, blondem Kurzhaarschnitt, sah vorwurfsvoll erst ihren Sohn und danach ihren Mann an.

Kunibert Wedel saß rechts von seinem Sohn. Gedankenverloren ließ er seine Blicke aus dem ihm gegenüberliegenden Fenster schweifen. Das Stichwort seiner Gattin hatte er entweder gar nicht wahrgenommen oder einfach ignoriert.

„Einige dieser von dir als Verrückte bezeichneten Urlauber haben das Potenzial, Kunden von uns zu werden", setzte Frauke Wedel ihre Ermahnung fort.

Nach wie vor beteiligte sich Bert – mit dieser Abkürzung seines ungeliebten Vornamens stellte Kunibert Wedel sich immer selbst vor – nicht an dem Gespräch zwischen seiner Frau und ihrem gemeinsamen Sohn. Stattdessen schien irgendetwas außerhalb des Esszimmers seine ganze Aufmerksamkeit auf sich zu ziehen. Völlig abwesend hielt er sein Messer umklammert, an dem noch die Butter klebte, die eigentlich längst die Scheibe Brot auf dem Teller vor ihm bedecken sollte.

„Paps?" Basti grinste herablassend.

Ob er selbst auch so dämlich aussah, wenn er vor sich hinträumte? Angeblich sah er seinem Vater ja sehr ähnlich. Mit seinen dunklen, lockigen Haaren, der geraden, schmalen Nase und dem etwas zu kantigen Kinn bezeichnete ihn seine Mutter immer als die gut zwanzig Jahre jüngere Kopie von ihm. Er selbst fand ganz und gar nicht, dass sie damit recht hatte. Seine Augen hatten das gleiche Blau wie ihre und waren nicht braun wie die seines Vaters. Und er war deutlich schlanker und im Gegensatz zu seinem Erzeuger meistens unrasiert. Außerdem trug er seine Haare viel länger, denn er mochte seine Locken, während sein Vater sich die Haare stets so kurz schneiden ließ, dass sie keine Chance hatten, sich zu wellen.

„Paps, bist du überhaupt anwesend?"

Mit einem Ruck kehrte Kunibert Wedel in das Esszimmer des repräsentativen Anwesens unter Reet zurück.

Bestimmt hatte er wieder irgendwelche Streitereien zwischen Frauke und Sebastian verpasst. Darum war es nicht schade. Ihn beschäftigten andere Probleme, zum Beispiel die Frage, warum er sich eigentlich immer wieder zu den gemeinsamen Familienabenden in diesem freudlosen, Geld-verschlingenden Mausoleum verpflichten ließ.

Das Haus in Braderup hatten er und seine Frau sich ein paar Jahre nach der Geburt von Sebastian von den ersten gemeinsamen Provisionen gekauft. Es war eine gute Gelegenheit gewesen, der Besitzer hatte dringend verkaufen müssen. Das ursprüngliche Gebäude war vor über einhundert Jahren errichtet und über die Jahrzehnte mehrfach erweitert worden. Das Grundstück war mittlerweile fast unbezahlbar geworden; aus dem Garten und von den östlichen Zimmern des Hauses aus bot sich ein weiter Blick über das Watt. Auch wenn sie selbst keinen weiteren Umbau durchgeführt hatten, war das aktuelle Aussehen dieses Anwesens stark vom Geschmack seiner Frau geprägt. Einen Großteil ihrer Freizeit verwendete sie darauf, den Innenbereich immer wieder neu zu dekorieren und die Gartenanlage umzugestalten, beziehungsweise beides bei hochpreisigen Handwerkern in Auftrag zu geben.

Bert hatte längst verlernt, die Schönheit seines Zuhauses wahrzunehmen. Für ihn war das Haus am Watt ein Käfig, der ihn zwang, ein Leben zu führen, dessen er bereits vor langer Zeit überdrüssig geworden war. Mit einer Frau und einem Sohn seine Zeit zu verbringen, die ihn nicht zu schätzen wussten und die er weder liebte noch respektierte.

Zusammen mit seiner Gattin war er der Eigentümer der Immobilienvermittlung Wedel, die noch zu Sylter Goldgräberzeiten von seinem Vater als Einmannunternehmen gegründet worden war. Heute wusste er, dass es ein Fehler gewesen war, Frauke als gleichberechtigte Partnerin ins Geschäft hineinzunehmen, aber kurz nach ihrer Hochzeit war er eben anderer Meinung gewesen. Damals hatten sie das Geschäft gemeinsam übernommen, mit dem Ziel es auszubauen. Was sie auch erfolgreich getan hatten. Mittlerweile beschäftigten sie acht Angestellte und führten neben der Hauptniederlassung in Wenningstedt eine Zweigstelle in Westerland und eine in List. Trotz des immer stärker werdenden Wettbewerbs hatten sie eine große Kunden- und Interessentenkartei, was es ihnen ermöglichte, jedes Jahr ausreichend viele lukrative Objekte zu vermitteln oder sogar selbst zu entwickeln, um ihren aufwändigen Lebensstil beizubehalten. Ihr einziger Sohn übernahm ein gutgehendes Geschäft. Ob er in der Lage wäre, es zu erhalten, stand auf einem anderen Blatt.

Fragend sah er Sebastian an. „Entschuldige, was wolltest du von mir wissen?"

„Dein Sohn hat nur versucht, dich zu uns an den Tisch zurückzuholen", antwortete Frauke ihm in missbilligendem Tonfall. „Du warst ja völlig abwesend. Gibt es ein Problem im Kontor?"

Ein paar Sekunden lang sah er seine Frau an, danach seinen Sohn. In seinem Blick lag keinerlei Wärme. „Ich muss gleich noch einmal los", antwortete er.

„Ist etwas nicht in Ordnung?", wollte Frauke erneut von ihm wissen.

Wieder blickte er eine Weile nachdenklich aus dem Fenster, bevor er antwortete: „Nein, ich denke nicht. Ich habe nur gleich noch einen Termin. Mit einem reichen Kaufmann aus Hamburg. Bei diesem Treffen weiß ich noch nicht so recht, was auf mich zukommt."

„Davon hast du mir ja überhaupt nichts gesagt." Die Stimme
seiner Frau klang vorwurfsvoll, aber daran hatte er sich gewöhnt.

„Der Termin hat sich kurzfristig ergeben."

„Ein schwieriger Interessent also."

„Ich hoffe nicht, aber ich kann es noch nicht sagen. Bisher
habe ich nur so ein Gefühl, dass da etwas im Argen liegt."

„Soll ich dich begleiten?"

Was glaubte Frauke nur, besser machen zu können als er?
Selbst wenn es sich wirklich um einen Geschäftstermin gehandelt hätte, wäre sie ihm keine Hilfe gewesen. Schweigend
schüttelte er den Kopf.

„Aber vielleicht wäre es für Sebastian gut, wenn er mit dir
käme", schlug sie vor. „Mittlerweile ist er alt genug, auch an-
spruchsvolle Kunden zu betreuen. Bald muss er solche Termine
sowieso ohne dich wahrnehmen können."

„Nicht heute, Frauke." Nur mühsam konnte er seine Ungeduld unterdrücken. „Zu meinem heutigen Termin kann ich ihn
unmöglich mitnehmen."

Sebastian Wedel war es gewohnt, dass seine Eltern über ihn
sprachen, als wäre er nicht anwesend.

Erleichtert, seinen Vater nicht zu einem langweiligen Geschäftstermin begleiten zu müssen, tippte er weiter auf seinem
Handy herum. Langsam wurde es Zeit, dass er sich auf den
Weg machte. Seine Freunde warteten bereits in der Innenstadt
von Westerland. Ungeduldig und vom ewigen, unterschwelli-
gen Streit seiner Eltern gelangweilt, kündigte er sich für die
nächste halbe Stunde bei ihnen an.

Nicht, dass es ihn unbedingt danach drängte, betrunken eine
Nacht mit einer Fremden zu verbringen. Lieber hätte er Biike
mit einer wirklich guten Freundin verbracht, nur bisher war
ihm keine entsprechende Frau begegnet. Oder sie hatte nichts
von ihm wissen wollen. Das kam auch vor, wie er sich ab und

zu eingestehen musste. Aber alles war besser als zuhause herumzusitzen und das Leben seiner Eltern zu teilen.

„Es kann sein, dass ich im Hotel in Westerland übernachte, wenn der Termin länger dauert", fuhr Kunibert mit seinen Erklärungen fort. „Mach dir also keine Sorgen, wenn ich erst morgen früh wieder erreichbar bin. Wahrscheinlich fahre ich dann direkt ins Kontor."

Frauke Wedel kannte solche Geschäftstermine, die ihren Mann dazu zwangen, im selben Hotel zu übernachten, wie ihr potenzieller Kunde. Bereits vor Jahren hatte sie verstanden, dass es ein paar geschäftliche Gepflogenheiten gab, bei denen ihre Anwesenheit als wohlerzogene Dame eher hinderlich war als hilfreich. Aber in der letzten Zeit schienen solche Termine bedeutend häufiger zu werden. Lag es daran, dass sich das Klientel veränderte? War die neue Generation, die über den Kauf einer teuren Immobilie auf Sylt nachdachte, nächtlichen Ausschweifungen gegenüber offener als die Generation davor? Waren entsprechende Einladungen womöglich bei einem bestimmten Teil ihrer Klientel Voraussetzung für einen Geschäftsabschluss?

Wahrscheinlich war es wirklich langsam an der Zeit, das Geschäft an Sebastian zu übergeben. Sie selbst wurde in ein paar Monaten sechzig Jahre alt, Kunibert neunundfünfzig. Die letzten dreißig Jahre hatten sie kaum etwas anderes gesehen als Sylt, dessen mehr oder weniger rentable Immobilien und ihre Kunden. Nicht nur ihrem Leben, auch ihrer Ehe hatte diese Monotonie jeden Schwung geraubt.

Vielleicht sollten sie endlich die Welt außerhalb ihrer kleinen Insel besser kennenlernen. Früher hatte Kunibert oft den Wunsch geäußert, in ferne Länder zu reisen und Abenteuer zu erleben. Möglicherweise war genau das ihre Chance, wieder ein erfülltes gemeinsames Leben zu führen.

Sebastian feierte in diesem Jahr seinen sechsunddreißigsten Geburtstag. Sein Verhalten spiegelte sein Alter gewiss nicht wider, aber sie schirmten ihren Sohn ja auch von allen Verpflichtungen ab. Es war dringend notwendig, dass Sebastian im Geschäft mehr Verantwortung übernahm. Gerade bei solchen Terminen wie dem heutigen, die sie selbst jedes Mal argwöhnisch zur Kenntnis nahm, konnte er seinen Vater entlasten. Überhaupt wurde es Zeit, dass Sebastian selbständig und vernünftig wurde. Er musste aufhören, jedem attraktiven weiblichen Wesen hinterherzujagen. Eine eigene Familie brächte ihn zur Ruhe, eine Ehefrau, Kinder, die Verantwortung für das Heranwachsen der nächsten Immobilienmakler-Generation.

Auch wenn Frauke es nie zugegeben hätte, sehnte sie sich danach, Enkelkinder durch ihr viel zu großes Haus tollen zu hören und zu sehen. Gern hätte sie selbst mehr als nur ein Kind zur Welt gebracht, aber Kunibert hatte ihr nach der Geburt von Sebastian unmissverständlich mitgeteilt, dass ihm ein Stammhalter ausreiche. Weitere Nachkommen wünsche er nicht; sie hätten mit dem Immobiliengeschäft bereits mehr als genug zu tun. Er selbst sei als Einzelkind doch auch ganz gut geraten, für weitere Kinder bestehe keine Notwendigkeit. Sie hatte ihm damals nicht widersprochen, auch wenn sie es über die Jahre hinweg immer wieder bereute.

Biike-Feuer in Westerland

Nervös trat Jana Nimb von einem Fuß auf den anderen. Es war das erste Mal, dass sie sich mit einem Mann verabredet hatte, ohne zuvor bei Bekannten oder im Internet Erkundigungen über ihn eingeholt zu haben.

Vor einer guten Woche hatte sie eine Anzeige in den Sylter Nachrichten gelesen, in der nach einer ortskundigen, weiblichen Begleitung für das Biikebrennen gesucht wurde. Spontan hatte sie die angegebene Telefonnummer gewählt. Die Stimme von Ludwig Vaitmann, der sich nach nur einem Klingelton gemeldet hatte, war ihr auf Anhieb sympathisch gewesen und am Ende des kurzen Telefonats hatten sie das heutige Treffen vor der Kirche St. Nicolai in Westerland verabredet.

Ludwig Vaitmann war mit seinen siebenundsechzig Jahren fast dreißig Jahre älter als sie, so viel wusste sie. Außerdem hatte er sich als schlanken, sportlichen Mann, mit kurzen grauweißen Haaren und einem grauen Oberlippenbart beschrieben. Einem Bart, der die Bezeichnung auch verdiente, wie er mit einem kurzen Lachen hinzugesetzt hatte.

Vielleicht war der Platz vor St. Nicolai nicht der sinnvollste Ort gewesen, um einen Unbekannten zu treffen. Seit etwa 18:00 Uhr sammelten sich dort immer mehr Menschen für den Marsch zum Biikebrennen. Alle waren warm eingepackt und damit kaum als Individuen erkennbar.

Sie selbst stand bereits seit zehn Minuten auf der niedrigen Begrenzungsmauer des Kirchhofs und suchte die Menschenmenge nach Ludwig Vaitmann ab. Natürlich hatte auch sie sich gegen die vorherrschende Kälte und den Regen in warme Kleidung gehüllt. Noch nicht einmal ein guter Bekannter konnte sie so erkennen; ein Fremder, dem sie per SMS ein Foto aus dem letzten Sommer hatte zukommen lassen, hatte wahrscheinlich keine Chance. Ihr langes, kastanienbraungefärbtes Haar, das sie auf dem Foto offen getragen hatte, war heute zu einem Dutt hochgesteckt und unter einer tief ins Gesicht gezogenen, grauen Strickmütze verborgen. Ihr schwarzer Mantel war bis zum letzten Knopf zugeknöpft, sein Kragen gegen die kalte Feuchtigkeit hochgeklappt. Lediglich ein kleiner Streifen ihres winterlich blassen Gesichts war sichtbar. Um nicht wesentlich größer zu sein als ihr nur 1,76 Meter großer Begleiter, trug sie flache, schwarze Schuhe, die sie sich für diese Verabredung extra von einer Kollegin hatte leihen müssen. Eine smaragdgrüne Hose und die zur Mütze passenden, grauen Strickhandschuhe vervollständigten ihre winterliche Verkleidung.

Zwischen den Gruppen von Menschen, die sich jetzt auch noch mit Schirmen gegen den stärker werdenden Regen schützten, machte sie einen nicht sehr großen, extrem aufrechtstehenden und damit fast militärisch wirkenden Mann aus. Er stand nur wenige Schritte von ihr entfernt; trotz des Niederschlags trug er weder eine Mütze noch hielt er einen Schirm über sich. Die Feuchtigkeit um sich herum schien er kaum wahrzunehmen. Sein graues Haar schimmerte bereits silbern vor Nässe und erinnerte Jana an den Kopfteil eines Harnisches, den sie als Kind in einem polnischen Rittergut bewundert hatte.

Der unbekannte Ritter kehrte ihr den Rücken zu, während er, ähnlich wie sie, die Menschenmenge musterte. Auch er schien jemanden zu suchen. Jana behielt ihn im Auge, bis er sich in ihre Richtung wandte und ihre Blicke sich trafen. Der mächtige graue Schnurrbart im Gesicht des fragend blickenden Fremden ließ sie sofort vermuten, ihre Verabredung entdeckt zu haben.

Den Fremden anlächelnd, stieg sie von der niedrigen Mauer herunter und ging zu ihm. „Ludwig Vaitmann?"

„Jawohl, der bin ich", antwortete er und musterte sie mit leicht zusammengezogenen Augenbrauen.

„Gut, dass wir uns noch rechtzeitig vor dem Abmarsch entdeckt haben." Es gelang ihr, deutlich fröhlicher zu klingen, als es ihr bei Vaitmanns Miene und dem immer schlechter werdenden Wetter zumute war. „Ich bin Jana, Jana Nimb. Wir haben miteinander telefoniert."

Im selben Moment, in dem Vaitmann ihr zur Begrüßung die Hand reichte, fing der Musikzug der Freiwilligen Feuerwehr Hohenwestedt an, zu spielen. Angeführt von der Kapelle, setzte sich die Prozession aus Einheimischen und Touristen langsam in Richtung Biikebrennen in Bewegung. Nach einem kurzen Zögern hakte sich Jana bei Vaitmann ein und drängte ihn, sich dem Festmarsch anzuschließen.

„Bei diesem Wetter habe ich darauf verzichtet, Fackeln mitzubringen", entschuldigte sie sich. „Ich hoffe, Sie sind nicht enttäuscht."

„Ganz und gar nicht", antwortete ihr Ritter schnell und zog sie etwas enger an sich. „Und bitte sag Ludwig zu mir. Das Siezen habe ich in meinem letzten Leben zurückgelassen."

Langsam folgten sie dem träge voranschreitenden Menschenzug die Friedrichstraße entlang und dann in Richtung Süden.

„Es ist deine erste Biike auf der Insel, nicht wahr?"

„Das ist meine erste Biike überhaupt. Die Berliner kennen einen solchen Brauch nicht." Während er dicht neben ihr her ging, klang seine Stimme genauso sympathisch wie bei ihrem kurzen Telefonat.

„Eine Premiere also. Um so mehr wünschte ich, wir hätten etwas besseres Wetter erwischt."

„Ach, das bisschen Pladdern ist für mich nicht schlimm. Ich bin ja nicht aus Zucker."

Ludwig strich sich mit der linken Hand so energisch durch seine nassen Haare, dass kleine Tropfen in alle Richtungen spritzten. Auch Jana trafen ein paar der Tropfen im Gesicht, aber sie tat so, als bemerkte sie es nicht.

„Hast du dich vorab bereits informiert oder soll ich dir etwas über den Hintergrund und den Ablauf der Biike erzählen?", fragte sie und zog Ludwig, einer tiefen Pfütze ausweichend, ein wenig zu sich herüber.

„Ick habe dir doch mitjenommen, damit du mir dat vaklickast", berlinerte er plötzlich, obwohl er bisher reinstes Hochdeutsch gesprochen hatte.

Vielleicht war das seine Art, die Tatsache zu überspielen, dass sie sich über seine Zeitungsannonce kennengelernt hatten. Ob er ihre Verabredung möglicherweise bereits bereute? Falls es so war, dann vergeudete sie gerade ihre Zeit. Dann hatte sie in sein Inserat mehr hineingelesen, als von ihm gewünscht gewesen war.

„Seit Jahrhunderten entzünden die Nordfriesen am 21. Februar große Feuer – nicht nur auf den Inseln, sondern auch auf dem Festland", erklärte sie, ihren Befürchtungen trotzend. „Zu Anfang sollten damit böse Geister und Dämonen vertrieben werden. Vielleicht aber auch der eisige Winter. Später sollen die Feuer dann als Abschiedsgruß für örtliche Seefahrer genutzt worden sein."

Ludwig blieb stumm und Jana hörte ihn lediglich angestrengt atmen.

„Egal, wen du fragst, jeder wird von einer anderen Herkunft der Biike überzeugt sein."

„Und was ist für dich die Bedeutung der Biike?", fragte Ludwig kurzatmig.

„In jedem Fall glaube ich daran, dass mit ihr die bösen Geister vertrieben werden. Darunter können auch die Geister des Winters sein."

„Am 22. Februar beginnen für dich also gleichzeitig der Frühling und ein neues, sündenbefreites Leben?"

Jana lachte laut auf und beide gingen ein paar Schritte stumm nebeneinanderher.

„Im Bikini wirst du mich die nächsten Tage sicher nicht antreffen." Sie wendete sich zu Ludwig und entdeckte ein Schmunzeln auf seinem Gesicht.

Vielleicht stellte er sie sich gerade in der erwähnten knappen Bademode vor. Es gab also doch Grund zur Hoffnung, dass er seine heutige Verabredung nicht bereute. Und dass er sich vielleicht auch weitere Stunden mit ihr wünschte.

„Vor ein paar Jahren hat mir ein Einheimischer erzählt, dass es früher unter den Jugendlichen der Insel eine Art Sport war, den Haufen des Nachbardorfs bereits ein paar Tage oder Stunden vor dem Fest anzuzünden", unterbrach sie Ludwigs nur erahnte Gedanken. „Deshalb gibt es auch heute noch eine Biike-Wache. Sobald der Holzstapel von der örtlichen Feuerwehr aufgeschichtet worden ist, wird er von der Jugendfeuerwehr bewacht."

„Da hätte ich auf jeden Fall mitgemacht."

„Beim vorzeitigen Abbrennen?"

„Genau." Ludwig lachte kurz und musste heftig husten.

„Geht es dir gut? Wir sind gleich da. Trotzdem können wir kurz anhalten und verschnaufen."

„Nee, allet jut", wiegelte er ab, erneut berlinernd.

Allmählich kam die Menschenmenge vor ihnen zum Stehen. Träge verteilte sie sich über den Schotterplatz, dessen Mitte mit einem immensen, dicht geschichteten Haufen aus dem Hölzerschnitt der letzten Wochen bedeckt war, gekrönt von den Weihnachtsbäumen des letzten Jahres. Immer noch etwa einhundertfünfzig Meter von der Biike entfernt, konnte Jana erkennen, dass der Holzstapel bereits Feuer gefangen hatte.

„Mir scheint, wir haben das ‚Tjen di Biiki ön!' verpasst." Zu ihrem eigenen Erstaunen stellte sie fest, dass sie enttäuscht war. „Das ist das traditionelle Kommando zum Anzünden der Biike. Vorher darf niemand seine Fackel auf den Stapel werfen."

Das feuchte Wetter, das auch bereits Tage vor dem 21. Februar die Biike durchnässt hatte, machte es den Flammen nicht leicht. Nur mühsam kämpfte sich das Feuer durch den meterhohen Haufen aus Grünabfall.

Die Lautsprecher, die rund um den Festplatz aufgestellt worden waren, knisterten und die Stimme des neuen Bürgermeisters erklang.

„Jetzt kommen zwei Ansprachen", flüsterte Jana zu Ludwig und schmiegte sich fröstelnd an ihn. „Die erste wird auf Hochdeutsch gehalten, die zweite auf Sölring, also Sylterfriesisch. Meistens sind die Reden durchaus politisch und aktuell. Ich bin gespannt, was unser frisch gekürter Bürgermeister uns zu sagen hat."

Während der letzten Minuten hatten sie sich langsam weiter nach vorne durchgekämpft und standen jetzt nur noch etwa sechzig Meter von der schwelenden Biike entfernt. Statt der erhofften Wärme erreichten sie immer wieder starke Rauchschwaden, die der Wind über die Menschenmenge hinwegfegte. Jana hörte Ludwig erneut husten.

„Lass uns etwas in Richtung Düne gehen", schlug sie vor. „Wir haben Westwind und je weiter wir an die Düne herankommen, umso mehr kommen wir aus dem Qualm heraus."

Die Rede des Bürgermeisters war gerade beendet, als mit einem lauten Fauchen aus dem kokelnden Feuer ein flammendes Inferno wurde. Offenbar hatten die Flammen endlich trockenes Holz erreicht, vielleicht aber auch nur die Stellen, die von der Feuerwehr mit leicht brennbarem Material vorbereitet worden waren.

Die friesische Rede bestand lediglich aus wenigen, für Jana absolut unverständlichen Sätzen, danach stimmte der Feuerwehrzug die Hymne ‚Üüs Söl'ring Lön' an. Den Liedtext hatte Jana schon vor ihrer ersten Biike auswendig gelernt. Laut sang sie mit.

Ludwigs Atem hatte sich beruhigt. Mit schräg gelegtem Kopf sah er sie von der Seite an und grinste breit. „Ist es das jetzt gewesen?", fragte er, nachdem das Lied beendet war.

„Wir müssen schon noch abwarten, bis die Tonne Feuer gefangen hat." Sie zeigte auf den langen Stab, der immer wieder zwischen den Flammen zu sehen war. Auf ihm thronte eine hölzerne Tonne. „Manchmal befindet sich am Ende des Stabs auch eine Stoffpuppe, der Pidder. Man sollte erst gehen, wenn das Feuer sich auch ihn oder die Tonne geschnappt hat. Der Stab muss in die Flammen kippen, bevor man die Biike verlässt. Sonst hätte man gar nicht erst hingehen müssen."

„Nur dann weiß man, dass der eisige Winter auch wirklich bald vorbei ist?"

„Und nur dann sind die bösen Geister auch wirklich vertrieben. – Ich bin mir nicht sicher, was es wirklich mit der Tonne oder dem armen Pidder auf sich hat. Aber ich glaube daran, dass sie meine bösen Geister mit sich nehmen, wenn sie verbrennen."

„Die Rheinländer haben einen ähnlichen Brauch zum Abschluss des Karnevals. Dort wird am letzten Tag vor Aschermittwoch eine Strohpuppe verbrannt. Sie dient als Sündenbock für alle während der Karnevalszeit begangenen Verfehlungen. Ist der Nubbel in Flammen aufgegangen, sind symbolisch alle Schandtaten der letzten Wochen zu Grabe getragen."

„Wenn die Biike keinen ähnlichen Effekt hat, sollte ich vielleicht zusätzlich ab und zu einen Nubbel verbrennen", scherzte Jana und wandte sich von dem immer noch brennenden Holzstapel ab, in dem die Tonne mittlerweile untergegangen war.

„Lasten so viele Schandtaten auf diesen schmalen Schultern?" Ludwigs Blick war belustigt.

„Heute definitiv eine." Ein blödes Zusammentreffen von Terminen war es auf jeden Fall. Aber sie hatte sich nicht entscheiden können, bei welchem der Ereignisse ihre Zeit gewinnbringender eingesetzt war. „Ich muss gleich für ein paar Stunden im Hotel an der Bar arbeiten. Das hat sich kurzfristig so ergeben; ein Kollege ist ausgefallen. Wenn ich schon vor unserem Telefonat für die heutige Abendschicht eingeteilt gewesen wäre, hätte ich es dir direkt gesagt. – So werde ich dich leider ungeplant für den Rest der Biike allein lassen müssen."

Seinem musternden Blick möglichst gelassen begegnend, übte sie sich in Zerknirschtheit. Auf keinen Fall sollte ihr silberner Ritter zu dem Schluss kommen, ihre Entschuldigung sei lediglich eine Ausrede, um den weiteren Abend nicht mit ihm verbringen zu müssen. Vielleicht hatte sie das gestern noch als Möglichkeit in Betracht gezogen, aber da wusste sie auch noch nicht, wem sie den Biike-Abend versprochen hatte.

Schließlich grinste er breit. „So schlimm ist es ja nicht. Vorausgesetzt, ich darf hoffen, dass wir die ausgefallenen gemeinsamen Stunden kurzfristig nachholen."

Seine unkomplizierte und gleichzeitig ein wenig freche Art gefiel ihr. Allerdings hatte sie nach der kurzen Zeit ihrer Bekanntschaft noch keine Vorstellung davon, was sie von ihm wirklich erwarten konnte. Ob ihm bewusst war, was es normalerweise bedeutete, wenn sie mit älteren Männern ausging?

„Hat dir deine erste Biike in meiner Begleitung so gut gefallen?"

„Ich sehe sie als vielversprechenden Anfang. Mit keiner anderen Frau hätte ich meine Biike-Jungfräulichkeit verlieren wollen."

Beruhigt lächelte sie ihn breit an. „Begleitest du mich noch zurück in die Innenstadt?"

„Natürlich. – So weit ich es mitbekommen habe, muss ich doch jetzt noch irgendwo einen Teller Grünkohl essen."

Ohne über ihre spontane Idee ein zweites Mal nachzudenken, schlug Jana vor, das Grünkohlessen am nächsten Tag gemeinsam nachzuholen. „Was hältst du davon? Komm doch zu mir."

„Na, dit is der Clou von't Janze", berlinerte er erneut.

Wollte er sie jetzt auf den Arm nehmen oder freute er sich wirklich? Sein Gesicht verriet nichts von seinen Gedanken.

„Gegen 13:00 Uhr? Ist das in Ordnung für dich?"

„Ich bin begeistert." Er nickte und grinste wieder.

„Dann freue ich mich auf dich. Robbenweg 13a ist meine Adresse."

Friedrich-Apotheke in Westerland

Vielleicht war Helge Frantz mit seinem kleinen Bäuchlein und seinem fast schon kahlen Kopf nicht der schönste Mann auf Sylt und sicher auch nicht der ehrgeizigste Polizist der Westerländer Wache, aber für Antje Frantz war er der beste Ehemann, den sie sich vorstellen konnte.

Während der ersten Jahre, die sie nach ihrem Studienabschluss die Apotheke in der Friedrichstraße geführt hatte, war sie ausschließlich mit ihrer Arbeit beschäftigt gewesen. Lange war ihr nicht aufgefallen, wie oft Helge vor ihrem Verkaufstisch gestanden und sie nach irgendwelchen Kleinigkeiten gefragt hatte. Erst im vierten Jahr ihrer losen beruflichen Bekanntschaft war ihr treuester Kunde über seinen Schatten gesprungen und hatte sie zu einem Getränk nach Feierabend eingeladen. Danach vergingen nur wenige Verabredungen, bis der schüchterne Polizist und sie ihre Freizeit nahezu vollständig miteinander verbrachten. Bereits ein halbes Jahr nach dieser ersten Einladung hatte Helge sie gebeten, seine Frau zu werden. Und sie hatte zugestimmt. Mittlerweile waren sie mehr als zehn Jahre verheiratet und ihre anfängliche Zuneigung war mit jedem Jahr ihrer Ehe noch gewachsen.

Kurz nach ihrer Hochzeit hatte Antje die Chance ergriffen, die Friedrich-Apotheke zu erwerben. Der alte Apotheker, ein kinderloser Witwer, wollte sich in den Ruhestand zurückziehen. Da er mit Antjes Leitung seiner Apotheke zufrieden war, unterbreitete er ihr ein überaus faires Übernahmeangebot, das sie nach zwei Tagen Bedenkzeit annahm. Dass Antje nun die Eigentümerin einer gutgehenden Apotheke und Helge lediglich ein einfacher Bereitschaftspolizist war, störte weder sie noch ihn. Helge machte aus seinem Stolz auf seine beruflich erfolgreiche Frau kein Hehl, und sie mochte ihren wehrhaften Mann in seiner Uniform. Glücklich miteinander, genossen sie jede Minute ihrer gemeinsamen Zeit; beiden war bewusst, dass ihre Dienstpläne ihnen oft genug ihre Zweisamkeit nicht gönnten.

An diesem Abend und während der folgenden Nacht war die Friedrich-Apotheke für den Notdienst eingeteilt. Antje hatte ihn übernommen, um ihrer einzigen angestellten Approbierten einen ungestörten Biike-Abend zu ermöglichen. Helge kam direkt nach seinem Feierabend zu ihr in die Apotheke. Immer noch trug er seine Uniform; seine gefütterte Jacke und die Mütze warf er unordentlich auf das Sofa des Notdienstzimmers, bevor er Antje herzlich umarmte. Ein starker Geruch nach schwelendem Biike-Feuer drang aus seiner Kleidung und breitete sich unaufhaltsam in allen Räumen aus.

„Du hättest wirklich mit den Kollegen zum Grünkohlessen gehen können", sagte Antje zum wiederholten Mal. „Ihr habt doch schon zusammen die Biike-Sicherung übernommen. Wäre es da nicht folgerichtig gewesen, den Abend gemeinsam ausklingen zu lassen? – Ich bin ja noch die ganze Nacht hier."

„Du weißt doch, wie das endet. – Dann hätten wir uns heute vielleicht nicht mehr gesehen."

Auch wenn sie Helge wirklich liebte, wäre es ihr recht gewesen, ihn für den heutigen Abend im Kreis seiner Kollegen zu wissen. Aber wie immer hatte er angenommen, ihr einen Gefallen zu tun, indem er bei ihr war.

Nachdem er sie ausreichend umarmt hatte, griff Helge zu der weißen Papiertüte, die er mitgebracht und auf die Küchenarbeitsplatte gestellt hatte.

„Falls eure Mikrowelle immer noch funktioniert, können wir gleich unser eigenes, privates Grünkohlessen genießen."

Vorsichtig nahm er einen kleinen Kunststoffeimer aus dem Papierbeutel und stellte ihn mitten auf den Tisch des Notdienstraums. Mit einem zweiten Griff in die Tüte förderte er einen Laib dunkles Brot hervor. Antje nahm ihm das Brot ab und legte es auf das Kunststoffbrettchen, das eine ihrer Angestellten zum Trocknen auf den schmalen Küchentresen gestellt hatte. Sie öffnete den einzigen Oberschrank der eingebauten Junggesellenküche und zögerte.

„Tiefe oder flache Teller?"

„Tiefe. Von unserem Westerländer Metzger habe ich die beste Grünkohlsuppe Sylts mitgebracht."

Antje deckte den Tisch und wandte sich dann dem noch geschlossenen Kunststoffgefäß zu.

Die Aussicht, die Nacht im abgestandenen Duft des Biike-Feuers verbringen zu müssen, hatte sie bereits wenig begeistert; die Ergänzung durch Grünkohlgeruch machte es nicht besser. Aber Helge hatte es so gut gemeint. Niemals konnte sie ihm sagen, dass sie Grünkohl nicht leiden mochte. Auch nicht, dass er sie mit seinem Besuch davon abhielt, sich endlich auf die dringend notwendigen Abrechnungen zu konzentrieren.

Mit einem innerlichen Seufzen stellte sie die Suppe in die Mikrowelle und wartete, bis ein unmelodisches Klingeln ankündigte, dass der Aufwärmvorgang beendet war. Helge sah ihr zufrieden lächelnd zu.

Nachdem er fast die gesamte Suppe und einen Großteil des Brotes gegessen hatte, lockerte ihr Mann seinen Gürtel. Sehnsüchtig sah er sich erst im Kühlschrank und dann in den Regalen des Notdienstzimmers um.

„Habt ihr vielleicht irgendwo einen Schnaps stehen? Oder wenigstens ein kaltes Bier? Irgendetwas zur Verdauung?"

„Es tut mir leid, aber in dieser Apotheke arbeiten ausschließlich Frauen. Ich könnte dir höchstens eine warme Flasche Prosecco aus dem Keller heraufholen."

Helge lehnte ab und setzte sich wieder an den Tisch.

Die Notdienstglocke schrillte und Antje ging nach vorne in den Verkaufsraum. In der Fensterfront, direkt neben der verschlossenen Eingangstür, befand sich die Notdienstklappe, vor der sie einen ungeduldigen jungen Mann stehen sah.

Nach wenigen Minuten kam sie zurück und streichelte Helge, der an den Küchentresen gelehnt auf sie gewartet hatte, sanft über den Bauch. „Kann ich noch etwas für dich tun? – Nachtisch vielleicht?"

„Oh, Gott bewahre."

„Kann es sein, dass du auf dem Sprung bist?"

Verschämt sah er sie an. „Macht es dir etwas aus, wenn ich für eine Stunde in die Kneipe gehe?", fragte er fast schüchtern. „Mir wäre wirklich nach einem Bier zumute."

Ihre Erleichterung bei seiner Frage, verursachte ihr fast ein schlechtes Gewissen. Schnell schüttelte sie den Kopf. „Geh nur. Ich habe mehr als genug mit meinen Abrechnungen zu tun."

„Das dreckige Geschirr habe ich bereits abgespült." Helge wies auf die Teller und das Besteck, die er zum Trocknen auf einem Küchentuch ausgebreitet hatte.

Stumm gab sie ihm einen Kuss und reichte ihm seine warme Jacke. Danach griff sie nach dem leeren Kunststoffgefäß und hielt es ihm ebenfalls hin.

„Schmeiß das bitte draußen in unsere Mülltonne. Sonst riecht die Apotheke auch die nächsten Tage noch nach Grünkohl."

Während sie ihn durch den Lieferanteneingang hinausließ, war sie gedanklich bereits wieder bei ihren Büroarbeiten. Die ganze Nacht musste sie in der Apotheke verbringen. Auch wenn Helge sie später noch einmal besuchte, blieb ihr immer noch ausreichend Zeit, ihre Buchhaltung in Ordnung zu bringen.

Restaurant ‚Zum kleinen Strand' in Westerland

Froh, endlich dem Regen zu entkommen, betrat Ludwig Vaitmann das ihm von Jana empfohlene Restaurant. Aufmerksam sah er sich um. Kein Tisch war frei. Alle Sitzplätze waren mit Gästen besetzt, die er eher für Einheimische hielt als für Biike-Touristen.

Das Restaurant ‚Zum kleinen Strand' lag in einer schmalen Seitenstraße außerhalb des Zentrums von Westerland. Jana hatte es einen Geheimtipp genannt. Wahrscheinlich war es ein guter Tipp, konstatierte Ludwig innerlich, aber ganz offensichtlich nicht sehr geheim.

An der Theke waren noch drei Plätze frei. Er wählte den Barhocker aus, der am weitesten vom Eingang entfernt stand. Als er sich setzte, begrüßte ihn ein zufrieden blickender Mann Ende Fünfzig vom Nachbar-Hocker aus mit einem freundlichen „Moin". Mit einer Geste, als gehöre ihm das Restaurant, winkte er den mageren Mann auf der anderen Seite des Schanktisches zu sich.

„Auch ein Bier?"

Ludwigs freudig überraschtes Nicken reichte seinem Sitznachbarn als Antwort. „Zwei Helle, Sören. Schreib seins auf meine Rechnung."

Der Magere zog sich wieder zurück, um der Bestellung nachzukommen.

„Das ist ja mal wirklich ein freundlicher Empfang."

„Hier am kleinen Strand bleibt niemand lang ein Fremder", erhielt er als Antwort. „Wilfried Lasse ist mein Name, aber alle nennen mich nur Willi."

„Angenehm, Willi. Ich bin Ludwig. – Sieht man mir den Neu-Sylter so deutlich an?"

„Ich auf jeden Fall, Ludwig. Aber mach dir nichts draus, ich kenne hier einfach jeden."

„Dann habe ich jetzt endlich einen alteingesessenen Sylter vor mir?"

„Das auch. Vor allem aber hast du jemanden vor dir, der unter unstillbarem Interesse an seinen Mitmenschen und allem, was sie sagen, tun oder eben unterlassen, leidet."

„Polizist oder Journalist?"

„Das Zweite."

Die beiden Gläser Bier wurden vor ihnen auf dem Schanktisch abgestellt und Willi prostete ihm freundlich zu.

Nach dem ersten Schluck fragte Ludwig: „Wenn du so sehr an allem interessiert bist, hast du dann nie darüber nachgedacht, die Menschen und Ereignisse dieser kleinen Insel gegen die große Weltpolitik einzutauschen?"

Willi lachte ausgiebig. „Diese Frage kann nur jemand stellen, der noch nie länger auf einem Eiland wie Sylt gelebt hat. Diese Insel ist ein Mikrokosmos, in dem alles vorkommt, das du auch in der großen weiten Welt findest. Hier ist nur alles viel komprimierter. Aber damit ist es nicht weniger spannend oder gefährlich."

Wollte sein neuer Bekannter ihn auf den Arm nehmen? Ludwig ersparte sich eine Antwort und nahm einen weiteren Schluck von seinem Bier.

„Du glaubst mir nicht?"

„Um ehrlich zu sein, will ich dir nicht glauben. – Eigentlich habe ich gehofft, hier auf der Insel ein friedliches, neues Leben beginnen zu können."

„Warum ein neues Leben? Was war falsch an deinem alten?"

Ludwig zögerte. Bevor er antwortete, bestellte er zwei neue Getränke.

„Werde ich das, worüber wir beide uns heute unterhalten, morgen in der Zeitung lesen, Willi?"

„Willst du das denn?"

„Nein. Auf keinen Fall."

„Dann geh davon aus, dass ich heute nicht als Journalist neben dir sitze."

Ludwigs Lachen ging in einen Hustenanfall über. „Ich konnte auch nie aus meiner Haut schlüpfen, als ich noch im aktiven Dienst war."

„Ich verspreche es dir. Bei mir hat jeder einen Abend frei. Aber ab morgen solltest du auf der Hut sein, wenn du ein Geheimnis vor mir verbergen willst."

„Vielleicht möchtest du mir ja zuerst einmal ein paar spannende Geheimnisse von dir erzählen. Ein paar Interna des Insellebens. Irgendetwas, das es einem Neu-Sylter wie mir leichter macht, in seiner Wahlheimat Fuß zu fassen."

„Versuchst jetzt du, mich auszuhorchen?"

Erneut musste Ludwig lachen und Willi stimmte mit ein.

Er gefiel ihm, der Journalist. Und auch sein neues Leben verlief bisher recht unterhaltsam und vielversprechend.

„Nein, das ist kein Aushorchen. Aber wenn ich schon einen Sachkundigen an meiner Seite sitzen habe, dann muss ich es doch nutzen." Ludwig grinste. „Dafür gebe ich dir auch gern noch ein Bier aus."

Willi grinste ebenfalls. „Normalerweise verkaufe ich mein Wissen an den Meistbietenden, ein Glas Bier ist nicht das beste Gebot. Aber einen Rat kannst du kostenlos von mir haben: Bestell dir in diesem Restaurant keinen Grünkohl. Auch nicht heute Abend, an dem man das auf Sylt eigentlich tun müsste."

Sören hatte gerade zwei frische Gläser Bier vor ihnen abgestellt und Ludwig war sich sicher, dass Willi seine Empfehlung nicht zufällig in diesem Moment ausgesprochen hatte.

„Sitzt du hier nur, um den Wirt zu schädigen?", fragte er, als der Magere sich wieder außer Hörweite befand.

„Nicht ausschließlich. Aber einer der Gründe ist schon, dass für mich das Bier an dieser Theke kostenlos ist."

„Wie kommt das denn? Familie?"

„Nein, Sören und ich sind nicht verwandt, lediglich alte Schulfreunde. Das Bier spendiert er mir, weil er vor vielen Jahren eine Wette gegen mich verloren hat."

„Ein kostspieliger Wetteinsatz, habe ich den Eindruck."

„Ich werde dir nicht sagen, was damals mein Einsatz war." Willi grinste noch breiter und trank danach mit einem großen Schluck sein Glas leer. „Und Sören sicher auch nicht."

Beide Männer schwiegen einen Moment. Als der Magere ihnen wieder gegenüberstand, bestellte Ludwig zwei frische Gläser Bier auf seine Rechnung. „Gibt es heute noch etwas anderes zu essen als Grünkohl?"

„An unserem Grünkohl ist nichts auszusetzen, egal, was Willi behauptet."

„Das glaube ich. Aber ich bin für morgen Mittag bereits zu einem verspäteten Grünkohlessen eingeladen. – Zweimal hintereinander dieses schwerverdauliche Gemüse verlangt die Biike-Tradition bestimmt nicht."

„Ich bringe Ihnen die Karte", war Sörens kommentarlose Antwort, bevor er sich wieder entfernte.

„Dann hast du ja bereits Bekanntschaften geschlossen", merkte Willi in fragendem Ton an.

„Noch keine Bekanntschaft, ein erstes Beschnuppern."

„Attraktiv?"

„Sehr!" Unkonzentriert senkte er seinen Blick auf die Speisekarte, die der Magere vor ihm ausgebreitet hatte.

Bei dem Gedanken an die vergangenen zwei Stunden mit Jana musste er lächeln. Auch wenn er während des Biike-Feuers nicht viel von ihr hatte sehen können, das Foto, das sie ihm vorher zugeschickt hatte, hatte wenig von ihrer Figur verborgen. Und das erste Gespräch mit ihr war ebenfalls verheißungsvoll gewesen. Er hatte den Eindruck, seine Zeit schlechter investieren zu können. Auf den Verlauf des Treffens mit ihr am nächsten Tag war er sehr gespannt. Dass sie ihn zu sich nach Hause eingeladen hatte, bedeutete sicher, dass auch ihr erster Eindruck von ihm nicht der schlechteste war. Ein leises Kribbeln unbestimmter Vorfreude breitete sich in seinem Körper aus.

Als er aufsah, bemerkte er, dass Willi ihn aufmerksam musterte.

„Du siehst so aus, als hättest du schon einen guten ersten Schritt in dein neues Leben geschafft", bemerkte der Journalist und grinste erneut. „Vielleicht willst du mir ja verraten, wie dir das so schnell gelungen ist."

Ludwig schüttelte stumm den Kopf und konzentrierte sich auf die Speisekarte. „Ein Schinkenbrot mit Spiegelei, bitte", bestellte er, als Sören das nächste Mal zu ihnen kam.

Gerade als sein Essen vor ihm stand, stupste Willi ihn an. „Hast du Lust, einen hiesigen Kollegen kennenzulernen?", fragte er und wies mit seiner Hand auf einen schlaksigen, mittelgroßen Mann mit nur noch wenigen blonden Haaren auf einem sonst kahlen Kopf. In Polizeiuniform hatte er das Restaurant betreten. Aus der Tatsache, dass der Beamte, wie er selbst eine halbe Stunde zuvor, nach einem freien Sitzplatz Ausschau zu halten schien, schloss Ludwig, dass dessen Dienst beendet war.

„Wie kommst du darauf, dass ich Polizist war?"

Willi winkte dem Uniformierten zu.

Noch während dieser sich ihnen näherte, erklärte er: „Du bist nicht mehr im ‚aktiven Dienst' und willst ein neues Leben anfangen. Damit ist klar, dass du seit kurzer Zeit deinen Ruhestand genießt. Bei deiner immer noch strammen Haltung kommen als ehemalige Arbeitgeber eigentlich nur Polizei, Militär oder Geheimdienst in Frage. Für einen Geheimdienstler hast du bereits viel zu viel von dir preisgegeben. Für einen Mann vom Militär ist es dir zu schnell gelungen, Bekanntschaft mit einer attraktiven Frau zu machen. Bleibt also nur der ehemalige Polizist, zumal du sofort die erste Gelegenheit genutzt hast, mich zu deinem Informanten zu machen. Du warst sogar bereit, für meine Informationen zu bezahlen, wenn auch nur mit ein paar Gläsern Bier."

Ludwig lachte laut und wieder schloss sich Willi an.

Der Uniformierte, der mittlerweile neben ihnen an der Bar stand, sah sie verwundert an.

„Innerhalb weniger Minuten hat Willi mich entlarvt", erklärte Ludwig dem Neuankömmling seinen Gefühlsausbruch. „Es freut mich, einen meiner noch aktiven Kollegen kennenzulernen." Mit diesen Worten reichte er seinem Gegenüber die Hand und stellte sich vor: „Ludwig Vaitmann, Kriminalkommissar des LKA1 in Berlin, seit zwei Jahren im Ruhestand."

Helge Frantz stotterte seinen Namen und Dienstrang und sah dabei verlegen von Ludwig zu Willi.

„Entspann dich", forderte Willi ihn auf. „Ludwig ist nicht dein Vorgesetzter. – Er genießt seinen sicher wohlverdienten Ruhestand und ist nach Sylt gekommen, um sein altes Berliner Polizistenleben durch ein neues, friedliches Inselleben zu ersetzen."

„Es ist mir eine Ehre, Sie kennenzulernen", hauchte Frantz in Ludwigs Richtung und wurde zeitgleich rot im Gesicht. „Als Polizist in Berlin haben Sie sicher deutlich mehr erlebt, als ich mir überhaupt vorstellen kann."

Ein Landgendarm, wie er im Buche stand. Ludwig musste an sich halten, um nicht erneut zu grinsen.

„Du sollst dich entspannen", wiederholte Willi.

„Nehmen Sie sich doch einen Hocker und setzen Sie sich zu uns", schlug Ludwig vor, um den Neuankömmling etwas zu beruhigen. „Es wäre mir eine Ehre, der örtlichen Polizei ein Glas Bier ausgeben zu dürfen, falls Sie nicht gerade im Dienst sind."

‚Hotel Dünenlust' in Westerland

Eigentlich war Jana Nimb für die Schicht des Biike-Abends nicht eingeteilt gewesen, aber sie hatte sich von einem ihrer Kollegen am Vorabend überreden lassen, ihn zu vertreten. In Nächten wie dieser gab es immer besonders viel Trinkgeld und genau das war der Umstand, der Jana trotz des Risikos, ihre neue Bekanntschaft sofort am ersten Abend zu verärgern, verleitet hatte, dem Wunsch des Kollegen zuzustimmen. Und nun schien der Mann aus Berlin es ihr überhaupt nicht übelgenommen zu haben, dass sie ihn für das gemeinsame Essen auf den nächsten Tag vertröstet hatte. Der erste Eindruck von ihm hatte sie offenbar nicht getäuscht; Ludwig Vaitmann war ihr nach wie vor sympathisch. Vielleicht ergab sich aus ihrer morgigen Einladung ja eine Beziehung, die nicht nur finanziell, sondern auch zwischenmenschlich erfreulich war.

Bevor ihre Schicht begann, blieben Jana gerade noch zehn Minuten, um sich für ihren Dienst hinter der Bar zurechtzumachen. In den Personalräumen des ‚Hotel Dünenlust' tauschte sie Stoffhose und Pullover gegen ein schmal geschnittenes, dunkelrotes Kleid. Ihre langen Haare löste sie aus dem strengen Dutt und steckte sie zu einem lockeren Knoten zusammen; ein paar kürzere, gewellte Strähnen ließ sie dekorativ ihr Gesicht einrahmen. Ein abendtaugliches Makeup mit Smokey Eyes und passendem, auffälligem Modeschmuck vervollständigten ihr Arbeitsoutfit. Ein letzter Blick in den bodentiefen Spiegel des Gemeinschaftsraums für das Hotelpersonal überzeugte sie vom Erfolg ihrer Bemühungen und sie zwinkerte sich selbst zufrieden zu.

Gut gelaunt machte sie sich auf den Weg in den Barraum. Neben einem langen hölzernen Tresen mit lederbezogenen Barhockern gab es acht durch mannshohe Holzwände abgegrenzte Nischen mit kleinen Tischen und niedrigen Sesselchen, in denen kleinere Gruppen, ungestört und von den anderen Bargästen abgeschirmt, einen Drink zu sich nehmen konnten. In keiner der Nischen befand sich ein Gast. Lediglich am hinteren Ende des gebogenen Bartresens saßen zwei Männer, die bereits zur frühen Abendstunde so wirkten, als dürfte Jana ihnen kein weiteres alkoholisches Getränk mehr ausschenken.

Fragend warf sie einen Blick zu ihrem Kollegen der Tagschicht, der bereits auf sie gewartet hatte, um endlich seinen Feierabend zu beginnen.

„Die beiden sind Hotelgäste", flüsterte er ihr bei der kurzen Übergabe zu. „Seit Stunden sitzen sie dort, trinken und schweigen sich an. Bereits mehrere Male habe ich versucht, sie dazu zu überreden, zu ihrem Champagner auch einen Snack zu bestellen, aber das haben beide abgelehnt. Pass einfach auf, dass sie nicht von ihren Stühlen kippen. Kurz bevor es so weit ist, rufst du einen Hoteldiener oder jemanden vom Empfang, der es dann für dich übernehmen kann, sie auf ihre Zimmer zu begleiten."

Großzügig überhörte Jana die Anzüglichkeit in den Worten ihres Kollegen. „Haben sie schon bezahlt?"

„Der Ältere hat den Champagner auf sein Zimmer schreiben lassen. Alles, was ich bisher serviert habe, ist von ihm abgezeichnet worden."

Jana nickte. Das Trinkgeld hatte ihr Kollege also auch bereits kassiert.

Sie wünschte ihm einen schönen Abend und wandte sich dann mit einem freundlichen Lächeln an ihre einzigen Gäste. „Guten Abend, die Herren, mein Name ist Jana. Es wird mir eine Freude sein, Sie für die nächsten Stunden als Ihre Barkeeperin verwöhnen zu dürfen. Bitte geben Sie mir Bescheid, wenn ich Ihnen etwas bringen darf."

„Das ist aber mal ein angenehmer Wechsel", antwortete ihr der jüngere der beiden Männer und grinste breit.

Sitzend überragte er den älteren Gast um fast zwanzig Zentimeter. Sein Gesicht war in etwa auf der gleichen Höhe wie Janas, was selten bei einem Gast an der Bar vorkam, denn im Vergleich zu ihm, stand sie hinter dem Tresen um fünfzehn Zentimeter erhöht. Außerdem trug sie hohe Absätze. Jana schätzte, dass ihr Gast mindestens zwei Meter groß sein musste. Seine Kleidung wirkte gepflegt und elegant. Er machte auf sie einen deutlich weniger betrunkenen Eindruck als der ältere Mann neben ihm, der auf ihre Begrüßung hin lediglich sein leeres Glas angehoben und sie auffordernd angesehen hatte.

„Darf ich Ihnen zu Ihrem Champagner eine Kleinigkeit aus der Küche bringen lassen?", fragte sie, bewusst an beide gewandt.

„Bringen Sie uns einfach eine neue Flasche, das reicht", erhielt sie in unfreundlichem Ton als Antwort vom Älteren.

„Und die Speisekarte, bitte", ging der Jüngere auf ihren Vorschlag ein, wobei er sie keine Sekunde aus den Augen ließ. „Der Verlauf des Abends hat gerade eine vielversprechende Wendung genommen."

Sie ignorierte auch diesen Spruch. Statt etwas zu erwidern, legte sie zwei Menükarten vor ihren Gästen auf den Bartresen. Danach ging sie zur Kasse, um auf der letzten Rechnung nachzusehen, welche Champagnermarke die beiden bislang bestellt hatten. Sie nahm eine entsprechende Flasche aus dem Kühlschrank und öffnete sie gekonnt. Zusammen mit zwei frischen Gläsern und einem mit Eis gefüllten Champagnerkühler, stellte sie die Flasche auf den Tresen. Dem Älteren der beiden Männer reichte sie den Korken.

„Darf ich einschenken?"

Auf ein wortloses Nicken hin füllte sie die Gläser, versenkte danach die Flasche im Eis und legte eine zusammengefaltete Serviette über den Kühler.

„Haben Sie schon etwas entdeckt, das Sie essen möchten?"

„Empfehlen Sie mir etwas", forderte der Zweimetermann sie auf. Sein Grinsen wurde immer breiter. „Ich bin mir sicher, dass wir einen ähnlichen Geschmack haben."

„Es ist alles sehr gut, das in unserer Küche zubereitet wird. – Heute allerdings ist Biike. Traditionell ist das der Abend, an dem man Grünkohl essen sollte."

„Als Traditionalist würde ich mich nicht wirklich bezeichnen", erwiderte er und sah sie herausfordernd an. „Können Sie mir etwas Leichteres empfehlen? – Wer weiß, was die Nacht noch bringt."

„Ein gegrilltes Steak vielleicht? Mit Trüffel-Pommes?"

„Das nehme ich. Und bestellen Sie etwas Tabascosauce dazu. Ich liebe es scharf." Sein Zwinkern zu ignorieren, fiel ihr nicht schwer.

Sie entschuldigte sich bei den Männern und ging rasch hinüber in die Küche, um die Bestellung aufzugeben. Dmitri, einer der Jungköche, kam auf sie zu und begrüßte sie freundlich.

„Darf ich dich bitten, mir etwas Grünkohl für zwei Personen einzupacken, so dass ich ihn morgen noch einmal aufwärmen kann?", fragte sie ihn, nachdem sie ihm den Wunsch ihres Gastes genannt hatte. „Ich habe einen Freund der Familie als Biike-Besuch und musste ihn für das Grünkohlessen auf morgen vertrösten.

„Ein Freund der Familie?" Dmitri grinste frech.

„Ein älterer Herr."

„Kann er noch kauen?"

„Dmitri, bitte."

„Dann will ich mal nicht so sein. – Nur Grünkohl oder alles, was dazu gehört?"

„Alles, was ich morgen problemlos aufwärmen und servieren kann."

„Geht in Ordnung. Ich stelle es dir in den Kühlraum. Wenn du heute Nacht nach Hause gehst, kannst du es dir selbst herausnehmen."

„Du bist ein Schatz." Jana umarmte ihn kurz. Sorgfältig achtete sie darauf, sich an seiner Küchenschürze nicht schmutzig zu machen. „Damit hast du etwas gut bei mir, Dima."

Die beiden ungleichen Männer waren immer noch die einzigen Gäste in der Hotelbar, als Jana Nimb hinter den Tresen zurückkehrte. Aber bereits wenige Minuten später traten mit einem Schwung acht Personen in den Raum und sahen sich unsicher zwischen dem Tresen und den Nischen um. Jana half ihnen, ausreichend Sitzplätze rund um den Tisch in der größten Nische zu platzieren. Danach nahm sie ihre Bestellungen auf. Noch während sie die Drinks zubereitete, winkte der Zweimetermann sie zu sich. Sein älterer Trinkkumpan saß nicht mehr neben ihm; er musste die Bar verlassen haben, während Jana die Gäste in der Nische bedient hatte.

„Wie lange haben Sie heute Abend denn Dienst?"

„Selbstverständlich stehe ich Ihnen hier zur Verfügung, bis die Bar schließt. Das ist um 1:00 Uhr morgens."

„Das sind ja noch ein paar Stunden", konstatierte er und schien über seinen nächsten Schritt nachzudenken. „Darf ich Sie jetzt vielleicht schon zu einem Drink einladen?"

„Vielen Dank. Aber es ist mir nicht gestattet, mit unseren Gästen zu trinken."

„Haben Sie Erbarmen", kam es in schmeichlerischem Ton. „Wie Sie sehen, bin ich mittlerweile allein. Und allein trinken ist das Ungesündeste, das ein Mann tun kann."

„Wir haben Vorschriften hier im Hotel. – Bitte haben Sie Verständnis dafür, dass ich meinen Job gern behalten möchte."

„Und wenn Ihr Dienst hinter diesem wunderschönen Tresen für den heutigen Abend beendet ist, Jana?"

Sie hasste es, wenn die Gäste anfingen, sie mit ihrem Namen anzureden. „Dann holt mich mein Mann ab."

Der Riese schwieg. Erneut schien er über seine nächsten Worte nachzudenken.

Jana nutzte seine Verwirrung, um sich den bestellten Getränken der Achtergruppe zu widmen. Während sie konzentriert den Inhalt des vollen Tabletts an die Gäste in der Nische verteilte, sah sie aus dem Augenwinkel, dass Bert Wedel den Barraum betrat.

‚Jetzt auch noch er', fluchte sie innerlich. Langsam ging sie zum Tresen zurück und lächelte Bert scheinbar erfreut an.

„Schön, dich hier zu sehen", begrüßte er sie ohne jede Freundlichkeit in der Stimme.

„Dass ich heute Abend arbeiten muss, habe ich dir doch gesagt."

„Ja, das hast du."

„Kontrollierst du mich?"

Wedel blickte sie so lange stumm an, bis Jana sich abwendete.

Der mittlerweile alleintrinkende Fremde an der Bar machte sich erneut bemerkbar, indem er mit der Speisekarte winkte.

„Wenn mein Steak nicht bald kommt, lehne ich ab, es zu bezahlen", maulte er, als sie vor ihm stand. Die Champagnerflasche hatte er offensichtlich bereits geleert; mit dem Hals nach unten hing sie im Eis des Flaschenkühlers.

„Ich bin mir sicher, dass die Küche innerhalb der nächsten Minuten Ihre Bestellung fertiggestellt hat. – Darf es bis dahin vielleicht noch etwas zu trinken sein?"

„Wenn du ein Glas mittrinkst, nehme ich noch eine Flasche."

„Es tut mir leid, aber das ist mir immer noch untersagt. Wir haben jedoch auch sehr guten Champagner, den wir glasweise anbieten."

Am anderen Ende des Tresens sah sie Bert unruhig werden. Gerade wollte sie sich von dem Riesen wegdrehen, als dieser unvermittelt nach ihrem linken Arm griff und sie sanft festhielt.

„Wenn du dir ein ordentliches Trinkgeld verdienen möchtest, dann leistest du mir Gesellschaft, bis das Essen da ist", versuchte er sein Glück.

Sie befreite ihren Arm und sah ihren übergriffigen Gast zornig an.

„Bitte fassen Sie mich nicht an", zischte sie, jedes Wort einzeln betonend.

Wahllos griff sie nach einer offenen Champagnerflasche in einem der Kühlfächer vor sich und schenkte dem Zweimetermann ein weiteres Glas ein.

„Guten Appetit", setzte sie im Weggehen hinzu, da im selben Moment ein Kellner aus dem Restaurant erschien. Sorgfältig legte dieser eine Serviette und Besteck neben das volle Champagnerglas des zudringlichen Riesen und stellte einen Teller mit dem gewünschten Essen vor ihm ab.

Mit einem innerlichen Seufzen wandte sich Jana erneut dem anderen Ende des Tresens zu, an dem immer noch Bert saß. Sie war sich sicher, dass er argwöhnisch die Szene beobachtet hatte.

„Ist er der Grund, warum du heute Nacht keine Zeit für mich hast?"

„Du siehst doch, dass ich arbeite. Meine Schicht geht bis 1:00 Uhr und bis ich abgerechnet und aufgeräumt habe, ist sicher eine weitere halbe Stunde vergangen. – Aus diesem Grund habe ich vorher keine Zeit für dich, Bert. Nicht wegen irgendeines Gastes."

„Aber du hast dich von ihm anfassen lassen."

„Er ist betrunken. Sollte ich ihm in aller Öffentlichkeit eine Ohrfeige geben?"

Misstrauisch sah Bert sie an. „Bring mir ein Pils", forderte er sie auf und beobachtete an ihr vorbei den Fremden, der bereits den größten Teil seines Essens verspeist hatte.

„Schöne Frau", hörte Jana im selben Moment vom anderen Ende des Tresens. „Zu meinem Steak brauche ich noch etwas Vernünftiges zu trinken."

Ohne auf Berts Reaktion zu achten, ging sie zurück zum Zweimetermann und sah ihn fragend an. Kein Wort kam über ihre Lippen.

„Du schmollst doch nicht etwa, oder?"

Sie schüttelte den Kopf und bemühte sich um ein freundliches Lächeln. „Hat es Ihnen geschmeckt?"

„Ich nehme noch eine Flasche von dem Champagner, den wir vorher hatten. Den hier kannst du behalten." Er knallte sein nur halb geleertes Glas vor ihr auf den Tresen.

„Sehr gern."

„Und du schenkst dir auch ein Glas ein." Eindringlich sah er sie an.

„Sehr gern", wiederholte sie notgedrungen.

Das Lächeln, das sich bei ihrer Zusage auf seinem Gesicht zeigte, sah fast erleichtert aus. Wahrscheinlich würde sie niemals vollständig verstehen, was in Männern vorging.

Erneut wendete sie sich von ihm ab, zapfte ein Pils und ging damit zurück an das andere Ende des Tresens, an dem Bert saß und sie grimmig beobachtete.

„Das ist also das Maß an Dankbarkeit, das ich von dir dafür erhalte, dass ich so viel Geld für dich ausgebe?", fragte er bedrohlich leise, während sie das Bier vor ihm auf den Tresen stellte.

Erschrocken sah Jana ihn an. „Ich arbeite hier. Und das da drüben ist ein Gast des Hotels, der viele teure Getränke bestellt. Du weißt, dass ich mich nicht ausschließlich um dich kümmern kann, wenn ich Dienst an der Bar habe. Ich tue schon, was ich kann."

„Gibt er dir wenigstens ein gutes Trinkgeld, wenn du so nett zu ihm bist?" Berts Frage sollte sie genauso verletzen, wie sein anzügliches Grinsen.

Sie ignorierte beides und ging rasch zu dem Achtertisch, an dem man sich auffällig nach ihr umschaute. Als sie auch diese Gäste mit neuen Getränken versorgt hatte, fiel ihr siedend heiß die Champagnerflasche für den Riesen ein.

„Ich komme gegen 1:45 Uhr nach Hause", flüsterte sie im Vorbeigehen zu Bert, nahm die gewünschte Flasche aus dem Kühlschrank, öffnete sie mit einem kaum wahrnehmbaren Ploppen und brachte sie zusammen mit einem frisch mit Eis gefüllten Champagnerkühler zu ihrem bereits ungeduldigen Gast, der ihr sehnsüchtig entgegensah.

„Möchten Sie ein neues Glas haben?"

„Wir brauchen zwei." Erneut unsicher lächelnd, blickte er sie an.

Jana machte einen Ausfallschritt nach rechts und griff nach zwei passenden Gläsern. Als sie diese vor den Zweimetermann auf die Holzplatte gestellt hatte und den Champagner

einschenken wollte, unterbrach er sie. „Lass mich das machen."
Während er nach der Flasche griff, bemühte er sich, ihren Blick
einzufangen und ihr in die Augen zu sehen.

Sie überließ ihm den Champagner und er füllte beide Gläser
bis knapp unter den Rand. Eines von beiden reichte er ihr.

„Prost. Auf ein vielversprechendes Zusammentreffen
zweier Fremder."

„Prost", antwortete sie und nippte vorsichtig an ihrem Glas.

Erleichtert beobachtete sie aus dem Augenwinkel, wie Bert
aufstand und den Barraum verließ.

Wahrscheinlich fuhr er jetzt zu ihr in die Wohnung, um dort
auf sie zu warten. Und bestimmt kam er später noch einmal auf
die Szene in der Bar zurück. Aber zumindest für die nächsten
Stunden hatte sie Ruhe vor ihm.

Entschuldigend lächelte sie den besänftigten Riesen an und
eilte ein weiteres Mal zur Achtergruppe in der Nische.

Redaktion der Rheinischen Allgemeinen in Köln

Nervös sah Ruben Bertram sich im altmodisch eingerichteten Konferenzraum der fünften Etage des Redaktionsgebäudes um. Wie bereits am Vortag hatten er und Richard Achtelik sich einander gegenüber an den Tisch gesetzt. Den Stuhl neben Richard nahm Hamann ein, neben Ruben saß der Wirtschaftsjournalist Leo Marx.

Auf ein Nicken von Richard hin, griff Ruben nach dem Telefon, das vor ihm auf dem Konferenztisch stand. Er tippte Willi Lasses Handynummer ein und wartete. Ein Klingeln folgte dem nächsten, ohne dass sein Sylter Kollege sich meldete. Als endlich das Gespräch angenommen wurde, war in Ruben bereits die Überzeugung gereift, dass Willi sich nicht an seine Zusage gehalten hatte. Wahrscheinlich hatte er die Story bereits an eine andere Tageszeitung verkauft und er, Ruben, musste Richard gegenüber dafür Rechenschaft ablegen.

„Willi Lasse", erklang es endlich aus der Freisprecheinrichtung.

„Guten Morgen, Herr Lasse", übernahm der Herausgeber der Rheinischen Allgemeinen sofort von Kölner Seite die Begrüßung. „Mein Name ist Richard Achtelik. Ich sitze hier zusammen mit unserem Chefredakteur für das Wirtschaftsressort, Peter Hamann, einem seiner langjährigen Journalisten, Leo Marx, und Ruben Bertram, den Sie ja persönlich kennen. – Das Telefon ist auf laut gestellt, das heißt, dass alle Sie hören können."

„Moin." Lasse räusperte sich vernehmlich. „Es ist mir eine Freude."

Mit einem für Ruben nicht deutbaren Gesichtsausdruck forderte Richard ihn mit einer Geste auf, das Gespräch zu übernehmen.

„Hallo Willi. Unser gestriges Telefonat hat alle Anwesenden neugierig gemacht. Würdest du uns bitte noch einmal erzählen, was du mir gestern bereits mitgeteilt hast."

„Hallo Ruben. Offensichtlich habe ich mit meinen Informationen bei euch in ein Wespennest gestochen. Seit du mich um dieses dringende Telefonat gebeten und dazu aufgefordert hast, vorher mit niemandem mehr über das Thema zu sprechen, ahne ich, dass ihr mir gleich einen Deal anbieten werdet."

Richard gab Ruben zu verstehen, dass er antworten wollte, und lehnte sich nach vorne zum Mikrofon des Telefons. „Wenn Sie in den letzten Stunden mit niemandem über das Thema gesprochen haben, könnte es vielleicht auch zu Ihrem eigenen Vorteil sein", antwortete er sehr betont. „Gerüchte spiegeln selten die ganze Wahrheit wider und ihre Weitergabe kann zu manchem Ärger führen."

War es notwendig, dass Richard eine solche Drohung aussprach? Erleichtert stellte Ruben fest, dass Willi sie ignorierte und lediglich erwiderte: „Nun, ganz so weit von der Wahrheit entfernt scheinen meine Informationen ja nicht zu liegen. Sonst hätten Sie es wohl kaum so eilig gehabt, mit mir zu telefonieren."

Erneut hob Richard seinen rechten Zeigefinger an die Lippen. Niemand sagte etwas.

Aus dem Lautsprecher hörten sie lediglich ein Räuspern von Willi. „Lassen Sie uns doch erst einmal darüber sprechen, was ich davon habe, wenn ich keine Story schreibe, Herr Achtelik", erklang es schließlich aus dem Lautsprecher.

„In jedem Fall ersparen Sie sich dadurch den Ärger, sich mit einer renommierten Tageszeitung anzulegen."

Ruben hielt die Luft an. Warum war Richard heute Morgen so sehr auf Krawall gebürstet? Sonst kannte er ihn als besonnenen, ruhigen Verhandlungspartner.

„Was erwarten Sie darüber hinaus als Gegenleistung?", lenkte der Verleger ein.

„Viele Menschen gehen davon aus, auf einer kleinen Insel wie Sylt passiere nicht viel, die Leute verbrächten alle nur ein paar unbelastete Ferientage hier. Urlaubsgäste sind aber lediglich ein Teil der auf Sylt Weilenden. Viele große Ereignisse finden ihren Anfang oder ihr Ende auf meiner Insel. Hier werden Firmen und Partnerschaften gegründet, Geschäfte vereinbart, Intrigen ausgeheckt und deren Erfolge und Misserfolge gefeiert oder verflucht. Wer aufmerksam am gesellschaftlichen Leben auf Sylt teilnimmt, wer die richtigen Leute kennt und bei ihnen ein und aus geht, der erfährt viel."

Willi machte eine kurze Pause, aber Richard blieb stumm. Auch kein anderer am Konferenztisch in Köln wagte es, die weitschweifige Vorrede des Sylter Journalisten zu unterbrechen.

„Meine nächste große Story möchte ich in der Rheinischen Allgemeinen veröffentlichen", kam Willi schließlich zum Punkt.

„Das kann ich nicht zusagen."

Richard sah aus, als sträubten sich ihm gerade alle Haare im Nacken.

„Die Rheinische Allgemeine ist eine angesehene Tageszeitung mit langer Tradition. Unsere Leser erwarten zu Recht eine seriöse und sachlich fundierte Berichterstattung."

„Wie soll ich das verstehen?"

„Bevor irgendeine ‚große Story', also ein Artikel, der das Potenzial hat, einen Skandal oder einen Rechtsstreit auszulösen, in meiner Zeitung veröffentlicht wird, prüfen wir alle Fakten. Wenn Ihre ‚große Story' einer solchen Prüfung nicht standhält, wird sie in der Rheinischen Allgemeinen niemals veröffentlicht."

„Damit kann ich leben", kam aus dem Lautsprecher des Telefons und Ruben konnte fast das Lächeln auf Willis Gesicht sehen beziehungsweise hören. „Dann ist das also so abgemacht?"

„Sie können sich auf mein Wort verlassen", antwortete Richard. „Schicken Sie uns einen Artikel, der gut recherchiert ist und einen Knaller enthält. Dann mache ich dafür sofort einen Platz in unserer nächsten Ausgabe frei."

„Gut", bekräftigte Willi noch einmal seine Zustimmung. „Kommen wir zu der aktuellen Story, den Insidergeschäften."

Hamann konnte sich vor Ungeduld kaum noch auf seinem Stuhl halten. „Können wir uns bitte darauf verständigen, dass weder die Rheinische Allgemeine noch irgendeiner ihrer Mitarbeiter, egal welchen Geschlechts, in betrügerischer Absicht an illegalen Börsengeschäften beteiligt war", mischte er sich ins Gespräch ein. „Sollte jemand aus unserem Haus unwissend oder versehentlich Hilfestellung bei derartigen Aktivitäten geleistet haben, so dürfen Sie davon ausgehen, dass die Rheinische Allgemeine ihre Konsequenzen daraus ziehen wird."

„Wollen Sie jetzt erfahren, worüber hier auf der Insel geredet wird?"

Wieder ahnte Ruben ein Lächeln auf Willis Gesicht.

„Ja, Herr Lasse", versuchte Richard die Stimmung zu beruhigen. „Bitte fahren Sie fort."

Während der nächsten Minuten wurde Willi nicht mehr unterbrochen. Wortreich beschrieb er die gesellschaftlichen Kreise, in denen er sich bewegte, und die Gespräche, denen er oft genug lauschen durfte. Hamann saß schon wieder auf der vordersten Kante seines Stuhls und Ruben ahnte, dass er kurz davor war, seinen Sylter Kollegen erneut zu unterbrechen. Gerade noch rechtzeitig kam Willi zu dem Punkt, auf den die vier Männer am Konferenztisch der Rheinischen Allgemeinen ungeduldig warteten.

„Malte behauptet, innerhalb des letzten Jahres eine halbe Million Euro verdient zu haben. In Absprache mit eurer Börsenspezialistin Sandra Krone hat er, rechtzeitig vor der Empfehlung einer Aktie, diese zu einem niedrigen Kurs gekauft und sie dann nach Erscheinen der Zeitung sofort wieder zum Kauf angeboten."

„So viel Einfluss auf die Bewegungen am Aktienmarkt kann unsere Zeitung doch nicht haben." Bisher war es Ruben nicht aufgefallen, dass die Rheinische Allgemeine eine ausgewiesene Finanzzeitung war.

„Junge, du hast es wirklich noch nicht verstanden", lachte Willi. „Natürlich war eure Börsenspezialistin mit den Kollegen weiterer renommierter Tageszeitungen synchronisiert."

„Ist so etwas möglich?" Fragend sah er Hamann an.

„Ich fürchte, es ist genau auf diese Weise passiert. Zwei meiner Frankfurter Kollegen und einer aus Hamburg sind ebenfalls gerade dabei, ihre personellen Konsequenzen zu ziehen. Und wahrscheinlich sind das noch nicht alle beteiligten Blätter."

„Frau Krone ist also nicht mehr Mitarbeiterin der Rheinischen Allgemeinen?", erklang es aus dem Telefon.

„Herr Lasse, unsere Personalpolitik werden wir zu keinem Zeitpunkt mit Ihnen diskutieren. Daran ändert auch die Tatsache nichts, dass wir zum aktuellen Thema zusammenarbeiten."

Richard schien Willi nicht über den Weg zu trauen.

„Weiß man, wie viele Journalisten und Aktienhändler an dieser Verschwörung beteiligt waren?", versuchte Ruben auf das ursprüngliche Thema zurückzukommen.

„Gestern Abend habe ich dazu ein erstes Gespräch mit der Kölner Polizei geführt", verriet nun Richard zum Erstaunen seiner Mitarbeiter. „Es liegen bereits einige Anzeigen von Fondsmanagern vor, und seit etwa einem Monat wird sehr vorsichtig im Kreis der Aktienhändler ermittelt. Die Rheinische Allgemeine steht aufgrund ihrer Börsentipps auf der Liste der möglichen Beteiligten. Es hätte nicht mehr lange gedauert, bis die Polizei zu uns gekommen wäre."

„Aber da wir hier quasi eine Selbstanzeige getätigt haben, werden wir jetzt von einer Strafverfolgung verschont?" Leo war Ruben mit seiner Frage nur um wenige Sekunden zuvorgekommen.

„Den Zeitungen selbst wird nichts passieren. Ihren noch aktiven oder bereits ehemaligen Börsenspezialisten, die an den systematischen Fehlinformationen beteiligt waren, allerdings schon."

„Und was ist mit den Initiatoren und Profiteuren, zum Beispiel dem geschwätzigen Malte von Willi?"

„Das hängt davon ab, welchen Straftatbestand man ihnen nachweisen kann", erklärte Richard. „Insider-Handel war es auf jeden Fall nicht. Die Polizei hat gestern von unzulässiger Täuschung gesprochen; international nennt sich das ‚Scalping'."

Leo nickte. „So etwas hat es vor vielen Jahren in Deutschland schon einmal gegeben. Ich glaube, 2003 ist ein ähnlicher Fall aufgeflogen. Allerdings hat sich damals der beteiligte stellvertretende Chefredakteur auch selbst in großer Stückzahl mit Aktien versorgt."

Hamann sah seinen Mitarbeiter missbilligend an. „Eine solche finanzielle Bereicherung ist in unserem Fall absolut ausgeschlossen", betonte er. „Niemand aus der Redaktion, mit Ausnahme von Sandra Krone, kann etwas von den Täuschungsmanövern gewusst haben. Sonst wäre ich viel früher darüber informiert worden. Und mit Sicherheit ist auch kein Mitarbeiter meines Ressorts an illegalen Börsengeschäften beteiligt."

„In der Tat", kam Willis Bestätigung durch den Lautsprecher. „Soweit ich die Informationen von Malte verstanden habe, werden die beteiligten Journalisten und

Redaktionsmitglieder anders vergütet. Wahrscheinlich will man die Fehler aus dem Fall, den Herr Marx gerade erwähnt hat, vermeiden."

„Aber warum machen die Journalisten dann überhaupt mit? Für Kleingeld! Irgendwann musste das doch mal auffallen."

„Der Börsenspezialist aus Hamburg ist ein Bruder von Malte", antwortete Willi. „Und ein paar Tausend Euro steuerfrei sehe ich nicht als Kleingeld an."

„Kann es sein, dass Ihr Freund mit dem lockeren Mundwerk Malte Reimann heißt?", fragte Hamann plötzlich.

„So ist es", bestätigte Willi. „Sie haben Ihre Hausaufgaben also bereits gemacht."

„Dann weiß ich auch, welche Hamburger Tageszeitung die Keimzelle der Fehlinformationen ist." Hamann nickte Richard zu, sagte aber weiter nichts.

„Und was heißt das Ganze nun für uns?" Ruben fühlte sich ganz und gar nicht wohl auf dem Wirtschaftsparkett. „Und vor allem auch für Willi?"

„Selbstverständlich hat die Polizei mich und die Rheinische Allgemeine gestern zu absoluter Verschwiegenheit verpflichtet", bemerkte Richard. „Es seien laufende Ermittlungen, die nicht gestört werden dürften. – Allerdings habe ich der Polizei nichts davon erzählt, dass unsere Außenstelle auf Sylt bereits an der Story arbeitet."

Ein fröhliches Lachen war aus dem Lautsprecher zu hören.

„Herr Lasse, wenn ich Ihnen einen Vorschlag machen darf: Behalten Sie Ihren Freund Malte Reimann im Auge und präsentieren Sie uns in dem Moment, in dem er verhaftet wird, eine solide Story. Wenn Sie mir versprechen, die Rheinische Allgemeine niemals und nirgendwo als eine der beteiligten Tageszeitungen zu erwähnen – wir dürfen ja wohl davon ausgehen, dass die Quelle des Übels bei den Gebrüdern Reimann liegt –, dann haben Sie meine Erlaubnis, Leo Marx für eine kurze Recherche bezüglich des alten Scalping-Falls einzubinden.“

Leo nickte, was Willi am anderen Ende der Telefonleitung natürlich nicht sehen konnte.

„In der Zwischenzeit werden wir darüber beraten, ob und wie wir nach der zu erwartenden Verhaftung Ihren Artikel übernehmen können. Sollten wir das nicht tun, steht es Ihnen frei, Ihren Beitrag jeder anderen Tageszeitung anzubieten.“

Als Richard geendet hatte, blieb es stumm in der Leitung.

„Bist du noch dran?“, fragte Ruben seinen Sylter Kollegen nach einer Weile.

„Ja, das bin ich“, kam es sofort von Willi. „Ich wollte Herrn Achtelik nur nicht unterbrechen.“

„Dann sind Sie einverstanden?“

„Wenn ich für den Fall, dass der Scalping-Artikel nicht in der Rheinischen Allgemeinen abgedruckt wird, von Ihnen die Zusage erhalte, eine weitere Chance mit einem anderen Thema zu erhalten, ja.“

„Sie haben mein Wort“, bestätigte Achtelik.

„Dann bin ich einverstanden. Jawohl!“

„Ich danke Ihnen für Ihr Verständnis unserer Situation. Und ich freue mich auf Ihren Artikel.“ Richard sah auf die Uhr und erhob sich von seinem Stuhl. „Ruben Bertram wird Ihnen die Kontaktdaten von Leo Marx zur Verfügung stellen“, ergänzte er, bevor er sich verabschiedete und ohne weitere Erklärungen den Besprechungsraum verließ.

Wohnung von Jana Nimb in Westerland

Wie sie es befürchtet hatte, befand sich Bert schlafend in ihrem Bett, als sie kurz vor 2:00 Uhr am Morgen ihre Wohnung betrat. Leise schnarchend lag er nackt und kaum von der Bettdecke verhüllt in der Mitte der Matratze. Während sie sich vorsichtig neben ihn legte, wurde er wach.

Mit größter Selbstverständlichkeit nutzte Bert den Schlüssel, den sie ihm zu Anfang ihrer geschäftlichen Beziehung freiwillig überlassen hatte. Ohne jede Zurückhaltung hielt er sich immer wieder in ihrer Wohnung auf, auch wenn sie selbst nicht dort war. Wenn sie es gewagt hätte, wäre längst das Schloss ihrer Wohnung ausgetauscht worden.

Vor etwa zwei Jahren, als Jana Nimb nach einer Eigentumswohnung in Westerland gesucht hatte, war sie Bert begegnet. Er hatte sich als einer der wenigen Immobilienmakler herausgestellt, die neben den üblichen Luxusdomizilen auch Wohnungen anboten, die in Janas finanziellen Spielraum passten. Schon sehr bald nach ihrem Kennenlernen hatte er angefangen, sie zu umwerben, charmant, höflich, beharrlich. Ein paar Abende war sie mit ihm ausgegangen, bevor er ihr eine passende Wohnung präsentiert hatte. Noch während der Besichtigung ihrer heutigen Wohnung hatte er ihr das Angebot gemacht, dessen leichtsinnige Annahme sie mittlerweile bereute. Wie sich herausgestellt hatte, war der wahre Kunibert Wedel ein brutaler, rücksichtsloser Mann.

Das Appartement, in dessen Schlafzimmer er gerade lag, stammte aus einem der von ihm selbst entwickelten Mehrfamilienhaus-Projekte. Obwohl er wusste, dass ihr gesamtes Erspartes lediglich für die Hälfte des Kaufpreises ausreichte, hatte er es ihr gezeigt und angeboten. Die notwendige Finanzierung für die Restsumme war seine Chance gewesen, sie an sich zu binden. Und er hatte sie genutzt. Er kam für die monatlichen Raten des Kredits auf, zwei Prozent Zinsen und vier Prozent Tilgung. Sie hatte ihm als Gegenleistung einen Schlüssel zu ihrer Wohnung überlassen und darüber hinaus akzeptiert, ihn ab und zu als nächtlichen Gast zu empfangen. Zu Anfang war er noch zurückhaltend und freundlich zu ihr gewesen. Jana hatte die Ausgestaltung ihres Arrangements mitbestimmt und sie hatten sich ausschließlich zu den zuvor verabredeten Zeiten getroffen. Mittlerweile überfiel er sie mehrmals im Monat in ihrem Zuhause, meistens ohne sich vorher anzukündigen. Jedes Mal, wenn er bei ihr war, verlangte er sexuelle Dienstleistungen von ihr. Und jedes Mal wurden sie extremer.

Auch in dieser Nacht nahm er keine Rücksicht auf sie und ihre Wünsche. Gegen 6:00 Uhr verließ er schließlich ihre Wohnung. Jana nahm an, dass er nun in einem Hotelzimmer, das er als Alibi seiner Ehefrau gegenüber gebucht hatte, duschen würde. Sicher hatte er auch frische Kleidung dabei und konnte sich im Hotel umziehen. Danach fuhr er wahrscheinlich nach Hause, um dort wie ein braver Gatte und aufopferungsvoller Geschäftsmann mit seiner Frau zu frühstücken und im Anschluss daran in sein Immobilienkontor zu fahren. Und mit Sicherheit empfand er nicht die geringsten Gewissensbisse dabei. Der Kunibert Wedel, den sie mittlerweile kennengelernt hatte, war ein schamloser, notorischer Lügner.

Im letzten Jahr hatte sie gelernt, seine Besuche zu fürchten. Sie gaben ihr ausreichend Gründe, ihn zu hassen. Wenn er, wie in der vergangenen Nacht, wütend auf sie war oder sich über irgendetwas anderes geärgert hatte, war er erbarmungslos. Was als gleichberechtigte Affäre begonnen hatte, war zur einseitigen Erfüllung seiner Begierden geworden. Als sie sich das erste Mal beschwert hatte, hatte seine Antwort lediglich aus einem ungläubigen Lachen bestanden. Bei seinem nächsten Besuch hatte er ihr die Unterlagen der Finanzierung auf ihr Kopfkissen gelegt. Während er sich auszog, hatte er ihr vorgerechnet, wie abhängig sie von seinen finanziellen Zuwendungen war. Sehr drastisch hatte er ihr beim Sex vor Augen geführt, dass sie ihm gehörte. Wenn er es wolle, käme ihre Wohnung in die Zwangsversteigerung. Damit sei auch ihre Anzahlung von Einhundertfünfzigtausend Euro verloren. Und wenn sie es dann immer noch nicht verstanden hätte, könne er auch noch dafür sorgen, dass die Polizei und ihr Arbeitgeber auf ihre Nebeneinkünfte aufmerksam wurden. Um ihr bequemes Leben auf Sylt sei es dann wohl geschehen. Von ihm habe sie kein Mitleid zu erwarten, wenn sie ihn nicht mehr in ihrer Nähe ertrüge.

Seine Einschüchterung hatte mit der Frage geendet, ob sie sich wirklich sicher sei, ihn derartig kränken zu wollen. Und Jana war nichts anderes eingefallen, als ihn um Verzeihung zu bitten.

Keinen Moment zweifelte sie daran, dass Bert seine Drohung wahr machen würde. Was ihm an Empathie fehlte, glich er mit Selbstüberschätzung aus. Sein Selbstbild in Frage zu stellen, war wahrscheinlich das Gefährlichste, was sie tun konnte.

Aber sie musste etwas unternehmen. Allmählich hatte sie den Eindruck, immer mehr seinem negativen Bild von ihr zu entsprechen. Natürlich hatte sie bereits Geschenke von Männern angenommen, bevor sie Bert kannte. Geld oder Schmuck, was auch immer die Männer für angemessen hielten. Einfach dafür, dass sie nett zu ihnen war. Aber bei Bert fühlte es sich so an, als prostituiere sie sich. Früher war sie mit den Männern einen fairen Tauschhandel eingegangen. Beide Seiten gaben freiwillig und wussten, was sie dafür bekamen. Mit Bert existierte dieses Gleichgewicht nicht mehr. Sie zu erniedrigen, schien ihm ein besonderes Vergnügen zu bereiten. Und seine Macht über sie verhinderte, dass sie sich ernsthaft dagegen wehrte.

Kunibert Wedel gab ihr immer mehr Gründe, sich und ihn zu hassen.

Pünktlich um 13:00 Uhr erreichte Ludwig Vaitmann die Adresse, die Jana ihm genannt hatte. Im Robbenweg 13a stand ein modernes, recht schmuckloses Mehrfamilienhaus mit Autostellplätzen anstelle eines einladenden Vorgartens.

Müde und leicht fröstelnd stand Ludwig vor dem Haus und fragte sich, ob er wirklich den Mut aufbrächte, zu klingeln. Ob er ihn aufbringen sollte.

Obwohl er im ‚Zum kleinen Strand‘ einen lustigen Abend und durchaus einige Gläser Bier genossen hatte, war seine Bettruhe von Grübeln gestört worden. Immer wieder war er aufgewacht und hatte darüber nachgedacht, was er von seiner heutigen Einladung erwartete oder erwarten durfte. Er machte sich keine Illusionen darüber, weshalb eine junge, attraktive Frau wie Jana Nimb ihre Zeit mit einem fremden, älteren Herrn verbrachte. Früher oder später wäre der Moment gekommen, an dem sie von ihm Geld verlangte. Aber war er wirklich bereit, für weibliche Begleitung zu bezahlen? Sein ganzes bisheriges Leben lang wäre er nie auf eine solche Idee gekommen. Die ersten Jahre seiner Tätigkeit bei der Polizei hatte er bei der Sitte verbracht und seine Einstellung zu käuflicher Liebe war erheblich durch die Erlebnisse während dieser Zeit geprägt. Nun jedoch hatte er sich vorgenommen, ein neues und vor allem genussvolles Leben zu beginnen. Dieses neue Leben erforderte es natürlich, alte Pfade zu verlassen. Und vielleicht auch, seine bisherigen Überzeugungen zu hinterfragen. Oder ging das zu weit? Aber was brachte es ihm, auf dieser schönen Insel seine letzten Jahre zu verbringen, wenn er dabei genauso einsam blieb wie in Berlin?

Die Adresse ‚Robbenweg 13a‘ lag am südlichen Rand Westerlands. Ludwig war von seinem Hotel aus zu Fuß dorthin gegangen. Frische Luft tat ihm gut; sie war bereits ein Teil seines neuen Lebens. Der Anblick eines kleinen Blumengeschäfts an einer Ecke der Süderstraße hatte ihn dazu verführt, eine Handvoll Tulpen zu kaufen. Diese nahm er nun vorsichtig aus dem Papier, während er unschlüssig vor seinem Ziel stand. Machte er sich hier gerade lächerlich? Benahm er sich wie ein eitler Dummkopf, der seiner Liebschaft ein banales Geschenk mitbrachte, um davon abzulenken, dass er bereit war, für ihre Gunst zu bezahlen?

Er blickte auf die moderne Klingelanlage mit Kamera und zögerte, den obersten Klingelknopf neben dem Namensschild ‚Jana Nimb' zu betätigen. Noch einmal sah er auf seine Uhr und stellte fest, dass er genau auf die Sekunde pünktlich vor der Tür stand. Während er auf den Knopf drückte, stellte er sich so, dass die Kamera ihn von vorne erfassen konnte. Den Impuls, seinen Dienstausweis zu zücken, konnte er mittlerweile unterdrücken. Die Tür öffnete sich mit einem leisen Summen. Während Ludwig den Aufzug betrat und ins oberste Geschoss fuhr, hielt er die Tulpen immer noch unentschlossen in der linken Hand.

Jana erwartete ihn vor dem Aufzug. Trotz ihres Makeups sah sie müde und blass aus. Ihr Mund zeigte zur Begrüßung ein Lächeln, aber erst als Jana die Tulpen in seiner Hand entdeckte, erreichte das Lächeln auch ihre Augen. Sie schien sich tatsächlich über seine kleine Aufmerksamkeit zu freuen.

Die Wohnung war nicht teuer, aber mit sicherem Geschmack eingerichtet. Ludwig hatte schon viele fremde Domizile von innen gesehen, in nur wenigen hätte er sich auf Dauer wohlfühlen können. Janas Zuhause war eine dieser wenigen Ausnahmen. Sein geübter Blick ließ ihn annehmen, dass die Wohnung aus einem Schlafzimmer, einem Bad und einem Wohnraum mit integrierter Küche bestand. Als Jana ihn in ihr Wohnzimmer führte, fand er seine Annahme bezüglich der Kochecke bestätigt.

„Dieses Appartement ist nicht sehr groß, aber es gehört mir", sagte sie stolz und bot ihm einen Stuhl am kleinen, runden Esstisch an. Für seine Tulpen nahm sie eine bunte Glasvase aus dem Regal und stellte sie auf der Küchenzeile ab.

„Eine ähnlich große Wohnung schwebt mir auch vor, mehr Platz brauche ich nicht. Und ein großer Koch bin ich ebenfalls nicht."

Jana erwiderte nichts. Er war sich noch nicht einmal sicher, ob sie seine Antwort gehört hatte. Ihm den Rücken zugewandt, beschäftigte sie sich mit den Tulpen.

„Bisher hatte ich noch keine Zeit, nach einer eigenen Unterkunft zu suchen", sprach er weiter. „Aktuell wohne ich im ‚Hotel Vier Jahreszeiten'."

Immer noch reagierte sie nicht.

„Mir würde auch eine Mietwohnung ausreichen", fiel ihm als Letztes zu dem Thema ein.

Als er aufstand und ihr leicht seine rechte Hand auf die Schulter legte, zuckte sie zusammen.

„Entschuldige."

„Nein, es ist an mir, mich zu entschuldigen", erwiderte sie. „Ich war so fasziniert von den schönen Tulpen."

Sie log. So wie seine Berührung sie erschreckt hatte, war sie in Gedanken weit weg von ihm und seinem Mitbringsel gewesen.

„Du suchst eine Wohnung?" Sie sah ihn an. Endlich schien der kleine Blumenstrauß ausreichend arrangiert worden zu sein.

„Ja. Aber so viel ich im Vorfeld gehört habe, muss man schon etwas Glück haben, eine bezahlbare Wohnung auf Sylt zu finden."

„Das stimmt. Die ersten Jahre habe ich in einer WG verbracht."

Er lachte und schüttelte dann den Kopf. „Für eine Wohngemeinschaft bin ich absolut ungeeignet. Seit Jahren lebe ich allein. Aber vielleicht kannst du mir ja bei der Wohnungssuche helfen."

Jana blieb stumm und wendete ihm erneut ihren Rücken zu. Nacheinander hob sie die Deckel der beiden Gefäße an, die auf dem Zweiplattenherd standen. Ein deftiger Geruch nach Kohl, Wurst und Speck schwebte durch die Küchenecke.

Ludwig setzte sich wieder an den Tisch. „Wie bist du an dieses Juwel gekommen?"

„Ich glaube nicht, dass du das wirklich wissen möchtest", hörte er undeutlich, bevor sich Jana mit einem der geöffneten Töpfe in der Hand zu ihm umdrehte. Ein heißer Schwall Grünkohlduft nahm Besitz von seiner Wahrnehmung.

Wortlos stellte sie den offenen Topf auf ein dickes Holzbrett und holte das zweite Gefäß vom Herd, das Ludwig nun als Schmorpfanne erkannte.

„Ich hoffe, du magst Lamm. Es gibt heute Lammbratwürstchen zum Grünkohl."

„Ich bin davon überzeugt, dass alles lecker ist, das du gekocht hast."

Mit einer abwehrenden Geste hielt er sie davon ab, ihm auch noch ein viertes Würstchen auf den Teller zu legen. Auf die Bitte hin, sich beim Grünkohl selbst zu bedienen, griff er nach dem darin steckenden Löffel und nahm sich eine kleine Portion. Der Geruch, der jetzt penetrant von seinem Teller aufstieg, ließ ihn erahnen, dass Grünkohl sich nicht zu einem seiner Lieblingsessen entwickeln würde.

Die ersten Bissen aßen sie schweigend. Erstaunlicherweise schmeckte der Grünkohl besser, als er roch und aussah. Bevor er sein Lob aussprechen konnte, legte Jana abrupt ihr Besteck auf den Tellerrand und erhob sich.

„Entschuldige bitte. Ich habe die Getränke vergessen. – Möchtest du ein Bier trinken? Oder lieber ein Glas Wasser?"

„Wasser, bitte." Auch er hörte auf zu essen.

Sie kam mit Gläsern und einer Wasserflasche zum Tisch zurück, blieb jedoch davor stehen, ohne die Sachen abzustellen. Ludwig erhob sich. Vorsichtig nahm er ihr alles ab und platzierte es auf dem Tisch neben der Vase mit den Tulpen.

„Irgendetwas Unangenehmes ist vorgefallen, seit wir uns gestern voneinander verabschiedet haben." Er war sich sicher, dass er sich am Vorabend in seiner Einschätzung von ihr nicht getäuscht hatte. „Willst du darüber sprechen?"

Ihre einzige Reaktion bestand darin, sich wieder zu setzen, ihren Blick auf den vor ihr stehenden, halbvollen Teller gesenkt.

Als er ihr anbot, sie allein zu lassen, sah sie erschrocken hoch. „Nein, Ludwig. Bitte bleib."

„Bist du sicher?"

„Ja. Du bist der erste nette Mensch heute."

Was sollte er auf einen solchen Satz antworten? Und auch noch einer so schönen Frau, die ganz offensichtlich in Gedanken mit etwas vollständig Anderem beschäftigt war, als ihrem Zusammensein mit ihm.

„Hast du ein Problem? Gibt es etwas, bei dem ich dir helfen kann?"

Sie zögerte. „Bitte entschuldige, Ludwig. – Es ist unverzeihlich, wie ich mich aufführe. Der gestrige Abend im Hotel war einfach anstrengender, als ich es erwartet hatte. Und letzte Nacht habe ich schlecht geschlafen. – Ich hätte besser den Abend mit dir verbringen sollen." Jetzt lächelte sie ihn tapfer an, aber Ludwig hatte den Eindruck, dass sie lieber geweint hätte.

Es war absolut klar, dass sie ihm etwas verschwieg. Einen anderen Mann wahrscheinlich. „Gibt es da jemanden, den ich für dich zurechtstutzen soll?"

„Nein." Ihr Lächeln wurde fröhlicher. „Aber vielleicht komme ich irgendwann einmal darauf zurück."

Sein Angebot schien sie tatsächlich aufgeheitert zu haben.

„Ich glaube, ich gehe doch lieber und wir vertagen das Ganze noch einmal."

Jana schüttelte den Kopf. „Nur, wenn du es möchtest. Aber mir wäre es lieber, du bliebest."

Dieses Mal blieb er stumm, auch wenn sein Instinkt ihm sagte, dass es dringend Zeit für ihn war, die Wohnung zu verlassen.

„Ich habe den Eindruck, du bist einer der wenigen anständigen Männer, die es in dieser Welt gibt, Ludwig. – Wahrscheinlich ist das der Grund, weshalb ich dich vom ersten Moment an gemocht habe."

Anständig! Dabei hatte er sich vorgenommen, zukünftig nicht mehr der ewige Polizist zu sein. In allen Lebenslagen als anständiger Mann zu agieren, hatte er sich für sein neues Leben abgewöhnen wollen. Stattdessen wollte er endlich über die Stränge schlagen. Genießen. Es sich gutgehen lassen. Auch wenn das bedeutete, Entscheidungen zu treffen, die in seinem alten Leben voller Anständigkeit unmöglich gewesen wären.

„Sei mir nicht böse, Kleines", bat er sie nach kurzem Zögern. „Lass es uns noch einmal versuchen, wenn es dir wieder besser geht."

Es war sinnvoll, jetzt zu gehen.

Büro des Immobilienkontors Wedel in Wenningstedt

Den Vormittag verbrachte Kunibert Wedel damit, seine Termine für den Rest der Woche abzustimmen. Immer noch schwelte Wut in ihm. Die Einsicht, selbst die meiste Schuld an seiner Frustration zu tragen, kam ihm nicht. Jana war es, die dabei war, alles zu zerstören. Sie musste damit aufhören, ihn eifersüchtig zu machen, andernfalls konnte irgendwann ein Unglück passieren.

Sowohl seine Mitarbeiter im Kontor in Wenningstedt als auch die in den Büros in Westerland und List hatten unter seiner schlechten Laune zu leiden. Aber allmählich ging es ihm etwas besser. Wenn Sebastian endlich zu ihrer Besprechung erschiene, hätte er sich wieder im Griff.

Für 13:00 Uhr waren sie verabredet. Sein Kalender sah vor, dass er sich bereits um 15:00 Uhr für den nächsten Termin auf den Weg machen musste. Einem wichtigen Termin mit einem Sylter Grundbesitzer. In jedem Fall wollte er pünktlich sein; ein in jeder Hinsicht aussichtsreiches Grundstück stand zum Verkauf und er musste es bekommen. Für Sebastian und ihn blieben also lediglich zwei Stunden, um zu besprechen, welche Objekte sie zukünftig getrennt voneinander betreuen sollten. Zwei Stunden, falls Sebastian pünktlich erschien.

Als sein Sohn endlich mit deutlicher Verspätung das Kontor betrat, tippte Bert mahnend auf seine Armbanduhr. Ein leises Schulterzucken war die einzige Antwort.

„Es ist 13:16 Uhr", begrüßte er Sebastian ungehalten. „Ein möglicher Interessent wäre jetzt vielleicht bereits gegangen."

„Guten Tag erst einmal", war die ungerührte Antwort seines Sohnes. „Als Ausgleich für die wenigen Minuten Verspätung habe ich dir ein Mittagessen mitgebracht."

Bert nahm ohne Dank die Brötchentüte entgegen, die Sebastian ihm reichte. Mit spitzen Fingern legte er sie an den äußersten Rand seines Schreibtischs.

„Zuhause übernachtet hast du offensichtlich nicht." Ein deutlich sichtbarer Fleck auf dem Pullover seines Sohnes erregte einen gewissen Ekel in ihm. „Sonst hättest du dir wohl etwas Sauberes angezogen."

Sebastian setzte sich wortlos.

„Wo kommst du so spät her?"

„Gestern war Biike", erhielt er als kryptische Antwort, obwohl die gerade formulierte Frage eher rhetorischer Natur war. Dass sein Sohn ihm gegenüber für irgendetwas, das er tat oder unterließ, Rechenschaft ablegte, erwartete er nicht.

„Ja, und?", fragte er trotzdem nach.

„Du hast ja auch nicht zuhause bei Mutter übernachtet."

„Weil ich einen geschäftlichen Termin in Westerland wahrgenommen habe." Bert bemerkte selbst, dass seine Stimme unnötig gereizt klang.

„Wie erhofft, hat auch mich ein solcher Geschäftstermin davon abgehalten, zuhause zu übernachten. Und ich habe damit immerhin eine Wette gewonnen."

Bert blitzte seinen Sohn wütend an. „Ich weiß zwar nicht, was du mit dieser Bemerkung andeuten willst, aber als Entschuldigung für dein Zuspätkommen und deine ungepflegte Erscheinung ist sie nicht geeignet."

„Jetzt bin ich ja da."

Sebastians Bemerkung auf sich beruhen zu lassen, fiel Bert überhaupt nicht ein. „Sprichst du so auch mit deiner Mutter?"

„Eure Ehe geht mich nichts an."

Drei Sekunden lang sahen sie sich in die Augen, dann wendete Bert den Blick ab. „Ich muss mich auf dich verlassen können", forderte er bewusst zweideutig.

Als Antwort sah Sebastian ihn nur scheinbar angewidert an.

Bisher war es nur so eine Idee gewesen, die ihm durch den Kopf gegeistert war, aber nun war sich Sebastian Wedel sicher, dass sein Vater fremdging. Er hatte es doch gerade indirekt zugegeben. Darüber hinaus hatte er es sogar noch gewagt, ihn, seinen Sohn, in die Sache hineinzuziehen. Sein Vater besaß die Unverschämtheit, ihn zur Verschwiegenheit der eigenen Mutter gegenüber zu verpflichten. Unfassbar.

Er musste darüber nachdenken, was dieses neue Wissen für ihn bedeutete. Welchen Vorteil es ihm bringen konnte.

Immer häufiger kündigten seine Eltern an, ihr Immobiliengeschäft innerhalb der nächsten Jahre vollständig an ihn übergeben zu wollen. Offenbar wollten sie ihn endlich in die Pflicht nehmen und selbst aussteigen. Basti war sich nicht sicher, ob er das wirklich wünschte.

Als Schüler und nur gelegentlicher Gast in den Büroräumen der Eltern hatte er den Eindruck gewonnen, das Geschäft bestünde hauptsächlich daraus, ein paar angenehme Termine mit wohlhabenden Kaufinteressenten wahrzunehmen. Seit er von seinem Betriebswirtschafts-Studium nach Sylt zurückgekehrt war und stärker in die tägliche Arbeit des Immobilienkontors eingebunden wurde, hatte er seinen Fehler erkannt. Natürlich gab es diese Termine, bei denen man mit interessanten Menschen zusammentraf. Natürlich gab es auch luxuriöse Anwesen, die man stolz offerierte. Aber das war bei weitem nicht die Hauptarbeit. Die meiste Zeit verbrachte man mit der mühsamen Akquisition neuer Projekte, öden Telefonaten mit gierigen Anbietern oder dreisten Interessenten, nervender Büroarbeit und vor allem mit jeder Menge Langeweile.

Der Verdienst war gut; zumindest war er es während der letzten Jahre gewesen.

Seit etwa einem halben Jahr arbeitete sich Basti durch die Vermittlungen der letzten Jahre hindurch, um zu verstehen, mit welchen Projekten auch zukünftig die höchsten Profite zu erzielen waren. Erstaunlicherweise waren es nicht unbedingt die hochpreisigen Villen in bester Lage, die dem Immobilienkontor die Zukunft sichern konnten. Hier winkte zwar eine auf dem Papier beeindruckend wirkende Provision, diese war aber meistens mit hohen Vorabinvestitionen verbunden. Außerdem war der Wettbewerb auf dem Markt dieser speziellen Immobilien besonders groß; jeder Immobilienmakler brauchte solche Objekte, um seinen Namen mit exklusivem Ambiente zu verbinden und seinen Bekanntheitsgrad zu erhöhen oder zu erhalten.

Mittlerweile hatte Basti den Eindruck gewonnen, dass selbstentwickelte Projekte die höchsten Gewinne versprachen; natürlich nur, wenn man die Immobilie klug entwickelte und sie sich quasi von allein vermarktete. Sein Vater hatte vor etwa zehn Jahren mit genau solchen Projekten begonnen und durchaus Erfolg damit gehabt.

Einen Rückzug seiner Eltern, oder zumindest seines Vaters, aus dem Immobilienkontor konnte Basti also erst zulassen, wenn er ohne elterliche Unterstützung in der Lage war, Neubauimmobilien zu entwickeln. Hierzu brauchte er in jedem Fall noch für ein paar Jahre das Knowhow seines Vaters, das der bei den letzten Projekten erworben hatte. Und seine Kontakte. Fehler und schlechte Erfahrungen, die sein Vater bestimmt gemacht hatte, musste er selbst ja nicht wiederholen.

Vielleicht war es darüber hinaus eine gute Idee, sich die Buchhaltungsunterlagen der selbstentwickelten Objekte des Immobilienkontors besonders gründlich anzusehen. Papier log nicht. Zahlen beschönigten nichts, sein Vater möglicherweise schon. Mit dieser Durchsicht der Unterlagen konnte er wenigstens die Zeit sinnvoll nutzen, die er auf Wunsch seiner Eltern sowieso im Kontor verbringen musste. Hexenwerk konnten derartige Projekte eigentlich nicht sein, wenn sein Vater zu ihnen in der Lage war.

Friedrich-Apotheke in Westerland

In seine Gedanken vertieft und völlig gleichgültig gegenüber den lärmenden Touristen um ihn herum, schlenderte Ludwig Vaitmann durch die Westerländer Fußgängerzone. Wie sollten zukünftig seine Tage auf der Insel aussehen? Ließ er sich einfach treiben? Er hatte keinerlei Verpflichtungen mehr. Oder sollte er sich den Tagesablauf bis zum Abend durchorganisieren, so wie er es sogar in seinem Ruhestand in Berlin noch getan hatte? Dort hatte er immer etwas zu tun gehabt, jemandem zu helfen, etwas zu feiern. Aber hier auf Sylt?

Das Treffen mit Jana war nicht ganz so verlaufen, wie er es geplant hatte. Direkt nach dem gemeinsamen Essen hatte er sich verabschiedet und das mit einem dringenden Termin beim Arzt begründet, den er leider nicht hatte verschieben können. Eine offensichtliche Lüge, auch für Jana erkennbar, aber darauf hatte er keine Rücksicht nehmen können. Auch wenn er ursprünglich vorgehabt hatte, den restlichen Tag mit ihr zu verbringen, hatte ihn sein Instinkt zur Flucht aufgefordert.

Die Kleine war ein nettes Mädchen, definitiv ein paar Jahre zu jung für ihn, aber wirklich nett. Außerdem war sie hübsch und ganz bestimmt nicht dumm. Und sie hatte einen Stil, der auf ein gewisses Maß an Bildung schließen ließ, was er sehr zu schätzen wusste. Trotzdem war sie, nach seiner Einschätzung zumindest, nicht weit davon entfernt, sich zu prostituieren. Mit Sicherheit ließ sie regelmäßig Männer für ein paar Stunden ihrer Begleitung bezahlen. Die Einladung an ihn, ein gemeinsames Mittagessen in ihrer Wohnung einzunehmen, war nett gewesen, hatte ihn aber nicht täuschen können. Mit ihr hatte Jana ihm das Angebot ausgesprochen, sich in die Riege dieser zahlenden Männer einzureihen.

Aber irgendetwas hatte die Situation ungeplant verändert. Die Essensverabredung war mit Sicherheit nicht so abgelaufen, wie Jana es sich gestern vorgestellt hatte. Und auch nicht so, wie er sie erwartet hatte. Ein unangenehmes Ereignis hatte alle Pläne ad absurdum geführt und ihr gemeinsames Essen in eine unangenehme Situation umgewandelt.

Wahrscheinlich hatte sie sich in der vergangenen Nacht mit einem der Männer getroffen, die bereits auf ihrer Liste standen. Dann war er, Ludwig, zuvor von ihr belogen worden. Oder sie hatte wirklich an der Hotelbar gearbeitet und dort einen neuen Galan kennengelernt. Auf jeden Fall war etwas passiert, womit sie gestern noch nicht gerechnet hatte. Möglicherweise hatte sie sich bereits zu weit in eine Welt von Abhängigkeiten gewagt und beherrschte diese nicht mehr. Fest stand, dass seit ihrem Abschied nach dem Biike-Feuer und ihrem Wiedersehen zum gemeinsamen Grünkohlessen etwas vorgefallen war, dass

Janas Männerbild nicht gerade verbessert hatte. Damit war der heutige Tag ein denkbar ungünstiger Tag, um unbelastet ein paar schöne Stunden mit ihr zu verbringen.

Als ‚einen der wenigen anständigen Männer‘ hatte sie ihn bezeichnet. Ganz deutlich klang das nach einem Hilferuf. Kein Wunder, dass sein Instinkt ihn zur Flucht gedrängt hatte. Warum sollte er sich in ihre Probleme hineinziehen lassen? So etwas und Ähnliches hatte er bereits viel zu viele Jahre getan.

Wahrscheinlich war es besser, sich von der Kleinen fernzuhalten. Schade drum, aber irgendwann musste auch er einmal anfangen, klüger zu werden und nur noch an sich zu denken.

Noch während er seinen trüben Gedanken nachhing, trat ein uniformierter Polizist aus einem Eckhaus in der Friedrichstraße. Erst jetzt fiel Ludwig auf, wie schön dieses Haus war. Ein altes Bäderstil-Haus in gut erhaltenem Rotklinker, verschandelt lediglich durch die große Glasfront, die die Passanten darauf aufmerksam machte, dass im Erdgeschoss eine Apotheke auf sie wartete. Der Streifenbeamte, der durch die breite Glasschiebetür ging, war Helge Frantz. Ludwig erinnerte sich daran, dass Willi Lasse den Polizisten gestern als den glücklichen Gatten einer der kompetentesten Apothekerinnen der Insel vorgestellt hatte. Ihre Apotheke sei eine Institution in Westerland; sie sei bereits während der ersten Jahre der Entstehung der Bädertradition auf der Insel gegründet worden. Aber dennoch sei es lediglich Antje Frantz‘ persönlichem Einsatz zu verdanken, dass es die Friedrich-Apotheke immer noch gebe. Eine Bemerkung über Helges Inkompetenz als Polizist und sein Glück, eine solche Frau erobert zu haben, hatte Willi erst hinzugesetzt, als sein uniformierter Freund sich kurz auf die Toilette zurückgezogen hatte.

Neugierig betrat Ludwig den Innenraum der Apotheke. Nicht nur die breite Glasfront zur Friedrichstraße, sondern fast die gesamte Einrichtung unterstrich den Kontrast zur langjährigen Tradition und dem altehrwürdigen Gemäuer, in dem die

Apotheke sich befand. Ein sehr zeitgemäßes Ambiente umfing ihn, viel zu modern für seinen Geschmack. Hohe Spiegel hinter steril wirkenden Glasregalen ließen den Verkaufsraum groß, hell und aufgeräumt erscheinen. Lediglich der langgezogene, hölzerne und sicher erst seit der letzten Renovierung mit einer satinierten Glasplatte belegte Verkaufstisch zeigte noch die alte Pracht der ursprünglichen Einrichtung des Verkaufsraums.

Eine sehr junge Dame in einem weißen Kittel sprach ihn an. Auf keinen Fall konnte sie die Apothekerin selbst sein.

„Ich möchte gern mit Ihrer Chefin sprechen."

Die junge Apothekenangestellte nickte sanft und zog sich wortlos in die Räumlichkeiten hinter dem Verkaufsraum zurück. Nach wenigen Sekunden kehrte sie zurück, von einer nicht ganz schlanken, mittevierzigjährigen Blondine begleitet.

„Moin", begrüßte diese ihn. „Ich bin Antje Frantz. Sie haben nach mir gefragt. – Wie kann ich Ihnen helfen?"

Nach seiner kurzen Bekanntschaft mit Helge hatte er sich Frau Frantz ganz anders vorgestellt. Positiv überrascht legte Ludwig ein Rezept auf den Handverkaufstisch.

„Gestern hatte ich das Vergnügen, Helge, Ihren Mann, im Restaurant ‚Zum kleinen Strand' kennenzulernen. Er hat so sehr von Ihnen geschwärmt, dass ich Sie unbedingt kennenlernen wollte. Bitte seien Sie mir nicht böse deswegen. Und natürlich habe ich auch ein fachliches Ansinnen: Viel zu lange trage ich schon dieses nicht eingelöste Rezept mit mir herum."

Erstaunt nahm er wahr, dass die blonde Apothekerin leicht errötete. Eine bezaubernde Fähigkeit in ihrem Alter.

Ohne auf seine Schmeichelei einzugehen, nahm sie das Rezept hoch und warf einen Blick darauf.

„Es handelt sich hier um ein Notfallmedikament!" Ihre Stimme klang vorwurfsvoll. „Ein Angina Pectoris Anfall kann tödlich enden, wenn Sie diese Kapseln nicht griffbereit haben, Herr Vaitmann."

„So schnell jeh ick nich flöten." Natürlich hatte sie recht; die Erfahrung hatte er bereits machen müssen.

„Wir haben Glück, dass ich dieses Rezept noch verwenden darf; die vier Wochen Gültigkeit wären morgen abgelaufen. Sie sollten ein solches Medikament immer bei sich tragen."

„Ja, ich weiß." Er musste sich abwenden, da ihn der bekannte Hustenreiz der letzten Wochen quälte.

„Und eine Erkältung haben Sie dazu auch noch", setzte Antje Frantz in mitfühlendem Ton ihre Ermahnung fort.

„Nee, dit is durch." Langsam kam er sich jetzt doch wie ein todkranker Mann vor.

„Bis auf den Husten, ganz offensichtlich", korrigierte sie ihn. „Gerade als Angina Pectoris Patient muss man sich bei Erkältungen schonen." Mahnend sah sie ihn an.

Sein übertrieben zerknirschter Gesichtsausdruck ließ sie lächeln.

„Der Husten nervt mittlerweile tatsächlich ein wenig", gab er zu. „Vielleicht haben Sie ja ein Wundermittel dagegen."

„Wunder muss der Arzt verschreiben, aber ich kann Ihnen etwas Freiverkäufliches gegen den Husten mitgeben", konterte sie, immer noch lächelnd.

Sein dankbares Nicken quittierte Antje Frantz mit einem zufriedenen Blick.

„Wie Sie mit dem Nitro-Präparat gegen die Angina Pectoris umgehen müssen, wissen Sie?"

„Ja. Leider hatte ich schon die Gelegenheit, es auszuprobieren. Muss aber nicht noch einmal vorkommen."

Nur ungern erinnerte er sich an die Panik, die ihn beim ersten Mal ergriffen hatte. Beim zweiten Anfall war er schon etwas gelassener damit umgegangen; Todesangst hatte aber trotzdem jede Attacke bei ihm verursacht. Seine Brust hatte sich angefühlt, als würde sie von der Faust eines Riesengorillas zusammengedrückt. Oder als hätte dieser einfach auf ihm Platz genommen, gleichgültig, ob er damit Ludwig alle Rippen brach.

Den Gorilla interessierte nicht, ob Ludwig noch in der Lage war zu atmen. Die Kapseln vertrieben den Affen jedes Mal innerhalb kürzester Zeit von seiner Brust.

„Glücklicherweise hatte ich seit meinem Ausscheiden aus dem Polizeidienst keinen Anfall mehr", setzte er nach.

Antje Frantz reagierte mit einem verhaltenen Nicken. „Angina Pectoris wird sowohl durch körperliche als auch durch psychische Belastung verursacht. Es kann gut sein, dass es bei Ihnen die extremen Anforderungen Ihres Berufs waren. Ihr Arzt hat das sicher festgestellt. Dennoch sollten Sie eine längere Zeit ohne Anfall nicht als Entwarnung verstehen."

„So etwas Ähnliches hat mein Berliner Kardiologe auch gesagt. Das aktuelle Rezept ist quasi ein Abschiedsgeschenk von ihm, da mein bisheriges Notfallpräparat mittlerweile zu alt geworden ist."

Er kramte eine Schachtel aus einer der Innentaschen seines Mantels und legte sie auf den Verkaufstisch.

Antje Frantz warf einen Blick auf das Haltbarkeitsdatum und schüttelte den Kopf. Ihre gespielte Verzweiflung ließ ihn grinsen.

„Soll ich das Präparat für Sie entsorgen?"

„Ja, gern. Vielen Dank."

„Ein Abschiedsgeschenk? Haben Sie vor, länger auf der Insel zu bleiben?"

„Das ist mein Plan. Aktuell suche ich nach einer passenden Unterkunft. Ewig im Hotel zu leben ist weder schön noch mit einer Polizistenpension bezahlbar. Aber in Berlin habe ich alle Zelte hinter mir abgebrochen. Es gibt also keinen Weg zurück."

„Dann sollten Sie sich bei einem Herzspezialisten auf der Insel vorstellen."

Er nickte gottergeben. Ihm war bewusst, dass er zwar versuchen konnte, seinen Beruf und seine alte Heimat hinter sich zu lassen, sein Herzleiden begleitete ihn aber auch in ein neues Leben.

„Sie sind also der Kriminalkommissar aus Berlin, den mein Mann gestern kennengelernt hat?", fragte Antje Frantz, während sie im Computer kontrollierte, ob sie die vom Arzt verschriebenen Zerbeißkapseln auch wirklich im Bestand hatte. „Helge war ganz aufgeregt, durch Sie mit der Welt der großen Verbrechen in Berührung gekommen zu sein."

„Wenn er es so dargestellt hat, hat er maßlos übertrieben."

Noch während Ludwig antwortete, machte die Apothekerin ein paar schnelle Schritte zur Seite und öffnete nacheinander drei Schubladen, aus denen sie diverse Medikamentenschachteln nahm. Zusammen mit diesen legte sie einen kleinen Block mit Karopapier auf die Glasplatte zwischen ihnen. In gut lesbaren Buchstaben schrieb sie auf dessen oberstes Blatt mit Filzstift zwei Namen und zwei Adressen. Mit einem schnellen Ruck riss sie den Zettel ab und reichte ihn ihm.

„Nach allem, was ich von meinen Kunden höre, sind diese Ärzte wirklich kompetent. Sie sollten kurzfristig bei einem von beiden einen Termin vereinbaren."

Ein weiteres Mal nickte er gottergeben.

Antje Frantz blickte ihm ernst in die Augen. Sie schien ihm anzusehen, wie unwahrscheinlich es war, dass er innerhalb der nächsten Tage einen Arzt aufsuchte.

„Ich würde es sehr bedauern, einen Bekannten meines Mannes und noch dazu einen unserer Neubürger schneller als notwendig wieder zu verlieren."

Irritiert sah er vom karierten Zettel zu ihr hoch und entdeckte ein herzliches Lächeln auf ihrem Gesicht.

„Mein Bedauern wäre nicht geringer", antwortete er trocken und beide lachten.

„Kommen Sie doch demnächst auf ein Glas Wein oder Bier zu uns nach Hause", lud sie ihn ein. „Das würde mich freuen. Und Helge wird Sie mit großem Vergnügen den ganzen Abend nach Kriminalgeschichten aus der Großstadt fragen."

Das aufrichtig gemeint klingende Angebot überraschte ihn. „Sehr gern komme ich darauf zurück, bevor mir die Decke meines Hotelzimmers auf den Kopf fällt."

Antje Frantz wurde wieder ernst. „Sie wissen, dass Sie bei einer Angina Pectoris alles vermeiden müssen, das Ihren Blutdruck ansteigen lassen kann, oder?"

Erneut nickte er stumm.

„Gut. – Ein Leben als Pensionär auf einer Insel wie Sylt sollte Ihnen helfen, die Dinge ruhiger anzugehen. Aber Sie müssen trotzdem auf sich achten. – Ich gebe Ihnen noch ein paar Vitamine als Nervennahrung und zur allgemeinen Stärkung mit."

Antje Frantz sortierte eine Batterie von Medikamenten vor ihm auf der Glasplatte. Nachdem sie alle einzeln eingescannt und ihm ihre Anwendung erklärt hatte, packte sie die Schächtelchen in eine kleine Tüte mit dem Werbeaufdruck eines Pharmaherstellers. Danach nannte sie die Summe, die er zu bezahlen hatte.

„Kommen Sie wirklich bald auf meine Einladung zurück, Herr Vaitmann", betonte Antje Frantz beim Abschied. „Nicht erst, wenn Ihnen die Decke Ihres Hotelzimmers auf den Kopf fällt."

Sie reichte ihm die Papiertüte voller Schächtelchen, die er achtlos in einer der großen Taschen seines Mantels verstaute.

Keiner von beiden hatte bemerkt, dass eine der Medikamentenpackungen statt in die Tüte in den Korb gefallen war, der vor dem Verkaufstisch stand und kostenlose Zahnpasta-Proben enthielt. Die sehr junge, schweigsame Angestellte, die kurz vor Feierabend den Korb wieder auffüllte, entdeckte das Medikament. Ohne jemanden über ihren Fund zu informieren, legte sie es zurück in die Schublade, aus der ihre Chefin es wenige Stunden zuvor genommen hatte.

Polizeirevier in Westerland

Bereits der übertrieben selbstsichere Schritt, in dem der dunkelhaarige Mitdreißiger das Dienstzimmer der Bereitschaftspolizei von Westerland betrat, ließ Helge Frantz' Laune sinken. Mühsam zwang er sich, ruhig sitzenzubleiben. Auch wenn er den Neuankömmling nicht persönlich kannte, ahnte er, wer da gerade den Raum betreten hatte. Auf keinen Fall wollte er mit ihm aneinandergeraten.

Helges junger Kollege Rainer Müller, der im Rahmen des Bäderdienstes, also als Verstärkung während der bevorstehenden Sommersaison, von einer Polizeiwache auf dem Festland nach Sylt entsendet worden war, stand auf und ging zur Abtrennung. Völlig unbeeindruckt fragte er den Neuankömmling, ob er ihm helfen könne.

„Wedel ist mein Name, Sebastian Wedel. Ich bin hergekommen, um meinen Fahrzeugschlüssel abzuholen. Einer Ihrer Kollegen hat es gestern Nacht extrem lustig gefunden, mir ohne Grund den Schlüssel abzunehmen. Angeblich wollte er mich damit nur vor mir selbst schützen. Mich daran hindern, alkoholisiert zu fahren. – Das wird in jedem Fall noch Konsequenzen für Ihren Kollegen haben, denn wenn ich eines nicht wollte, dann den Motor meines Wagens anlassen und losfahren."

„Möchten Sie sich offiziell über den Kollegen beschweren?", fragte Müller betont freundlich.

„Zuerst einmal fordere ich meinen Autoschlüssel zurück", antwortete Wedel Junior, immer noch aufgebracht klingend. Müllers Angebot, eine Beschwerde aufzunehmen, schien ihn nicht besänftigt zu haben. „Mich vor mir selbst schützen", polterte er weiter. „Was für ein Quatsch! Wenn ich etwas getrunken habe, fahre ich nie. Allein die Tatsache, dass Ihr Kollege mir dies unterstellt hat, ist eine Frechheit. Selbstverständlich wollte ich nur meine Jacke aus dem Wagen nehmen, als ich die Tür aufgeschlossen habe."

„Wie ist Ihr Name?", fragte Müller stoisch nach, obwohl er den Namen sicher bereits beim ersten Mal verstanden hatte.

Helge bewunderte seinen Kollegen für dessen Frechheit. Die ganze Wache wusste längst, dass ein Beamter während der Nachtschicht Ärger mit Sebastian Wedel gehabt und ihm den Schlüssel seines Sportwagens abgenommen hatte. Und genau dieser einzige Sohn von Kunibert Wedel stand nun in der Westerländer Amtsstube und verlangte großspurig und wortreich die Rückgabe seines Eigentums.

„Ich bin Sebastian Wedel", hörte er die eisige Antwort. „Das habe ich bereits zu Anfang angegeben."

„Einen Moment, bitte." Müller drehte sich zu den anwesenden Kollegen um und blinzelte ihnen zu. Helge musste an sich halten, um keine Miene zu verziehen.

„Ja, hier habe ich Ihren Vorgang." Müller bückte sich und zog eine Mappe aus einem der Fächer des langgestreckten, halbhohen Aktenschranks, der ihn von dem ungeduldigen Autofahrer trennte. Gemächlich wandte er sich wieder zu Wedel und legte den Pappschuber vor sich hin. Behäbig öffnete er den Deckel und tat so, als lese er alle Angaben auf der ersten Seite der Akte durch.

Wedel Juniors nur mühsam unterdrückte Ungeduld war für Helge fast körperlich zu spüren.

„Haben Sie seit dem Zusammentreffen mit unserem Kollegen weiteren Alkohol getrunken?", fragte Müller schließlich.

„Natürlich habe ich das getan. Gestern war Biike."

„Dann bitte ich Sie, einem Alkoholtest zuzustimmen."

„Sie sind doch nicht ganz dicht!", entfuhr es dem jungen Wedel.

Helge verließ seinen Beobachtungsposten am Schreibtisch und stellte sich neben Müller. „Wie bitte?"

„Sie wollen doch mit dem Theater von gestern Abend nicht schon wieder anfangen."

„Haben Sie nicht gerade zugegeben, in den letzten Stunden Alkohol getrunken zu haben?"

„Ich hatte ein paar Gläser, bevor und nachdem Ihr Kollege mir völlig unberechtigterweise meinen Autoschlüssel abgenommen hat. Aber das war gestern. Heute habe ich selbstverständlich noch keinen Tropfen Alkohol getrunken. Und jetzt ist es bereits 18:00 Uhr!"

„Sie bestätigen uns also hiermit, dass Sie seit achtzehn Stunden keinen Alkohol mehr zu sich genommen haben?" Helge sah den jungen Mann vor sich bei seiner Frage ganz ruhig an. Innerlich grinste er über den Schachzug seines Kollegen.

„Wie oft noch?", fragte Wedel ungeduldig. „Seit Mitternacht habe ich keinen Alkohol mehr getrunken. – Kann ich jetzt endlich meinen Autoschlüssel zurückerhalten?"

„Selbstverständlich." Müller griff ein weiteres Mal in das Fach des Aktenschranks und zog ein Schlüsselbund hervor. Helge erkannte einen großen, silbernen Totenkopf als Anhänger.

„Wenn Sie mir bitte noch ein gültiges Identifikationsdokument zeigen könnten."

Wedel Junior zückte sein Portemonnaie und hielt seinen Personalausweis vor die beiden Beamten.

„Vielen Dank. – Unterschreiben Sie bitte hier."

Mit sichtbar unterdrückter Wut unterzeichnete Sebastian Wedel gut lesbar auf dem unteren Drittel der einseitigen Akte. Danach nahm er sein Schlüsselbund entgegen und verließ ohne ein Wort der Verabschiedung die Wache.

„Das also war der Mann, auf dessen Erscheinen ihr alle euch bereits den ganzen Tag gefreut habt?" Müller sah Helge fragend an. „Warum hatte der Kollege gestern ausgerechnet ihn auf dem Kieker?"

„Eigentlich wollen wir uns lieber an Wedel Senior rächen, aber den bekommen wir leider nie zu fassen."

„Und deshalb macht ihr Jagd auf seinen Sohn?"

„Offiziell natürlich nicht. Nur, wenn er sich dafür in Positur stellt, so wie letzte Nacht.“

„Und was hat sein Vater getan, um sich die vollständige Belegschaft der Westerländer Wache zum Feind zu machen?“

„Eine kurze Geschichte mit lang andauernden Konsequenzen für uns: Kunibert Wedel ist ein sehr geschäftstüchtiger Mann, dem bisher niemand ein krummes Ding nachweisen konnte, obwohl es schon mindestens einmal einen heftigen Skandal um eines seiner Projekte gab. Sein ausgeprägter Geschäftssinn ist schuld daran, dass wir, die gesamte Belegschaft der Wache Westerland, demnächst für mehrere Jahre in Container umziehen müssen. Dann nämlich, wenn unsere Wache aufwändig saniert wird.“

„Ich verstehe nicht, welche Verantwortung Wedel dafür trägt.“

„In letzter Sekunde hat er das Gebäude neben uns gekauft, in das wir eigentlich umziehen sollten, statt in die Container. Aus diesem Bau macht er überteuerte Ferienwohnungen. Uns zuerst das Gebäude zur Verfügung zu stellen und danach zu sanieren, kam für ihn nur gegen eine immense Ausgleichszahlung in Frage. Wie du dir denken kannst, kam eine solche Lösung für die öffentliche Hand nicht in Frage. Also bleiben uns nur die Container als Ausweichquartier. Und auf diese Unterbringung haben wir alle überhaupt keine Lust.“

Westerland – Ein Zimmer im ‚Hotel Vier Jahreszeiten‘

Seit dem Moment, in dem sich Ludwig von ihr verabschiedet und ihre Wohnung verlassen hatte, ging Jana Nimb die Frage durch den Kopf, ob er ihr vielleicht im Kampf gegen Bert Wedel helfen konnte. Natürlich hatte sie ihm vorhin nicht die Wahrheit erzählt, als er sie vorsichtig ein wenig ausgefragt hatte.

Wahrscheinlich war ihm das auch schnell klar geworden. Jana wusste, dass sie nicht gut lügen konnte, außerdem war Ludwig viele Jahre Polizist gewesen. Wahrscheinlich besaß er ein untrügliches Gespür dafür, ob seine Gesprächspartner ihm die Wahrheit sagten oder eben nicht.

Allein die Art, in der er sich nach den Gründen für ihre gedrückte Stimmung erkundigt hatte, war für sie tröstend gewesen. Gleichzeitig hatte sie begonnen, sich ihm gegenüber für ihre Abhängigkeit von Bert Wedel zu schämen. Wenn sie Ludwig um Hilfe bat, musste sie ihm die ganze Wahrheit sagen. Wollte sie das wirklich tun?

Weder Willi Lasse noch Helge Frantz waren im ‚Zum kleinen Strand' anwesend, als Ludwig Vaitmann das Restaurant betrat. Etwas enttäuscht nahm er an der Theke Platz. Sören, der Wirt, schien ihn wiederzuerkennen. Kommentarlos stellte er ein Glas Bier vor ihm ab und kümmerte sich dann wieder um die Getränkebestellungen seiner anderen Essensgäste.

Als der Gastwirt mit dem zweiten Glas Bier zu ihm kam, fragte Ludwig ihn: „Meinst du, dass heute auch noch Willi Lasse vorbeikommt? Oder Helge Frantz?"

„Willi darf nur einmal pro Woche auf meine Kosten saufen. Ihn erwarte ich auf keinen Fall vor nächster Woche wieder hier. Und der Polizist, der gestern bei euch gestanden hat, kommt eher selten her. – Willst du etwas essen?"

„Nein, danke. Ich hatte heute Mittag bereits einen schwer verdaulichen Grünkohl. Davon müssen sich meine Gedärme erst einmal erholen."

Sören nickte. „Dann einen Schnaps? Ich hole einen Kümmel. Der hilft immer."

„Nein, vielen Dank. Auch keinen Schnaps für mich. Ich bezahle meine zwei Gläser Bier und mache direkt wieder Platz für verzehrwillige Gäste."

Sören warf ihm einen schrägen Blick zu und entfernte sich dann stumm, um die Rechnung zu holen.

Über sich selbst verärgert, überlegte Jana Nimb, in welchem Hotel Ludwig wohnte. Er hatte es ihr erzählt, da war sie sich sicher. Aber genauso sicher hatte sie ihm nicht richtig zugehört. Sie klappte den Deckel ihres Laptops auf und sah eine lange Liste von Westerländer Hotels durch; vielleicht konnte sie sich erinnern, wenn sie den Namen las. Als sie beim ‚Hotel Vier Jahreszeiten' angekommen war, fiel ihr wieder ein, dass Ludwig während des Essens eine Bemerkung über seinen Winter und ihren Sommer gemacht hatte. Der Versuch eines Kompliments, den sie lediglich mit einem unaufmerksamen Lächeln beantwortet hatte. Vielleicht war er zu diesem Wortspiel durch den Namen seines Hotels angeregt worden.

Sie griff nach ihrem Handy, wählte die in der Hotelliste angegebene Telefonnummer und erreichte die Rezeption des ‚Hotel Vier Jahreszeiten'. Ein Mann mit sonorer Bass-Stimme gab ihr freundlich die Auskunft, dass zwar ein Ludwig Vaitmann bei ihnen wohne, dieser aber offenbar derzeit nicht auf seinem Zimmer weile. Sein Schlüssel hinge am Schlüsselboard hinter ihm. Jana bedankte sich ebenso freundlich und beendete das Gespräch.

Jetzt wusste sie also, wo sie Ludwig finden konnte. War es klug, sich ihm derartig aufzudrängen? Kurz nachdem er quasi die Flucht vor ihr ergriffen hatte? Und ausgerechnet, wenn sie ihn um Hilfe bitten wollte?

Nach kurzem Überlegen hatte sie sich entschieden. Rasch kontrollierte sie ihr Aussehen, zog ihren Lippenstift nach, nahm ihre Handtasche vom Schränkchen neben der Tür und verließ die Wohnung.

Doch, in jedem Fall musste sie versuchen, Ludwig in seinem Hotel anzutreffen. Es war ja nicht notwendig, dass sie dortblieben. Ob sie ihm wirklich die volle Wahrheit über ihre Situation erzählen konnte, wusste sie noch nicht. Aber sie wollte unbedingt mit ihm reden. Er war ihr sympathisch und sie vertraute ihm. Und wahrscheinlich ahnte er bereits viel mehr, als ihr lieb war.

Zum Hotel zurückzugehen und den Abend allein auf seinem Zimmer zu verbringen, war ganz und gar nicht das, was Ludwig Vaitmann sich unter seinem neuen Leben vorstellte. Missmutig dachte er über Alternativen nach.

Vielleicht hätte er die Einladung der freundlichen Apothekerin umgehend annehmen sollen. Auch wenn ihn am Vorabend die Unterhaltung mit Helge Frantz nicht wirklich amüsiert hatte, dessen Frau hatte er sofort gemocht.

Leider hatte er Willi Lasse nicht nach seiner Handynummer gefragt, als sie sich gestern voneinander verabschiedet hatten. Der Journalist hätte sicher ausreichend skurrile Geschichten in petto gehabt, um mehr als nur einen lustigen Abend damit zu gestalten. Aber sicher hätte er auch schnell alles darangesetzt, zu erfahren, was Ludwigs Laune so in den Keller gebracht hatte.

Genau diese schlechte Laune hinderte ihn nun daran, sich allein in eines der vielen Restaurants oder Cafés mitten zwischen die fröhlichen Urlaubsgäste zu setzen. Sofort, nachdem Sören ihm im ‚Zum kleinen Strand' ungefragt sein erstes Bier hingestellt hatte, wusste Ludwig, dass er dort nicht allein sitzen bleiben wollte. Die beiden Begegnungen mit Jana Nimb setzten ihm zu. Er konnte einfach nicht aufhören, darüber nachzugrübeln, was während der wenigen Stunden, die sie sich nicht gesehen hatten, passiert sein konnte. Welches Ereignis hatte die gestern noch so selbstsichere, attraktive Frau derartig eingeschüchtert? Er wusste, dass er ein Idiot war, sich für sie verantwortlich zu fühlen, aber trotzdem tat er es. Auch wenn er sich darüber ärgerte, ließen ihn seine düsteren Gedanken nicht los.

Als er sein Hotel betrat, saß genau die Frau, für deren Wohlbefinden er eigentlich keine Verantwortung übernehmen wollte, auf einem der einfachen Holzstühle im Eingangsbereich. Und sie schien auf ihn zu warten. Als sie ihn entdeckte, erhob sie sich sofort.

Paul Harmssen, der wohlbeleibte Portier des ‚Hotel Vier Jahreszeiten', den Ludwig meistens Bonbon-lutschend antraf, zuckte entschuldigend mit den Schultern, während er ihm wortlos seinen Zimmerschlüssel reichte.

„Was für eine schöne Überraschung, dass wir uns so schnell wiedersehen." Eine Überraschung war es für ihn wirklich.

Schweigend stand sie vor ihm. Ihr Blick war eine unausgesprochene Bitte um Entschuldigung.

„Geht es dir besser, Kleine?"

Ihr bestätigendes Nicken war wenig überzeugend, auch wenn sie dabei ein Lächeln versuchte.

„Auf einen Besuch in meinem Hotelzimmer bin ich nicht eingestellt. Wollen wir vielleicht ein wenig am Meer spazieren gehen? Dort können wir uns sicher ungestörter unterhalten als hier."

„Es ist kurz nach Hochwasser", antwortete sie zu seinem Erstaunen. Mit den Auswirkungen der Gezeiten auf seinen eigenen Tagesablauf hatte er sich noch nicht auseinandergesetzt.

„Dann gehen wir in ein Restaurant oder Café. Du wirst doch sicher ein Lokal kennen, in dem man lediglich etwas trinken kann."

„Eigentlich möchte ich lieber irgendwo in Ruhe mit dir reden. Nur wir zwei. Keine weiteren Zuhörer."

Ihr Blick ließ ihn wünschen, er hätte die Rückkehr ins Hotel länger hinausgezögert. Wenn ihm nicht noch eine Ausrede einfiel, steckte er in ein paar Minuten knöcheltief in ihren Problemen.

„Aber wir könnten natürlich die Promenade entlang gehen“, schlug sie zögerlich vor. Offenbar war ihm sein Unwohlsein mit der Situation deutlicher anzusehen, als er gedacht hatte.

Erleichtert gab er Harmssen seinen Zimmerschlüssel zurück und wandte sich zum Gehen.

„Vielleicht habe ich für einen längeren Spaziergang nicht die richtigen Schuhe an.“ Jana hob eines ihrer Beine an und machte ihn damit auf ihre Stiefel mit den hohen, schmalen Absätzen aufmerksam.

„Sollen wir uns doch in meinem Zimmer unterhalten?“, fragte er mit einem, wie er fand, kaum hörbaren Seufzer. Genau eine solche Situation hatte er vermeiden wollen. Sich mit Jana zusammen in sein kleines Hotelzimmer zurückzuziehen, war ihm deutlich zu verfänglich. Gestern Abend wäre seine Einstellung dazu vielleicht noch eine andere gewesen, aber in der Zwischenzeit war einfach zu viel passiert. Außer einem einzelnen Schreibtischstuhl gab es in seinem winzigen Zimmer nur sein Bett als Sitzgelegenheit. Nicht gut. Gar nicht gut, wenn er damit rechnen musste, sich mit zu viel Intimität in ihre Schwierigkeiten hineinziehen zu lassen.

Sie schien seine Gedanken nicht zu ahnen. Dankbar lächelte sie ihn an und nickte.

Erneut ließ er sich seinen Zimmerschlüssel geben und stieg mit Jana die altmodische, geschwungene Holztreppe hinauf, die in den zweiten Stock und damit zu seinem Zimmer führte.

Egal, was Ludwig zur Begrüßung auch gesagt hatte, erfreut war er auf jeden Fall nicht darüber, dass sie auf ihn gewartet hatte. Und mit ihr auf sein Zimmer zu gehen, schien ihm noch weniger zu behagen.

In der ersten Etage angekommen, hielt Jana Nimb an und drehte sich zu ihm um. „Es tut mir leid, dass ich dich einfach in deinem Hotel überfallen habe.“

Ludwig atmete schwer und sagte nichts.

„Ich möchte wirklich gern mit dir über etwas reden. – Auch wenn ich schon lange auf Sylt wohne, fehlt mir der richtige Ratgeber. Ganz besonders in der Situation, in die ich mich gebracht habe. Bei dir habe ich die Hoffnung, dass du mich nicht verurteilen wirst."

Immer noch sah er sie nur stumm an.

„Wenn es dir unangenehm ist, hier mit mir zu sprechen, dann lass uns doch zurück in meine Wohnung gehen. – Ich koche auch nicht wieder Grünkohl." Sie grinste ihn schief an.

Auch er konnte ein Grinsen nicht unterdrücken.

„Heißt das ja?"

„Jetzt sofort?"

Seinem Tonfall konnte sie anhören, wie wenig er von ihrem Vorschlag begeistert war. Verneinen wollte sie seine Frage dennoch nicht.

„Na gut. Aber lass uns ein Taxi nehmen." Er drehte sich auf dem Absatz um und stieg die Treppe wieder hinab.

Jana folgte ihm.

Nach wenigen Stufen abwärts war er es, der anhielt. „Ach, wir sind doch erwachsene Menschen. Wenn du ein Problem hast, können wir das auch in meinem Zimmer besprechen."

Skeptisch sah sie ihn an.

„Das ist wirklich in Ordnung für mich", bekräftigte er seinen Vorschlag.

Gemeinsam gingen sie wieder hinauf und Ludwig schloss seine Zimmertür auf.

„Setz du dich auf den einzigen Stuhl und ich nehme die Bettkante", schlug er vor.

Während sie sich im Zimmer umsah, nahm er ihr den Mantel ab und hängte ihn über den einsamen Garderobenhaken an der Innenseite der Tür. Seinen eigenen Mantel hakte er darüber. Eine der Außentaschen stand hässlich ausgebeult ab.

„Darf ich dir ein Glas Wasser anbieten?", fragte er. „Etwas anderes steht mir derzeit nicht zur Verfügung."

„Nein, danke. Ich brauche nichts."

Ludwig setzte sich. Sie drehte ihren Stuhl so, dass sie ihm direkt gegenübersaß, den schmalen Schreibtisch im Rücken. Nur etwa zwanzig Zentimeter trennten ihre Beine von seinen.

„Möchtest du anfangen? Oder soll ich erst ein paar Dinge aus meinem Leben erzählen?"

Erstaunt sah sie ihn an. Offensichtlich meinte er sein Angebot ernst; Ludwig war wirklich ein großartiger Mann. Dankbar legte sie eine Hand auf sein Knie. Als sie ihn zusammenzucken spürte, zog sie die Hand schnell wieder weg.

„Bitte sag es mir ehrlich, falls du nichts mehr mit mir zu tun haben willst, nachdem ich dir alles erzählt habe. Ich glaube, ich habe mich wirklich sehr dumm verhalten."

„So schlimm wird es schon nicht sein, Kleine."

Ludwigs warme Stimme machte es ihr nicht leichter, ihm alles zu beichten. Und warum musste er sie nur immer wieder ,Kleine' nennen?

„Ich hatte nichts, als ich nach Sylt kam", begann sie schließlich zu erzählen. „Nichts, außer meinem Aussehen, worauf ich gesetzt habe. Ich dachte damals wirklich, das wäre ausreichend, um hier meinem Traumprinzen zu begegnen. Die ersten Jahre habe ich ernsthaft gehofft, einen netten Mann kennenzulernen, der mich heiratet und für mich sorgt."

„Aber es war keiner dabei unter den ganzen Fröschen, die du sicher geküsst hast?"

„Nein, sie sind alle Frösche geblieben." Sie schaffte ein schiefes Lächeln und dieses Mal war es Ludwig, der zum Trost kurz eine Hand auf eines ihrer Knie legte.

„Nach ein paar Jahren habe ich die Suche aufgegeben. – Mittlerweile hatte ich verstanden, dass die Männer, mit denen ich ausging, nicht mehr von mir wollten als ein paar nette Stunden. Und viele waren bereit, mir dafür etwas zu schenken. – Irgendwann dachte ich mir nichts mehr dabei, mich dafür entlohnen zu lassen, etwas freundlicher zu diesen Männern zu sein. Ich habe ihnen etwas von meiner Zeit geschenkt und sie mir etwas von ihrem Vermögen."

„Ja. Das habe ich mir schon gedacht, Kleine."

Ludwig schien tatsächlich bereits geahnt zu haben, worauf ihre Geschichte hinauslief. Aber was für einen dauerhaften Deal sie durch den Kauf ihrer Wohnung eingegangen war, konnte er nicht wissen. Berts Angebot anzunehmen, war schiere Dummheit gewesen. Für eine solche Entscheidung hatte sie ihn viel zu kurz gekannt.

Mit leiser Stimme setzte sie ihre Erzählung fort: „Die Wohnung, in der du mich gestern besucht hast, habe ich vor etwa zwei Jahren gekauft. Natürlich konnte ich sie nicht vollständig bar bezahlen, aber der Makler, der sie mir vermittelt hat, hat mir auch bei der Finanzierung geholfen."

„Und dafür hat er eine Gegenleistung verlangt?" Ludwigs Miene ließ nicht erkennen, was er über sie dachte. „Nein, er verlangt sie immer noch."

„Ich habe doch gesagt, dass ich dumm war. Niemals hätte ich mich auf so etwas einlassen dürfen."

„Auf was genau hast du dich eingelassen, Kleine?"

Sie blickte zu Boden und wünschte, die nächsten Worte nicht aussprechen zu müssen. „Seit zwei Jahren zahlt dieser Makler meinen Immobilienkredit ab. Und mit jedem Monat, den er bezahlt, scheine ich in seinen Augen etwas mehr sein Eigentum zu werden."

Ludwig beobachtete sie eine Weile stumm. Dann beugte er sich vor und hob ihr Kinn an, so dass er ihr in die Augen sehen konnte.

„War das euer Deal?"

„Nein, natürlich nicht." Sie machte sich frei, hielt aber weiterhin seinem Blick stand. „Zumindest nicht so."

„Nicht wie?"

„Am Anfang war er charmant und rücksichtsvoll. Wir haben uns einmal, maximal zweimal im Monat gesehen und ich war nett zu ihm. Netter, als ich es sonst gewesen wäre. Gemeinsam haben wir bestimmt, wann und wo wir uns treffen, was wir tun. Manchmal sind wir nur zusammen essengegangen. – Das war in Ordnung für mich." Das war es damals wirklich. Sie versuchte, diese Überzeugung in ihren Blick zu legen.

„Wie ist es jetzt?"

„Mittlerweile geht er in meiner Wohnung ein und aus, wie es ihm gefällt."

„Und sicher nicht nur, um nach dem Rechten zu schauen."

„Nein." Erneut senkte sie ihre Augen zu Boden.

Immer noch gönnte sich Ludwig keinen Kommentar. Ganz egal, was sie aus seinem Blick herausgelesen hatte, er musste sie verachten. Sie selbst verachtete sich für die Lage, in die sie sich sehenden Auges hineinmanövriert hatte.

„Letzte Nacht war er bei dir?"

„Ja."

„Du hast ihn nicht erwartet?"

„Er war zuvor in der Hotelbar."

„Ich verstehe."

„Nein. Du verstehst nicht. – Ich wollte nicht, dass er zu mir kommt. Ich habe Angst vor ihm. Gestern war es besonders schlimm. Er war eifersüchtig. Und furchtbar wütend."

Ludwig ließ ihre Antwort eine Weile im Raum verklingen. „Wer ist es?", fragte er schließlich.

„Das kann ich dir nicht sagen."

„Wie soll ich dir dann helfen?"

„Geh mit mir zur Bank. – Der Makler behauptet immer, dass die Bank nicht dazu bereit sein wird, die Finanzierung auf mich umzuschreiben und meinen Möglichkeiten anzupassen. Dass ich meine Wohnung und meine gesamte Anzahlung verliere, wenn er nicht weiterhin für die Sicherheit des Kredits bürgt und eintritt. – Ich glaube, er kennt den Bankberater gut. Wahrscheinlich wird er ihn davon abhalten, mir entgegenzukommen. – Ich brauche einen gestandenen Mann, der mir den

Rücken stärkt. Du sollst nur hinter mir stehen, wenn ich versuche, mich aus dieser Situation zu befreien."

Ludwig schien eine Weile über ihre Bitte nachzudenken. „Hast du bereits allein probiert, mit dem Bankberater zu sprechen?"

„Nein. Ich hatte Angst, dass er Bert darüber informiert."

„Bert? – So heißt dein Makler also. Und wie weiter?"

„Ich kann es dir nicht sagen. – Wenn du zu ihm gehst und ihm eine auf die Nase haust, hilft mir das auch nicht. Dann verliere ich alles und muss womöglich auch noch ins Gefängnis."

Überrascht sah er sie an. „Wenn ich etwas gegen diesen Bert unternähme, dann sicher nicht auf die von dir angenommene Art. Vergiss nicht, dass ich einmal Polizist war. Die Erfahrung hat mich gelehrt, dass bei Menschen wie deinem Bert immer etwas zu finden ist, wenn man tief genug gräbt."

„Er hat gedroht, mich zu ruinieren. Mich bei der Polizei anzuzeigen. – In meiner Wohnung steckt alles, was ich je gespart habe. Wenn die Bank sie zur Zwangsversteigerung freigibt, verliere ich alles, wofür ich mein Leben lang gearbeitet habe."

„Setz dich mal zu mir." Ludwig reichte ihr seine Hand.

Sie wechselte den Platz und saß jetzt dicht neben ihm auf dem Bett. Tröstend legte er seinen rechten Arm um sie.

„Auf keinen Fall werde ich zulassen, dass dein Makler dir alles wegnimmt, Kleine", sagte er und strich ihr sanft mit der linken Hand die Tränen aus dem Gesicht.

Ludwig war tatsächlich einer der wenigen guten Menschen, denen sie in den letzten Jahren begegnet war. Dass er um so viele Jahre älter war als sie, war vielleicht der Grund dafür, dass sie sich bei ihm geborgen fühlte.

Als sie ihn vorsichtig küssen wollte, wehrte er sie ab und stand abrupt vom Bett auf. „Auf die Art musst du dich bei mir nicht bedanken."

Sie erhob sich ebenfalls, nahm seine Hand und führte sie an ihre Lippen. Wortlos zog er seine Hand weg.

„Es war nicht Dank, was ich mit meinem Kuss ausdrücken wollte." So nah standen sie beieinander, dass sie seinen Atem auf ihrem Gesicht spüren konnte.

Sein Gesichtsausdruck wurde weich. „Ach, Kleine. Bring mich doch nicht derartig in Schwierigkeiten."

Er hatte doch geahnt, dass es keine gute Idee war, mit Jana zusammen in sein Hotelzimmer zu gehen.

Als sie vor ihm stand und ihn mit ihren tränenverhangenen, wunderschönen Augen ansah, konnte Ludwig Vaitmann nicht mehr anders, als sie zu küssen. Viel zu nah stand sie bei ihm. Viel zu verführerisch. Viel zu schön und viel zu begehrenswert. Wie lange hatte er keine Frau mehr so intensiv in seiner Nähe gespürt?

Während er ihre weichen Lippen auf seinen spürte, schossen ihm tausend Gedanken durch den Kopf. Er dachte an ihre Jugend und an sein Alter. An ihren Lebensstil und an seinen. An das, was sie ihm gerade von der letzten Nacht erzählt hatte, und an das, was er sich von ihr wünschte.

Mit einem Ruck bewegte er seinen Kopf und beendete den Kuss. Mit dem Wort „Entschuldige!" trat er einen Schritt von ihr weg.

Jana rührte sich nicht.

„Ich glaube nicht, dass wir gerade jetzt …", begann er und stockte. „Ich meine, nicht nach der letzten Nacht." Unmöglich konnte sie in ihrer Situation das wollen, was er begehrte.

„Aber wenn ich es möchte?"

„Warum solltest du?" Er konnte keinen klaren Gedanken fassen. In seinem Kopf schwirrten sich widersprechende Wünsche und Bedenken durcheinander.

„Weil ich dich mag, Ludwig. Weil ich dich sehr mag und in deinen Armen liegen möchte."

Sie hatte ihn gern; das war nicht gelogen. Und sie mochte sein Zögern, seine sichtbar mühsame Zurückhaltung.

Zum ersten Mal seit langer Zeit war sie es, die einen Mann zu mehr Nähe drängte und nicht umgekehrt. Jana Nimb wollte mit Ludwig zusammen sein, von ihm berührt und festgehalten werden.

Innerlich schwankte sie zwischen Lachen und Weinen. Endlich hatte sie einen sympathischen Mann kennengelernt, und ausgerechnet ihm hatte sie alles erzählt. Wenn Ludwig erst einmal zum Nachdenken gekommen war, würde er sie sicher eher davonjagen, als sie zu beschützen.

Es würde also wirklich passieren, wenn er es wollte. Schneller, als er es sich hatte vorstellen können.

Nachdem Ludwig Vaitmann den Gedanken zugelassen hatte, endlich wieder einer Frau – und auch noch dieser, die er tatsächlich mochte – näher zu kommen, überfiel ihn die Erinnerung. Es gab einen Grund, warum er in den letzten Jahren jeder Beziehung aus dem Weg gegangen war. Seine Frau hatte ihn nicht nur verlassen, weil sie mit seinem Job und der damit verbundenen Gefahr nicht zurechtgekommen war. Nein. Sie hatte ihn auch verlassen, weil er immer häufiger als Mann versagt hatte. Eigentlich hatten sie sowieso schon nicht mehr oft miteinander geschlafen. Aber dann hatte er auch noch angefangen, zu versagen. Nie hatte er mit jemandem darüber gesprochen, auch mit keinem Arzt. Stattdessen hatte er sich auf Drängen seiner Frau ein freiverkäufliches Potenzmittel besorgt, an dessen Wirksamkeit er nie geglaubt hatte. Dazu, es auszuprobieren, waren sie nicht mehr gekommen.

Bei seiner Verabschiedung in den Ruhestand hatten die Kollegen ihm unter anderem eine Schachtel Potenzmittel aus der Apotheke geschenkt, verschreibungspflichtig und mit einer langen Liste von Nebenwirkungen und Warnhinweisen auf dem Beipackzettel. Er wusste nicht, wie sie darauf gekommen waren, und er hatte auch keine Idee, wie sie das Mittel besorgt hatten. Aus der Asservatenkammer stammte es hoffentlich nicht. Die Schachtel hatte er bisher nicht angerührt; sie wegzuwerfen, war ihm aber auch nicht in den Sinn gekommen. Bei seinem Umzug nach Sylt hatte er sie einfach in seinen Kulturbeutel gepackt.

Vielleicht war heute die richtige Gelegenheit, eine Tablette davon einzunehmen.

Sie lagen bereits nackt im schmalen Bett, hatten sich gestreichelt und geküsst, als Ludwig sich noch einmal entschuldigte und ins Bad zurückzog. Vielleicht suchte er ein Kondom, dachte Jana Nimb, dabei hatte sie bereits deutlich sichtbar zwei Tütchen auf den Nachttisch gelegt.

Als er zu ihr zurückkam, hielt er nichts in der Hand. Lächelnd hob sie die beiden Kondome hoch.

Er schien nervös zu sein. Dabei gab es keinen Grund dafür. Sie erwartete nichts von ihm, außer dass er genoss, was sie taten. Und dass er es ihr ermöglichte, seine Nähe auszukosten. Genau das hatte sie ihm auch ins Ohr geflüstert, bevor er plötzlich aufgestanden und ins Bad gegangen war.

Eng schmiegte sie sich an ihn. Sie spürte seine Wärme, hörte seinen Herzschlag, spürte seinen Atem. Sanft ließ er seine Hände ihren Rücken entlanggleiten, auf ihrem Po verweilen. Es war schön, zärtlich aufeinander einzugehen. Sich Zeit lassen zu können, gab ihr ein gutes Gefühl. Seine Erregung wurde stärker. Sein Atem ging schneller. Sein Griff verfestigte sich. Seine Küsse wurden leidenschaftlicher.

Plötzlich zuckte Ludwig zusammen. Mit einem lauten Stöhnen ließ er von ihr ab. Als er sich auf den Rücken drehen wollte, rutschte er ächzend von der schmalen Matratze und blieb schräg auf der Seite vor dem Bett liegen. Er griff sich an die Brust und krümmte sich wimmernd zusammen.

In Panik sprang sie auf und lief um das Bett herum. Neben ihm kniend, versuchte sie zu verstehen, was gerade passierte. Ludwigs Gesicht war verzerrt. Ein Ausdruck von Schmerz und Panik stand in seinen Augen.

„Bleib ruhig liegen", rief sie und wollte aufstehen.

Sie brauchte ihr Handy. Sofort musste sie einen Arzt rufen. Bestimmt hatte Ludwig einen Herzinfarkt und sie war schuld. Er brauchte dringend Hilfe, die sie ihm nicht leisten konnte.

„Nein", stöhnte er kaum hörbar, „meine Tabletten".

Ludwigs Gesicht war jetzt schweißbedeckt, sein Arm wies auf die Zimmertür, an der ihre Mäntel hingen.

Ihr Blick fiel erneut auf die ausgebeulte Tasche an seinem Mantel. Sie lief zur Tür und fand in der Außentasche eine Apothekentüte. Fragend hielt sie sie hoch. Mit zwei kraftlosen Bewegungen winkte Ludwig sie zu sich.

„Kapseln", stöhnte er leise.

Sie schüttete die Tüte neben ihm aus und suchte verzweifelt nach einem Mittel, das ihm helfen konnte.

„Was?", schrie sie. „Was brauchst du?"

„Nitro", stöhnte er und versuchte erfolglos, seinen Kopf hochzunehmen, um einen Blick auf die Medikamentensammlung zu werfen. Kraftlos sank er zurück und wimmerte leise. Sein Atem ging laut und schwer.

Jana untersuchte ein weiteres Mal alle Schachteln, fand aber außer Vitaminen und Erkältungsmitteln nichts.

„Hier ist kein Nitro", schrie sie panisch und drehte und wendete ein weiteres Mal alle Schachteln.

Auf einmal wurde ihr die Stille im Raum bewusst. Ludwig hatte aufgehört zu stöhnen. Sein lautes Atmen war verklungen. Immer noch zusammengekrümmt, lag er auf der Seite und gab keinen Laut mehr von sich.

„Nein!" Erst vorsichtig, dann immer heftiger rüttelte sie an dem nackten Körper vor sich. Ludwig durfte jetzt nicht sterben.

Nicht jetzt. Und schon überhaupt nicht hier, während sie bei ihm war.

Ohne darüber nachzudenken, sprang sie auf, lief zur Zimmertür und schrie nach Hilfe. Danach holte sie ihr Handy aus ihrer Handtasche und wählte den Notruf.

Noch während sie am Telefon erklärte, was passiert war, stürmte der Portier ins Zimmer. Erst durch seinen Blick wurde Jana bewusst, dass sie nackt mitten im Raum stand. Verlegen griff sie hinter die geöffnete Zimmertür, zog das oberste Kleidungsstück vom Haken und wickelte sich hinein. Es war Ludwigs Mantel.

Zusammen mit dem Notarzt und den Sanitätern erschien auch die Polizei im Hotel. Als sich die Sirenen der Einsatzfahrzeuge näherten, gelang es Paul Harmssen gerade noch, rechtzeitig aus dem zweiten Stock herunterzulaufen und die Neuankömmlinge an der Eingangstür in Empfang zu nehmen.

Erneut mit den Helfern die zwei Etagen nach oben gestiegen, stellte er fest, dass die nackte Besucherin sich nicht mehr im Hotelzimmer von Ludwig Vaitmann befand. Leise klopfte er an die geschlossene Tür des Badezimmers. Vielleicht zog sich die unbekannte Schöne gerade an, um Polizei und Sanitäter nicht unbekleidet entgegentreten zu müssen. Nach einer Minute, in der sich hinter der Tür nichts gerührt hatte, öffnete er sie. Das Badezimmer war leer.

Als die Einsatzwagen mit quietschenden Bremsen vor dem Hotel anhielten und die vielen männlichen Stimmen das Treppenhaus herauf erklangen, geriet Jana Nimb in Panik. Was hatte sie sich dabei gedacht, zu Ludwig aufs Zimmer zu gehen? Ausgerechnet jetzt, da Bert sowieso schon so unberechenbar geworden war.

Falls die Polizei sie mit Ludwigs Tod in Verbindung brachte, dauerte es sicher nicht lange, bis die Presse davon erfuhr. Und dann las Bert schwarz auf weiß, dass sie bei dem Verstorbenen im Hotelzimmer gewesen war. Es zu leugnen, würde es nur noch schlimmer machen. Natürlich verstand er sofort alles. Wahrscheinlich sparten die Zeitungsberichte kein Detail aus. Der Portier hatte sie nackt gesehen. Ludwig und sie, beide vollständig unbekleidet, zwei Kondome auf dem Nachttisch liegend. Die Situation war eindeutig.

Eilig raffte sie ihre auf dem Boden verteilte Kleidung zusammen und stopfte sie zusammen mit ihren Schuhen in die Taschen von Ludwigs Mantel. Es blieb ihr nicht viel Zeit, das war ihr klar. Ihre Tasche auf dem Schreibtisch und ihren eigenen Mantel hätte sie beinahe vergessen.

Bereits als sie mit Ludwig zusammen zu seinem Zimmer gegangen war, hatte am Ende des Flurs ein grüner Notausgangshinweis ihre Aufmerksamkeit auf sich gezogen. Jetzt, in ihrer Panik, schienen ihr dieses Schild und der damit erhoffte, ungesicherte Ausgang ihre Rettung zu sein. Tatsächlich befand sich unterhalb der grünen Fluchtwegleuchte eine unauffällige, weißgestrichene Tür, die unverschlossen war und direkt in ein schmales Treppenhaus führte. Nachdem Jana sich auf dem Treppenabsatz eilig angezogen hatte, knüllte sie Ludwigs Mantel so gut es ging in ihre Handtasche und lief die Treppe hinab. Erleichtert stellte sie fest, dass sich die Tür im Erdgeschoss auf den unbeleuchteten, hinteren Parkplatz des Hotels öffnete. Im diffusen Licht der Straßenlaterne sah es so aus, als sei kein Mensch in der Nähe. Schnell lief sie über den Parkplatz und verlangsamte ihren Schritt erst, als sie den Bürgersteig erreicht hatte.

Schon während sie die schmale Treppe des Notausgangs nach unten gelaufen war, hatte sie begonnen, ihre Flucht zu bereuen. Warum hatte sie nicht einfach gewartet und der Polizei wahrheitsgemäß erzählt, wie Ludwig gestorben war? Sie beging doch kein Verbrechen, nur weil sie einen Mann im Hotel besuchte, der fast doppelt so alt war wie sie selbst.

Wegzulaufen war keine gute Lösung gewesen. Immerhin wusste der Portier ja, dass sie dagewesen war. Für die Polizei musste es so aussehen, als habe sie etwas zu verheimlichen. Ihre Beteiligung an Ludwigs Tod möglicherweise.

Aber vielleicht war Ludwig ja gar nicht gestorben.

Oder die Mediziner schafften es, ihn wiederzubeleben.

Was dachte Ludwig, wenn sie nicht bei ihm war, falls er wieder aufwachte? Musste er nicht annehmen, sie habe ihn sterbend sich selbst überlassen?

Hatte sie genau das nicht auch getan?

Welche Entschuldigung gab es für ihr Verhalten?

Wenn der Portier sie gut in Erinnerung behalten hatte, konnte er sie der Polizei beschreiben. Dann würde es nicht lange dauern, bis die Beamten sie identifiziert hatten.

Was hatte sie sich nur dabei gedacht, wegzulaufen?

Verzweifelt versuchte sie, sich daran zu erinnern, was sie bei dem Notruf alles gesagt hatte. Hatte sie ihren Namen angegeben?

Ein wenig betroffen, registrierte Paul Harmssen, dass der Notarzt seine Bemühungen einstellte, Ludwig Vaitmann wieder ins Leben zurückzuholen. Auch wenn der alte Mann noch nicht lange Gast des Hauses gewesen war, hatte er doch einen höchst sympathischen Eindruck hinterlassen.

„Warst du es, der den Notruf abgesetzt hat?", fragte ihn Helge Frantz, der ihm normalerweise nicht in seiner Rolle als Polizeiobermeister gegenüberstand. Sie kannten sich gut, privat. Seit Jahren sangen sie zusammen; er als Bass und Helge als Tenor des Kirchenchors der St. Nicolai Gemeinde in Westerland.

Der zweite Polizist diskutierte leise mit dem Sanitäter. Während der vergeblichen Wiederbelebungsversuche des Notarztes hatten beide Beamte sich im Hintergrund gehalten und, genauso wie er selbst, lediglich betretene Blicke durch das Zimmer schweifen lassen.

Harmssen schüttelte heftig den Kopf. „Nein, den Notarzt hatte bereits die Besucherin von Herrn Vaitmann angerufen."

„Es war also wirklich eine Dame bei ihm, als es passiert ist? – Wo ist sie jetzt?"

„Das weiß ich nicht. Sie war noch anwesend, als ich nach unten gelaufen bin, um euch und den Arzt hereinzulassen. Aber als wir zusammen wieder das Zimmer von Herrn Vaitmann betreten haben, war sie nicht mehr dort. Auch nicht im Badezimmer; dort habe ich nachgesehen."

„Du hättest sie nicht gehen lassen dürfen." Helges Stimme klang vorwurfsvoll. „Die Frau ist eine Zeugin. Wenn sie nicht sogar etwas mit seinem Tod zu tun hat. Wir müssen in jedem Fall mit ihr sprechen."

„Die ‚Dame' hat mich nicht gefragt, ob sie gehen darf, Helge. Als wir gemeinsam hier oben angekommen sind, war sie einfach nicht mehr da."

„Hat sie dir ihren Namen genannt? Wenn sie Herrn Vaitmann besucht hat, muss sie sich doch bei dir angemeldet haben."

„Nein, das hat sie nicht, beides nicht. Herr Vaitmann hat sie selbst mit hinaufgenommen." Er erzählte seinem Chorbruder von der Diskussion zwischen den beiden und ihrer Unschlüssigkeit, ob sie gemeinsam in Vaitmanns Zimmer gehen sollten oder nicht.

„Aber letztendlich sind sie dann offenbar zusammen hinaufgegangen."

„Ja, offenbar." Harmssen kämpfte mit seiner antrainierten Diskretion. „Die sogenannte ‚Dame' war nackt, als sie um Hilfe gerufen hat", setzte er schließlich hinzu. „Genauso wie der arme Vaitmann."

„So etwas dachte ich mir schon. Die Kondome werden sie wohl nicht nur zur Dekoration auf den Nachttisch gelegt haben."

In Anbetracht der Umstände des Todes von Ludwig Vaitmann sah sich der Notarzt gezwungen einen Totenschein auszustellen, auf dem er eine ungeklärte Todesursache bescheinigte.

Helge Frantz seufzte leise und veranlasste die ersten notwendigen Schritte, um die Ermittlungen zur Ursachenfeststellung von Ludwig Vaitmanns Tod anzustoßen. Wahrscheinlich zogen seine Kollegen von der Kriminalpolizei die Untersuchung an sich. Dann war seine Arbeit hiermit getan.

Er seufzte ein weiteres Mal.

Als er Ludwig Vaitmann am Vorabend im ‚Zum kleinen Strand' kennengelernt hatte, war er ihm durchaus sympathisch gewesen. Sollte Ludwig tatsächlich keines natürlichen Todes gestorben sein, hätte Helge gern dabei geholfen, den Verantwortlichen zur Rechenschaft zu ziehen. Er stellte sich vor, wie er persönlich die mysteriöse Unbekannte identifizierte und jagte; sie zu einem Geständnis zwang. Wenn Ludwig Vaitmann keines natürlichen Todes gestorben war, bestand ja wohl kein Zweifel, dass sie maßgeblich die Schuld daran trug.

Das Zittern fing erst an, als Jana Nimb die Tür ihrer Wohnung hinter sich zugezogen hatte. Im dunklen Eingangsbereich fiel sie auf die Knie und begann zu schluchzen.

Wie hatte dieser Tag nur so aus dem Ruder laufen können? Mit Berts Übergriffen hatte er schon furchtbar begonnen. Aber nun endete er noch schlimmer, als sie es sich in ihren übelsten Träumen hätte ausmalen können.

Ludwig war tot. Bestimmt war er tot.

Nachdem er vor ihr zusammengebrochen war, hatte sie nichts getan, um ihm zu helfen. Stattdessen hatte sie ihn im Stich gelassen und sich damit unverantwortlich verhalten.

Ihre Hoffnung, sich mit seiner Unterstützung aus der Abhängigkeit von Bert befreien zu können, hatte sie damit ebenfalls zerstört.

Ihre Situation war verzweifelter als zuvor.

Falls die Polizei herausbekam, dass sie zum Zeitpunkt seines Todes bei Ludwig im Hotelzimmer gewesen war, bekäme sie noch mehr Schwierigkeiten. Bestimmt trug sie auch in den Augen der Justiz eine Mitschuld an seinem Tod. Weil sie ihm nicht geholfen hatte. Das richtige Medikament nicht gefunden hatte. Einfach weggelaufen war, bevor der Notarzt eingetroffen war.

Ludwig durfte nicht tot sein!

Sie hatte gerade angefangen, ihn zu mögen.

Und sie brauchte ihn. Sonst machte Bert wahrscheinlich bald seine Drohung wahr, ihr die Wohnung wegzunehmen. Spätestens, wenn er von allem erfuhr. Oder er machte ihr das Leben von nun an noch stärker zur Qual.

Vor lauter Angst konnte Jana keinen klaren Gedanken fassen. Sie wusste nur eins: Sie hatte alles falsch gemacht.

Ludwig war tot und es war ihre Schuld.

Die Polizei würde sie finden.

Bert hätte noch mehr Gründe, sie zu erniedrigen.

Voller Verzweiflung legte sie ihre Hände vor das Gesicht. Ihr leises Schluchzen ging in hemmungsloses Weinen über. Ihre Tränen waren nicht mehr aufzuhalten.

Ludwig war tot. Nie wieder würde er sie ‚Kleine‘ nennen.

Donnerstag auf Sylt

Auf Helge Frantz' Veranlassung wurde der Leichnam von Ludwig Vaitmann noch in der Nacht zum Donnerstag nach Kiel in das dortige Institut für Rechtsmedizin überführt. Die Leichenschau, welche die verantwortlichen Rechtsmediziner bereits am frühen Morgen durchführten, brachte nichts Verdächtiges zu Tage. Die Obduktion wurde verschoben, da der dafür eingeteilte Pathologe sich kurzfristig wegen einer Magenverstimmung krankmeldete.

Auch wenn Helge Frantz in den Wochen, in denen er Spätdienst hatte, erst Stunden nach seiner Frau ins Bett ging, legte er Wert darauf, mit ihr zusammen zu frühstücken. Ein Tag ohne gemeinsame Mahlzeit mit seiner Frau war für ihn ein verlorener Tag.

Noch mit seinem Schlafanzug bekleidet, stand er unausgeschlafen und ungewohnt melancholisch in der Küche und kochte Kaffee.

Frisch geduscht, bereit für den Tag kam Antje aus dem Bad und gab ihm seinen ‚Guten-Morgen-Kuss'. „Wie hast du geschlafen?"

„Ich weiß es nicht genau. Ich glaube, schlecht."

„Geht es dir nicht gut?" Besorgt legte Antje eine Hand auf seine Stirn und allein für diese Geste hatte sich sein frühes Aufstehen gelohnt.

„Ich bin nicht krank. – Aber gestern ist etwas Furchtbares passiert. Ludwig Vaitmann, der Polizist aus Berlin, ist gestorben. Der Notarzt hat gesagt, dass es vermutlich ein Herzinfarkt war."

„Warst du dabei, als es passiert ist?"

„Nein. Aber Müller und ich sind zusammen mit dem Notarzt zu ihm gefahren."

„Dann bist du dir sicher?"

„Ja, natürlich bin ich das. Ich war ja in seinem Zimmer im ‚Hotel Vier Jahreszeiten' und habe ihn dort liegen gesehen. Ludwig Vaitmann war bereits gestorben, bevor wir bei ihm eingetroffen sind; der Notarzt konnte ihm nicht mehr helfen."

„Das ist furchtbar." Antje umarmte ihn tröstend.

„Ich meinte, ob du dir sicher bist, dass er an einem Herzinfarkt gestorben ist", erklärte sie schließlich, nachdem sie ihn wieder losgelassen hatte.

„Ich kann nur wiedergeben, was der Notarzt vermutet hat. Ludwigs Leichnam wird aber auch noch obduziert. Ich habe ihn direkt zur Gerichtsmedizin nach Kiel transportieren lassen."

Nachdenklich griff Antje zu ihrem Becher mit schwarzem Kaffee und nahm einen kleinen Schluck.

„Bisher hatte ich noch keine Gelegenheit, es dir zu erzählen: Auch ich habe Ludwig Vaitmann kennengelernt, in der Apotheke. Er ist gestern zu mir gekommen und hat ein Notfallmittel gegen Angina Pectoris gekauft."

„Einen hartnäckigen Husten hatte er. Das ist mir bereits in der Kneipe aufgefallen."

„Woran du denkst, ist eine Angina. – Angina Pectoris ist eine Krankheit des Herzens. Wer daran leidet bekommt anfallsartig Schmerzen in der Brust, ähnlich wie bei einem Herzinfarkt. Ohne ein Notfallmedikament kann man daran sogar sterben. – Ludwig Vaitmann hat mir erzählt, dass er bereits seit Jahren mit dieser Krankheit lebt und damit umzugehen weiß. Wenn er gestern einen Angina Pectoris Anfall hatte, hätte er daran nicht sterben dürfen. Nur wenige Stunden zuvor hatte er sein Medikament bei mir gekauft. Er hätte es lediglich anwenden müssen, dann wäre es ihm schnell besser gegangen."

„Das erklärt die ausgeleerte Tüte aus deiner Apotheke. Und auch die sonstige Unordnung im Zimmer wird damit verständlich."

Seine Frau sah ihn fragend an.

„An der Stelle, an der er gelegen hat, direkt vor ihm, muss eilig eine deiner Apothekentüten ausgeschüttet worden sein. Auf dem Boden lagen jede Menge Medikamentenschachteln quer durcheinander. Es kann sein, dass er oder jemand anderes in Panik dieses Notfallmedikament gesucht hat. – Wir haben alle Präparate sichergestellt, da eine kriminaltechnische Ermittlung stattfinden wird. Weißt du noch, welches Medikament du ihm verkauft hast?"

Antje nannte ihm den Namen und den Hersteller der Zerbeißkapseln. Zur Sicherheit schrieb sie ihm beides auch noch auf einen der gelben Klebezettel, die als Einkaufszettel immer in ihrer Küche lagen.

Helge stand auf und befestigte den Notizzettel in seiner Uniformmütze. So konnte er ihn auf keinen Fall vergessen, wenn er seinen Dienst antrat.

Sie musste funktionieren, als wäre nichts passiert. Also musste sie so tun, als hätte sie Ludwig Vaitmann niemals getroffen. Sie musste ihn vergessen und alles, was während der letzten zwei Tage passiert war. Zu diesem Ergebnis war Jana Nimb durch ihre Grübeleien während der Nacht gekommen.

Wenn sie sich im Hotel krankmeldete oder auf eine andere Art auffiel, fiele viel eher ein Verdacht auf sie, als wenn sie verdrängte, was sie in den letzten Stunden erlebt hatte. Niemand durfte auch nur ahnen, dass sie Ludwig gekannt hatte. Sie hatte das ‚Hotel Vier Jahreszeiten' nie betreten.

Aber vielleicht war Ludwig ja überhaupt nicht tot. Vielleicht hatte er lediglich einen Herzanfall erlitten und der Notarzt hatte ihn stabilisiert und in die Nordseeklinik einliefern lassen. Vielleicht wunderte Ludwig sich bereits, warum sie ihn nicht besuchte. Dann sah die Situation ganz anders aus. Dann gab es keinen Grund, Angst zu haben. Dann regte sie sich völlig umsonst auf.

Auch wenn sie wenig Hoffnung hatte, rief Jana in der Nordseeklinik an. Bei ihrem ersten Ansprechpartner, wahrscheinlich einem Herrn in der Telefonzentrale, erkundigte sie sich, ob am Vorabend ein Patient mit Herzproblemen eingeliefert worden sei. Nach dem Namen des Patienten gefragt, antwortete sie ‚Ludwig Vaitmann'. Es war kein Patient dieses Namens registriert.

Jana erinnerte sich an den vor dem Bett liegenden, vollständig nackten Körper. Vielleicht hatten sich die Sanitäter nicht die Zeit genommen, nach seinen Papieren zu suchen.

„Was passiert, wenn ein Patient keinen Ausweis bei sich hat?"

„Dann nehmen wir ihn natürlich trotzdem als Notfall auf", war die ungeduldige Antwort des Krankenhausmitarbeiters.

„Ist gestern ein solcher Patient vom Notarzt zu Ihnen gebracht worden?"

Da er ihr dazu keine Auskunft geben konnte, verband er sie zur Notaufnahme. Dort teilte ihr eine missmutige Dame mit, dass sie keinen Überblick über die Einlieferungen des Vorabends habe. Jana könne sich aber gern auf der Intensivstation oder der ‚Inneren' erkundigen.

Unzufrieden mit dem eigenen Vorgehen beendete Jana das Gespräch.

Erneut zitterte sie. Ein dünner Schweißfilm hatte sich auf ihrer Haut ausgebreitet. Natürlich war Ludwig tot! Während sie tatenlos neben ihm gekniet hatte, war er gestorben. Sie musste endlich aufhören, sich an die Hoffnung zu klammern, er lebte noch. Wenn sie noch länger im Krankenhaus herumtelefonierte und nach einem gestern eingelieferten Patienten fragte, machte sie nur auf sich aufmerksam. Selbstverständlich hatte sie sich mit einem falschen Namen gemeldet, aber die Polizei konnte bestimmt ermitteln, von welchem Telefonanschluss im Krankenhaus angerufen worden war.

Den gelben Klebezettel in der Hand, betrat Helge Frantz eine halbe Stunde vor seinem Dienstbeginn die Polizeiwache in Westerland. Die Tüte mit den Medikamenten, die sie in Ludwig Vaitmanns Zimmer gefunden hatten, war sicher längst von der Spurensicherung untersucht worden. Vielleicht hatten die ermittelnden Kollegen bereits eine Aufstellung der Arzneimittel erhalten und konnten sofort nachschauen, ob Antjes Notfallmedikament dabei war.

Er stieg die Treppe hinauf bis zur obersten Etage des alten Backsteinbaus, dort saßen die Kriminalisten. Im langen, schmalen Flur stieß er fast mit Kriminalhauptkommissar Michael Brunner zusammen.

„Haben Sie sich verirrt?", fragte dieser freundlich. „Oder kann ich Ihnen irgendwie helfen?"

Brunner war der Leiter der Sylter Kriminalpolizei und Helge fühlte sich immer eingeschüchtert, wenn er ihm begegnete.

„Ich wollte nur nachfragen, wer aus Ihrem Team den Tod von Ludwig Vaitmann untersucht?"

„Sie waren gestern dabei, als er gefunden wurde, richtig?"

„Ja."

„Es ist gut, dass wir uns hier über den Weg laufen. Mit Ihnen wollte ich mich sowieso noch unterhalten."

Etwas verunsichert begleitete er den Kriminalhauptkommissar in sein Büro. Brunner setzte sich hinter seinen Schreibtisch und forderte ihn mit einer Geste auf, sich auf einen der unbequem aussehenden Besucherstühle zu setzen, die an der Wand neben der Tür standen.

„Rücken Sie ruhig etwas näher."

Helge stand wieder auf. Vorsichtig zog er seinen tatsächlich unbequemen Stuhl bis kurz vor den Schreibtisch und setzte sich erneut.

„Fühlen Sie sich unwohl bei uns hier oben?“

„Nein. – Ich meine, ein wenig vielleicht.“

„Entspannen Sie sich, Herr Frantz. Und erzählen Sie mir in Ruhe alles. Sie waren der erste von uns, der dort eingetroffen ist. Was ist Ihnen aufgefallen im ‚Hotel Vier Jahreszeiten‘?“

Helge überlegte kurz und schilderte dann die Vorkommnisse der zwei Stunden, die zwischen seiner Ankunft im Hotel und dem Abtransport des Leichnams lagen.

„Nachdem der Polizeifotograf mit seinen Aufnahmen fertig war, hat also die Spurensicherung ihre Arbeit aufgenommen“, fasste Brunner die Erzählung zusammen. „Wie man mir sagte, wurden keine Papiere des Toten gefunden, kein Portemonnaie und keine Brieftasche.“

Helge zuckte mit den Schultern.

„Aber als Gast hat er sich natürlich ordnungsgemäß beim Hotel angemeldet und einen vollständigen Meldezettel ausgefüllt“, setzte Brunner fort. „Wir wissen also, dass es sich bei dem Toten um Ludwig Vaitmann, 67 Jahre alt, wohnhaft in Berlin, handelt.“

„Einem ehemaligen Kollegen von Ihnen“, rutschte es Helge heraus.

„Das ist korrekt. Aber woher wissen Sie das?“

„Am Vorabend habe ich ihn im Restaurant ‚Zum kleinen Strand‘ kennengelernt. Er saß zusammen mit Willi Lasse dort.“

„Unserem Star-Journalisten?“

Helge nickte zur Bestätigung.

„Wissen Sie, wie lange Ludwig Vaitmann auf Sylt bleiben wollte? Laut den Hotelinformationen hat er im ‚Vier Jahreszeiten‘ vor drei Tagen auf unbestimmte Zeit eingecheckt.“

„Er wollte sich bei uns auf der Insel zur Ruhe setzen, hat er erzählt. Ein neues Leben beginnen nach seiner Pensionierung.“

Brunner sah stumm vor sich hin.

„Ich fand ihn sehr sympathisch." Schon bevor er seinen Satz beendet hatte, ärgerte Helge sich über seine persönliche Bemerkung.

„Ludwig Vaitmann war einer unserer besten Kollegen. Vor vielen Jahren, noch in Berlin, hat er mich unter seine Fittiche genommen und mir das Handwerk der Kriminalistik beigebracht." Brunner machte eine Pause. „Ich werde die Untersuchung seiner Todesumstände selbst leiten", setzte er in energischem Ton hinzu. „Wenn irgendetwas daran nicht sauber ist, werde ich es herausbekommen."

Helge musste seinen ganzen Mut zusammennehmen, um auf das zu sprechen zu kommen, weshalb er die Etage der Kriminalpolizei überhaupt betreten hatte: „Meine Frau hält es für möglich, dass Ludwig Vaitmann nicht an einem Herzinfarkt gestorben ist."

„Ihre Frau?"

„Ihr gehört die Friedrich-Apotheke in Westerland."

Brunners ungeduldiger Blick verunsicherte Helge erneut. „Ludwig Vaitmann war wenige Stunden vor seinem Tod bei ihr und hat ein Notfallmedikament gegen Angina Pectoris gekauft. Dabei hat er ihr erzählt, dass er schon länger mit der Krankheit lebt und genau weiß, was er bei einem Anfall zu tun hat."

Brunner schwieg und schien darauf zu warten, dass Helge seine Erklärung zu Ende brachte.

„Das ist eine Herzkrankheit, sagt meine Frau. Ohne Notfallmedikament kann man an einem Anfall sterben. Nimmt man die Kapseln allerdings rechtzeitig ein, geht es einem normalerweise schnell besser."

„Deshalb also lag die Apothekentüte mit den ganzen Schachteln vor ihm, meinen Sie?"

„Weil er sein Notfallmedikament gesucht hat, ja", bestätigte Helge stolz.

„Darf ich davon ausgehen, dass Ihre Frau Ihnen mitgeteilt hat, wie dieses Medikament heißt, das Ludwig Vaitmann vor dem Tod bewahrt hätte?"

Helge legte den gelben Klebezettel vor dem Kommissar auf den Tisch. „Sie hat mir den Namen und den Hersteller aufgeschrieben."

Brunner klappte einen Aktendeckel auf und blätterte durch die wenigen Seiten. Nach einer Weile sagte er: „Ich werde nachfragen, ob ein solches Medikament von den Kollegen der Spurensicherung gefunden wurde."

„Er hat es definitiv am Nachmittag bei meiner Frau gekauft."

„Dann sollten wir es wohl auch bei seinen Sachen finden." Brunner stand auf. „Ich danke Ihnen, Herr Kollege. – Da es sich bei der Untersuchung der Todesumstände von Ludwig Vaitmann um eine laufende Ermittlung handelt, erwarte ich von Ihnen vollständiges Stillschweigen über alles, worüber wir gerade gesprochen haben."

Helge nickte.

Sorgfältig klebte Brunner den Zettel in den Aktenordner. „Haben Sie noch etwas zu sagen, das mir weiterhelfen kann?"

Helge verstand das als Verabschiedung. Verneinend schüttelte er den Kopf, stand auf und schob vorsichtig den Stuhl wieder an die Wand zurück.

Draußen auf dem Gang bemerkte er erst, dass ihm ein dünnes Rinnsal aus Schweiß die Wirbelsäule hinablief.

Wann immer er einen Anruf von Jana Nimb erhielt, wusste Willi Lasse, dass sie eine Bitte an ihn äußern würde. Meistens fragte sie nach Informationen über wohlhabende Männer, die sie selbst nicht hatte recherchieren können.

Ein leichtes Lächeln zog über sein Gesicht, als ihre Telefonnummer auf seinem Handy angezeigt wurde.

Die Art, wie sie einen großen Teil ihres Lebensunterhalts verdiente, war ihm bekannt. Bei ihrem Aussehen machte er sich keine Illusionen über ihre Tarife und die finanzielle Potenz ihrer Sponsoren. Seine Kragenweite war sie nicht. Aber dennoch hatte er die Hoffnung noch nicht aufgegeben, ihr irgendwann einmal einen Gefallen zu tun, der mehr als eine nette Essensbegleitung Wert war.

„Schöne Frau, was kann ich heute für dich tun", begrüßte er sie fröhlich.

„Rufe ich immer nur an, wenn ich etwas von dir will?"

Da er sie mochte, entschied er, ihr die Antwort schuldig zu bleiben.

„Ich wüsste gern, ob du etwas von einem toten Touristen gehört hast", sagte sie schließlich.

„Einem toten Touristen in den letzten Tagen, nehme ich an."

„Ja. Gestern."

„Gerüchteweise habe ich davon gehört, dass der Notarzt in der vergangenen Nacht ins ‚Hotel Vier Jahreszeiten' gerufen wurde. Und dass der Hotelgast es leider nicht geschafft hat."

Jana gab durch kein Wort zu erkennen, ob es dieser Todesfall war, den sie gemeint hatte.

„Ist das eine Nachricht, der ich nachgehen soll?" Keine Reaktion war auch eine Reaktion. In jedem Fall regte sich seine Neugier.

„Nein, das ist sicher keine Schlagzeile wert", antwortete sie in betont beiläufigem Tonfall. „Soweit ich gehört habe, handelt es sich hier um einen älteren Mann, der an einem Herzinfarkt gestorben ist. – Hast du noch von einem anderen Todesfall gehört?"

Jetzt war er sich sicher, dass er mit dem verstorbenen Gast des ‚Hotel Vier Jahreszeiten' einen Volltreffer gelandet hatte. Irgendetwas an dessen Tod schien es wert zu sein, näher in Augenschein genommen zu werden. Obwohl oder gerade, weil Jana so tat, als sei er es nicht.

Er versprach, sich nach weiteren Todesfällen umzuhören, und beendete rasch das Gespräch.

Ludwig war tatsächlich gestorben. Niemand hatte ihn gerettet. Er war noch nicht einmal mehr ins Krankenhaus eingeliefert worden.

Jana Nimb spürte, dass sie schon wieder zu zittern anfing.

Bestimmt hatte der Hotelportier der Polizei von ihr erzählt. Man suchte sicher bereits nach der Frau, die Ludwig Vaitmann auf sein Zimmer begleitet und später den Notruf gewählt hatte. Vielleicht sollte sie sofort Ludwigs Mantel nehmen und damit zur Polizei gehen, um auszusagen, wie alles abgelaufen war. Das war sicher besser, als wenn erst ihre Ermittlungen die Beamten zu ihr führten.

Nachdenklich strich sie über den dünnen Trenchcoat. In einer der Taschen steckte etwas Festes. Nacheinander durchsuchte sie die Außen- und Innentaschen und entdeckte schließlich Ludwigs Portemonnaie. Als sie es aufklappte und hineinsah, bemerkte sie ein paar Plastikkarten, eine Anzahl kleinerer Geldscheine und eine lange Quittung der Friedrich-Apotheke in Westerland. Wahrscheinlich stammte die Medikamentensammlung, die Ludwig in der Tasche gehabt hatte, aus dieser Apotheke.

Wenn auf der Quittung das Präparat aufgeführt war, das Ludwig so verzweifelt gesucht hatte, war sie wirklich für seinen Tod verantwortlich. Dann hätte sie es ihm nur rechtzeitig geben müssen und er würde jetzt noch leben.

Jana setzte sich an ihren Computer und schlug die auf der Quittung aufgeführten Namen nach. Bereits das dritte Präparat war eine Nitro-Zerbeiß-Kapsel, ein Notfallmedikament bei einem Angina Pectoris Anfall. Auch wenn ihre medizinische Vorbildung nicht sehr groß war, wusste sie, dass Angina Pectoris etwas mit dem Herzen zu tun hatte. Das Internet beantwortete ihr alle weiteren Fragen.

Wenn Ludwig einen Angina Pectoris Anfall erlitten hatte, wären diese Kapseln seine Rettung gewesen. Sie hätten ihn sich schnell erholen lassen, nichts Schlimmes wäre passiert. Deshalb hatte er so panisch um die Tüte aus der Apotheke gebeten. Er hatte gewusst, was gerade in ihm vorging, und dass er ein Notfallpräparat dagegen in Reichweite hatte.

Aber sie hatte die Sammlung von Medikamenten doch mehrfach durchgeschaut. Es konnte überhaupt nicht sein, dass sie das rettende Medikament übersehen hatte. Es war ganz bestimmt nicht dabei gewesen.

Jana überlegte, ob Ludwig sein Notfallmedikament vielleicht bereits aus der Tüte genommen hatte, bevor Jana diese auf den Boden ausgeleert hatte. Sie war sich sicher, dass er in seiner Panik auf seinen Mantel gewiesen hatte. Also musste das Präparat in einer der anderen Taschen stecken.

Ein weiteres Mal durchsuchte sie Ludwigs Mantel; außer einem Bonbon des ‚Hotel Vier Jahreszeiten‘ fand sie nichts darin.

Sie hatte Ludwig sein Notfallmedikament also überhaupt nicht geben können. In seiner Panik hatte er nach etwas verlangt, was nicht da gewesen war. Ganz egal, was die Quittung sagte, die angegebenen Kapseln waren weder in der Apothekentüte noch in irgendeiner seiner Manteltaschen gewesen, als er sie brauchte.

Freitag in Köln

Der Scalping-Skandal, in den auch die Rheinische Allgemeine in Köln verwickelt war, war doch ans Licht der Öffentlichkeit gekommen. Auch wenn Willi Lasse sein Wort gehalten hatte, hatte die Hamburger Tageszeitung ‚Das Blatt‘ von den Ermittlungen erfahren und einen Leitartikel dazu gedruckt. Voller Schadenfreude, selbst von diesem Skandal verschont geblieben zu sein, hatte sie eine Liste involvierter Tageszeitungen veröffentlicht; auch die Rheinische Allgemeine war darin aufgeführt.

Zu Anfang der morgendlichen Redaktionskonferenz knallte Hamann eine aktuelle Ausgabe des norddeutschen Konkurrenten auf den Tisch. „Damit bietet sich die Rheinische Allgemeine wieder einmal als Zielscheibe für den Spott der Konkurrenz an", wütete er.

„Ganz so schlimm ist es nicht, finde ich", widersprach Leo. „Wir werden zwar erwähnt, aber auf der Seite der Protagonisten, welche der Polizei bei der Aufklärung helfen. Sandra Krone ist mit keinem Wort als Beteiligte genannt."

„Der Polizei bei der Aufklärung helfen, können wir aber nur, weil wir in die Sache verwickelt sind", widersprach Hamann. „Richard wird toben."

„Es ist für mich unvorstellbar, dass die typischen Leser dieses Hamburger Blatts weit genug denken, um einen solchen Schluss zu ziehen", scherzte Leo.

Hamann verzog keine Miene.

„Ich glaube nicht, dass Richard ernsthaft angenommen hat, ein Skandal dieser Größe ließe sich dauerhaft aus der Presse heraushalten." Sophie Renger, die sich damit zum ersten Mal zu Wort meldete, vertrat an diesem Tag ihren Chef und Ressortleiter Ruben Bertram.

„Glaubst du es nicht oder weißt du, dass es nicht so ist?", fragte Hamann.

Mit dieser Frage spielte er darauf an, dass sie möglicherweise von ihnen allen den engsten Kontakt zum Herausgeber der Rheinischen Allgemeinen pflegte. Sophie kannte Hamann gut genug; eine solche Andeutung war eigentlich nicht sein Stil. Er musste tatsächlich außer sich sein.

„Natürlich hätte Richard sich ein paar zusätzliche Tage gewünscht, bevor die ganze Geschichte an die Öffentlichkeit kommt. Aber glücklicherweise ist die Redaktion der

Rheinischen Allgemeinen ja bereits seit Dienstag mit der Polizei in Kontakt."

Unzufrieden schüttelte Hamann den Kopf. Auf ein ungeduldiges Zeichen des Chefs vom Dienst hin, wandte er sich den Wirtschaftsthemen der nächsten Ausgabe zu.

„Ich möchte einen eigenen Artikel zu dem Scalping-Skandal vorschlagen", nutzte Leo Marx den Moment, den Hamann brauchte, um seine Notizen durchzusehen. „Da Willi Lasse seinen Beitrag noch nicht fertiggestellt hatte, habe ich den heutigen Morgen dazu genutzt, gemeinsam mit ihm einen Artikel zu formulieren. Ich denke, er ist sehr gut gelungen und einer Wochenendausgabe würdig. In jedem Fall liefert er deutlich mehr Informationen als der Artikel unserer Hamburger Kollegen. Und er wird allen Spöttern, die behaupten, die RA wolle etwas verheimlichen, den Wind aus den Segeln nehmen."

„Sind wir von der Polizei nicht zur Verschwiegenheit verpflichtet worden?"

„Ich kann mir nicht vorstellen, dass diese Anweisung noch gilt. Ab morgen oder spätestens Montag werden sich alle Zeitungen auf das Thema stürzen. Immerhin ist ein Teil der Presse selbst darin verwickelt."

„Ja, genau. Nämlich wir. Und nur durch diese Frau!"

Hamann tat Sophie fast leid, so persönlich nahm er die Verfehlung seiner ehemaligen Mitarbeiterin.

„Ich werde es mit Richard besprechen." Der Chefredakteur griff nach dem Probedruck des Artikels und wollte sich wieder den bereits von ihm fest eingeplanten Themen zuwenden.

„Willi Lasse wird natürlich als einer der Autoren erwähnt werden müssen", unterbrach ihn Leo Marx ein weiteres Mal und erntete einen strengen Blick.

„Du hättest heute dabei sein müssen." Sophie Renger griff über den kleinen runden Tisch, um sich ein Stück Pizza von Rubens Teller zu angeln.

Zusammen mit Leo Marx saßen sie zu dritt in einem italienischen Bistro gegenüber dem Redaktionsgebäude. Dieses kleine Restaurant war regelmäßig ihr Zufluchtsort, wenn sie etwas zu besprechen hatten, das in der Redaktionskantine zu viele Ohren fand.

„Peter Hamann wird wahrscheinlich nie wieder eine Redakteurin einstellen", mutmaßte sie.

„Nein, du täuscht dich. Sein Ärger hat nichts damit zu tun, dass Sandra eine Frau ist. Er ist von sich selbst enttäuscht, weil er einen seiner Mitarbeiter nicht richtig eingeschätzt hat. Hamann hat Sandra sehr gefördert. Er hat viel von ihr gehalten, beruflich wie menschlich."

Leo sprach etwas aus, das Ruben nur vermutet hatte. „Menschlich?"

„Ich bin davon überzeugt, dass er Sandra sehr geschätzt hat. Aber mehr war da nicht. Sie ist eine taffe Frau, das hat er bewundert. Nun zeigt sich, dass sie vielleicht etwas zu taff war, um ehrlich zu bleiben."

Sophie ließ die Aussage unwidersprochen.

Ruben wusste, dass sie der Meinung war, eine Frau könne nicht taff genug sein. Die Frage war vielleicht, wie man ‚taff sein' definierte. Nach allem, was er über Sophie wusste, hätte sie selbst sich diese Eigenschaft durchaus zusprechen können. Als intelligente, sportliche und wehrhafte Frau seiner Größe war sie viele Jahre davon überzeugt gewesen, dass kaum etwas in der Welt ihr gefährlich werden könne. Und so hatte sie auch gelebt. Direkt nach ihrem Studium der Politik und Psychologie und der anschließenden Promotion war sie viele Jahre Mitarbeiterin beim Bundesnachrichtendienst in Berlin gewesen. Dort hatten sich ihr bestimmt viele Möglichkeiten geboten, ihrem Hang nach Abenteuern nachzugehen. Erst danach war sie zum Journalismus gekommen. Ihr vierzigster Geburtstag und ein schwerer Motorradunfall hatten sie zum Umdenken genötigt. Ihr Patenonkel Richard Achtelik war es schließlich, der ihr in seiner Zeitung die Möglichkeit bot, als Quereinsteigerin den Journalismus für sich zu entdecken. Seit knapp eineinhalb Jahren war sie nun eine der Angestellten der RA und recherchierte und schrieb für Rubens Ressorts Sport und Feuilleton.

„So verärgert habe ich ihn auf jeden Fall noch nie erlebt", schloss sie ihre Schilderung der morgendlichen Redaktionskonferenz ab. „Normalerweise strahlt Hamann für mich einen leichten Jazzklang aus. Heute umwehte ihn eine Dissonanz von Tönen, die ich so noch nie bei ihm gehört habe."

„Sei froh!" Ruben lachte. „Mich hätte er fast schon einmal aus dem Fenster geworfen. Welche musikalische Ausstrahlung er dabei hatte, will ich mir gar nicht vorstellen."

Mittlerweile wusste er, dass Sophie Menschen nicht nur über ihr Aussehen, sondern auch über ihren Klang beurteilte, daran gewöhnt hatte er sich aber noch nicht. Veränderte sich der Klang, so hatte sich auch deren Gemütslage verändert. Er selbst erklang für Sophie in unterschiedlich rockigen Melodien, Leo schien für sie ein angenehmes Schlagzeugsolo zu spielen.

„Heute Nachmittag nehme ich ja wieder teil", beruhigte er Sophie, die sich inzwischen Leo zugewandt hatte.

„Was ist dieser Willi Lasse eigentlich für ein Typ?", fragte sie. „Du hast doch während der letzten Tage ein paar Stunden mit ihm zusammengearbeitet."

„Ich kenne ihn nur vom Telefon. Ruben ist derjenige, der ihn persönlich erlebt hat."

„Willi ist in Ordnung. Er besitzt eine geniale Begabung, eine Story zu riechen. Leider scheint der Ärger, den er sich damit manchmal einhandelt, keinen Geruch zu haben."

Sophie lachte laut und ihr dunkelbraunes, fast schwarzes Haar fiel ihr ins Gesicht. Bis sie es mit einer raschen Handbewegung wieder nach hinten strich, waren ihre weit auseinanderstehenden, grünen Augen, ihre schmale Nase und ihr energisches Kinn für Ruben verdeckt.

„Das klingt danach, als hätte er sich schon so manches Mal in Schwierigkeiten gebracht."

„Leider hat er niemanden, der auf ihn aufpasst und ihn stoppt, wenn er sich verrennt."

„So, wie Hamann es oft genug bei dir getan hat, nicht wahr, Ruben?" Leo grinste.

„Nicht nur bei mir ist so etwas ab und zu notwendig", rächte er sich und stand auf, um die Rechnung für alle zu bezahlen. „Schauen wir erst einmal, ob der Artikel, den ihr beide heute Morgen zusammen verfasst habt, auch wirklich in der Wochenendausgabe erscheint."

Freitag auf Sylt

In Hochstimmung über den fertiggestellten Artikel für die Rheinische Allgemeine hatte Willi Lasse ein ausgiebiges Mittagessen zu sich genommen. Der Mittagsschlaf, den er sich danach gegönnt hatte, war reinster Luxus gewesen. Bei einer Tasse Kaffee überlegte er nun, wie er sich am besten der Story von Jana nähern konnte. Sein Gefühl versicherte ihm, dass etwas mit dem angeblichen Herzinfarkt im ‚Hotel Vier Jahreszeiten' nicht stimmte. Irgendetwas am Tod des Gastes wartete darauf, von ihm aufgedeckt zu werden.

Mittlerweile war es früher Nachmittag; eine gute Zeit, um das ‚Hotel Vier Jahreszeiten' aufzusuchen. Wenn ihm sein Glück hold war, hatte genau der Portier wieder Dienst, der auch am Mittwochabend vor Ort gewesen war.

Am Empfang saß ein wohlbeleibter Mann mit störrischem, grauem Haar, gekleidet in einen einfachen blauen Anzug und ein weißes Hemd mit Hotelemblem am Kragen. Ein Namensschild wies ihn als Paul Harmssen aus. Auf den Todesfall im Hotel angesprochen, bestätigte er Willi, beim Fund des Toten anwesend gewesen zu sein.

„Ich bin froh, dass die Polizei den Leichnam so schnell hat wegbringen lassen. Wir sind gut gebucht; ein Toter im eigenen Hotel ist nicht gerade die Erinnerung, die unsere Gäste aus dem Urlaub mitbringen wollen."

Nach diesen Worten wickelte Harmssen bedächtig eines der Bonbons, die für die Gäste am Empfang bereitstanden, aus seinem Papier und schob es sich in den Mund. Danach bot er auch Willi eines an, das dieser dankend ablehnte.

„Wie war denn der Name Ihres verstorbenen Gastes?"

„Vaitmann, Ludwig Vaitmann hieß der Arme. Ein sehr sympathischer Mann, was ihm aber ganz offensichtlich nicht zu einem langen Leben verholfen hat."

Mit keiner Miene zeigte Willi, dass ihn die Information von Harmssen getroffen hatte. „Herr Vaitmann starb an einem Herzinfarkt?", setzte er, möglichst naiv klingend, seine vorsichtige Befragung fort.

„Das war zumindest die Vermutung, die der Notarzt ausgesprochen hat."

„Und warum hat die Polizei dann die Leiche nach Kiel überführen lassen?"

„Nun ja", der Portier zierte sich etwas. Das Bonbon wechselte von der einen Wange in die andere.

Erst als Willi einen Fünfzigeuroschein vor ihm auf den Empfangstresen legte, ergänzte Harmssen: „Die Umstände waren vielleicht etwas ungewöhnlich."

„Die Umstände?"

Nach einem weiteren kurzen Zögern, das Willi einen zweiten Geldschein kostete, erzählte ihm Harmssen alles über die verschwundene weibliche Begleitung Ludwig Vaitmanns. Außerdem erwähnte er die unbenutzten Kondome auf dem Nachttisch und die Vielzahl an Medikamentenschachteln, die vor dem Toten auf dem Boden gelegen hatten.

„In der Tat ungewöhnliche Begleitumstände", stimmte ihm Willi zu. „Haben Sie einen Anhaltspunkt, wer die Dame war, die Ludwig Vaitmann auf sein Zimmer begleitet hat?"

Harmssen wiederholte die vage Beschreibung, die er auch bereits der Polizei zu Protokoll gegeben hatte. Sie passte auf Jana, war aber weit davon entfernt, sie zweifelsfrei zu identifizieren.

„An mehr erinnern Sie sich nicht?"

„Ich achte nicht sehr auf solche ‚Damen'. Vermeintliche Freundinnen unserer Gäste, die einen Abend mit ihnen aufs Zimmer gehen und danach nie wieder bei uns erscheinen. Die sehe ich hier regelmäßig. – Aber wenn Sie mich jetzt so fragen, es war doch etwas anders bei dieser Frau. Sie hat eine Weile auf Vaitmann warten müssen. Sie ist vor ihm im Hotel gewesen und es wirkte auf mich so, als habe er sie überhaupt nicht erwartet."

„Haben Sie das auch der Polizei gesagt?"

„Nein. Es fiel mir jetzt erst wieder ein."

„Es ist bestimmt auch nicht wichtig", verharmloste Willi die neue Information.

Sollte die Polizei sich ruhig weiterhin im Kreis der bekannten Prostituierten umsehen. Mit den bisherigen Informationen bestand für Jana keine Gefahr, gefunden zu werden – außer ihre Fingerabdrücke waren der Polizei bekannt. Dass die Spurensicherung reichlich Abdrücke von ihr gefunden hatte, stand wohl außer Frage.

Samstag auf Sylt

Willi Lasse sah allein bei Kunibert Wedel die Verantwortung für das Ende seiner Karriere als Journalist. Seit er einen Artikel verfasst hatte, der Wedel vorwarf mit falschen Versprechungen und in betrügerischer Absicht wenig lukrative Immobilien an reiche Investoren verkauft zu haben, stand er auf der schwarzen Liste aller renommierten Zeitungsverlage. Wedel hatte ihn und seinen damaligen Arbeitgeber verklagt. Und er hatte sich vor Gericht durchgesetzt. Die Untersuchungen gegen den unglücklichen, aber ehrlichen Immobilienhändler verliefen im Sand und der verleumderische Journalist verlor seinen Job. Ab und zu wurde Willi nun noch für langweilige Lokalreportagen eingekauft. Oder er durfte als freier Mitarbeiter Urlaubslücken in den Redaktionen schließen. Dass er einen kritischen, möglicherweise skandalträchtigen Artikel an eine renommierte Zeitung verkaufen konnte, war selten, sehr selten. Den größten Teil seines Einkommens erzielte Willi mittlerweile durch seine Tätigkeit als Online-Redakteur und Lektor für einen kleinen Verlag, der ausschließlich Reisebücher herausbrachte.

Sein Ärger mit Wedel hatte allerdings auch etwas Gutes gebracht. Seitdem der Immobilienmakler es geschafft hatte, die Westerländer Polizei gegen sich aufzubringen, fand Willi offene Ohren, wann immer er Informationen aus einer Polizeiakte benötigte. In diesem Fall handelte es sich um die Ermittlungsakte zu Ludwig Vaitmanns Tod. Innerhalb nur einer halben Stunde erhielt er Kopien aller Seiten per E-Mail zugeschickt.

„Der Leiter der hiesigen Kriminalpolizei ermittelt persönlich die Todesumstände von Ludwig Vaitmann", waren seine ersten Worte am Telefon, nachdem Jana sich gemeldet hatte.

„Warum sagst du mir das?"

„Weil du bei dem armen Vaitmann im Zimmer warst, als er gestorben ist."

Es blieb still in der Leitung. Noch nicht einmal Janas Atmen konnte er hören.

„Wie kommst du darauf?", fragte sie schließlich.

„Es steht in der Polizeiakte."

Erneute Stille zeigte ihm, dass er mit seiner Vermutung ins Schwarze getroffen hatte.

„Natürlich steht in der Polizeiakte lediglich etwas von einer Frau, die bei ihm war, als er starb. Dein Name ist nicht erwähnt."

Jana atmete hörbar aus, blieb aber weiterhin stumm.

„Wie bist du so schnell mit Ludwig in Kontakt gekommen? Der arme Mann war doch erst drei Tage auf der Insel."

„Wir haben uns zur Biike getroffen. Er hatte eine Anzeige aufgegeben."

„Dann habt ihr beiden Schönen ja nicht viel Zeit verloren."

„Nein, es war ganz anders, als du es dir gerade vorstellst, Willi. – Ludwig wusste nicht, dass ich im Hotel auf ihn warte. Ich wollte ihn um etwas bitten. Deshalb bin ich dort hingegangen. – Ich wollte nur mit ihm reden."

„Und trotzdem hast du mit ihm geschlafen? Noch bevor er deine Bitte erfüllen konnte?"

„So weit sind wir doch gar nicht gekommen."

Eine traurige Aussage. Wenn er selbst das Glück hätte, in den Armen einer schönen Frau zu sterben, dann hoffentlich nach ein paar erfüllenden Stunden und nicht vorher.

„In der Akte steht, Ludwig war nackt. Und die unbekannte Frau, die gesucht wird, war es ebenfalls. So hat es zumindest der Portier ausgesagt."

„Erinnert sich der Portier, wie ich aussehe? Konnte er mich beschreiben?"

„Nein. Du brauchst keine Angst zu haben, dass die Polizei dich auf Basis seiner Schilderungen identifiziert." Eine kleine süffisante Spitze konnte er sich nicht verkneifen: „Solange du bekleidet bist, wird der Portier dich wohl nicht wiedererkennen."

Erneut atmete Jana tief aus.

Willi wartete ab, was sie als Nächstes sagen würde.

„Woran ist Ludwig gestorben?"

„Tod durch Herzversagen, laut dem vorläufigen Bericht der Gerichtsmedizin. Seine Herzkranzarterien waren dauerhaft verengt, was einen Herzinfarkt verursacht haben kann. Allerdings gibt es einen Vermerk in der Akte von Kriminalhauptkommissar Brunner, dass Ludwig Vaitmann unter Angina Pectoris litt."

Jana blieb stumm.

„Kann es sein, dass er einen Anfall hatte? Ihr habt nach seinem Notfallmedikament gesucht, es aber nicht rechtzeitig gefunden? Der Bericht erwähnt eine ziemliche Unordnung im Zimmer."

„Das Präparat, das ihm geholfen hätte, befand sich nicht in der Apothekentüte. Ludwig muss es auf dem Weg ins Hotel herausgenommen haben. Als er es brauchte, hatte er offenbar vergessen, wo er es hingetan hatte."

„Ein solches Präparat hat die Polizei auch sonst nirgendwo in seinem Zimmer gefunden. Nicht in seiner Kleidung, nicht im Bad, nirgendwo. Brunner selbst ist noch einmal in das Hotelzimmer gegangen, um danach zu suchen."

„Also sieht es so aus, als hätte ich es mitgenommen?"

„Es fehlte auch Ludwigs Portemonnaie."

Jana sagte nichts.

Dass sie sich als Diebin betätigte, hatte Willi nicht erwartet.

„Du hast etwas gut bei mir", hörte er schließlich, bevor sie das Gespräch beendete.

Entgegen ihrem Vorsatz, während der nächsten Tage nur für die Arbeit im Hotel ihre Wohnung zu verlassen, begab sich Jana Nimb kurz nach dem Telefonat in die Innenstadt Westerlands. Sie wollte die Friedrich-Apotheke aufsuchen; das Gespräch mit Willi Lasse hatte sie davon überzeugt, dass dort jemand einen tödlichen Fehler begangen hatte.

Das Nitro-Präparat stand zwar auf Ludwigs Quittung, aber es war am Mittwochabend nicht in dem Beutel in seiner Manteltasche gewesen. Alle weiteren Taschen des Mantels hatte sie in den vergangenen Tagen mehrfach durchsucht; dort hatte sie es ebenfalls nicht gefunden. Wenn das Präparat also auch sonst nirgendwo in Ludwigs Nähe entdeckt worden war, wie war es ihm abhandengekommen? Laut der Apothekenquittung hatte Ludwig es erst kurz vor seiner Ankunft im Hotel gekauft. Konnte es tatsächlich sein, dass er ausgerechnet dieses Medikament auf dem kurzen Weg von der Apotheke ins Hotel verloren hatte? Falls nicht, gab es doch nur eine Erklärung: Das Präparat war ihm nie ausgehändigt worden.

Ein Notfallmedikament, das lebensrettend sein kann, verliert man nicht. Gerade bei einem Mann wie Ludwig war das ausgeschlossen. Jemand in der Apotheke trug also die Schuld an seinem Tod. Ein Apothekenangestellter hatte vergessen, Ludwig das Präparat mitzugeben.

Wenn sie mit diesem Wissen Ludwig auch nicht ins Leben zurückrufen konnte, so war es zumindest geeignet, ihr eigenes Leben etwas leichter zu gestalten. Jana wusste nun, dass nicht sie die Schuld an seinem Tod trug. Ohne das Medikament hatte sie keine Möglichkeit gehabt, Ludwig zu retten. Darüber hinaus bot ihr das Mitwissen über den begangenen Fehler vielleicht auch die Möglichkeit, ein Schweigegeld zu erhalten. Der Apotheker war sicher nicht daran interessiert, dass sie damit an die Öffentlichkeit ging.

Sich aufmerksam umschauend, betrat sie die Apotheke. Zwei Frauen in weißen Kitteln standen hinter dem Verkaufstisch und bedienten Kunden. Keine von beiden schien ihr geeignet, die verantwortliche Apothekerin zu sein. Als die Jüngere ihren Kunden verabschiedet hatte, trat Jana an den Verkaufstisch und bat darum, den Besitzer der Apotheke sprechen zu dürfen.

Nach einem kurzen fragenden Blick drehte sich die Angestellte um und ging in einen der hinteren Räume. Innerhalb weniger Sekunden kehrte sie mit einer Frau in Janas Alter zurück, die sich ihr als Antje Frantz, Eigentümerin der Friedrich Apotheke vorstellte.

„Was kann ich für Sie tun?“ fragte sie freundlich.

„Ich habe ein kleines Problem“, fing Jana mit den Worten an, die sie sich auf dem Weg in die Friedrichstraße bereitgelegt hatte. „Vielleicht können Sie mir helfen. Ein Bekannter hat mir Ihre Apotheke empfohlen; ich solle mich am besten direkt an Sie wenden.“

„Dass wir empfohlen werden, höre ich gern“, antwortete Antje Frantz, ehrlich erfreut klingend. „Wie heißt Ihr Bekannter denn?“

„Ludwig Vaitmann. Ich soll von ihm grüßen.“

Der Blick der Apothekerin wurde traurig. „Sie wissen es noch nicht?“

Noch ehe Jana antworten konnte, kam aus dem Hinterraum ein uniformierter Polizist auf sie zu. Zärtlich legte er einen Arm um Antje Frantz. „Bis heute Nacht. Es kann spät werden.“

Den Drang, sich umzudrehen und wegzulaufen, konnte Jana gerade noch unterdrücken, aber auf keinen Fall wollte sie dem Polizisten ins Gesicht schauen. Als die Apothekerin sich ihr wieder zuwandte, musste sie sich konzentrieren, um ihre Stimme nicht zittern zu lassen. „Was weiß ich noch nicht?“

„Dass Ihr Bekannter tot ist. – Ludwig Vaitmann ist am Mittwochabend verstorben.“

Es fiel Jana nicht schwer eine erschrockene Miene aufzusetzen, so sehr war sie noch vom plötzlichen Auftauchen des Polizisten schockiert.

„Nein, das wusste ich wirklich noch nicht“, log sie und hoffte, damit angemessen zu reagieren.

„Es tut mir leid. Kannten Sie ihn gut?“

„Noch nicht wirklich“, antwortete sie langsam und überlegte fieberhaft, wie sie am unauffälligsten das Gespräch beenden konnte. „Wir haben uns erst vor Kurzem kennengelernt.“

„Bei welchem Problem kann ich Ihnen denn möglicherweise helfen?“, kam Antje Frantz auf Janas Erklärung ihres Besuchs zurück.

„Ich wollte nur nach einem Medikament fragen, für das ich mein Rezept verloren habe." Etwas Besseres fiel ihr nicht ein? Was sonst sollte sie in einer Apotheke tun? „Bitte entschuldigen Sie, aber die Nachricht über Ludwig Vaitmanns plötzlichen Tod hat mich etwas aus dem Gleichgewicht gebracht. Ich glaube, ich komme morgen wieder."

„Morgen ist Sonntag, da müssten Sie sich an eine der Apotheken wenden, die Notdienst haben."

„Oh, ja. – Natürlich." Sie musste jetzt wirklich die Apotheke verlassen. Unauffällig, aber so schnell es ging. Aber wenn sie sich einfach umdrehte und davonliefe, sähe es nach Flucht aus. Das durfte es nicht; auf keinen Fall. Sonst bliebe sie der Apothekerin bestimmt in Erinnerung. Verdammt, warum fiel ihr bloß nichts ein, was sie sagen konnte. Sie war doch sonst nicht auf den Mund gefallen.

„Welches Medikament benötigen Sie denn so dringend?", unterbrach Antje Frantz Janas stillen Monolog. „Vielleicht gibt es ja etwas Vergleichbares, das nicht verschreibungspflichtig ist."

„Ich glaube, es kann bis Montag warten."

Die Apothekerin hielt ihr noch den Notdienstplan der Westerländer Apotheken hin, aber Jana bemerkte es nur noch aus dem Augenwinkel. Ohne sich zu verabschieden, hatte sie bereits den Weg nach draußen eingeschlagen.

Seit seinem Telefonat mit Jana dachte Willi Lasse darüber nach, ob er mit Antje Frantz sprechen sollte. Er hatte keinen Grund zu der Annahme, Jana hätte Ludwig Vaitmann sein Notfallmedikament vorenthalten. Also gab es nur zwei Möglichkeiten. Die erste war, dass Ludwig die Kapseln bereits aus der Apothekentüte genommen hatte, bevor er das Hotel betrat. Aber dort angekommen, hatte er sie nicht mehr besessen. Er musste sie also entweder verloren haben, möglicherweise zusammen mit seinem Portemonnaie, oder es war ihm beides auf dem Weg ins

Hotel gestohlen worden. Keine der Erklärungen hielt Willi für wahrscheinlich. Als langgedienter Polizist war Ludwig es sicher gewohnt, auf seinen Tascheninhalt zu achten. Es blieb also nur noch die zweite Möglichkeit: Antje Frantz oder eine ihrer Angestellten hatte einen Fehler begangen, der Ludwig Vaitmann das Leben gekostet hatte. Sie hatte ihm sein Medikament zwar verkauft, aber versehentlich nicht mitgegeben. Wenn dies der Fall war, musste man es doch feststellen können. Und wenn Antje Frantz zur Polizei ging und ihr Missgeschick zugab, war Jana entlastet. Für die Friedrich-Apotheke handelte es sich lediglich um einen Fehler, der bei der Arbeit vorkommen konnte, auch wenn er es nicht sollte. Jana allerdings lief im Moment Gefahr, wegen Mordes, Totschlags oder zumindest unterlassener Hilfeleistung mit Todesfolge verhaftet zu werden.

Aber würde Antje Frantz ihm gegenüber überhaupt zugeben, dass ein solcher Fehler passieren konnte? Dass sie möglicherweise bereits festgestellt hatte, dass genau dieser Fehler in ihrer Apotheke passiert war? Konnte so etwas im Nachhinein durch einen Außenstehenden noch ermittelt werden? Durch die Polizei, falls die Leiterin der Apotheke nicht kooperierte?

Willi hielt viel von Antje Frantz, deutlich mehr als von ihrem Mann Helge. Sie würde ihm zuhören und danach hoffentlich den richtigen Weg einschlagen.

Zuversichtlich verließ er seine Wohnung und machte sich auf den Weg in die Friedrichstraße.

Fast hätte sie einen großen Fehler begangen; die Apothekerin war mit einem Polizisten liiert. Wenn der Mann in Uniform auch nur zehn Sekunden später nach vorne in den Verkaufsraum gekommen wäre, hätte sie sich bereits zu erkennen gegeben. Er hätte sicher sofort gewusst, dass sie die gesuchte Frau war, die nach Ludwigs Tod die Flucht ergriffen hatte. Und dann besaß sie auch noch die Dreistigkeit, seine eigene Partnerin zu erpressen.

Panisch lief Jana Nimb durch die Fußgängerzone und bog schließlich in eine der Seitenstraßen der Friedrichstraße ab. Als sie die Fahrbahn überqueren wollte, übersah sie ein Auto, das sich mit hoher Geschwindigkeit einer der seitlichen Parklücken näherte. Der Wagen hätte sie touchiert, wenn sein Fahrer nicht noch gerade rechtzeitig das Steuer herumgerissen hätte. Mit einem schrillen Geräusch schrammte das Auto mit der vorderen rechten Seite am Begrenzungspoller der Parklücke entlang und blieb dann abrupt stehen.

„So ein Scheiß!" Der Mann war ausgestiegen und um den demolierten Wagen herumgelaufen. Wütend starrte er Jana an. „Was haben Sie getan?"

Unfassbar; seit Ludwigs Tod schien das Unglück sie geradezu zu verfolgen. Sie war kurz davor, in Tränen auszubrechen.

„Das wird verdammt teuer für Sie!"

Erneut begann sie, zu zittern.

„Sie bleiben hier stehen und warten. Ich muss den Wagen wenigstens ganz in die Parklücke stellen."

Während der Mann sein Fahrzeug in die Parklücke rangierte, versammelte sich ein Ring von Zuschauern um die Szene mit dem zerbeulten Wagen.

„Ich habe es genau gesehen", sprach Jana ein älterer Herr an. „Der junge Mann ist viel zu schnell gefahren."

Dankbar sah sie zu ihm.

Der Fahrer, wahrscheinlich Mitte dreißig mit schmalen Lippen und Dreitagebart, war erneut aus seinem Wagen gestiegen. Nun stand er neben ihr. „Ist Ihnen etwas passiert?"

Ganz offensichtlich hatte er seinen ersten Schreck und Ärger überwunden und besann sich jetzt auf die wichtigste Frage. Aufmerksam musterte er Jana von oben bis unten.

„Junger Mann", mischte sich der ältere Gentleman ein. „Sollte die Dame Ihren Einparkversuch unbeschadet überstanden haben, war es wahrlich nicht Ihr Verdienst."

„Würden Sie sich bitte heraushalten", herrschte ihn der Angesprochene an.

„Ich muss doch sehr bitten!" Der ältere Herr ließ sich nicht einschüchtern. „Vielleicht sollten wir besser die Polizei hinzuziehen", schlug er an Jana gewandt vor.

„Nein, wir brauchen keine Polizei", antwortete sie leise.

Der junge Fahrer stimmte ihr sofort zu.

Allmählich ging es ihr wieder besser, auch das Zittern ihrer Beine hatte aufgehört. Sie bedankte sich freundlich bei dem älteren Herrn und versicherte ihm, dass lediglich der Wagen zu Schaden gekommen sei. Ihr selbst gehe es gut; sie sei mit einem Schrecken davongekommen. Über die Regulierung des Unfalls könnten sie und der Fahrer des Wagens sich sicher schnell einigen.

Zögerlich verabschiedete sich der Gentleman und auch der restliche Ring an Zuschauern löste sich auf.

„Keine Polizei also?", fragte Jana, als sie nur noch zu zweit auf dem Bürgersteig neben der Parklücke standen. Die Schrammen am vorderen Teil des Wagens, die man von ihrem Standort aus nicht übersehen konnte, machten einen erschreckend kostspieligen Eindruck.

„Es wird schon nicht so schlimm sein, wie es aussieht", versuchte der Fahrer, sich selbst zu trösten. „Ist ja nur Blech." Sein Blick spiegelte eine andere Einschätzung wider.

„Meine Haftpflichtversicherung kann ich nur in Anspruch nehmen, wenn der Unfall von der Polizei aufgenommen wird", setzte Jana in der Zuversicht nach, der Mann würde seine Meinung nicht ändern.

„Ich denke, wir haben beide den Unfall verursacht. Da zahlt sowieso keine Haftpflichtversicherung."

„Und was machen wir jetzt?"

„Der Wagen ist vollkaskoversichert. Genau für derartige Vorfälle schließt man eine solche Versicherung ab."

„Sind Sie sicher?"

„Ja, absolut. Darüber hinaus bin ich wirklich froh, dass Ihnen nichts zugestoßen ist."

Am liebsten hätte Jana sich sofort auf den Weg nach Hause gemacht, aber der unbekannte Unfallfahrer verstellte ihr den Weg. „Zur Sicherheit sollten wir vielleicht unsere Kontaktdaten austauschen. Nur für den Fall, dass später doch noch etwas auftaucht, das wir besprechen müssen."

Beunruhigt sah sie ihn an.

„Vielleicht machen wir das bei einem Kaffee.", setzte er hinzu. „Bevor Sie mir noch umkippen. – Sie sehen ganz blass aus."

Nichts in seinem Gesicht verriet ihr, ob er gerade begann, mit ihr zu flirten, oder ob sie sich doch noch Sorgen wegen möglicher finanzieller Forderungen machen musste. Aber ganz egal, was er im Sinn hatte, sie wollte einfach nur noch weg. Weg von der Straße, weg von diesem Fremden und der Gefahr, doch noch mit der Polizei sprechen zu müssen. Und vor allem weit, weit weg von der Friedrich-Apotheke und ihrem misslungenen Versuch einer Erpressung.

„Leider habe ich keine Visitenkarten dabei", erwiderte sie rasch. „Und ich bin auch furchtbar in Eile, weil ich einen wichtigen Termin habe."

„Meinen Sie das im Ernst?" Seine Stimme klang verärgert.

Sie spürte, dass sie errötete. „Nimb ist mein Name, Jana Nimb. Ich stehe im Telefonbuch. – Aber vielleicht können Sie mich ja morgen Abend in der Bar im ‚Hotel Dünenlust' besuchen. Ich arbeite dort ab 18:00 Uhr. Dort können wir in Ruhe alles besprechen; sonntags ist immer wenig los."

Sonntag auf Sylt

Das Sonntagsfrühstück nahmen Helge Frantz und seine Frau Antje ungewohnt schweigsam ein. Helge wusste, weshalb er schwieg: Er war müde, weil er nach der Spätschicht erst am frühen Morgen ins Bett gekommen war. Außerdem hatte er wilde Träume gehabt, war häufig aufgewacht und danach schlecht wieder eingeschlafen, was er häufiger tat, wenn er zu lange arbeiten musste. Aber Antjes Schweigsamkeit war ungewöhnlich, zumal sie ihm überaus nervös vorkam.

„Geht es dir gut?", fragte er besorgt.

„Ja, eigentlich schon."

„Eigentlich? Habe ich etwas falsch gemacht?"

Antje sah ihn an und lächelte zum ersten Mal an diesem Morgen. „Du hast überhaupt nichts falsch gemacht, Helge. Aber ich. Und ich fürchte, mein Fehler kann einen Menschen das Leben gekostet haben."

Fassungslos sah er sie an. „Wie das?"

„Dass Ludwig Vaitmann gestorben ist, kann in meiner Verantwortung liegen."

„Bitte zieh keine voreiligen Schlüsse, Liebes. Erzähl mir erst einmal, wie du darauf kommst."

„Gestern hat Willi Lasse mich in der Apotheke besucht. Er hat mit mir über den plötzlichen Tod Ludwig Vaitmanns gesprochen. Und ganz nebenbei hat er mir von der Frau erzählt, die zum Zeitpunkt seines Todes bei Vaitmann gewesen sein muss, aber nicht mehr anwesend war, als du mit dem Notarzt in sein Zimmer gekommen bist."

„Wie so oft ist er besser unterrichtet, als er sollte. Von mir hat er die Information nicht. – Und ich sehe auch immer noch keine Verbindung zwischen dir und Ludwigs Tod."

„Lasse wusste, dass ihr, die Polizei, der Möglichkeit nachgeht, Vaitmann sei nicht an einem Herzinfarkt, sondern an einem Angina Pectoris Anfall gestorben."

„Das war deine Idee, Liebes. – Von mir weiß Lasse allerdings auch das nicht. Ich habe lediglich mit Kriminalhauptkommissar Brunner über Ludwigs Einkauf in deiner Apotheke gesprochen. So, wie du es mir aufgetragen hast."

„Natürlich. Das hast du absolut richtig gemacht. – Dein Kommissar wird dann demnächst wohl auch mit mir sprechen wollen."

„Warum denn das?"

„Weil laut Willi Lasse keinerlei Notfallmedizin bei Ludwig Vaitmann gefunden wurde. Die Nitro-Zerbeißkapseln, die ich ihm kurz vor seinem Tod verkauft habe, befanden sich nicht in seinem Hotelzimmer."

„Dann muss die Frau, die während seines Anfalls bei ihm war, das Präparat mitgenommen haben. – Wenn sie ihn daran gehindert hat, es rechtzeitig einzunehmen, war das Mord oder zumindest Totschlag!"

Seine Entrüstung schien Antje nicht zu trösten.

„Es ist doch nicht deine Schuld, wenn Vaitmann sein Medikament nicht einnehmen konnte."

„Doch, genau das ist es", schrie sie fast und sah ihn dabei panisch an. „Die Frau, die bei ihm war, hat ihm das Medikament nicht vorenthalten. Ich habe vergessen, es ihm mitzugeben."

Fassungslos sah Helge zu seiner Gattin. In den vielen Jahren, die er sie nun bereits kannte, hatte er nicht einmal mitbekommen, dass ein solcher Fehler in ihrer Apotheke passiert war.

„Falls Ludwig Vaitmann wirklich einen Angina Pectoris Anfall hatte, trage ich die Schuld an seinem Tod."

Mittlerweile hatte seine sonst so beherrschte Antje sich in einen fast hysterischen Zustand hineingesteigert. „Beruhige dich, Liebes."

„Nachdem Willi gestern bei mir war, bin ich unsicher geworden. Also habe ich nach Geschäftsschluss Ludwig Vaitmanns Rechnung herausgesucht und den Bestand genau der

Medikamente kontrolliert, die ich ihm verkauft habe. Alles war korrekt, nur nicht bei den Nitro-Zerbeißkapseln. Davon habe ich zwei Packungen in der entsprechenden Schublade liegen, obwohl der Bestand in unserer Datenverarbeitung nur eine Packung aufweist."

„Du hast ihm das Notfallmedikament also überhaupt nicht verkauft?"

„Doch", antwortete sie gequält. „Es muss bei den Schachteln gelegen haben, die ich ihm an seinem Todestag zusammengestellt habe. Ich habe es ja eingescannt. Aber aus irgendeinem Grund ist es dann nicht in der Tüte gelandet, die ich ihm gepackt habe, sondern wieder in unserem Schubladenschrank. – Dafür habe ich überhaupt keine Erklärung."

„Bist du dir absolut sicher, dass du eine Schachtel zu viel von dem Medikament hast?"

„Ja", schrie sie. „Ich habe eine Schachtel mehr in der Apotheke, als ich laut elektronischem Bestand haben dürfte."

„Kann der Fehler schon früher passiert sein? Lange bevor du das Medikament an Ludwig Vaitmann verkauft hast?"

„Nein, das ist ausgeschlossen. Ich erinnere mich, dass ich froh war, überhaupt eine Schachtel vorrätig zu haben. Und ich sehe noch die eine Schachtel in der Schublade vor mir liegen. – Unser Warenwirtschaftssystem hat nach dem Verkauf automatisch eine neue Schachtel nachbestellt, die eine meiner Angestellten dann korrekt in den Schubladenschrank einsortiert hat."

„Und wie ist die zweite Schachtel dort wieder hingekommen?"

„Ich weiß es nicht!" Erneut klang ihre Stimme hysterisch. „Entweder ich oder eine meiner Mitarbeiterinnen muss sie in das entsprechende Fach zurückgeräumt haben."

Fieberhaft dachte Helge über die neue Situation nach. Hätte er geahnt, seine Frau damit in Schwierigkeiten zu bringen, wäre er mit der Information von Vaitmanns Angina Pectoris

Erkrankung nie zu Brunner gegangen. Dann hätte früher oder später als Todesursache ein Herzinfarkt auf dem Totenschein gestanden und die Ermittlung wäre eingestellt worden. Aber nun war es zu spät. Er hatte mit Brunner gesprochen und der Kriminalhauptkommissar war persönlich vor Ort gewesen, um festzustellen, dass das Notfallpräparat nicht in Vaitmanns Hotelzimmer zu finden war. Bei den Medikamenten auf dem Boden war es offenbar auch nicht dabei gewesen.

Die wahrscheinlichste Erklärung für das Fehlen der Kapseln war jetzt, dass die fremde Frau sie mitgenommen hatte. Immerhin hatte seine eigene Ehefrau das Präparat offiziell an Vaitmann verkauft und sie musste auch darauf bestehen, es ordnungsgemäß in die Tüte gelegt zu haben.

Wie groß war die Gefahr, dass diese Fremde gefunden wurde? Und dass sie damit die Gelegenheit hatte, der Polizei gegenüber ihre Unschuld zu beteuern? Laut Angaben des Portiers handelte es sich bei ihr wahrscheinlich um eine der Prostituierten der Insel. Diese Frauen blieben nie lange auf Sylt. Ihre Zuhälter wollten sich mit ihnen ja nicht langweilen oder ernsthaft auseinandersetzen müssen. Und wenn es eine der nicht registrierten Freischaffenden gewesen war, die weder über eine der gängigen Internetadressen oder Telefonnummern noch einen der Clubs anzufragen war, dann war es umso besser. Eine solche ‚Selbständige‘ ginge mit Sicherheit nicht freiwillig zur Polizei, um ihre Aussage über Vaitmanns Tod zu Protokoll zu geben.

Je länger er darüber nachdachte, dass eine käufliche Geliebte bei Ludwig Vaitmann gewesen war, um so sicherer wurde er, dass es keine offiziell gemeldete Prostituierte gewesen sein konnte. Immerhin hatte Ludwig erzählt, dass er seine Laufbahn bei der Sitte in Berlin begonnen hatte.

„Du musst heute noch das Präparat vernichten, das du Vaitmann verkauft hast“, sagte er schließlich.

Antje sah ihn verwirrt an.

„Du darfst damit nicht zur Polizei gehen."

„Aber das muss ich tun."

„Wenn du so handelst, schadest du dir nur selbst. Und du hilfst damit niemandem. Es ist also völlig sinnlos."

„Aber es ist das Richtige."

„Nein, das ist es nicht."

Stumm sah sie ihn an. Er konnte deutlich sehen, wie es in ihrem Kopf arbeitete.

„Du gehst damit nicht zur Polizei", wiederholte er. „Wir fahren jetzt zusammen zur Apotheke, nehmen das Medikament aus der Schublade und vernichten es. Ab da ist die ganze Sache nie passiert."

Antje war immer noch nicht überzeugt.

„Wir werden das so machen", betonte er und legte die volle Autorität, derer er seiner Frau gegenüber fähig war, in seine Stimme. „Jetzt sofort fahren wir zusammen in die Apotheke."

Direkt nachdem Jana Nimb ihren Dienst angetreten hatte, strömten etwa ein Dutzend Hotelgäste in den Barbereich des ‚Hotel Dünenlust'. Für die Insel waren sie deutlich zu elegant gekleidet, woraus Jana schloss, dass sie wahrscheinlich im Anschluss an den Aperitif in einem der umliegenden Sterne-Restaurants an einer Feier teilnahmen. Zuvorkommend umsorgte sie die Gäste und erhielt für ihr freundliches Auftreten großzügige Trinkgelder. Kurz vor 20:00 Uhr leerte sich die Bar.

Die Ruhe würde für etwa eineinhalb Stunden anhalten. Zeit, um die Zutaten für die in den späteren Stunden beliebten Cocktails und Longdrinks vorzubereiten. Und leider auch Zeit zum Nachdenken.

Immer noch hatte sie keinen Frieden gemacht mit Ludwigs plötzlichem Tod. Noch weniger mit ihrer eigenen unrühmlichen Beteiligung daran.

Dass die Polizei nach der geflüchteten Zeugin suchte, bereitete ihr allerdings keine Sorgen mehr. Außer dem Portier des

‚Hotel Vier Jahreszeiten‘ hatten sie lediglich die Besucher der Westerländer Biike zusammen mit Ludwig gesehen. Nach Willis Auskunft hatte der Hotelangestellte eine unbrauchbare Beschreibung von ihr abgegeben; die Biike Besucher konnten sie in ihrer wetterbedingten Vermummung noch weniger gut beschreiben.

Jetzt hieß es, ihr Leben weiterzuführen, als wäre sie Ludwig nie begegnet. Es war dringend notwendig, dass sie nicht mehr an ihn dachte, und noch weniger an das, was sie zusammen mit ihm erlebt hatte.

In Bezug auf ihr Entgegenkommen fremden Männern gegenüber, musste sie allerdings eine Pause einlegen. Das Geld, das sie mit ihrer Arbeit im Hotel verdiente, konnte ihre monatlichen Ausgaben zwar nicht vollständig ausgleichen, aber ein paar Tausend Euro hatte sie seit dem Kauf der Wohnung bereits wieder sparen können. Diesen Notgroschen musste sie jetzt eben angreifen. Dafür war er ja da.

Ihr bisher gespartes Geld reichte sowieso nicht aus, um ihr Problem mit Bert zu lösen. Es musste einen anderen Weg geben, sich von ihm zu befreien. Sie selbst würde einen Weg finden, in ihrem ganzen Leben war sie immer am besten zurechtgekommen, wenn sie sich auf niemand anderen verlassen hatte als auf sich selbst.

Als alle Vorbereitungen für die späten Drinks getroffen waren, sah sie sich zufrieden in der immer noch leeren Hotelbar um. Sonntags musste sie keine Angst davor haben, dass Bert sie dort aufsuchte oder in ihrer Wohnung auf sie wartete. Sonntags schien seine Frau ihn nicht wegzulassen. Allein aus diesem Grund hatte sie es auch nur gewagt, den fremden Autofahrer für diesen Abend in die Hotelbar einzuladen. Eine andere Lösung war ihr auf die Schnelle nicht eingefallen, da sie durch ihren schnellen Abschied nicht doch noch provozieren wollte, dass er zur Polizei ging. Noch nicht einmal nach seinem Namen hatte sie ihn gefragt, fiel ihr jetzt auf.

Noch während sie über die kurze Begegnung mit dem Fremden nachdachte, kam er auf sie zu. Fast hätte sie ihn nicht wiedererkannt; im zurückhaltenden Licht der Bar sah er deutlich jünger aus, als sie ihn in Erinnerung hatte. Er war groß und schlank, eine Strähne seines welligen, braunen Haares fiel ihm ungezähmt über die Stirn. Das Lächeln, das sich auf seinem Gesicht ausbreitete, als er sie entdeckte, war unsicher. Der Mann wirkte erheblich netter, als er ihr am Vortag vorgekommen war.

Ermutigend kam sie ihm zwei Schritte entgegen. „Guten Abend. Mit Erleichterung sehe ich, dass Sie es einrichten konnten, herzukommen. Es tut mir wirklich leid, dass ich Sie gestern einfach so neben Ihrem demolierten Wagen stehen lassen musste."

Sein Lächeln wurde herzlicher.

„Darf ich Sie zum Ausgleich für meine gestrige Unhöflichkeit zu einem Drink einladen?", fragte sie, nachdem er sie weiterhin stumm ansah.

„Da ich heute nicht mehr mit meinem Auto fahren werde, gern." Aus seinem Lächeln war ein breites Grinsen geworden.

„Ist der Schaden so schlimm?"

Er schüttelte nur kurz den Kopf.

„Was möchten Sie trinken?

„Können Sie mir etwas empfehlen?"

„Ich mixe sehr gute Champagnercocktails."

„Kann ich auch ein Glas Champagner ohne Zusatz bekommen?"

„Natürlich."

„Und trinken Sie eins mit?"

Nach kurzem Zögern stellte Jana zwei Gläser auf die Theke und füllte sie mit Champagner, seins bis zum Eichstrich, ihres nur etwa zwei Finger breit.

„Eigentlich darf ich mit meinen Gästen nichts trinken", erklärte sie. „Aber besondere Situationen bedingen besondere Regeln." Sie hob ihr Glas. „Bitte sagen Sie Jana zu mir."

„Basti." Unsanft stieß er mit seinem Glas an ihres, hob es danach an den Mund und nahm einen großen Schluck. „Wenn wir uns jetzt duzen, habe ich das Recht auf einen Kuss." Sein rechter Zeigefinger berührte seine rechte Wange.

„Das kann ich bei einem Gast leider nicht tun."

„Ich hatte dich so verstanden, dass ich eingeladen bin."

Sie nickte bestätigend und wartete gespannt ab. Basti sah nicht so aus, als würde er es bei einem Versuch ihr näherzukommen, bewenden lassen.

„Wenn ich also für mein Getränk kein Geld ausgeben muss, bin ich ja strenggenommen kein zahlender Hotelgast, oder? Eher ein Freund, den die attraktive Barkeeperin zu einem Getränk einlädt."

„Damit bleibst du aber immer noch ein Gast dieser Barkeeperin."

„Und wenn ich das Trinken einstelle?"

Sie grinste nur. Seine freche Jungenhaftigkeit gefiel ihr.

„Wie sieht es aus, wenn dein Dienst hinter der Bar beendet ist?"

„Dann erkenne ich meine Gäste normalerweise nicht mehr. Und sie mich auch nicht."

Während Basti über ihre Antwort nachzudenken schien, betrat das erste After-Dinner-Paar den Barbereich. Es setzte sich in eine der Nischen und Jana ging mit zwei Menukarten zu ihm.

Als sie zur Bar zurückkehrte, hatte Basti sein Glas ausgetrunken.

„Darf es noch ein weiterer Drink für dich sein?"

„Bin ich immer noch eingeladen?"

Sie bestätigte es ihm, auch wenn sie befürchtete, dass er ein weiteres Glas Champagner bestellen wollte. Wahrscheinlich konnte er sich sonst ein so teures Getränk nicht leisten.

„Weißt du eigentlich, wie schön du bist?", fragte er plötzlich zu ihrem Erstaunen. „Es kann doch kaum einen Gast geben, der nicht von dir fasziniert ist."

Sie ignorierte seine Bemerkung. „Was darf ich dir denn noch bringen?"

„Champagner, bitte."

Natürlich, was sonst. Mit einem inneren Seufzen nahm sie die Flasche und schenkte ihm wortlos nach.

„Ich auf jeden Fall bin es mit jeder Minute mehr."

„Betrunken, meinst du?"

Sein Grinsen brachte auch sie zum Lächeln.

„Fasziniert von dir", erklärte er unnötigerweise.

„Hörst du bitte damit auf."

„Wie wäre es mit einer Wette?", schlug er vor. „Wenn im Laufe des heutigen Abends keiner deiner männlichen Gäste mit dir zu flirten versucht, bezahle ich freiwillig alle meine Getränke."

„Du bist auch ein Gast."

„Hast du etwa den Eindruck, dass ich mit dir flirte?"

Sein betont unschuldiger Blick brachte sie zum Lachen.

„Gib es zu, sie liegen dir hier im Hotel alle zu Füßen", provozierte er.

„Nur wenn sie zu viel getrunken haben. – Und weil ich hinter der Bar etwas erhöht stehe."

„Hat noch nie einer der Gäste versucht, sich mit dir nach Dienstschluss zu verabreden?"

„Nein", log sie.

„Und wenn ich es heute täte?"

„Dann wärst du immer noch ein paar Jahre zu jung für mich."

Basti schien diese Absage nicht ernst zu nehmen. „Willst du einen Ausweis von mir sehen? Die Volljährigkeit habe ich bereits vor ein paar Jahren erreicht."

Jana bemerkte, dass die Gäste in der Nische die Menukarten geschlossen vor sich auf den Tisch gelegt hatten. Sie umrundete die Bar und ging zu ihnen, um ihre Bestellung aufzunehmen. Als sie zurückkehrte, lag Bastis Ausweis neben seinem leeren Champagnerglas auf dem Tresen.

„Damit du dich davon überzeugen kannst, dass wir gleich alt sind", sagte er, als er ihren Blick sah.

Sie kümmerte sich um die bestellten Getränke und warf erst einen Blick auf seinen Ausweis, als sie erneut aus der Nische zurückgekehrt war. Basti hielt ihr die Plastikkarte so hin, dass sein rechter Daumen oberhalb des Geburtsdatums lag und dabei einen Großteil seines Namens verdeckte.

„Ja, in etwa", bestätigte sie und ignorierte großzügig die vier Jahre, die sie älter war als er.

„So wie du aussiehst, hatte ich auch nichts anderes erwartet. Vielleicht bist du sogar jünger als ich."

Sie lachte nur.

„Dann steht einem Verbrüderungskuss nach Dienstschluss doch nichts mehr im Wege."

Weiterhin blieb sie ihm jede Antwort schuldig. Stattdessen ging sie zu zwei neu angekommenen Paaren, die gemeinsam in einer der freien Nischen Platz genommen hatten. Als sie an die Bar zurückkehrte, war Basti nicht mehr dort.

Schade. Sie hätte gern gewusst, wie weit er mit seinem etwas plumpen Flirten noch gegangen wäre.

Montag auf Sylt

Seine Nachfrage beim Portier informierte ihn darüber, dass die Bar des ‚Hotel Dünenlust' jeden Tag um 1:00 Uhr morgens ihren Betrieb beendete. Ab 14:00 Uhr stehe man dann aber gern wieder mit Getränken und kleinen Snacks für die werten Gäste bereit.

In einer Februarnacht von Sonntag auf Montag in der Fußgängerzone von Westerland die Zeit bis 1:00 Uhr morgens totzuschlagen, war generell nicht leicht; ab Mitternacht wurde es zu einer echten Herausforderung für Sebastian Wedel. Kurz spielte er mit dem Gedanken, nach Hause zu fahren und sich seinen Kuss bei einer besseren Gelegenheit abzuholen, aber dann konnte er der Versuchung, seine neue Bekanntschaft zu überraschen, nicht widerstehen. Vielleicht wurde auch mehr daraus als nur der Verbrüderungskuss. Diese Frau faszinierte ihn; vom ersten Moment an hatte sie ihn im gleichen Maß angezogen wie verunsichert. Sie war schön und selbstsicher; strahlte etwas Vielversprechendes und gleichzeitig Geheimnisvolles aus. Es war ihm unmöglich, seinem Wunsch, sie näher kennenzulernen, zu widerstehen. Noch nie war er einer Frau wie ihr begegnet, davon war er überzeugt. In jedem Fall war sie ein anderes Kaliber, als er es von seinen sonstigen Eroberungen gewohnt war.

Seit ihrem Beinahe-Unfall am Samstagnachmittag hatte er seinen demolierten Audi RS 3 nicht mehr aus der Parklücke herausbewegt. Wozu auch? Wo, außer vor dem Haus seiner Eltern, hätte er ihn abstellen sollen? Und genau sie sollten den Wagen in seinem jetzigen Zustand noch nicht sehen; erst wenn er wusste, was die Reparatur kostete, wollte er seine Eltern mit seinem Missgeschick konfrontieren. Auch wenn Jana sicher eine Mitschuld trug, wollte er sie nicht darum bitten, sich an den Kosten zu beteiligen. Sein Vater sollte ruhig schimpfen und seine Mutter ihn für verantwortungslos erklären, aber danach würden sie notgedrungen die Kosten der Reparatur übernehmen. So war es bisher immer gewesen.

Um die restliche Zeit bis zu Janas Dienstschluss zu überbrücken, setzte er sich in seinen Wagen, seine Daunenjacke gegen die aufkommende Kälte eng um den Körper geschlungen. Es dauerte nicht mehr lange; seine Uhr zeigte bereits kurz nach Mitternacht. Um nur ja nicht wieder einen Polizisten zu einer unbedachten Handlung zu verführen, hatte er auf dem Beifahrersitz Platz genommen. Den Wagenschlüssel hielt er tief in einer der Taschen seiner Jeans verborgen. Allmählich fielen ihm die Augen zu. Als der Wecker seines Handys schließlich erklang, wusste er im ersten Moment nicht, wo er war. Aber dann fiel es ihm ein: Sein neues Abenteuer wartete. Jana Nimb, diese unglaublich vielversprechende Frau, hatte gleich Dienstschluss. Und sie war ihm noch etwas schuldig.

Nachdem er bereits seit etwas mehr als einer Viertelstunde am Personaleingang des Hotels stand und wartete, begann er an seinem Plan zu zweifeln. Nichts war in den letzten fünfzehn Minuten passiert. Niemand hatte das Hotel durch die Tür verlassen, die er bewachte. Konnte es sein, dass dieser Ausgang nachts nicht genutzt wurde und Jana das Hotel längst durch den Haupteingang verlassen hatte? Wie lange wollte er sich noch vor der Tür die kalten Beine in den Bauch stehen? Welche Alternative gab es?

Unschlüssig trat er gegen einen Kantstein der Beeteinfassung neben dem Hotel, der um keinen Zentimeter nachgab. Seine kalten Zehen schmerzten. Ein leiser Fluch entwich seinem Mund.

„Wenn du zu Selbstverstümmelung neigst, werde ich noch einmal über uns beide nachdenken müssen", hörte er Janas Stimme leise hinter sich.

Mit einem Ruck drehte er sich um und stand ihr gegenüber.

„Ich dachte schon, ich würde mich hier zum Depp machen", entfuhr es ihm in ungeduldigem Ton.

Wortlos versuchte sie, sich an ihm vorbeizudrängeln.

„Entschuldige, das ist falsch herausgekommen", verbesserte er sich. „Ich hatte einfach Angst, dich verpasst zu haben, weil du das Hotel durch eine andere Tür verlassen hast."

„Das klingt schon besser."

Ob sie lächelte, war für ihn in der Dunkelheit nicht zu erkennen.

„Darf ich dich nach Hause begleiten? Nur zur Sicherheit, damit dir nichts passiert."

„Nur zu meinem Schutz möchtest du mich nach Hause begleiten? Bei dieser Kälte und ohne jeden Hintergedanken?"

Verdammt, was für eine Antwort erwartete sie? Er entschied, besser nichts zu sagen.

„Dann komm", forderte sie ihn auf. „Es ist wirklich zu ungemütlich hier, um noch länger herumzustehen."

Während ihres gemeinsamen Spaziergangs sprach vorwiegend er. Nach etwa zehn Minuten erreichten sie Janas Zuhause, das sich in einem der neueren Mehrfamilienhäuser am südlichen Rand Westerlands befand. Genau solche Häuser hatte auch das Immobilienkontor Wedel entwickelt, fiel Basti ein.

Die große Anzahl an Klingeln und Namensschildern neben der Haustür zeigte ihm, dass sich diese Immobilie vorwiegend aus sehr kleinen Wohnungen zusammensetzen musste. Wahrscheinlich war Janas Heim noch nicht einmal so groß wie der Bereich, der ihm im elterlichen Haus unter Reet zur Verfügung stand. Zum ersten Mal in seinem Leben verspürte er eine gewisse Scham wegen der Leichtigkeit, mit der er sein Zuhause und sein ausschweifendes Leben finanziert bekam.

Vor der geschlossenen Haustür stehend, schien Jana zu zögern, ihn zu sich hineinzubitten. Allmählich hatte er den Eindruck, dass sie nur noch nach den richtigen Worten suchte, sich von ihm zu verabschieden.

Entgegen seiner sonstigen Gewohnheit bei abendlichen Frauenbekanntschaften traute er sich nicht, Jana zu bedrängen. „Sehr gern möchte ich dich wiedersehen", wagte er lediglich zu sagen.

Sie sah ihn nicht an. Ihre Haltung war zurückhaltend, fast abweisend.

„Habe ich mir eine weitere Verabredung nicht verdient, indem ich in der Kälte auf dich gewartet habe? – Außerdem hast du vorhin etwas von ‚uns beiden' gesagt."

Immer noch wirkte sie auf ihn, als formuliere sie innerlich eine freundliche, aber endgültige Verabschiedung.

„Wenn du zu einem Date mit mir nicht bereit bist, muss ich von nun an jeden Abend in der Hotelbar sitzen und darauf hoffen, dass du Dienst hast", ergänzte er schnell. „Es ist dann deine Schuld, wenn ich zum Alkoholiker werde."

„Basti, du bist wirklich nett. Aber ich glaube nicht, dass wir …"

„In Ordnung, kein Date. Nur eine Verabredung. Ganz locker, ohne jede Erwartung. Und dieses Mal bezahle ich meine Drinks auch selbst. – Vielleicht lade ich dich sogar zu einem von deinen ein."

Sie musste lachen. „In Ordnung", antwortete sie schließlich. „Aber in den nächsten Tagen ist es nicht gut. Gib mir deine Telefonnummer und ich melde mich dann bei dir, sobald ich Zeit habe."

Er nahm einen Kugelschreiber aus der Jacke und griff nach ihrer Hand, um ihr seine Handynummer auf den Handrücken zu schreiben. Auch als die Nummer deutlich auf ihrer Haut zu lesen war, ließ er ihre Hand nicht los.

„Wir müssen uns noch küssen. Immerhin warst du es, die mir das Du angeboten hat. Erst nach dem Verbrüderungskuss werde ich gehen."

Sie beugte sich zu ihm vor und bot ihm die Möglichkeit, sie zu küssen. Ihre Lippen fühlten sich so weich an, wie sie ausgesehen hatten. Sie schmeckten leicht nach Orange und irgendeinem Alkohol.

Nach nur einer Sekunde zog sie sich zurück. Der keusche Kuss fand ein abruptes Ende.

„Ich rufe dich an", versprach sie und schlüpfte schnell ins Haus.

Noch am Sonntag hatten sie gemeinsam das überzählige Nitro-Präparat aus der Schublade geräumt und vernichtet. Helge Frantz hatte seine Frau extra in die Apotheke begleitet, um sicherzugehen, dass sie auch wirklich alle Spuren für ihr Versehen tilgte. Nun enthielt der Schubladenschrank nur noch die nachgelieferte Packung des Medikaments, die Buchhaltung belegte den ordnungsgemäßen Verkauf und alles war so, als wäre nie ein Fehler passiert.

Natürlich sprach es für Antje, dass sie lieber seinen Kollegen von der Kriminalpolizei die Wahrheit gesagt hätte. Aber wem sollte das helfen? Nun war ihr Versehen nicht mehr nachweisbar. Auch wenn Brunner jemals auf die Idee käme, das Medikament sei Ludwig Vaitmann von ihr nicht ausgehändigt worden, er könnte es nicht beweisen.

Jetzt blieb nur noch Willi Lasse. Er hatte seine Frau in der Apotheke besucht und darüber informiert, dass das Notfall-Präparat von der Polizei nicht im Zimmer von Ludwig Vaitmann gefunden worden war. Welche Beweggründe konnte Willi dafür haben? Hatte er Antje aushorchen wollen? Vermutete er, dass in ihrer Apotheke ein Fehler passiert war? Witterte er eine Story und wollte diese bei ihr überprüfen? Natürlich hatte Antje Willi gegenüber bestätigt, das Medikament verkauft zu haben. Zu dem Zeitpunkt war sie ja auch noch davon überzeugt gewesen, es Vaitmann mitgegeben zu haben. Aber vielleicht hatte sie schon im Gespräch mit Lasse Unsicherheit gezeigt. Wenn ja, hatte der lästige Journalist genau die Information erhalten, nach der er suchte. Nämlich, dass Fehler möglich waren. Auch in Apotheken. Sogar in der Friedrich-Apotheke.

Mussten sie damit rechnen, dass Lasse einen Feldzug gegen das Renommee und die Existenzgrundlage seiner Frau vorbereitete?

Die eine Nacht, die er über diese Frage geschlafen hatte, milderte seinen Argwohn Lasses Plänen gegenüber nicht. Seine

Befürchtungen waren eher gewachsen und mit ihnen seine Wut auf den Journalisten. Willi war dafür bekannt, dass er Skandale liebte. Wenn er plante, auf Kosten von Antje einen reißerischen Artikel zu schreiben, dann war es Helges Aufgabe, ihn davon abzuhalten. Immerhin war er ihr Ehemann. Dieser Verantwortung würde er gerecht werden, im Guten wie im Bösen.

Ohne sich die Zeit zu nehmen, seine Nerven zu beruhigen, wählte Helge Lasses Handynummer. Als sich dieser meldete, wusste Helge nicht, wie er das Gespräch beginnen sollte, ohne Willi noch neugieriger zu machen.

„Schlimme Sache, der Tod von Ludwig Vaitmann", sagte er schließlich nach ein paar Worten Smalltalk.

„Ja, das stimmt. Mir war er sehr sympathisch und ich hatte mir noch viele nette Abende mit ihm versprochen."

„Tja, aber so ein Herzproblem…"

„An Angina Pectoris muss man nicht sterben", antwortete Willi Lasse. „Man muss nur schnell genug an sein Notfallmedikament kommen."

„Du weißt ja ziemlich gut Bescheid. Besser als unsere Gerichtsmediziner."

„Du kennst mich doch. Meine Augen und Ohren habe ich überall. Zur Not leihe ich mir auch noch welche."

„Hast du deshalb mit Antje gesprochen?"

„Um mir ihre Augen und Ohren zu leihen, meinst du?"

„Nein, um die Informationen, die du von einem meiner Kollegen auf inoffiziellem Weg erhalten hast, zu verifizieren."

„Helge, was willst du von mir?", fragte Willi nach einer kurzen Pause.

„Was willst du von Antje, frage ich dich?"

„Bist du eifersüchtig, weil ich deine Frau in ihrer Apotheke besucht habe?"

„Das muss ich nicht. Antje ist mir eine gute Frau. Und eine kompetente Apothekerin ist sie dazu, wie du bereits aus eigener Erfahrung weißt."

„Was willst du von mir, Helge?", fragte Willi zum zweiten Mal.

„Lass meine Frau in Ruhe."

„Also doch eifersüchtig?"

„Antje hat nichts mit dem Tod von Ludwig Vaitmann zu tun. Dein Besuch bei ihr hat sie nur traurig gemacht. – Sie hat ihm das Notfallmedikament verkauft, genau von dem Hersteller und in der Dosierung, wie es auf seinem Rezept stand. Sie trägt keinerlei Verantwortung daran, dass er offenbar nicht mehr rechtzeitig in der Lage war, es zu nutzen."

„Hat jemand etwas anderes behauptet?"

Lasses Ruhe steigerte noch seine Wut. „Ich warne dich, Willi. Falls du jemals etwas anderes behauptest, wird es dir damit nicht besser ergehen als bei deiner Enthüllung der Machenschaften von Kunibert Wedel."

„Beruhige dich, Helge."

„Du müsstest beweisen, was du über meine Frau behauptest. Dazu wärst du niemals in der Lage."

„Weil du die Beweise vernichtet hast?", fragte Willi, immer noch in provozierend ruhigem Tonfall.

„Nein, du verdammter Verschwörungstheoretiker. Weil es nicht passiert ist!"

„Dann weiß ich ja jetzt Bescheid." Mit diesen Worten verabschiedete sich Willi Lasse und legte auf, bevor Helge noch etwas erwidern konnte.

Sein Gefühl sagte ihm, dass er mit dem Telefonat für seine Frau nichts besser gemacht hatte. Umso mehr war er froh, dass er sich damit durchgesetzt hatte, Ludwig Vaitmanns in der Apotheke zurückgebliebenes Medikament zu vernichten.

Anfang März auf Sylt

Sie hatte ihn tatsächlich angerufen.

Drei Tage hatte Sebastian Wedel gewartet, dann war er in die Bar des ‚Hotel Dünenlust' gegangen, allerdings ohne Jana dort anzutreffen. Stattdessen hatte ein junger, braungebrannter Surfertyp hinter der Bar gestanden. Und seine Gäste hatten vorwiegend aus einer Runde von Frauen bestanden, die etwa im Alter seiner Mutter gewesen sein mussten. Angewidert hatte Basti dem Schönling hinter der Bar zwei Stunden lang zugesehen, wie er mit großspurigen Bewegungen Cocktails zubereitete und plump mit seinen weiblichen Gästen flirtete. Gegen 22:00 Uhr hatte er enttäuscht die Bar verlassen, ohne sich danach erkundigt zu haben, wann Jana das nächste Mal hinter der Bar anzutreffen war.

Aber jetzt war sie am Telefon. Er hörte ihre Stimme und ein leises Kribbeln durchlief seinen Körper. Gern hätte er ihr gegenübergestanden und sie nicht nur gehört. Er hätte ihre Hände ergriffen und versucht, sie noch einmal zu küssen.

„Wann sehen wir uns endlich wieder?" fragte er und bereute es sofort. Bei keiner anderen Frau bisher hatte er sich so blöd angestellt.

„Wie geht es deinem Wagen?", antwortete Jana mit einer Gegenfrage.

„Besser als mir. – Der Wagen ist in der Werkstatt und wird Ende nächster Woche wieder aussehen wie neu."

„Wird es teuer?"

„Halb so schlimm", log er. Wie erwartet hatten seine Eltern ein rhetorisches Donnerwetter über ihm ausgeschüttet, als er seinen Unfall gebeichtet hatte. „Die Versicherung übernimmt ja das meiste. Mir bleibt noch ausreichend Geld, um dich zu einem Getränk einzuladen."

„Basti, ich glaube, du hast ein falsches Bild von mir."

„Dann hilf mir, es zu korrigieren. Geh mit mir aus."

„Habe ich dir nicht schon genug Schaden zugefügt?"

„Wir hatten einfach einen schlechten Start."

Jana blieb stumm.

„Aber so haben wir uns wenigstens kennengelernt. Eine Frau wie dich hätte ich sonst nie getroffen. Jetzt kann ich dich nicht einfach wieder aus meinem Leben entschwinden lassen."

Basti hörte Janas leises Atmen, während sie über seine Worte nachzudenken schien.

„Du hättest dich doch nicht bei mir gemeldet, wenn es dir anders ginge", versuchte er sein Glück ein weiteres Mal. „Geh mit mir aus."

„Morgen Abend habe ich Zeit", sagte sie schließlich. „Ich weiß, es ist etwas kurzfristig, aber falls du auch …"

„Wann und wo?"

„Kennst du das Lokal ‚Zum kleinen Strand' in Westerland?"

Er kannte es nicht und gab es auch zu. „Ich hole dich zuhause ab", schlug er vor. „Einverstanden?"

Jana schien zu zögern.

„Ich hole dich nur ab. Du musst mich nicht hereinbitten."

„Einverstanden. Ist 19:30 Uhr in Ordnung?"

„Ich werde genau um diese Uhrzeit vor deiner Tür stehen." Egal was sonst noch in seinem Kalender stand, er würde dort sein. Pünktlich.

Kriminalhauptkommissar Brunner wartete bereits mit einem Pappbecher Kaffee in der Hand vor der Apotheke, als Antje Frantz am Morgen die breite Glastür aufschloss. Zuerst hielt sie ihn für einen eiligen Kunden, aber dann stellte er sich ihr vor und bat darum, ein paar Minuten in Ruhe mit ihr reden zu können.

„Bitte lassen Sie mich damit beginnen, mich für die Informationen zu bedanken, die Sie mir über Ihren Mann haben zukommen lassen", eröffnete er das Gespräch. „Ohne Sie hätten wir vielleicht nie etwas von Ludwig Vaitmanns Vorerkrankung erfahren. – Da ich gerade in der Gegend war, dachte ich, wir könnten doch auch einmal persönlich miteinander sprechen."

Sie befanden sich in dem winzigen Raum, in dem früher noch individuell verschriebene Salben und Tabletten hergestellt worden waren. Mittlerweile beherbergte er Antjes Büro. Brunner saß auf einem kleinen Hocker, an die geschlossene Tür gelehnt, Antje hatte hinter ihrem Schreibtisch Platz genommen.

„Vielen Dank, dass Sie dafür extra hergekommen sind", nahm sie Brunners Einführung auf. „Leider werde ich Ihnen mehr auch nicht sagen können."

„Ludwig Vaitmann hat also an seinem Todestag bei Ihnen ein Notfallmittel gegen Angina Pectoris Anfälle gekauft?"

„Ja, genau." Sie griff in eine der Schreibtischschubladen und nahm eine Rechnungskopie heraus. „Hier können Sie das genaue Datum und die Uhrzeit sehen. Er hat die ihm verschriebenen Nitro-Zerbeiß-Kapseln gekauft und noch ein paar freiverkäufliche Mittel gegen seinen Husten und zur Stärkung seiner allgemeinen Konstitution mitgenommen."

Brunner nahm den Zettel entgegen. „Eine große Anzahl unterschiedlicher Medikamente", bemerkte er.

„Ich habe Herrn Vaitmann persönlich bedient und ihm damals die Anwendung jedes einzelnen Präparats erklärt."

Brunner nickte nachdenklich und reichte ihr die Rechnung zurück. „Haben Sie das Nitro-Präparat zusammen mit den anderen Medikamenten in die Tüte gepackt, die wir nach seinem Tod bei ihm im Hotelzimmer gefunden haben? Oder hat Ludwig Vaitmann die Kapseln separat eingesteckt?"

„Ich habe alles zusammen in eine unserer Papiertüten gepackt", antwortete sie ohne Zögern, wobei ihr bewusst war, dass sie Brunner gerade zum ersten Mal anlog. „Ob er nachher die Zerbeiß-Kapseln aus der Tüte genommen hat, um sie wieder in eine der Innentaschen seines Mantels zu stecken, kann ich nicht sagen. Ich weiß noch, dass er ein abgelaufenes Präparat dort herausnahm. Ich habe es für ihn entsorgt."

„Er hatte dasselbe Medikament also bereits zuvor verschrieben bekommen?"

„Davon gehe ich aus. Zumindest habe ich eine ältere und bisher nicht angebrochene Schachtel für ihn vernichtet."

Erneut nickte Brunner. „Sie sagten, Ludwig Vaitmann habe einen Mantel angehabt, als er Ihre Apotheke betrat?"

„Ja, es war eine Art Trenchcoat. Ich erinnere mich daran, da es an diesem Tag recht kalt war und ich den Mantel für zu dünn hielt. – Der arme Mann hatte gerade erst eine schwere Erkältung überstanden, wie er mir sagte."

„War er in Begleitung, als er seine Medikamente kaufte?"

„Nein. Er kam allein in die Apotheke."

„Konnten Sie vielleicht beobachten, ob eine Dame vor dem Geschäft auf ihn gewartet hat?"

„Suchen Sie immer noch nach der Frau, die bei ihm im Zimmer gewesen sein soll, während er starb?"

„Das tun wir. Allerdings haben wir das aus ermittlungstechnischen Gründen nicht an die Öffentlichkeit gegeben."

„Außer mit mir wird Helge bestimmt mit niemandem über die gesuchte Dame gesprochen haben." Sie ärgerte sich, dass sie die Unbekannte überhaupt erwähnt hatte. „Nein, ich habe keine Frau gesehen, die auf Ludwig Vaitmann gewartet hat."

„Natürlich. Sonst hätten Sie uns bestimmt schon Bescheid gegeben", kam es versöhnlich von Brunner. „Aber vielleicht haben Sie ja eine Idee, wer dieser Damenbesuch gewesen sein kann. Haben Sie Ludwig Vaitmann vor seinem Besuch in Ihrer Apotheke schon einmal in weiblicher Begleitung gesehen?"

„Nein. Ich habe ihn lediglich das eine Mal getroffen, als er bei mir in der Apotheke war."

„Das ist schade. – Gibt es sonst etwas, das Ihnen aufgefallen ist?"

Selbstverständlich gab es etwas: Das Gespräch mit der fremden Kundin, die angeblich auf Empfehlung Ludwig Vaitmanns ihre Apotheke aufgesucht hatte. Diese Frau war am darauffolgenden Montag nicht in die Apotheke zurückgekehrt, obwohl sie doch erzählt hatte, dringend ein Medikament zu benötigen. Angeblich hatte sie vom Tod Ludwig Vaitmanns nichts gewusst, aber irgendetwas an ihrer Reaktion war merkwürdig gewesen. Konnte es sein, dass sie vielleicht die gesuchte Dame war? Nur warum hatte sie dann das Gespräch mit ihr gesucht?

Außerdem war kurz nach ihr auch noch Willi Lasse in der Apotheke aufgetaucht. Mit seinen Fragen und Andeutungen, als wisse er von dem Fehler, der in der Friedrich-Apotheke passiert war. Ob die beiden sich vielleicht kannten?

Dem Kommissar, der sie immer noch aufmerksam beobachtete, erzählte sie besser nichts von der Fremden. Zuerst wollte sie mit Helge über ihren Besuch sprechen. Wenn er es für wichtig hielt, konnte sie das Erlebnis danach immer noch bei Brunner zu Protokoll geben. „Nein, es tut mir leid. An mehr kann ich mich nicht erinnern".

Ausgerechnet den Abend, an dem sich Jana für ihn Zeit nehmen wollte, hatte seine Mutter zum Familienabend ernannt. Bereits vor einer Woche hatte sie ihren Sohn und seinen Vater gebeten, sich den Abend für ein gemeinsames Abendessen freizuhalten, aber während des Telefonats mit Jana war Sebastian Wedel dieser Wunsch absolut gleichgültig gewesen. Nun musste er mit seiner Mutter reden. Seine Verabredung mit Jana wollte er auf keinen Fall absagen. Zum ersten Mal mussten seine Eltern Verständnis dafür haben, dass es im Leben ihres Sohnes etwas Wichtigeres gab als das Abendessen mit ihnen. Noch nie bisher hatte er es gewagt, seiner Mutter den Familienabend zu verderben. Aber dieses Mal würde es passieren.

„Ich weiß, dass wir heute Abend zusammen essen wollten", begann er am frühen Nachmittag das Gespräch, „aber mir ist etwas wirklich sehr Wichtiges dazwischengekommen. Wir werden den Familienabend verschieben müssen."

„Das ist ausgeschlossen", widersprach seine Mutter.

„Habe ich bisher jemals für einen unserer gemeinsamen Abende keine Zeit gehabt?"

„Nein. Aber das ist doch wohl auch selbstverständlich."

„Vielleicht ist es für Paps und dich ja einmal schön, in Ruhe und ohne mich den Abend zu verbringen."

Seine Mutter blickte ihn vorwurfsvoll an und schwieg.

„Wenn der Junge keine Zeit hat, sollten wir den Familienabend wirklich verschieben." Sein Vater griff höchst erfreut seinen Vorschlag auf.

„Du auch?", kam es vorwurfsvoll von seiner Mutter.

„Ausgerechnet für heute habe ich kurzfristig eine Anfrage von einem kaufkräftigen Interessenten hereinbekommen. Wenn unser gemeinsamer Abend ausfällt, werde ich noch zusagen. Es kann sich durchaus lohnen."

Es war das erste Mal, dass das gemeinsame Abendessen nicht stattfand. Aber dieser Umstand machte es für Frauke Wedel nicht leichter, die Absage sowohl ihres Sohnes als auch ihres Mannes zu akzeptieren. Kunibert hatte sich direkt nach ihrem Gespräch verabschiedet und war wieder ins Immobilienkontor gefahren, um seinen abendlichen Termin vorzubereiten. Kurz danach hatte auch Sebastian sie allein gelassen. Er war noch nicht weggefahren, hatte sich jedoch in den Seitenflügel ihres Hauses zurückgezogen, den sie nur noch auf seine ausdrückliche Einladung hin betreten durfte. Natürlich hielt sie sich daran, auch wenn er manchmal tagelang nicht zuhause war, aber seine Forderung nach derart uneingeschränkter Privatsphäre kränkte sie. Hätte sie vor seinem achtzehnten Geburtstag im Jahr 1999 geahnt, wie sehr Sebastian sich in einem eigenen

Wohnbereich abschotten würde, hätte sie ihm niemals im Seitenflügel eine separate Wohnung eingerichtet.

Ihr Sohn und ihr Mann ließen sie beide gleichzeitig im Stich. Offenbar war sie die Einzige, der es noch wichtig war, die Familie zusammenzuhalten.

Als Sebastian gegen 19:00 Uhr zu ihr ins Wohnzimmer zurückkehrte und um ihre Autoschlüssel bat, verweigerte sie ihm ihren Wagen. Erbost bestellte er sich ein Taxi und kündigte an, sie müsse für den Rest des Abends nicht mehr mit ihm rechnen. Vielleicht bliebe er sogar über Nacht fern.

Mit ähnlichen Worten hatte sich bereits Kunibert von ihr verabschiedet.

Kurz dachte sie darüber nach, wie sie den freien Abend verbringen sollte, und ging dann rasch in ihr Zimmer. Dort zog sie sich etwas Unauffälliges, Warmes an und wartete, bis sie hörte, wie Sebastian die Haustür ins Schloss fallen ließ. Sofort griff sie nach Mantel, Handtasche und ihren Schlüsseln. Sobald sie ihren Sohn ins Taxi steigen sah, verließ auch sie das Haus und lief zu ihrem Wagen, den sie glücklicherweise am Mittag nicht in der Garage abgestellt hatte. Eilig fuhr sie los und konnte gerade noch die Rücklichter des Taxis sehen, als es auf die Hauptstraße in Richtung Westerland abbog.

Sie folgte dem Taxi so unauffällig wie möglich, bis es im Süden Westerlands in eine kleine Straße abbog. Es war der Robbenweg, wie sie dem Schild an der Kreuzung entnehmen konnte. Der Straßenname kam ihr bekannt vor; in irgendeinem Zusammenhang musste sie schon einmal damit zu tun gehabt haben.

Der Robbenweg war eine Einbahnstraße, die schmal, aber schnurgerade von der Süderstraße bis zur Düne verlief. Frauke parkte ihren Wagen in einer der ersten Parklücken auf der rechten Seite und stieg eilig aus, während das Taxi erst etwa hundertfünfzig Meter weiter stehen blieb. Schnell überquerte sie die Straße und folgte dem Bürgersteig auf der linken Seite bis sie an eine heckenumsäumte Einfahrt kam, in der sie sich verstecken konnte.

Sebastian hatte wahrscheinlich wieder nur große Scheine bei sich – er liebte es, mit Hundertern zu bezahlen. Es dauerte fast zwei Minuten, bis er aus dem stehenden Taxi stieg und auf den Bürgersteig der linken Straßenseite zuging. Wenige Schritte vor der Häuserfront blieb er stehen.

Von ihrem Versteck aus konnte Frauke nur eingeschränkt die vor ihr liegende Häuserzeile entlangsehen. Sie musste auf die andere Straßenseite zurückkehren, um zu erfahren, in welchem Gebäude ihr Sohn gleich verschwand.

Als sie sich etwas vorwagte, konnte sie beobachten, dass Sebastian unschlüssig vor einem neueren Mehrfamilienhaus wartete. Keine fünfzig Meter stand er von ihr entfernt. So nah bei ihm die Straße zu überqueren, wagte sie nicht. Leise verließ sie ihr Versteck und schlich den Bürgersteig zurück bis auf die Höhe ihres Parkplatzes. Nach einem raschen Blick auf Sebastian, der immer noch wartend vor dem Haus stand, überquerte sie den Robbenweg, schloss ihren Wagen auf und stieg ein.

Erleichtert lehnte sie sich auf dem Fahrersitz zurück. Wenn Sebastian jetzt nicht zu Fuß die Straße zurückging und ihr Auto erkannte, konnte ihr nichts mehr passieren. Auf keinen Fall durfte er mitbekommen, wie seine Mutter ihn bespitzelte. Noch nie in ihrem Leben hatte sie so etwas Dummes getan und niemals würde sie es wiederholen. Ihm nachzufahren, war eine spontane Aktion gewesen, eine unüberlegte Aktion. Aber nun war sie hier und konnte auch nicht wieder wegfahren, ohne an ihm vorbeikommen zu müssen. Und spätestens dann erkannte er ihren Wagen mit Sicherheit.

Konzentriert behielt sie Sebastian im Auge. Immer noch schien er auf etwas zu warten. Er hob seinen linken Arm und schob den Ärmel etwas hoch. Frauke erinnerte sich, diese Geste in den letzten Minuten bereits mehrfach beobachtet zu haben. Plötzlich verstand sie: Sebastian sah auf seine Armbanduhr.

Offenbar war er zu einem festen Zeitpunkt verabredet und wollte genau pünktlich sein. Pünktlichkeit war eine Eigenschaft, die sie von ihrem Sohn absolut nicht kannte.

Während sie ebenfalls auf ihre Uhr blickte und feststellte, dass es 19:30 Uhr geworden war, machte Sebastian ein paar Schritte von der Straße weg auf das Haus zu. Dicht vor der Haustür blieb er stehen und lehnte sich nach vorne. Natürlich, er versuchte, die Namensschilder neben den Klingeln zu lesen. Es sah so aus, als sei er noch nie oder zumindest noch nicht oft bei diesem Haus gewesen.

Nach einem kurzen Moment richtete sich Basti wieder auf, den Kopf etwas schräg zur Seite gedreht. Er schien der Gegensprechanlage zu lauschen.

Trotz der Gefahr, entdeckt zu werden, bedauerte sie nun, nicht dichter am Haus geparkt zu haben. Immer noch konnte sie die Hausnummer nicht lesen. Sebastian ging zurück auf den Bürgersteig und legte seinen Kopf weit in den Nacken. Seine Verabredung musste in einer der oberen Wohnungen wohnen.

Noch während sie über die sonderbare Geduld ihres Sohns nachdachte, wurde es hinter einem der zur Straße gewandten Fenster dunkel, etwa dreißig Sekunden später trat eine schlanke, hochgewachsene Gestalt aus der Haustür. Es war eindeutig eine Frau. Was auch sonst, bei ihrem Sohn?

Die Fremde näherte sich Sebastian bis auf etwa einen Viertelmeter und reichte ihm die Hand. Kein Kuss, stellte Frauke erstaunt fest. Wer war diese fremde Frau, die es schaffte, Sebastian derartig zu beeindrucken, dass er auf Pünktlichkeit achtete. Und die ihn außerdem noch auf Abstand halten konnte? Das passte ganz und gar nicht zu dem, was sie bisher über seine Frauengeschichten gehört hatte.

Erschrocken duckte sie sich, als die beiden eng nebeneinander, aber doch ohne sich zu berühren, auf sie zugingen. Noch etwa fünfzig Meter von ihr entfernt, bogen sie nach links in eine Gasse ab, die Frauke zuvor nicht aufgefallen war. Die beiden waren so in ihr Gespräch vertieft, dass sie den parkenden Wagen nicht zu bemerken schienen.

Erneut einer spontanen Eingebung folgend, stieg Frauke aus und folgte ihrem Sohn und seiner Begleitung zu Fuß in Richtung Innenstadt. Diese besondere Frau wollte sie unbedingt kennenlernen. Nein, sie wollte ganz sicher nicht mit ihr sprechen, nicht heute Abend, aber sie musste in Erfahrung bringen, wer die Fremde war.

Auf keinen Fall durften die beiden sie entdecken. Wenn Sebastian mitbekäme, dass seine Mutter hinter ihm her spionierte, würde er kein Wort mehr mit ihr reden. Aber wenigstens einen Blick in das Gesicht der Unbekannten an seiner Seite wollte sie werfen. Danach konnte sie wieder zurück nach Hause fahren und versuchen herauszufinden, wen sie da gerade gesehen hatte.

Die beiden gingen zügig und schienen sich angeregt zu unterhalten. Sorgen, dass sie sich nach ihr umdrehen könnten, hatte Frauke nicht. Dennoch hielt sie so viel Abstand, dass sie das Paar jedes Mal aus den Augen verlor, wenn es um eine Häuserecke bog. Kurz bevor sie die Friedrichstraße erreicht hatten, blieben die beiden vor einem kleinen reetgedeckten Haus stehen. Eine altmodische Leuchtreklame im Vorgarten, halb von Büschen verdeckt, gab den Hinweis, dass es sich um das Restaurant ‚Zum kleinen Strand‘ handelte. Frauke duckte sich hinter eine Mülltonne und beobachtete, wie Sebastian seiner Begleitung die Tür aufhielt. Nacheinander betraten beide das Lokal.

Sie zögerte. In das Restaurant konnte sie ihnen nicht folgen. Dort würde Sebastian sie mit Sicherheit sehen und seine Schlüsse daraus ziehen. Vor dem Lokal darauf zu warten, möglicherweise ein paar Stunden lang, bis die beiden es wieder verließen, kam aber ebenfalls nicht in Frage.

Vorsichtig trat sie an die Eingangstür heran und blickte durch das kleine, vergitterte Fenster nach innen. Sebastian und seine Begleitung befanden sich gerade noch in ihrem Sichtfeld. Sie konnte beobachten, wie ihr Sohn der Unbekannten den Mantel abnahm und diesen zusammen mit seiner Jacke an eine kleine Garderobe hängte. Zeitgleich zog die Frau ihre Mütze aus und schien etwas zu Sebastian zu sagen. Er machte einen Schritt auf sie zu, strich ihr behutsam über eine der von der Kälte geröteten Wangen und küsste sie. Die fremde Frau schien nicht damit gerechnet zu haben, lies es aber geschehen. Nein, Frauke hatte sogar den Eindruck, dass sie den Kuss erwiderte.

Als sie sich endlich voneinander trennten, lachte die Fremde und blickte in ihre Richtung. Frauke hatte den Eindruck, als sehe sie ihr direkt ins Gesicht. Entsetzt machte sie sich vor der geschlossenen Eingangstür klein und wagte es sekundenlang nicht, sich zu bewegen. Nichts passierte. Die Tür blieb verschlossen. Die beiden offensichtlich Frischverliebten hatten sie nicht bemerkt.

Die Frau war schön, erschreckend schön. Ihre aufrechte Haltung und ihre schlanke Figur unterstrichen noch ihre Größe. Eine solche Eroberung hatte Sebastian bisher nie mit nach Hause gebracht. Sie war ein ganz anderer Typ als der, den ihr Sohn sonst als Freundin gewählt hatte. Und sie war eindeutig nicht mehr jung. Vielleicht war sie sogar älter als er.

Sie mochte ihn wirklich. Irgendetwas an Bastis Art rührte Jana Nimb an und stimmte sie fast ein wenig nostalgisch. Er schien etwas in ihr zu sehen, das seit vielen Jahren kein Mann mehr an ihr entdeckt hatte. Es schmeichelte ihr, wie er sie ansah und wie er mit ihr sprach.

Ganz zu Anfang hatte sie ihn anders eingeschätzt. An dem Tag, an dem sie ihm vors Auto gelaufen war, hatte er den Eindruck eines arroganten Schnösels auf sie gemacht, überheblich und unhöflich. Aber bereits an dem Abend in der Bar hatte sich ihr Blick auf ihn verändert. Und dass er in der Kälte vor dem Hotel auf sie gewartet hatte, war einfach süß gewesen. Vor allem auch, dass er nicht darauf gedrängt hatte, sie in ihre Wohnung zu begleiten. Keine ihrer bisherigen Männerbekanntschaften auf Sylt hätte sich so rücksichtsvoll zurückgehalten.

Ursprünglich hatte sie dem heutigen Treffen nur zugestimmt, um ihm endgültig zu verdeutlichen, dass sie nicht zueinander passten. Aber dann sah er sie schon bei der Begrüßung mit diesem sonderbaren Blick an. Danach ging er unaufdringlich neben ihr her, lauschte höflich ihrer Konversation und benahm sich wie ein Gentleman, wenn auch ein überaus angespannter Gentleman. Seine Nervosität schien sich zu steigern, bis er sich endlich traute, sie zu küssen. Diesen Kuss, noch im Vorraum des Restaurants, hatte sie ungewollt leidenschaftlich erwidert.

Ja, sie mochte ihn.

Aber wenn sie sich zukünftig häufiger mit ihm traf, lief sie Gefahr, dass er von ihren früheren Verabredungen mit wohlhabenden, meist deutlich älteren Männern erfuhr. Basti war keine kurzzeitige Urlaubsbekanntschaft; er wohnte auf Sylt. Sie konnte ja nicht jedem, der ihr schon einmal zu einem kleinen Nebenverdienst verholfen hatte, aus dem Weg gehen oder ihm den Mund verbieten. Außerdem würde sie bei den meisten dieser Männer auch nicht ablehnen, erneut mit ihnen auszugehen, wenn sie Sehnsucht nach ihr hatten. Von irgendetwas musste sie ja leben; ihr Erspartes reichte nicht für ewig aus.

Sie musste Basti gegenüber wenigstens andeuten, dass sie früher mit Männern ausgegangen war, ohne diese sonderlich gern zu haben. Sie musste wissen, wie er darauf reagierte. Jetzt und nicht erst, wenn er es zufällig von jemand anderem erfuhr. Dass sie solche Verabredungen auch weiterhin eingehen wollte, durfte sie ihm natürlich nicht sagen. Und dass es jemanden gab, der für ihre Wohnung bezahlte und regelmäßig seine Belohnung dafür einforderte, noch viel weniger. Wenn sie häufiger mit Basti zusammen sein wollte, musste sie es schaffen, ihn und diese anderen Männer niemals aufeinandertreffen zu lassen.

„Du siehst heute noch schöner aus als beim letzten Mal". Begeistert schob er ihr den Stuhl zurecht, bevor er selbst an dem kleinen Tisch nahe am Fenster Platz nahm. „Und du hast mich geküsst."

„Habe ich das nicht auch beim letzten Mal getan?"

„Nein, da hast du nur zugelassen, dass ich dich küsse."

Sie nickte. „Ich war nicht darauf vorbereitet."

Sebastian Wedel wollte nicht nachfragen, was genau sie damit meinte. Heute auf jeden Fall hatten sie sich leidenschaftlich geküsst. Für ihn war das ein Zeichen dafür, dass sie nicht bereute, sich mit ihm verabredet zu haben. Diese eigenartige, wundervolle Frau, die so aufregend nahe ihm gegenübersaß, zog ihn magisch an. Dass sie es gleichzeitig schaffte, ihn immer wieder zu verunsichern, machte sie nur umso interessanter.

„Heute werde ich dich einladen", gab er aufgesetzt selbstbewusst bekannt, nachdem eine Kellnerin ihnen zwei Karten gereicht hatte.

„Kannst du dir das wirklich leisten? Immerhin musst du bestimmt einen Teil der Reparatur des Wagens selbst bezahlen."

„Nein, das muss ich glücklicherweise nicht."

Janas Miene veränderte sich. Er wusste nicht, was es zu bedeuten hatte.

„Wer übernimmt die Kosten der Reparatur denn für dich?"

„Der Wagen ist vollkaskoversichert", log er. „Das habe ich doch schon gesagt."

„Ohne Selbstbeteiligung?"

„Die übernimmt mein Chef", log er ein weiteres Mal, ohne genau zu wissen, warum er es tat. Bei anderen Frauen hätte er gern zugegeben, dass seine Eltern für die Kosten der Reparatur aufkamen. Dann wären sie sofort darüber informiert gewesen, dass er aus einem wohlhabenden Elternhaus kam und eine gute

Partie war. Aber bei Jana hatte er von Anfang an das Gefühl, mit einem solchen Auftritt keine Punkte zu sammeln.

Sie sah ihn noch eine Weile lang skeptisch an und wandte sich dann ihrer Speisekarte zu.

„Wo arbeitest du?", fragte sie einen Moment später und ließ die Karte wieder sinken. „Außer deinem Vornamen weiß ich bislang noch nichts von dir."

„Doch. Du weißt, dass ich alt genug für dich bin und dass ich ziemlich gut küssen kann", versuchte er, um eine ernsthafte Antwort herumzukommen.

Erneut hob Jana die Speisekarte.

Innerlich beglückwünschte er sich zu seiner Entscheidung, ihr nicht mehr über sich offengelegt zu haben. Ihre Fragen waren ein Test. Sein Instinkt, Jana nicht zu erzählen, dass er der einzige Sohn reicher Eltern war und dies auch auszunutzen wusste, schien ihm zumindest durch die erste Prüfung während ihres Rendezvous zu helfen.

„Ich nehme lediglich ein Dutzend Austern und ein Glas Champagner", hörte er Jana schließlich sagen. Sie senkte die Karte und warf ihm einen provozierenden Blick zu.

„Das klingt gut", antwortete er in einem Ton, als unterdrücke er mühsam seinen Schock über ihre teure Auswahl. „Vielleicht schließe ich mich an."

Jetzt lächelte sie. „Nein, ein Filet vom Skrei und ein Glas Weißburgunder wären mir lieber."

Sie ebenfalls anzulächeln, fiel ihm nicht schwer. „So etwas solltest du nicht tun", bat er leise.

„Was sollte ich nicht tun?"

„Etwas Teures bestellen, wenn du es nicht magst."

„Ich mag Champagner und Austern. Aber ich lasse sie mir lieber von jemandem ausgeben, der es sich auch leisten kann."

Mit dieser Antwort hatte er nicht gerechnet. Und er war sich auch nicht sicher, ob sie ihm gefiel. Vielleicht war seine Strategie doch die Falsche.

„Hältst du mich für einen armen Schlucker? Ist das der Grund, warum du nicht mit mir ausgehen wolltest?"

Jana schwieg.

„Aber bei einem wohlhabenden Mann hättest du nicht gezögert?"

„Du hast das falsch verstanden."

Die Kellnerin kam an ihren Tisch und unterbrach ihr Gespräch, indem sie nach der Bestellung fragte. Erst nachdem die Angestellte wieder gegangen war, ergänzte Jana ihre Erklärung: „Ich wollte nur wissen, woran ich mit dir bin."

Etwas beleidigt sah er sie an. „Und jetzt weißt du es?"

„Zumindest habe ich den Eindruck, dass du keiner von den Männern bist, die meinen, mich kaufen zu können."

Die Kellnerin brachte den Wein und ihr Gespräch stockte erneut.

„Täusche ich mich?", fragte Jana, als sie wieder zu zweit waren.

„Natürlich will ich dich nicht kaufen. Bisher hatte ich auch nicht den Eindruck, dass du dich kaufen lässt."

„Manchmal schon."

Was war das denn für eine Antwort? Entsetzt sah er sie an.

„Bis zu einem gewissen Maß zumindest."

Der Appetit war ihm vergangen. Am liebsten hätte er sein Essen abbestellt. Er griff nach seinem Weinglas und leerte es in einem Zug.

„Du hast mich wieder falsch verstanden, scheint mir", flüsterte Jana und fixierte ihn mit ihrem Blick.

„Ein Missverständnis? Was wolltest du mir denn damit sagen, dass du dich bis zu einem gewissen Maß von reichen Männern kaufen lässt?"

„Ab und zu habe ich Appetit auf Austern und Champagner." Sie grinste vorsichtig. „Und dann gehe ich eben mit einem Mann aus, der sie sich leisten kann. Auch wenn ich ihn nicht so mag wie dich."

„Du gehst mit ihm aus? Mehr nicht?"

„Nein, mehr nicht."

Er dachte eine Weile über ihre Antworten nach. Sie verwirrten ihn und das schnell geleerte, große Glas Wein trug auch nicht dazu bei, seinen analytischen Verstand zu aktivieren.

„Du magst mich also?" Zumindest in dem Punkt wollte er sofort Gewissheit haben.

„Sonst säßen wir jetzt nicht hier."

Eindringlich sah er sie an. „Versprichst du mir, dass du dich von nun an ausschließlich von mir zu Champagner und Austern einladen lässt? Ich werde sie mir leisten können, wenn dir danach zumute ist."

Jana nickte.

Ihr Lächeln veranlasste Basti, ihr zu glauben.

Anfang März in Köln

Einen Drohbrief hatte er noch nie erhalten. Dass dieser nicht, wie mittlerweile die meisten Leserzuschriften, als E-Mail, sondern auf Papier gedruckt und per Post verschickt in der Redaktion angekommen war, machte den Brief für Leo Marx noch kurioser. Er überlegte tatsächlich, ob er ihn einrahmen und hinter sich an die Wand hängen sollte.

Das einzelne Blatt Papier, das in dem billigen Standard-Kuvert gesteckt hatte, war nicht unterschrieben. Natürlich war es nicht unterschrieben. Es enthielt auch keine direkte Anrede, sondern war an den zuständigen Wirtschaftsredakteur gerichtet. Als Verfasser war ‚Ein Gerechtigkeit suchender Kleinanleger' unter den Brief gedruckt worden. Das Kuvert verzeichnete keinen Absender. Die Redaktionsadresse war mit demselben Schriftbild gedruckt wie der Brief, lediglich Leos Name war in akkurater Handschrift hinzugefügt. Interessant! Die exakt gerade geklebte Briefmarke zeigte ein Porto von 1,45 Euro. Viel zu viel für einen Standardbrief. Ebenfalls interessant! Hatte der Schreiber auf die Art sichergehen wollen, dass sein Brief auch wirklich ankam?

Schmunzelnd drehte und wendete Leo das Kuvert ein paar Mal und entschied dann, den Brief an Hamann weiterzugeben. Vielleicht war es Zufall, dass ausgerechnet sein Name auf dem Kuvert stand. Möglicherweise richtete sich der Brief generell an das Wirtschaftsressort. Dann sollten ihn wenigstens alle einmal gesehen haben, auch wenn ihn sicher keiner aus der Redaktion wirklich ernst nehmen würde.

Gerade als er sich mit dem Schreiben in der Hand auf den Weg zu seinem Ressortchef machen wollte, trat Sophie auf ihn zu.

„So wie du auf den Brief schaust und lächelst, muss er von einer unbekannten Verehrerin stammen", scherzte sie.

„Nicht ganz."

„Aber er amüsiert dich."

„Irgendwie schon. Außerdem fühle ich mich von ihm journalistisch geadelt."

„Eine Einladung zur Verleihung des Pulitzerpreises?"

„Nein, ein Drohbrief", gab er lachend zu.

„Ein solcher Brief amüsiert dich? Kannst du dich nicht mehr an die Drohbriefe von vor eineinhalb Jahren erinnern? Und wie ernst sie gemeint waren? Was Richard und Ruben passiert ist?"

„Doch, doch, aber schau dir diesen doch mal an."

Er reichte Sophie das einzelne Blatt und beobachtete sie, während sie las.

„Ich verstehe dich. Der Brief ist wirklich nur schwer ernst zu nehmen. – ‚So wie Ihnen Ihr Leben lieb sein wird, waren es mir mein Geld und das Spekulieren an der Börse. Sie haben dabei geholfen, mir beides zu nehmen. Zur Strafe werde ich Ihnen helfen, sich Ihr Leben zu nehmen.' – Was meint der damit?"

„Ich habe keine Ahnung. Wenn ich eins im Moment ganz bestimmt nicht plane, dann ist es Selbstmord."

„Sollten wir den Brief nicht trotzdem der Polizei übergeben?"

„Die Rheinische Allgemeine nimmt solche Schreiben generell nicht ernst. Sonst müssten wir den größten Teil des Jahres
unter Polizeischutz arbeiten. Irgendein Ressort schafft es immer, einen Irren aus seinem Tiefschlaf zu wecken."

„Und dieses Mal warst du es."

„Aufregend, nicht wahr? Mein erster Drohbrief."

Wie erwartet, ließ Hamann den Brief lediglich einscannen
und danach zu den Akten legen, ohne ihm viel Gewicht beizu-
messen. Bereits zur Redaktionssitzung hatte auch Leo das
Schreiben wieder vergessen.

Mitte März auf Sylt

Heute Abend würden sie sich wieder nicht sehen. Helge hatte
die ganze Woche Nachtdienst und kam immer erst am frühen
Morgen nach Hause. Auch wenn sie gemeinsam frühstückten,
war das nicht die richtige Gelegenheit, ernsthaft miteinander
zu reden.

Seit Kriminalhauptkommissar Brunners Besuch waren bereits ein paar Tage vergangen und immer noch hatte Antje
Frantz keine Möglichkeit gesehen, ihrem Mann in Ruhe davon
zu berichten. Auch über ihre Gedanken bezüglich der mysteri-
ösen Bekannten von Ludwig Vaitmann hatte sie noch nicht mit
ihm sprechen können. Er hatte sie ja selbst gesehen, die Fremde
in der Apotheke, vielleicht hatte er ebenfalls eine Vermutung,
wer sie war.

Aber morgen war Sonntag. Sie konnten ihr Frühstück ausfallen lassen, damit Helge endlich ausreichend Zeit hatte, aus-
zuschlafen. Zum Mittagessen wollte Antje eines seiner Lieb-
lingsgerichte kochen und danach endlich in Ruhe mit ihm die
Ereignisse der Woche besprechen.

Immer noch müde ließ sich Helge von seiner Nase in die Küche locken. Erst sechs Stunden hatte er geschlafen, viel zu wenig nach einer langen Woche mit Nachtdienst. Aber sein Hunger brachte ihn dazu, das Bett zu verlassen und dem verlockenden Duft nach Sonntagsbraten zu folgen.

Antje hockte vor dem offenen Backofen und begutachtete ihr Werk.

„Von mir aus darf das genau jetzt fertig sein", begrüßte er sie.

Seine Frau hatte offenbar nicht gehört, dass er in die Küche gekommen war. Bei seinen Worten erschrak sie und verbrannte sich fast die Hände an der offenen Backofenklappe. Mit einem Ruck stand sie auf und drehte sich zu ihm um.

„Ich hoffe, du hast den Braten nicht genauso erschreckt wie mich", antwortete sie und umarmte ihn. „Schön, dass wir endlich wieder gemeinsam wach sind."

„Naja, wach würde ich mich noch nicht nennen. Aber glücklich, dich zu sehen. Und hungrig, sehr hungrig."

„Dann deck doch bitte schon den Tisch, mein Lieber."

„Kann ich nicht erst einmal probieren? Es duftet so gut."

„Im Gegensatz zu dir." Lachend schüttelte sie den Kopf. „Geh unter die Dusche und zieh dir etwas Frisches an. Ich decke in der Zeit den Tisch. Und wenn du wieder zurück bist, ist das Essen fertig."

Leise seufzend verließ er die Küche und ging ins Bad. Als er schließlich zu Frau und Sonntagsbraten zurückkehrte, warteten beide bereits darauf, seine volle Aufmerksamkeit zu erhalten. Er entschied, sich zuerst Antje zu widmen.

„Guten Morgen, Sonnenschein", versuchte er einen Anfang. „Der wunderbare Sonntagsbraten verrät mir, dass du eine Bitte an mich hast. Kann ihre Erfüllung bis nach dem Essen warten?"

„Dir kann ich wohl nichts vormachen. Aber es ist auch nichts Schlimmes. Ich möchte nach dem Essen nur in Ruhe mit dir reden."

„Wenn ich nicht antworten muss, geht es auch während des Essens", scherzte er und schnitt sich eine dicke Scheibe Fleisch ab.

„Ich brauche lediglich einen Rat von dir. Und der kann in jedem Fall warten, bis wir mit dem Essen fertig sind."

Nur wenige Ereignisse waren geeignet, ihm den Appetit zu verderben. Ein Rat, den seine Frau von ihm erwartete, in jedem Fall nicht. In Ruhe verzehrte er einen Großteil des Bratens und der Kartoffeln, verschmähte den Gurkensalat, genoss den abschließenden Schokoladenpudding und rutschte schließlich mit seinem Stuhl etwas vom Tisch weg.

„So."

„So?"

„Jetzt bin ich bereit, mich ganz dir und deinem Problem zu widmen."

„Ich glaube nicht, dass es ein Problem ist", erwiderte sie zögerlich. „Brunner war vor ein paar Tagen bei mir."

Schlagartig war seine volle Aufmerksamkeit geweckt. „Was hat er gewollt?"

„Eigentlich hat er sich nur danach erkundigt, ob Ludwig Vaitmann zu mir in die Apotheke gekommen ist und was ich ihm verkauft habe."

„Und?"

„Ich habe ihm Vaitmanns Rechnung gezeigt und erklärt, dass ich dem armen Mann alle Medikamente in eine Tüte gepackt habe."

„Das war alles?"

„Nein. Dann hat er mich noch nach der Frau gefragt, die ihr sucht. Ob sie Vaitmann eventuell in die Apotheke begleitet hat. Oder ob ich sie draußen habe warten sehen."

„Das konntest du aber alles wahrheitsgemäß verneinen, nicht wahr?"

„Ja." Wieder hörte er ein Zögern in der Stimme seiner Frau.

„Konntest du oder konntest du nicht?"

„Doch, doch. Zusammen mit Ludwig Vaitmann habe ich keine Frau gesehen. Aber ein paar Tage später war eine Fremde bei mir in der Apotheke. Vielleicht erinnerst du dich. Du hast sie auch gesehen, als du dich von mir verabschiedet hast."

Helge dachte nach, hatte aber keine Erinnerung an den Vorfall.

„Sie hat nach dem zuständigen Apotheker verlangt, deshalb bin ich nach vorne gegangen. Und sie hat sich als Bekannte von Ludwig Vaitmann vorgestellt."

„Vaitmann war erst wenige Tage auf der Insel. So viele weibliche Bekanntschaften konnte er da eigentlich noch nicht gemacht haben."

„Ich hatte damals den Eindruck, dass die Nachricht vom Tod Ludwig Vaitmanns sie völlig aus dem Konzept gebracht hat. Aber vielleicht war es auch nicht sein Tod, sondern dein Erscheinen. Vielleicht wusste sie bereits, dass ihr Bekannter verstorben war, hatte aber nicht damit gerechnet, in der Apotheke einem Polizisten zu begegnen."

„Ich erinnere mich wirklich überhaupt nicht an diese Frau", ärgerte er sich.

„Soll ich Brunner von ihr erzählen? Immerhin ist sie seitdem nicht wiedergekommen. Dabei hat sie behauptet, dringend ein Medikament zu benötigen."

„Was willst du ihm sagen?"

„Dass diese Frau vielleicht die gesuchte Unbekannte ist."

„Auf keinen Fall gehst du mit dieser vagen Vermutung zu Brunner." Es wäre ja noch schöner, wenn Antje jetzt die Polizei dabei unterstützte, eine mögliche Zeugin ihres Fehlers zu finden.

Sie schien eine Weile über seine etwas zu harsche Antwort nachzudenken. „Wenn es wirklich die von der Polizei gesuchte Frau ist, was kann sie von mir gewollt haben?", fragte sie schließlich.

Er schwieg, auch wenn er sich genau diese Frage gerade schon selbst beantwortet hatte. Falls die Unbekannte in der Apotheke tatsächlich die käufliche Geliebte war, die Ludwig Vaitmann aufs Zimmer begleitet hatte, dann war sie bestimmt nicht in guter Absicht in die Apotheke gekommen. Wahrscheinlich hatte sie davon erfahren, dass ein Notfallmedikament ihn hätte retten können. Und möglicherweise wusste oder ahnte sie sogar, dass dieses Medikament nicht in der Apothekentüte gewesen war, obwohl es dort hätte sein müssen. Was war, wenn es der Plan der Unbekannten gewesen war, Antje darauf anzusprechen? Ihr möglicherweise anzudrohen, mit der Information zur Polizei zu gehen? Antje zu erpressen?

Je länger er über diese Möglichkeit nachdachte, umso wahrscheinlicher erschien sie ihm. Eine Frau, die für Geld mit fremden Männern schlief, hatte bei einer Erpressung wohl auch keine Skrupel.

„Weißt du noch, wie sie aussah?", fragte er Antje.

„Ja, in etwa. Sie war ungewöhnlich groß und sehr gutaussehend."

„Würdest du sie wiedererkennen, wenn sie vor dir stünde?"

„Wahrscheinlich. Aber vielleicht ist sie auch auf einem unserer Überwachungsbänder."

Nach einem Überfall auf eine andere Apotheke in Westerland hatte Antje, auf Helges Drängen hin, eine Kamera einbauen lassen, die auf die Notdienstklappe und damit auch einen Teil des Eingangsbereichs gerichtet war. „Wir können gleich in die Apotheke fahren und uns die Bänder gemeinsam ansehen", schlug sie vor.

Mit einem Grummeln stimmte er zu.

„Danach gehen wir vielleicht noch an den Strand."

Antjes erfreutes Lächeln war es wert, auf seinen Mittagsschlaf zu verzichten.

Mitte April auf Sylt

Sebastians Wagen stand weder in der Garage noch vor dem Haus, als Frauke Wedel die Haustür öffnete. Normalerweise hätte sie nicht gewusst, ob ihr Sohn bereits sehr früh das Haus verlassen hatte, aber heute war sie sich sicher, dass sein Wagen die ganze Nacht nicht auf dem Grundstück gestanden hatte. Seit sie das erste Mal, noch weit vor Sonnenaufgang, aus dem Fenster gesehen hatte, fiel nasser Schnee vom Himmel. Die breite Einfahrt zum Haus war mittlerweile gleichmäßig mit einer dünnen Schicht Schneematsch bedeckt. Außer dem Wagen des Gärtners hatte noch kein Fahrzeug Spuren in der glitschig weißen Schicht hinterlassen.

„Moin", begrüßte der Gärtner sie. „Nun macht uns das Wetter doch noch mal einen Strich durch unsere Pläne, scheint mir."

„Guten Morgen, Herr Nansen. Wer konnte denn auch damit rechnen, dass es noch einmal schneit?"

„Bei der Wärme vor allen Dingen. In ein paar Stunden ist von der grauen Pracht nichts mehr zu sehen."

Vorsichtig bewegte sich Frauke auf den Gärtner zu und reichte ihm zur Begrüßung die Hand. „Danke, dass Sie trotz des Wetterumschwungs unsere Verabredung einhalten. Diese Woche hätte ich sonst keine Zeit mehr für eine Abstimmung gehabt."

„Sie kennen mich doch. Ich arbeite bei jedem Wetter."

„Einen Rundgang durch den Garten können wir unternehmen. Mehr, als Ihnen zu erklären, was wir dieses Jahr vorhaben, hatte ich für heute sowieso nicht vorgesehen. Sie entscheiden dann, wann Sie mit Ihrer Arbeit beginnen können."

Nansen nickte stumm und wartete vor der angelehnten Haustür, bis sie sich warm eingepackt hatte.

Der Gang durch den Garten dauerte eine knappe Stunde, während es langsam heller wurde und der Schnee fast vollständig schmolz. Als Frauke durchgefroren in die große Wohnküche zurückkehrte, saß Bert bereits dort und frühstückte.

„Guten Morgen", begrüßte er sie. „Sorgen wir auch dieses Jahr wieder dafür, dass Nansen seine Kinder im Ausland studieren lassen kann?"

„Er übernimmt nur die Arbeiten, die für mich zu anstrengend sind."

Kunibert verzog keine Miene. „Vielleicht sollten wir uns langsam ein kleineres Haus suchen. Und einen kleineren Garten dazu."

„Du möchtest dieses Haus aufgeben? Das Zuhause unserer Familie?"

„Dass es unser Sohn noch irgendwann mit einer eigenen Familie füllt, dürfen wir wohl nicht mehr annehmen. Und für drei Personen war es immer schon zu groß."

Mit keiner Miene ließ sie sich anmerken, wie sehr die Bemerkung ihres Mannes sie verletzte. Das Haus war ihr Heim, das sie liebevoll pflegte und in dem sie gern mehr als nur ein Kind großgezogen hätte.

„Sebastian verbringt in der letzten Zeit viele Nächte nicht zuhause. Vielleicht hat er ja doch endlich eine ernsthafte Beziehung. – Auch heute Nacht hat er offenbar nicht hier geschlafen."

„Solche Phasen hat er doch immer mal wieder. Daraus ist noch nie etwas Dauerhaftes entstanden. War vielleicht auch besser so, wenn ich an die Weiber zurückdenke, die uns hier manchmal über den Weg gelaufen sind."

„Ich finde es merkwürdig, dass er die Nächte immer bei ihr zu verbringen scheint. Sie hat ihn noch nie hierher begleitet. – Schämt er sich plötzlich für uns?"

„Vielleicht bist du ihm zu neugierig", spottete Kunibert. „Wenn Sebastian hier nicht mehr wohnen will, ist es ein weiterer Grund, über einen Verkauf des Hauses nachzudenken", kam er auf das anfängliche Thema zurück.

„Ich bitte dich, ich bin nicht neugierig. Vielleicht mache ich mir nur einfach Sorgen."

„Führt dieses Gespräch noch zu irgendetwas?", fragte er in einem herablassenden Ton, den sie ignorierte.

„Neulich habe ich Sebastian zufällig mit einer Frau zusammen in Westerland gesehen."

„Dann weißt du ja, mit wem er jetzt seine Nächte verbringt."

„Ich weiß aber nicht, ob sie mir gefällt. Die Frau ist anders als seine bisherigen Freundinnen."

„Das muss ja nichts Schlechtes heißen. – Vielleicht gefiele sie mir dann auch." Wieder versuchte Kunibert, sie zu provozieren. „Wäre es nicht besser, du führtest dieses Gespräch mit deinem Sohn statt mit mir?"

Die Blöße, auf die sarkastische Frage ihres Mannes einzugehen, wollte sie sich nicht geben. „Ich glaube, dieses Mal ist Sebastian ernsthaft verliebt. Er hat sich ganz anders verhalten, als wir ihn sonst kennen. Fast wie ein Gentleman."

„Dann hat der Junge also doch etwas von mir gelernt."

Auch durch Kuniberts irregeleitete Meinung von sich selbst ließ sie sich nicht aus dem Konzept bringen. „Willst du nicht einmal mit unserem Sohn sprechen?", insistierte sie. „Ihn fragen, wer sie ist? Wir können doch nicht einfach zusehen, wenn sie wirklich nicht die Richtige für ihn ist."

„Was soll ich denn mit ihm bereden? Für ein typisches Vater-Sohn-Gespräch ist es wohl schon zwei Jahrzehnte zu spät."

„Die Frau hat mir nicht gefallen. Auf mich wirkte sie viel zu selbstsicher, so als bestimme sie die Regeln. Außerdem glaube ich, dass sie älter ist als er."

„Du bist auch älter als ich", antwortete er hämisch. „Hast du das vergessen?"

Mit dieser Bemerkung hatte Kunibert es jetzt doch geschafft, sie zu verletzen. Oft genug hatte sie beobachten müssen, wie er deutlich jüngeren Frauen den Hof machte, sogar wenn sie neben ihm stand. Bisher hatte er ihres Wissens nach damit allerdings nie Erfolg gehabt.

„Ist diese Frau nichts für unseren Sohn oder nichts für dich als Schwiegermutter?", setzte er erbarmungslos nach.

„Ich denke an Sebastian. Er braucht eine Frau, die in sein Leben passt. Er wird doch das Kontor übernehmen und eine Familie gründen. Danach sah diese Frau nicht aus."

„Du machst dich lächerlich. Wie willst du das durch eine kurze Begegnung mit ihr wissen?"

„Wenn du nicht mit ihm sprichst, werde ich es tun. Aber zuerst muss ich herausfinden, wer diese Jana Nimb ist. Was sie tut. Wie sie lebt. Wo sie herkommt. – Ich werde unseren Sohn nicht in sein Unglück rennen lassen."

Plötzlich hatte Frauke den Eindruck, das Interesse ihres Mannes geweckt zu haben. Mehr noch, er wirkte alarmiert.

„Woher kennst du den Namen dieser Frau?"

„Es war ein Zufall", log Frauke. „Während ich in ihrer Nähe stand, wurde sie angerufen und hat sich mit ihrem Namen gemeldet."

„Und es war genau dieser Name? Bist du dir sicher, ihn richtig verstanden zu haben?"

Es bestand kein Zweifel mehr. So wie Kunibert die beiden Fragen gestellt hatte, kannte er die neue Freundin ihres Sohnes. Auf jeden Fall war ihm ihr Name bekannt.

„Sagt er dir etwas?"

„Ich denke nicht. Aber wenn ich mit unserem Sohn über seine neue Freundin sprechen soll, möchte ich natürlich vorher wissen, mit wem wir es zu tun haben. – Also, bist du dir sicher mit ihrem Namen? Heißt sie tatsächlich Jana Nimb?"

Kunibert kannte definitiv eine Frau dieses Namens. Und wahrscheinlich kannte er sie besser, als er es zugeben wollte.

Eifersucht stieg in Frauke auf. Ihren Mann weiter danach zu fragen, war sinnlos; von ihm würde sie die Wahrheit nicht erfahren. Stattdessen würde er stumpf weiterhin leugnen, der neuen Freundin seines Sohnes bereits begegnet zu sein.

„Nein, ich kann mich auch verhört haben", log sie ein weiteres Mal.

Natürlich stimmte der Name. Bevor sie an diesem merkwürdigen Abend wieder in ihr Auto gestiegen war, hatte sie sich die Klingelschilder an dem Haus angesehen, vor dem ihr Sohn gewartet hatte. Lediglich ein Name an den obersten Klingeln war der einer Frau gewesen, Jana Nimb.

„Wir standen mitten in der Fußgängerzone in Westerland", relativierte sie ihre Aussage weiter. „Ich habe mir den Namen vorwiegend aus den Vokalen zusammengereimt."

Ein herablassender Blick traf sie.

„Ich verbiete dir, unseren Sohn auf seine neue Freundin anzusprechen", herrschte er sie an. „Lass ihn mit deinen wirren Spekulationen in Ruhe. – Bei passender Gelegenheit werde ich ihn bitten, sie uns vorzustellen."

Der Abend hinter dem Tresen begann friedlich. Nur wenige Gäste bevölkerten die Bar des ‚Hotel Dünenlust'. Die Gruppen in den beiden besetzten Nischen unterhielten sich leise miteinander und der einsame, junge Mann an der Bar starrte wortlos Löcher in die Luft, während er ab und zu an seinem Whiskey-Sour nippte.

Zufrieden wischte Jana Nimb über das gelochte Edelstahl-Abtropfbrett vor sich und erinnerte sich an die letzte Nacht. Wieder einmal hatte sie Basti zu sich in die Wohnung gebeten. Die Nacht mit ihm zusammen zu verbringen, besaß noch immer etwas sehr Aufregendes. Erst vor etwa zwei Wochen hatten sie das erste Mal miteinander geschlafen. Gemeinsam hatten sie es damals entschieden, nachdem sie vier Wochen damit gewartet hatten. Wochen, in denen sich beide danach gesehnt und trotzdem befangen wie Teenager den Moment herausgezögert hatten. Sie hatten eine gemeinsame Zeit miteinander verbracht, die sich in einer Beziehung nicht wiederholen ließ und die unwiederbringlich verloren war, wenn man sie am Anfang nicht ausreichend genoss.

Noch während sie an Bastis zärtliche Berührungen dachte, betrat Bert den Barraum. Seine Miene machte ihr sofort deutlich, dass er allerschlimmster Laune war.

„Wir müssen uns unterhalten", zischte er zwischen seinen zusammengebissenen Zähnen hervor.

„Guten Abend, Bert".

„Die Zeit meiner Geduld und Freundlichkeit ist vorbei." Sein rechter Arm schoss über den Holztresen, seine Hand umklammerte ihr linkes Handgelenk.

„Du tust mir weh, Bert", flüsterte sie und warf vorsichtig einen Blick auf die übrigen Gäste.

„Das ist erst der Anfang", zischte er. „Darauf kannst du dich schon freuen."

Sein Blick war so wütend, dass sie sich nicht traute, ihren Arm gewaltsam aus seiner Hand zu befreien.

„Ich muss arbeiten, Bert. – Wenn du meine Hand nicht gleich loslässt, wird einer der anderen Gäste auf uns aufmerksam."

„Das hättest du wohl gern." Sein Zischen hatte sich in ein wütendes Fauchen verwandelt. „Du wartest ja nur darauf, dass dir einer der anderen Männer zu Hilfe eilt. Am besten einer, der jünger ist als ich, nicht wahr? Der mein Sohn sein könnte. Darauf stehst du ja offenbar."

„Lass mich bitte los!"

Er lockerte seinen Griff und sie zog ihren Arm aus seiner Reichweite.

„Heute Nacht wird dir niemand zur Seite springen", zischte er wieder. „Dann wirst du ganz allein mit mir sein. Freu dich schon mal darauf."

Unerwartet setzte er ein Lächeln auf, als hätte er gerade noch mit ihr geflirtet. Ohne dass sie es bemerkt hatte, war der einzelne Gast von seinem Platz am anderen Ende der Bar aufgestanden und zu ihr und Bert herübergekommen.

„Kann ich Ihnen irgendwie helfen?", fragte er Jana und warf dabei einen scharfen Blick auf Bert.

„Nein, vielen Dank. Es ist alles in Ordnung."

„Das sah vom anderen Ende der Bar aber ganz anders aus."

„Es ist alles in Ordnung, haben Sie das nicht gehört?", fauchte Bert den jungen Mann an. „Die Bedienung ist mit meiner Gesellschaft allein absolut zufriedengestellt."

Ihr stummes Nicken schien den hilfsbereiten Gast nicht zu überzeugen. „Wenn Sie die Dame noch einmal anfassen, bringe ich Ihnen Manieren bei", sagte er ruhig, aber bestimmt zu Bert und stellte sich breitbeinig vor ihm auf.

„Sie können ‚die Dame' haben, wenn ich mit ihr fertig bin."

Bei Berts Betonung der Worte ‚die Dame' schoss Jana das Blut in die Wangen. Der junge Mann umfasste mit beiden Händen Berts Schultern und drehte ihn auf dem Barhocker vom Tresen weg.

„Fass mich nicht an!", brüllte Bert.

„Dann benehmen Sie sich gefälligst unserer freundlichen Bedienung gegenüber."

Bert rutschte von seinem Barhocker.

Die beiden Männer hätten unterschiedlicher nicht sein können. Bert, knapp sechzig Jahre alt, etwas beleibt und vor Wut schwer atmend. Der junge Gast, bestimmt zehn Zentimeter größer und dreißig Jahre jünger, schlank, sportlich, ruhig und mit einem spöttischen Lächeln auf den Lippen.

Etwa eine Minute lang standen sie sich nahezu bewegungslos in geringem Abstand gegenüber und blitzten sich an.

„Wollen Sie mich schlagen?", fragte der junge Mann schließlich süffisant.

Bert hob seine Hände und schubste ihn leicht von sich weg.

„Sie wollen also wirklich Ärger mit mir anfangen?"

„Angefangen hast ja wohl du", fauchte Bert. „Du hast dich doch in mein freundliches Gespräch mit unserer Bardame eingemischt."

„Freundlich?"

„Das war freundlich. Glaub es mir."

Noch bevor der junge Mann etwas erwidern konnte, betraten zwei uniformierte Polizisten den Raum. Wie Jana später erfuhr, hatte ein Gast aus einer der Nischen den Hotelportier informiert.

„Schön ruhig bleiben, meine Herren." Jeder der Polizisten hatte einen der Streithähne am Arm gefasst. „Es handelt sich sicher nur um ein Missverständnis, das wir rasch aufklären können."

„Er hat mich angegriffen", wütete Bert.

Die Polizisten schoben ihn und den jungen Gast aus der Bar und Jana sah nur noch, dass sie sich in einen der Besprechungsräume des Hotels zurückzogen. Erleichtert atmete sie einmal tief durch. Dann ging sie zu den beiden Nischen, in denen die übrigen Gäste gesessen und neugierig zugesehen hatten.

„Bitte entschuldigen Sie die Aufregung", sprach sie beide Gruppen an. „Darf ich Ihnen zur Beruhigung irgendetwas bringen? Ein Glas Wein oder ein Bier?"

Die meisten der Gäste lehnten ab und lächelten sie lediglich aufmunternd an. Zwei der Herren, die sowieso schon vor leeren Gläsern gesessen hatten, nahmen ihr Angebot dankend an.

Nachdem sie ihnen ihre Getränke gebracht hatte, zog sie sich wieder hinter den Bartresen zurück. Vorsichtig schob sie ihren linken Blusenärmel hoch. Knapp oberhalb des Handgelenks waren immer noch die Abdrücke von Berts rechter Hand zu sehen. Deutlich seinen Daumen und seine Finger nachzeichnend, zog sich ein Bluterguss über ihren Unterarm. Sie griff nach einem Eiswürfel und kühlte die blutunterlaufenen Hautpartien, während sie verzweifelt nachdachte.

Was konnte Bert derartig aufgeregt haben? Seine Eifersucht war deutlich heftiger ausgefallen als sonst. Dass er sie in aller Öffentlichkeit derartig bedroht hatte, machte ihr Angst. War sie zu leichtsinnig gewesen? Konnte er von ihr und Basti erfahren haben?

Gerade wollte sie sich einen neuen Eiswürfel für ihren Arm nehmen, als einer der beiden Polizisten in die Bar zurückkam und sie ansprach: „Ich nehme an, dass Sie den Streit zwischen den beiden Herren beobachten konnten."

„Ja. Ich glaube, Herr Wedel fühlte sich von dem anderen Gast, dessen Namen ich leider nicht kenne, provoziert."

„Herr Kohler, Maximilian Kohler", half der Beamte. „Ein Hotelgast von Ihnen."

Ihr fiel auf, dass sie immer noch den Eiswürfel in der Hand hielt. Sie ließ ihn auf das Abtropfgitter fallen und zog möglichst unauffällig den Blusenärmel wieder bis zum Handgelenk herunter.

„War das auch Ihr Eindruck?"

„Nein. Herr Kohler hat nur freundlich gefragt, ob alles in Ordnung ist."

„Er hat Herrn Wedel also nicht angegriffen?"

„Nein, das hat er nicht."

„Für den Fall, dass Herr Wedel weiterhin auf einer Anzeige besteht, sollten Sie als Zeugin zur Verfügung stehen."

„Vielleicht habe ich nicht alles mitbekommen, was die beiden Herren zueinander gesagt haben. Ich hatte ja auch noch andere Gäste zu betreuen."

„Ich verstehe." Der fast kahle Polizist sah sie kritisch an. „Ihre Personalien muss ich dennoch aufnehmen."

„Ja, natürlich."

Jana versuchte, sich ihre Bestürzung nicht anmerken zu lassen. Seit Ludwig Vaitmanns Tod bemühte sie sich, der Polizei gegenüber nicht in Erscheinung zu treten, ganz besonders, seitdem sie dem Uniformierten in der Apotheke begegnet war. Für sie sah ein Polizist in Uniform aus wie der andere und dieser, der da gerade vor ihr stand, konnte durchaus der Partner der Apothekerin sein.

Ende April in Köln

Leo Marx hatte schließlich doch den Drohbrief von Hamann zurückerhalten und ihn in einem schmalen Metallrahmen hinter seinen Schreibtisch an die Wand des Redaktionsbüros gehängt.

Glücklicherweise war seit der Ankunft des Schreibens nichts Auffälliges passiert. Dennoch erinnerte der gerahmte Brief Ruben Bertram immer wieder an die Ereignisse des Jahres 2015. Damals hatte seine Kolumne über Raser und Verkehrsrowdys dazu geführt, dass die Rheinische Allgemeine ins Visier skrupelloser Verbrecher geraten war. Mehrere Drohbriefe hatten die Redaktion erreicht. Niemand hatte sie ernst genommen, bis Ruben mit seinem geliebten Citroën – seiner Göttin: einem alten, guterhaltenen Modell DS – unverschuldet verunglückte und dabei fast sein Leben verlor.

In dieser Zeit war Sophie in sein Leben getreten; objektiv betrachtet, war es nicht sein Leben, sondern lediglich die Redaktion der Rheinischen Allgemeinen gewesen. Durch direkte Intervention von Richard Achtelik war sie Mitarbeiterin der Zeitung geworden und jetzt, nach knapp zwei Jahren, war sie für Ruben deutlich mehr als nur eine Mitarbeiterin in seinem Ressort. Mittlerweile waren sie Freunde und vielleicht würde Sophie auch noch irgendwann seinem männlichen Charme verfallen – Hoffen und Träumen war ja nicht verboten.

Sein durch nichts begründeter Optimismus ließ Ruben innerlich grinsen.

„Ich gebe dir ein Kölsch aus, wenn du mir sagst, an was du gerade gedacht hast", kam es leise von Sophie, die neben ihm in der nachmittäglichen Redaktionskonferenz saß.

Ihre Fähigkeit, seine Empfindungen auf eigentümliche Weise mitzubekommen, auch wenn er meinte, sie in keiner Weise gezeigt zu haben, überraschte ihn immer wieder. Sie war gut darin, was auch immer es war.

„Was hat mich verraten?"

„Du hast deinen Mund verzogen."

„Nein. Das hättest du nicht sehen können. Außerdem bin ich berühmt für mein Pokerface."

„Na gut. Ein paar Sekunden lang hat sich der Rhythmus deiner Melodie verlangsamt. Jetzt klingst du aber wieder wie immer."

„Irgendwann wirst du mir einmal verraten müssen, wie du das machst."

„Lenk nicht ab. Woran hast du gedacht?"

„Vielleicht erkläre ich es dir, wenn diese langweilige Besprechung endlich beendet ist", flüsterte er und grinste jetzt wirklich. „Bei einem gemeinsamen Feierabendbier zum Beispiel."

Kaum hatte er seinen Wunsch geäußert, klappte der Chef vom Dienst seinen Laptop zu und wünschte allen einen geruhsamen Freitagabend. „Diejenigen, die noch einen Artikel nachzuliefern haben, sollten sich sputen. In zwei Stunden will ich alles im System sehen."

Ausnahmsweise hatte Ruben kaum Nacharbeiten für die bevorstehende Wochenendausgabe von seinen Redakteuren anzufordern. Noch weniger musste er seine eigenen Artikel überarbeiten. Und Sophies Beiträge waren ohne jeden Änderungswunsch akzeptiert worden.

„Gemeinsamer Feierabend?", fragte er sie. „In einer halben Stunde ein Bier zur Begrüßung des Wochenendes?"

Ihre einzige Antwort bestand in einem Nicken mit gleichzeitigem schelmischem Lächeln.

Noch schneller, als er es nach einer langen Arbeitswoche sowieso getan hätte, erledigte Ruben seine übriggebliebenen Aufgaben. Er liebte seine Arbeit und war mit Leib und Seele Journalist. Aber die vielen Stunden im Redaktionsbüro, die lediglich dazu dienten, seine Verantwortung als Ressortchef zu erfüllen, wurde er mit jedem Monat mehr leid. Recherchieren wollte er, mit den Menschen auf der Straße reden, Abenteuer erleben, Stories aufdecken und zu Papier bringen. Er wollte derjenige sein, der den Skandalen hinterherjagte. Derjenige, der seine Reportagen gerade noch rechtzeitig für die nächste Ausgabe der RA zur Verfügung stellte. Derjenige, der den Ressortleiter und den Chef vom Dienst zum Schwitzen brachte. Ein Bürohengst zu werden, der nur noch Einsatzbefehle erteilte und auf Ergebnisse wartete, war nie sein Ziel gewesen.

Obwohl er sich beeilte, dauerte es fast eine Stunde, bis er seinen Laptop zuklappen und in seine geliebte, alte Ledertasche packen konnte. Diese Tasche begleitete ihn seit den ersten Tagen als Journalist; sogar den Totalschaden seines Citroëns hatte sie überstanden.

Gerade als er sein Büro verlassen wollte, klingelte sein Handy und die Telefonnummer Willi Lasses wurde auf dem Display angezeigt.

„Willi, gerade jetzt habe ich überhaupt keine Zeit für dich", meldete er sich. „Eine wunderbare Frau wartet darauf, zu erfahren, was ich denke."

„Moin, Ruben. Wenn sie tatsächlich so wunderbar ist, solltest du diese Frau nicht zu lange warten lassen."

„So ist es. Können wir uns auf morgen vertagen?"

„Müssen wir nicht. Ich habe nur eine Frage an dich: Glaubst du, dein Chef hält sein Wort, auch wenn es um einen weiteren Artikel gegen Kunibert Wedel geht?"

„Ist das der Immobilienmakler, der sich schon einmal erfolgreich gegen eine Veröffentlichung von dir gewehrt hat?"

„Genau der. Aber dieses Mal kriege ich ihn dran."

„Erneut wegen einer Immobilienspekulation?"

„Nein. Mehr verrate ich dir nicht am Telefon."

„Du willst, dass ich nach Sylt komme?"

„Wird Achtelik nicht sowieso verlangen, dass du meine Recherche überprüfst?"

„Es handelt sich also um einen Skandal, der in mein Ressort fällt und nicht in Leos?"

„Darauf kannst du ein Fass Kölsch verwetten! – In den nächsten Tagen schicke ich dir ein paar Unterlagen dazu. Per Post, damit es keiner mitlesen kann. Danach kannst du dich ja melden und mir sagen, ob Achtelik interessiert ist."

„In Ordnung, Willi. Ich muss dann jetzt auch."

Von seinem kleinen gläsernen Verschlag aus, der ihm als Einzelbüro diente, warf er einen Blick in das sich anschließende Großraumbüro. Sophie konnte er dort nirgendwo entdecken.

„Viel Erfolg!", verabschiedete sich Lasse.

Ruben beendete das Gespräch und griff wieder nach seiner abgewetzten Ledertasche. Erst als er ein paar Schritte in Richtung Aufzug gegangen war, sah er Sophie; in Joggingschuhen und enganliegender Funktionskleidung lief sie im offenen Treppenhaus die Stufen hinauf. Als sie an ihm vorbei stürmte, hörte er sie rufen: „Noch einmal bis ganz oben, dann höre ich auf."

Sportliche Betätigung im Redaktionsgebäude, dachte er und schüttelte leicht den Kopf. Den idiotischen Gerüchten nach, die seit Sophies erstem Tag in der Redaktion nicht verstummt waren, hätte sie ihren Puls eigentlich mit Richard Achtelik zusammen in seinem Büro nach oben treiben müssen. Als sie nun leicht verschwitzt die Treppe aus der Direktionsetage herabgelaufen kam, verkniff er sich jede Bemerkung.

„So konnte ich mich etwas bewegen und gleichzeitig mitbekommen, wann du fertig bist", erklärte sie ihren Treppenlauf. „Eigentlich war ich zum Joggen verabredet, aber man muss eben Prioritäten setzen."

„Für mich?"

Sie zwinkerte nur.

„Dann lässt du das für mich auch an?"

Sein wohlwollender Blick war ihr offenbar nicht verborgen geblieben. Frivol zwinkerte sie erneut und zuckte danach bedauernd mit den Schultern.

Irreführende Signale. Das Gefühlsleben der Frauen und die Art, ihre Empfindungen zu kommunizieren, blieben ihm wahrscheinlich bis an sein Lebensende verschlossen.

Die fünf Minuten, um die Sophie gebeten hatte, um sich frischzumachen und umzuziehen, verbrachte er vor dem Redaktionsgebäude im Raucherpavillon. Nach seinem Unfall vor knapp zwei Jahren hatte er wieder mit dem Rauchen angefangen. Das Leben konnte viel zu kurz sein, um es ohne Laster zu verbringen, hatte er damals entschieden. Oder auch zu lang, je nachdem, in welcher Stimmung man gerade war. Sehnsüchtig wartete er auf Sophie. Der unangenehme Nieselregen, der sich mittlerweile über Köln festgesetzt hatte, schlug ihm aufs Gemüt. Es sollte endlich Frühling sein, die ersten Blüten sollten sich zeigen, die Sonne sollte scheinen, die Menschen sollten lachen und sich verlieben.

„Da bin ich."

Der Duft ihres dezenten Parfums kämpfte gegen Rubens letzte Rauchschwaden an.

„Und das ist gut so."

Ruben liebte es, Zitate zu verwenden. Besonders gern nutzte er sie im falschen Zusammenhang, um damit seine Gesprächspartner zu irritieren. Mit ihm mitzuhalten, war eine Herausforderung.

„Und wohin geht die Reise?"

Er lächelte. „Sehe ich aus wie jemand, der einen Plan hat?"

„Mir ist wohl entgangen, dass das mein Problem ist!" So schnell gab Sophie Renger nicht auf.

„Gut informiert zu sein, ist eine Existenzfrage!" Das war bestimmt Rubens Lieblingsspruch; für einen Journalisten auch ziemlich gut.

„Seh' ich aus, als ob mich das interessiert?", konterte sie mit einem bereits häufig genutzten Zitat.

Ruben grinste breit. „Flieht, Ihr Narren!", setzte er nach.

Sophie war am Ende ihres Repertoires. „Ich bin raus."

Damit war die Entscheidung gegen sie gefallen. Wem als erstes kein passendes Zitat mehr einfiel, der musste einen Vorschlag für die Abendgestaltung machen und auch die erste Runde übernehmen. Derartige Dialoge mit Ruben gingen fast immer so aus; er schien ein wandelndes Nachschlagewerk von mehr oder weniger unnützen Filmzitaten zu sein. Auf diesem Gebiet konnte sie ihn nicht einholen. Während ihres nächsten Urlaubs musste sie ein wenig in klassischer Literatur blättern, um sich zukünftig daraus bedienen zu können. So konnte sie Ruben bestimmt aus dem Konzept bringen.

„Ein paar Straßen weiter hat eine neue Craft Beer Bar aufgemacht. Die könnten wir testen, rein beruflich selbstverständlich."

„Rein privat, wäre mir lieber." Sein Grinsen war fast schon unverschämt.

Lachend hakte sie sich bei ihm ein und gemeinsam marschierten sie die kaum noch erleuchtete Straße entlang.

Sophie schien der Nieselregen weniger auszumachen, als ihm selbst, stellte Ruben Bertram fest. Eine außergewöhnliche Frau.

„Solange wir noch so schön unter uns sind," begann er, „wie machst du das mit dem Stimmungshören?"

„Bisher habe ich noch nie ernsthaft versucht, mit jemandem darüber zu reden. Ich meine, einem anderen Menschen zu erklären, was ich mir dazu zusammengereimt habe."

„Ich habe gefragt, also stehe ich dir für einen Erklärungsversuch zur Verfügung."

Obwohl der Regen immer noch gleichmäßig auf sie herabfiel, blieb Sophie stehen und sah ihn durch die feuchte Dunkelheit ernst an. „Glaubst du an die Aura eines Menschen?"

Er nahm sich die Zeit, einen Moment über ihre Frage nachzudenken. Sein erster Impuls war eine strikte Verneinung der Existenz einer spürbaren Aura gewesen. Was man nicht sehen, schmecken oder hören konnte, existierte nicht; so hieß es doch. Aber seit vielen Jahren musste er sich regelmäßig mit neuen Menschen auseinandersetzen und sie oft sehr schnell beurteilen. Diese Erfahrung hatte ihn gelehrt, dass möglicherweise doch irgendetwas existierte, das die Menschen unsichtbar umgab.

„Vielleicht, wenn wir statt Aura den Ausdruck ‚erster Eindruck' verwenden können."

„Einverstanden." Sophie schien eine Weile an ihren nächsten Worten zu feilen. „Vielleicht nehme ich diesen ersten Eindruck etwas länger wahr als andere Menschen. Bei mir ist es also ein eher dauerhafter Eindruck. Ich bemerke, wenn der Eindruck, den Menschen auf mich machen, sich verändert. Ich spüre Gefühlsschwankungen. Ich ahne zum Beispiel, wenn der Mensch mir gegenüber Angst bekommt oder lügt."

„Egal, ob ich das nachvollziehen kann oder nicht, es beantwortet auf jeden Fall nicht meine Frage. – Lassen wir mal außer Acht, dass du besonders sensibel in Bezug auf den ersten Eindruck anderer Menschen bist. Meine Frage lautete: Wieso hörst du diesen Eindruck?"

„Ja, darüber habe ich mir auch Gedanken gemacht. – Wahrscheinlich höre ich das Ganze überhaupt nicht. Als Kind habe ich mir nur angewöhnt, meine Wahrnehmungen mit Klängen zu verbinden. Die Menschen in meinem Umfeld umgeben ausschließlich Melodien, die mir bekannt sind. Das ist doch nur damit zu erklären, dass ich selbst ihnen ihre Klänge zuordne. Sie bringen sie nicht selbst mit."

„Das klingt logisch."

Mittlerweile spürbar durchnässt, liefen sie nebeneinander auf die Craft Beer Bar zu, deren Neonreklame deutlich altmodischer wirkte als ihr Geschäftskonzept.

„Hast du auch eine Erklärung dafür gefunden, warum du überhaupt so viel wahrnimmst?"

„Möglicherweise, weil ich mich schon als Kleinkind ständig auf neue Menschen einstellen musste. Mein Vater war Diplomat und ich bin als Einzelkind in vielen unterschiedlichen Ländern aufgewachsen."

„Also eine Art Selbstbehauptungsstrategie?"

Endlich hatten sie die Bar erreicht. Er hielt Sophie die Tür auf und beide traten ein. Leise Jazzmusik, sanftes Licht und eine angenehm unprätentiöse Einrichtung empfingen sie.

„Wenn es hier auch noch ein leckeres Bier gibt, weiß ich, wo ich zukünftig meine freien Stunden verbringe", scherzte er.

„Warum nur die freien Stunden?", nahm Sophie seine Idee auf. „Vielleicht stellen sie dir ja einen Schreibtisch zur Verfügung. Schau mal, da hinten wäre genau der richtige Platz, um Besprechungen mit deinen Mitarbeiterinnen durchzuführen."

Mit der rechten Hand wies sie auf eine leicht erhöhte Holzbank an der Rückwand der Kneipe. Über der Bank hing eine modernisierte Kopie des Gemäldes ‚Le Dejeuner sur l'herbe' von Édouard Manet.

„Das Bild habe ich schon im Kunstunterricht nicht verstanden", war sein einziger Kommentar, der, für ihn völlig unerwartet, Sophie laut lachen ließ.

„Komm, wir setzen uns direkt darunter. Dein Kommentar zu dem Bild ist mir ein weiteres Bier wert." Sie grinste ihn herausfordernd an. „Aber für das erste Glas bist du mir noch eine Erklärung schuldig. Ich ahne bereits, dass Manet uns dafür genau den richtigen Hintergrund gemalt hat."

Mitte Mai auf Sylt

Die Ermittlungen zu Ludwig Vaitmanns Todesumständen schienen im Sande verlaufen zu sein. Kriminalhauptkommissar Brunner war kein weiteres Mal bei Antje in der Apotheke erschienen und auch über den Flurfunk erfuhr Helge Frantz keine neuen Informationen mehr.

Natürlich erzählte er niemandem, dass er die Unbekannte längst identifiziert hatte. Die Kameraaufnahmen der Apotheke hatten seine Erinnerung nicht angeregt, aber der Zufall war ihm zu Hilfe geeilt. Als er während seines Dienstes wegen eines Streits unter Gästen ins ‚Hotel Dünenlust‘ gerufen worden war, hatte er unerwartet der wahrscheinlichen Erpresserin gegenübergestanden. Die Barkeeperin des Hotels und die Unbekannte in Antjes Apotheke waren ein und dieselbe Person, Jana Nimb.

Um sicherzugehen, dass sie es auch war, die Ludwig Vaitmann im Hotel hatte sterben sehen, war er mit einer Reihe von Frauenfotos ins ‚Hotel Vier Jahreszeiten‘ gegangen. Bei der Aufnahme von Jana Nimb hatte Paul, der Portier, bedächtig genickt. Es bestehe auf jeden Fall eine große Ähnlichkeit, mehr könne er verbindlich nicht sagen. Ob der Name der Besucherin auch so sexy klinge, wie sie nackt ausgesehen habe, hatte Paul als Gegenleistung wissen wollen.

Viele Stunden verbrachte Helge damit, unauffällig mehr über Jana Nimb herauszufinden. Wenn er den Andeutungen Pauls und einiger Kollegen von der Wache glauben durfte, musste sie wahrscheinlich nicht allein von ihrem Verdienst an der Hotelbar leben. Sie sah einfach zu gut aus, als dass sie seinen Kollegen nicht immer wieder aufgefallen wäre, und fast immer war sie in Begleitung eines anderen wohlsituierten Mannes. Da es weder Beschwerden noch sonst etwas Aktenkundiges über sie gab, blieb es bei Gerüchten und Vermutungen.

Helge war davon überzeugt, dass die Geschichten über Jana Nimb der Wahrheit entsprachen. Immerhin war sie auch bei Ludwig Vaitmann auf dem Zimmer gewesen, einem Mann, der fast dreißig Jahre älter war als sie und erst wenige Tage auf Sylt gewohnt hatte.

Für ihn hatte die große Unbekannte also einen Namen. Er, der kleine Bereitschaftspolizist, hatte in Erfahrung gebracht, was die Kriminalpolizei bisher nicht wusste. Ihm war bekannt, wer Ludwig Vaitmanns Begleiterin war und wie sie ihr Geld verdiente. Er kannte die schamlose Person, die vermutlich versucht hatte, Antje zu erpressen. Auf keinen Fall würde er sein Wissen an Brunner weitergeben. Sollte Jana Nimb jedoch jemals wieder auf die Idee kommen, Kontakt mit Antje aufzunehmen, wusste er, was zu tun war.

Vielleicht litt sie mittlerweile unter Verfolgungswahn. Auf jeden Fall erinnerte sich Jana Nimb, der blonden Dame im eleganten Trenchcoat bereits in drei unterschiedlichen Geschäften begegnet zu sein.

Es war Freitag und Bert hatte sich für den Abend angekündigt. Seit drei Wochen hatten sie sich nicht mehr gesehen; seit dem Abend als er sie in der Bar so harsch angegriffen hatte, dass ihr ein Gast zur Seite gesprungen war. Die Polizei hatte nicht mehr getan, als die beiden Männer zu trennen und ein Protokoll aufzunehmen. Soweit Jana es mitbekommen hatte, war weder gegen Bert noch gegen den Hotelgast eine Anzeige erstattet worden.

Aus Angst vor seinem Jähzorn wäre sie damals nach der Arbeit fast nicht nach Hause gegangen, aber dann hatte sie es doch getan. Für immer konnte sie ihm ja nicht aus dem Weg gehen. Solange sie von ihm und seiner finanziellen Unterstützung abhängig war, musste sie sich seinen Vorwürfen stellen. Und den Erniedrigungen durch ihn.

Entgegen seiner Ankündigung war ihre Wohnung leer gewesen, als sie nach ihrem Dienst an der Hotelbar dort ankam. Auch die Wochen danach hatte Bert sich nicht bei ihr gemeldet, bis gestern. Am Vortag hatte er angerufen und seinen Besuch für den heutigen Abend angekündigt.

Während der letzten drei Wochen, in denen sie jeden Moment sein unangekündigtes Auftauchen befürchtet hatte, war ihr klar geworden, welche Angst sie vor ihm und seiner Gewalttätigkeit hatte. Wie sehr sie ihn hasste und seine Macht über sie. Wann immer sie von einer Erledigung in ihre Wohnung zurückgekehrt war, hatte sie erwartet, ihn dort wütend vorzufinden.

Mit jeder Nacht, die Basti bei ihr schlief, ging sie das Risiko einer Eskalation ein. Aber vielleicht war es ja genau das, was sie damit bezweckte. Wenn Bert ihren jungen Geliebten bei ihr antraf, fand er seine Vorwürfe bestätigt. Wenn er sie dann angriff, war sie nicht allein. Vielleicht würde die Polizei dieses Mal dem Mann glauben, der sie verteidigte, und nicht dem, der sie attackierte.

Auch wenn sie sich vor der Konfrontation mit Bert fürchtete, hatte sie entschieden, ihn an diesem Abend allein zu treffen. Dass er sich angemeldet hatte, hielt sie für ein gutes Zeichen. Sie wollte eine Kleinigkeit zu essen vorbereiten und versuchen, vernünftig mit ihm zu sprechen. So wie er sich ihr gegenüber in den letzten Monaten verhalten hatte, tat ihre Beziehung auch ihm nicht gut. Vielleicht war ihm das in den vergangenen Wochen ja deutlich geworden.

Als Jana aus dem kleinen Feinkostladen trat, stand die Dame im Trenchcoat nur wenige Meter von ihr entfernt und betrachtete die Auslage des Nachbarschaufensters. Mit keiner Regung gab sie zu erkennen, ob auch ihr die Häufigkeit ihrer Begegnungen aufgefallen war.

Mal sehen, ob die Fremde immer noch in der Nähe war, wenn sie aus dem nächsten Geschäft kam. Jana trat durch die nächstgelegene Glastür. Es war der Eingang der Friedrich-Apotheke, wie sie entsetzt feststellte. Nur wenige Meter von ihr entfernt standen der Polizist und die Apothekerin sich gegenüber, durch den hölzernen Verkaufstisch voneinander getrennt. Keiner von beiden sah zu ihr hin. Eilig schlüpfte Jana durch die Glastür zurück auf die Straße und wäre dabei fast mit ihrer unbekannten Verfolgerin zusammengestoßen.

Lange hatte er darüber nachgedacht, wie er mit der Situation umgehen sollte. Niemals hätte er sich in der Öffentlichkeit so sehr gehen lassen dürfen. Er hatte Glück, dass kein Bekannter anwesend war. Dass Frauke nichts davon erfahren hatte. Und dann war auch noch die Polizei gerufen worden. Nein, ein solcher Aussetzer hätte ihm nie passieren dürfen. Aber warum musste dieser jugendliche Held sich auch einmischen?

Wieso kam ausgerechnet jetzt auch noch dieser Kretin von einem Journalisten wieder auf ihn zu? Ob er wirklich annahm, dieses Mal gewinnen zu können? Wer wagte es denn noch, Lasses zweiten Kreuzzug gegen ihn, einen renommierten Unternehmer der Insel, zu unterstützen? Niemand auf Sylt, da war Kunibert Wedel sich sicher, würde Lasse unterstützen. Jeder hatte mitbekommen, wie der letzte Prozess ausgegangen war. Was besaß Willi Lasse eigentlich noch, das er ihm dieses Mal nehmen konnte?

Obwohl er sich nicht ernsthaft Sorgen machte, war das unerwartete Telefongespräch mit Lasse der ausschlaggebende Faktor für seine Entscheidung. Er konnte Jana Nimb nicht weiter besuchen. Heute fand ihr letztes Treffen statt; es war Zeit, ihr die neuen Spielregeln zu erklären.

Wie immer parkte er seinen Wagen nicht vor dem Haus auf dem zu Janas Wohnung gehörenden Parkplatz, sondern ein paar Meter entfernt am Straßenrand. Sollten lieber andere Männer ihre Anwesenheit so plakativ bekannt geben; ihm war Anonymität lieber.

Statt zu klingeln, öffnete er die Haustür mit dem eigenen Schlüssel und stieg dann langsam die Treppe hinauf. Wahrscheinlich zum letzten Mal würde er gleich ihre Wohnung betreten und zum letzten Mal würde sie so tun, als freue sie sich über sein Kommen. Zukünftig musste sie andere Männer anlügen. Männer, die er zu ihr schickte. Männer, deren Wohlwollen er sich mit ihrer vorgegaukelten Zuneigung erkaufen konnte. Auf diese Art ging er selbst kein Risiko mehr ein und trotzdem war seine Investition in Jana Nimb noch zu etwas gut.

Ein breites Grinsen lief über sein Gesicht, als er sich vorstellte, ihre Finanzierungskosten zukünftig bei der Steuer als Geschäftskosten abzusetzen.

Vor ihrer Wohnungstür angekommen, klingelte er. Dass sie den Grund für sein zufriedenes Lächeln nicht erahnen konnte, als sie ihm öffnete, war ein zusätzlicher Spaß für ihn.

Als er das Wohnzimmer betrat, sah er, dass sie ein Abendessen vorbereitet hatte. Normalität wollte sie ihm also vorspielen. Ging sie tatsächlich davon aus, dass er nichts von ihrem perfiden Betrug wusste? Oder war es für sie normal, sich von ihm aushalten zu lassen und gleichzeitig seinem Sohn schöne Augen zu machen? So selten, wie Sebastian mittlerweile nur noch zuhause schlief, mussten die beiden in den letzten Wochen bereits eine sehr enge Beziehung zueinander aufgebaut haben.

Jetzt, da sie vor ihm stand, fiel es ihm schwer, sie nicht anzuschreien. Mühsam beherrschte er seinen Zorn. Er hatte sich vorgenommen, sie nicht spüren zu lassen, wie wütend er war. Von nun an gab es nur noch ein rein geschäftliches Verhältnis zwischen ihnen.

Er setzte sich an den Esstisch und ließ sich von ihr ein Glas Wein einschenken. Bisher hatten sie noch nicht viel mehr als ein paar Worte der Begrüßung ausgetauscht.

„Bleibst du über Nacht?", fragte sie, nachdem sie sich ebenfalls gesetzt hatte.

„Nein."

„Wir haben uns seit dem Vorfall in der Hotelbar nicht mehr gesehen", begann sie. Ihr Zögern zeigte ihm, dass sie nicht wusste, wie sie fortfahren sollte.

Bert sah sie so lange stumm an, bis sie den Blick abwendete.

„Du bist immer noch böse auf mich", vermutete sie leise. „Habe ich etwas Falsches gesagt?"

„Nein."

Er trank sein Glas aus und wartete, bis Jana ihm ein neues eingeschenkt und sich wieder ihm gegenüber an den Tisch gesetzt hatte. „Wir werden uns zukünftig nicht mehr häufig treffen. Hier werde ich dich auf keinen Fall mehr besuchen."

„Warum?"

Er schwieg und beobachtete genüsslich ihre Reaktion, die zwischen Hoffnung und Verzweiflung zu schwanken schien.

„Kann es sein, dass deine Frau etwas von uns beiden ahnt?"

„Nein." Er lachte verächtlich. „Und wenn, wäre es mir auch egal."

„Warum dann?"

„Du langweilst mich." Wieder beobachtete er stumm ihr Mienenspiel. „Außerdem habe ich es nicht nötig, mir eine Geliebte mit einem anderen Mann zu teilen."

Nun hatte er es gesagt und sie war es, die stumm blieb. Er registrierte, dass sie ihn genau beobachtete, auch wenn sie es vermied, ihn direkt anzusehen.

„Hast du ihn dir gezielt ausgesucht?"

„Ich weiß nicht, wovon du sprichst", versuchte sie, alles abzustreiten.

„Von deinem neuen Liebhaber natürlich. – Ich gehe mal davon aus, dass es nur den einen neben mir gibt. – Ob du ihn dir gezielt ausgesucht hast, habe ich gefragt."

Als sie ihn jetzt ansah, meinte er fast so etwas wie Trotz in ihren Augen zu sehen.

„Du weißt also von ihm."

„Ob du ihn dir gezielt ausgesucht hast, frage ich dich. Und
ich erwarte eine Antwort von dir."

„Nein, das habe ich nicht getan. Wir sind uns zufällig über
den Weg gelaufen."

„Welch ein glücklicher Zufall!"

Wieder blieb sie stumm.

„Ist er nicht ein wenig zu jung für dich?"

„Er liebt mich. Und auch ich mag ihn sehr."

„Große Gefühle also. – Weiß er von mir?"

„Nein. Natürlich nicht."

„Und dass du älter bist als er?"

„Ist das nicht völlig egal? – Woher weißt du überhaupt von
ihm? Hast du mir nachspioniert? Wolltest du herausfinden, ob
ich dir treu bin?"

„Davon bin ich nie ausgegangen."

„Was macht dich dann so wütend?"

„Das fragst du wirklich?"

„Ist es sein Alter? Ärgert es dich tatsächlich so sehr, dass er
jünger ist als du? Das scheint ja schlimmer für dich zu sein als
meine Zuneigung zu ihm."

Sein abschätziger Blick sollte seine Verwirrung verdecken.
War es möglich, dass Jana überhaupt nicht wusste, wem sie zufällig begegnet war? Dass ihr junger Geliebter der Sohn des
Mannes war, von dem sie sich seit Jahren aushalten ließ und
den sie nun mit ihm betrog? Aber welchen Grund hätte Sebastian gehabt, geheim zu halten, wer er war? Konnte es sein, dass
er von Janas Arrangement mit seinem Vater wusste?

Sie schien auf eine Antwort von ihm zu warten.

Nein, es war ausgeschlossen, dass Sebastian auch nur ahnte,
sich in die Gespielin seines Vaters verliebt zu haben. Sein Sohn
hätte ihn längst damit konfrontiert. Er musste andere Gründe
haben, seine Identität nicht preiszugeben.

„Was macht der Kleine denn beruflich?", fragte er, um überhaupt etwas zu sagen.

„Das kann dir doch egal sein."

„Wird er dir diese Wohnung weiterhin ermöglichen können?"

„Bert, bitte lass uns gemeinsam zur Bank gehen. Zukünftig
werde ich den Kredit selbst abbezahlen, auch wenn ich dafür
einen weiteren Job annehmen muss."

„Ach, ist dein neuer Liebhaber also nicht willens oder fähig,
dich auszuhalten?

„Das kann dir doch egal sein", wiederholte sie.

„Wie heißt er?"

„Bitte, Bert."

Sie wollte also nicht. Nun, dann war jetzt die richtige Zeit,
der kleinen Nutte ihr neues Arrangement zu erklären. „Den gemeinsamen Besuch bei der Bank können wir uns sparen. Stattdessen werde ich auch weiterhin dafür sorgen, dass dein Kredit
pünktlich abbezahlt wird."

Skeptisch sah sie ihn an.

„Du wirst ein paar Aufträge für mich erledigen. Und solange
du das zur Zufriedenheit aller tust, kannst du sorgenfrei in deiner Wohnung bleiben."

„Aufträge?"

„Statt zu mir wirst du zukünftig zu ein paar meiner Geschäftsfreunde nett sein. Wann immer ich es von dir verlange."

„Nein. Ich will das nicht."

„Was du willst, interessiert mich wenig."

„Ich bin keine Escort-Dame."

„Da habe ich etwas anderes gehört."

„Bert, bitte."

Er stand auf und ging zur Wohnungstür. Es war alles gesagt.
Sie würde tun, was er wollte und wann er es von ihr verlangte.
Da war er sich sicher.

Eine eigentümliche Befriedigung machte sich in ihm breit.
Die Vorstellung, als Einziger von diesem absonderlichen Dreiecksverhältnis zu wissen, berauschte ihn.

Solange er Jana Nimb nicht aus ihrer finanziellen Abhängigkeit entließ, war es ihr unmöglich, eine ehrliche Beziehung mit Sebastian zu führen. Und sollte sein Sohn jemals auf die Idee kommen, Jana Nimb heiraten zu wollen, musste er ihm nur verraten, dass er sie zuerst gehabt hatte. Bis dahin sollte der Junge ruhig seinen Spaß haben. Und er selbst mindestens genauso.

Sonntag, 28. Mai 2017 auf Sylt

„Hallo schöne Frau. Heute hast du einen Wunsch bei mir frei."

Willi Lasse musste ihre Telefonnummer gespeichert haben, denn Jana Nimb hatte sich noch nicht mit ihrem Namen gemeldet, als sie so freundlich begrüßt wurde.

„Ich habe wirklich einen Wunsch."

„Das weiß ich doch."

„Können wir uns heute noch treffen?"

Es waren bereits sechsunddreißig Stunden vergangen, seitdem Bert ihre Wohnung verlassen hatte. Immer noch wusste Jana nicht, wie sie sich gegen seine Pläne zur Wehr setzen konnte.

„Den Wunsch erfülle ich dir gern. Und wenn du eine große Bitte äußern möchtest, kannst du mich zum Frühstück einladen."

„Das mache ich gern. Ist dir ein Frühstück im Café Kurz recht?"

„Ist deine Bitte groß genug für das Frühstück im ‚Hotel an der Südspitze'?"

Ohne zu wissen, welche Kosten auf sie zukamen, sagte Jana zu. Willi hatte sie noch nie zu sehr zur Kasse gebeten, wenn sie ihn für einen Gefallen zum Essen eingeladen hatte.

„Gut, dann hole ich dich in einer halben Stunde ab. Das mit der Tischreservierung regele ich ebenfalls. – Von dir erwarte ich nur, dass du dich besonders hübsch zurechtmachst. Ich will Neid erregen, wenn ich dort mit dir auftauche."

Der Raum, durch den der konservativ gekleidete Kellner sie führte, war hell, modern und sehr schlicht eingerichtet. Über seine ganze Breite präsentierte sich die Nordsee hinter bodentiefen Glasscheiben und lenkte regelmäßig die Blicke aller Gäste auf sich. Pompöser Blumenschmuck war das Einzige, dem der Innendesigner zu erlauben schien, ein optisches Gegengewicht zu der Naturgewalt außerhalb des Raumes zu bilden.

Der für sie reservierte Tisch stand direkt an der Fensterfront. Alle anderen Tische, auch die weit vom Naturspektakel entfernten, waren bereits besetzt. Willi musste jemanden vom Personal des Hotels kennen, der ihnen diesen begehrten Platz reserviert hatte.

„Die Aussicht stimmt schon einmal", bemerkte er und Jana war sich sicher, dass er damit nicht nur den Blick auf das Meer meinte. Als sie vorhin in sein Auto gestiegen war, hatte er sich ein wohlwollendes Zungenschnalzen nicht verkneifen können.

„Der beste Tisch und dann noch ein Begleiter wie du", schmeichelte sie ihm. „Was kann ich mir für ein Sonntagsbrunch noch mehr wünschen?"

Er grinste frech. „Ein Glas Sekt vielleicht?"

„Möchtest du?"

Als der Kellner an ihren Tisch trat, bestellten sie Kaffee und zwei Gläser Sekt.

„Ist im Preis inbegriffen", flüsterte Willi, als sie wieder zu zweit waren. „Und das Buffet soll ganz hervorragend sein."

„Kennst du den Küchenchef?"

„Nein, aber seinen Sous-Chef."

„Gibt es irgendein Sylter Unternehmen, zu dem du keine Verbindungen pflegst?"

„Wenn wir nicht nur über freundliche Kontakte sprechen, wahrscheinlich nicht. – Um welches Unternehmen handelt es sich denn bei deiner Bitte?"

Sie zögerte. Vielleicht war es besser, mit dem ernsten Teil des Gesprächs zu warten, bis sie gefrühstückt hatten. „Begleitest du mich erst einmal zum Buffet?"

„Na klar, wenn wir uns dort etwas Zeit lassen. Den anderen Männern soll doch vor Neid das Frühstück im Hals stecken bleiben."

Willis gute Laune war ansteckend. Ein leichtes Lächeln umspielte Janas Mund, während sie neben ihm zum Buffet ging und es sogar zuließ, dass er seinen Arm um ihre Taille legte.

Das Essen war tatsächlich so delikat, wie er es angekündigt hatte. Die männlichen Gäste hatten noch mehrere Male Gelegenheit, ihre neidischen Blicke über das ungleiche Paar schweifen zu lassen, während es sich die besten Happen vom Buffet pickte. Erst nachdem Willi mehrere Teller und auch sein drittes Glas Sekt geleert hatte, forderte er Jana ein weiteres Mal auf, ihre Bitte zu äußern.

Nach kurzem Zögern fragte sie: „Kennst du jemanden bei der Syltbank?"

„Ja, schon", antwortete Willi abwartend.

„Dort habe ich vor etwa zwei Jahren einen Immobilienkredit abgeschlossen."

„Du oder Kunibert Wedel?"

Erstaunt blickte sie ihn an. Wie konnte es sein, dass Willi bereits wusste, was sie von ihm wollte?

„Ach, meine Schöne. Wie konntest du dich nur auf eine solche Dummheit einlassen?"

„Du weißt davon?"

„Ich habe mir da einiges zusammengereimt. Kunibert Wedel ist kein Gutmensch."

„Nein, das ist er ganz bestimmt nicht."

„Wie ich von einem meiner Kontakte bei der Polizei gehört habe, hattest du eine kleine Auseinandersetzung mit ihm in der Hotelbar des ‚Dünenlust'."

Sie nickte, wollte seinen Redefluss aber nicht unterbrechen.

„Außerdem kenne ich jemanden in der Kreditabteilung der Syltbank, der mir ab und zu Interessantes erzählt."

„Wahrscheinlich hätte ich dich viel früher um Hilfe bitten sollen."

„Ist es so schlimm?"

„Schlimmer mittlerweile."

Willi sah sich im immer noch vollbesetzten Speisesaal um. „Vielleicht besprechen wir das in Ruhe im Auto oder bei dir zuhause. Lass uns nach Westerland zurückfahren."

Erneut nickte sie. Sicher war es besser, wenn nicht auch noch neugierige Sitznachbarn von ihrem Schlamassel erfuhren. Als ein Kellner vorbeieilte, bat sie ihn um die Rechnung.

„Die übernehme ich", kam sehr bestimmt von Willi. „Ich habe dir auch etwas zu beichten."

Der Fahrer des aufgemotzten blauen Mercedes, der bereits seit dem Ortsausgang von Hörnum hinter ihnen herfuhr, schien sich von Willi Lasses gemächlicher Fahrweise provoziert zu fühlen. Immer wieder gab er Lichthupe oder setzte zu einem Überholvorgang an, den er aber jedes Mal abbrechen musste. Der Verkehr auf der L24, der Nord-Süd-Verbindung der Insel, war wie jeden Sonntagmittag dicht und die Straße war zu kurvig, um gefahrlos überholen zu können.

Auf keinen Fall ließ er sich dazu drängen, schneller zu fahren. Die drei Gläser Sekt hatten ihre Wirkung nicht verfehlt und Willi war sich durchaus bewusst, dass er eigentlich den Wagen hätte stehen lassen müssen. Sollte ihn eine Polizeistreife anhalten, musste er eben seine guten Beziehungen zu den Westerländer Beamten spielen lassen. Hauptsache, keinen Unfall verursachen!

Auf der ersten Geraden hinter Rantum gab der Mercedes hinter ihnen lautstark Gas. Ein weiteres Mal setzte er zum Überholen an. Er musste schnell sein, um rechtzeitig vor ihnen wieder einscheren zu können, dachte Willi, sehr schnell. In nicht zu großer Entfernung war ein dunkler Ford zu erkennen, der sich ihnen auf seiner Spur näherte.

Aus dem Augenwinkel heraus sah er, dass der Fahrer des überholenden Fahrzeugs konzentriert geradeaus blickte, so als hätte er sich nicht bereits die letzten Kilometer als leichtfertiger Verkehrsrowdy zu erkennen gegeben. ‚So ein Idiot‘, war der letzte Gedanke, bevor ihm klar wurde, dass der Mercedes nicht nur knapp vor seinem VW Passat eingeschert war, sondern jetzt auch noch scharf abbremste. Ein schneller Blick zur Seite beruhigte ihn, Jana war angeschnallt. Er selbst hatte es natürlich wie immer vorgezogen, sich nicht anzuschnallen. Verzweifelt versuchte er seinen mehr als zwanzig Jahre alten Wagen zu einer Vollbremsung zu bewegen. Der blaue Mercedes befand sich nur knapp vor ihm, der dunkle Ford fast schon neben ihm. Ohne noch etwas dagegen unternehmen zu können, sah er seinen Passat rechts an dem blauen Mercedes vorbeirasen und einen Randstein rammen. Völlig unerwartet wirbelte plötzlich die ganze Welt um ihn herum.

Den harten Aufprall, mit dem der Passat auf seinem Blechdach in der angrenzenden Düne landete, spürte er noch, dann wurde es dunkel um Wilfried Lasse herum.

Auch sie hatte den Unfall nicht vorausgesehen. Viel zu sehr war Jana Nimb in Gedanken damit beschäftigt, was Willi bereits von ihrer Beziehung mit Bert Wedel wissen konnte.

Der rücksichtslose Fahrer zog mit seinem Wagen kurz vor ihnen auf ihre Fahrspur und danach ging alles sehr schnell. Sie schloss die Augen und die nächsten Bilder, die sie bewusst wahrnahm, kamen aus einer Welt, die auf dem Kopf stand: Sand und Dünengras drangen neben ihrem Kopf in den Wagen und ein kleiner Junge sah sie erschrocken durch die zerbrochene Scheibe der Beifahrertür an.

„Bist du tot?", fragte er vorsichtig. Sie zu berühren, wagte er offenbar nicht.

Fieberhaft versuchte Jana den Gurt zu lösen, der sie in einer überaus unbequemen Haltung festhielt. Aus dem Augenwinkel heraus sah sie, dass jetzt ein älterer, weißhaariger Herr neben dem Jungen kniete und zu ihr in das Autowrack hineinsah.

„Gleich ist jemand da, der Ihnen heraushelfen kann", versuchte er sie zu beruhigen. „Krankenwagen und Feuerwehr sind bereits informiert. Sie müssen jeden Moment hier sein."

Immer noch hatte sie kein Wort gesagt.

„Können Sie sehen, wie es dem Fahrer geht?", fragte der Weißhaarige.

Mühsam drehte sie sich zu Willi um, der merkwürdig verrenkt neben ihr auf dem Dachhimmel des Wagens lag. Sein Gesicht war ihr zugewendet und blutverschmiert. Leise hörte sie ihn stöhnen.

„Hilfe ist unterwegs", flüsterte sie. Willis Augenlider flatterten, blieben aber geschlossen.

„Gleich wird alles wieder gut." Vorsichtig strich sie mit zwei Fingern ihrer rechten Hand über seine blutige Wange.

Auf jeden Fall lebte Willi noch.

Das Klingeln ihres Handys weckte Jana Nimb aus ihrer Geistesabwesenheit und brachte sie zurück ins Krankenhaus. Seit zwei Stunden saß sie im Warteraum der Chirurgie. Sehnlich wartete sie auf eine Nachricht über den Erfolg von Willis Behandlung.

Sie selbst hatte den Unfall, bei dem sich der Passat eineinhalbmal überschlagen hatte, fast unverletzt überstanden. Ihr linker Unterarm war gegen Handbremse und Schalthebel geschlagen und hatte dabei einen unkomplizierten Bruch erlitten, der bereits versorgt worden war. Eine Wunde auf der Stirn hatte eine Ärztin mit fünf Stichen genäht, alle weiteren Kratzer und Hämatome konnten von allein wieder heilen.

Willis Verletzungen waren deutlich schwerwiegender. Da er nicht angeschnallt gewesen war und sein alter Wagen auch über keine Airbags verfügte, war er bei dem Überschlag des Wagens heftig im Wagen herumgewirbelt worden. Seit Stunden befand er sich im Operationssaal, wo seine inneren Verletzungen behandelt wurden. Die Wunden im Gesicht waren offenbar nur oberflächlich gewesen. Aber drei seiner Rippen waren gebrochen, eine hatte sich in eines seiner Organe gebohrt. Ob er darüber hinaus auch neurologische Schäden erlitten hatte, würden die nächsten Tage zeigen.

Der Notarzt hatte Jana noch an der Unfallstelle mitgeteilt, ihr Fahrer müsse einen Schutzengel gehabt haben. Nicht angeschnallt überlebten viele Autofahrer einen so schweren Unfall nicht.

Das Handydisplay zeigte an, dass es bereits nach 19:00 Uhr war und Basti versuchte, sie zu erreichen. Da Jana allein in dem Warteraum saß, nahm sie das Telefongespräch an.

„Jana? Wo steckst du? Waren wir nicht verabredet? Seit einer Stunde sitze ich im Auto vor deiner Wohnung und mache mir Sorgen, wo du bleibst."

„Es tut mir so leid, Basti. Ich habe völlig die Uhr aus den Augen verloren."

„Wo bist du? Kann ich dich irgendwo abholen?"

„Ich bin in der Nordseeklinik. – Aber mir geht es gut."

„Was machst du dann dort?"

„Wir hatten einen Autounfall, Willi Lasse und ich. Er wird gerade noch operiert."

„Ich komme sofort zu dir. Wo finde ich dich?"

Basti davon abzuhalten, zum Krankenhaus zu fahren, war sinnlos. Jana erklärte ihm den Weg zu dem Warteraum, in dem sie saß. Nur eine Viertelstunde später stand er kopfschüttelnd vor ihr.

„Dir geht es wirklich gut?“, fragte er entsetzt, nachdem er sie näher in Augenschein genommen hatte. „Du hast dir den Arm gebrochen.“

Jana lächelte ihn tapfer an und nickte.

„Und dein Gesicht!“ Ganz vorsichtig streichelte Basti ihr über die Wange. „Was habt ihr nur getan? Hast du Schmerzen?“

„Mir geht es wirklich gut. Ich hätte längst nach Hause fahren können. Aber zuerst möchte ich die Gewissheit haben, dass Willi seine Operation gut überstanden hat.“

„Was ist denn passiert?“

„Ich habe alles schon der Polizei geschildert. Lass es mich bitte heute nicht noch einmal durchleben.“

„Ist Lasse gefahren?“

„Ja. Aber er hat den Unfall nicht verursacht.“

Bastis Miene gefiel ihr überhaupt nicht. Noch bevor sie versuchen konnte, ihn zu beschwichtigen, kam die Stationsschwester in den Raum.

„Herr Lasse ist gerade vom Aufwachraum zu uns verlegt worden. Wir bringen ihn jetzt in sein Zimmer und danach können Sie zu ihm.“

Jana war aufgestanden. „Welche Zimmernummer?“

„618. Ganz hinten das letzte Zimmer auf der linken Seite.“

„Ich kann hier auf dich warten“, schlug Basti vor.

Jana gab ihm rasch einen Kuss und folgte langsam der Schwester.

„Warum warst du mit Lasse zusammen unterwegs?“ Auch wenn er dagegen ankämpfte, ärgerte es Sebastian Wedel doch, sich Jana ausgerechnet zusammen mit diesem windigen Journalisten vorzustellen.

Mittlerweile saßen sie zusammen in ihrer Wohnung und Basti massierte ihr vorsichtig den Nacken.

„Wir kennen uns schon sehr lange, Willi und ich. Über die Jahre ist er so etwas wie ein väterlicher Freund für mich geworden."

„Ein väterlicher Freund. Ausgerechnet Wilfried Lasse! Der will dir doch nur an die Wäsche."

„Nein, das hat er nie versucht. – Ich glaube, du hast ein völlig falsches Bild von ihm. Er ist nett."

„Mein Vater hat ihn ganz anders kennengelernt." Noch während ihm dieser Satz herausrutschte, verfluchte sich Basti innerlich dafür. Gleich würde Jana fragen, wie sein Vater hieß und warum er mit Lasse aneinandergeraten war. „Muss ich mir Sorgen machen, wenn du lieber mit einem väterlichen Freund sprichst als mit mir?", versuchte er die Situation zu retten.

Jana lächelte ihn müde an. „Willi kennt jeden auf der Insel. Ich brauchte einen Rat wegen der Finanzierung meiner Wohnung."

„Hast du Geldprobleme? Vielleicht kann ich dir irgendwie helfen?"

„Nein. Das ist ganz lieb von dir, Basti. – Jetzt muss Willi erst einmal wieder gesund werden und dann regelt sich alles."

Vielleicht wäre es doch besser gewesen, Jana von Anfang an die volle Wahrheit über sich zu erzählen. Dann hätte sie sicher ihn um Hilfe gebeten und nicht diesen Lokalreporter. Aber heute war dafür nicht der richtige Tag. Spätestens, wenn er sie bat, mit ihm zusammenzuziehen, musste er ehrlich zu ihr sein. Er durfte sich damit nicht mehr zu viel Zeit lassen, entschied Basti.

Anfang Juni in Köln

„Mittlerweile habe ich ein wirklich schlechtes Gefühl wegen Willi Lasse."

Wieder einmal saßen Ruben Bertram und Sophie in der Craft Beer Bar in der Nähe des Redaktionsgebäudes und ließen den Arbeitstag ausklingen. Seit ihrem ersten Besuch waren sie regelmäßige Gäste geworden. Die Bank unter dem anstößigen Gemälde hatte sich zu ihrem Lieblingsplatz entwickelt.

„Hast du nicht erzählt, dass er dir einen Sensationsartikel angekündigt hat?"

„Genau deshalb fange ich ja an, mir Sorgen zu machen."

Sophies fragender Blick zwang ihn zu einer Erklärung. „Vor etwa drei Wochen hat Willi mir ein paar Unterlagen geschickt. Wenn ich sie richtig interpretiere, belegen diese, dass sein Lieblingsfeind Kunibert Wedel sich sexuelle Gefälligkeiten von Kundinnen erkauft hat."

„Je nach Branche ist das gar nicht so ungewöhnlich."

„Auch in der Immobilienbranche?"

„Für mich klingt es zwar danach, als sollte dem guten Kunibert mal eine Frau ordentlich zwischen die Beine treten, aber nicht nach einem Skandal, den du veröffentlichen willst."

„Das kommt darauf an. – Was mir Sorge bereitet, ist, dass ich Willi nicht erreichen kann. Er hat mir die Sachen geschickt, um zu hören, ob wir an einem Artikel darüber interessiert sind. In einer solchen Situation verschwindet er doch nicht in der Versenkung."

Wieder blickte Sophie ihn fragend an. Dann fing sie an zu lachen. „Du willst nach Sylt fahren, habe ich recht?"

„Begleitest du mich, wenn Richard zustimmt? – Eine Vertretung für zwei bis drei Tage bekommen wir schon hin."

Anfang Juni auf Sylt

Mit ratternden Rollkoffern waren sie im Dämmerlicht vom Bahnhof zum ‚Hotel Vier Jahreszeiten' marschiert. Dort hatten sie zu Ruben Bertrams Überraschung erfahren, dass eine kleine Suite unter dem Dach für sie gebucht worden war.

Die Suite umfasste das gesamte Dachgeschoss des Hotels, besaß aber neben zwei winzigen Schlafzimmern lediglich ein gemeinsames Badezimmer und eine Art Wohnzimmer. Alle Räume hatten schräge Wände und waren altmodisch eingerichtet. Ruben befürchtete, dass Sophie seine Wahl des Hotels generell nicht guthieß, die Suite mit dem gemeinsamen Badezimmer noch weniger. Aber zwei Punkte sprachen dafür, dort zu bleiben: Der späte Abend, der es ihnen schwermachte, in einem anderen Hotel zwei freie Zimmer zu erhalten, und der Blick aus einem der Erkerfenster des Wohnzimmers. Im nur noch schwachen Licht sah man die Dünen vor dem Hotel. Dahinter konnte man gerade noch einen Streifen Nordsee erahnen. Die Suite bot tatsächlich einen Blick auf das Meer. Für ihn machte diese Aussicht alles andere gut.

„Ich hatte um zwei Einzelzimmer gebeten", erklärte er entschuldigend und hob die Hände.

„Leider können wir Ihnen diese aufgrund eines Wasserschadens nicht zur Verfügung stellen", antwortete die Empfangsdame, die sie nach oben begleitet hatte. „Die Suite ist ein Upgrade. Sie sind hier unter dem Dach ganz allein und können, sobald es wieder hell ist, sogar die Nordsee sehen."

Fragend sah er zu Sophie.

„Wir bleiben hier. Uns ein Badezimmer zu teilen, werden wir ja wohl hinbekommen."

Sophie hatte ihm während der Zugfahrt nach Westerland erzählt, dass sie Sylt bisher noch nicht kannte. Für ihn bedeutete die Insel einen steten Wechsel zwischen guten und schlechten Erinnerungen. Anna lebte hier, seine ehemalige Kollegin aus der Redaktion in Köln, mit der ihn ausschließlich gute Momente verbanden. Er freute sich darauf, sie wiederzusehen. Aber dann waren da auch noch die Erinnerungen an Clara und ihren entsetzlichen Tod, nur wenige hundert Meter entfernt vom ‚Hotel Vier Jahreszeiten'. Ob diese Erinnerungen der Grund dafür waren, weshalb er ausgerechnet dieses Hotel für ihren Aufenthalt ausgewählt hatte, wollte er nicht ergründen. Clara war die erste Frau, mit der er sich ein gemeinsames Leben hatte vorstellen können. Für sie wäre er auf die Insel gezogen, hätte eine eigene Familie gegründet und Willi Lasse als Lokalredakteur Konkurrenz gemacht.

Das Frühstücksangebot war überraschend vielseitig. Sophie Renger saß vor einem frisch für sie zubereiteten, schmackhaften Rührei und wartete darauf, dass Ruben sich zu ihr gesellte.

Am gestrigen Abend waren sie noch gemeinsam in die Fußgängerzone Westerlands gegangen. Dort hatten sie trotz der Kühle der Nacht bis etwa 23:00 Uhr draußen vor einem Restaurant gesessen, warm in Fleece-Decken gehüllt und in der Nähe eines gasbefeuerten Wärmepilzes. Fast alle Plätze unter der Markise wurden von mehr oder weniger stark fröstelnden Urlaubern belegt. Ruben und sie selbst waren bei weitem nicht die einzigen Gäste der Insel, die versuchten dem kalten Juniwetter zu trotzen. Mit Begeisterung hatte Sophie darüber philosophiert, wie aus wahrscheinlich eingefleischten Warmduschern zeitgleich mit dem Betreten der Insel Frischluftfanatiker wurden. Ruben hatte sich nur sehr einsilbig an ihren Überlegungen beteiligt. Die meiste Zeit hatte er stumm und nachdenklich neben ihr gesessen.

„Guten Morgen, schon gejoggt heute?", begrüßte er sie jetzt und setzte sich zu ihr an den Tisch. „Oder womit hast du dir ein solches Frühstück verdient?"

„In der Tat. Ich war schon am Strand."

„Stehen Strandkörbe auf dem Sand?"

„Ja, einige. Mehrere Reihen die ganze Dünenlinie entlang.“
Ruben nickte stumm.

Sophie ahnte, warum er gefragt hatte. Vor ihrer Abreise hatte Richard sie über Claras Tod aufgeklärt.

„Meinst du, dass wir Zeit haben werden, Anna Lauberg zu besuchen, während wir auf der Insel sind?“

„Du möchtest deine Vorgängerin kennenlernen?“

Sie lächelte ihn frech an. „Ich habe viel über sie gehört. Auch über euch beide.“

„Es gab kein ‚uns beide‘.“ Sein Grinsen deutete nur ein leichtes Bedauern an. „Mittlerweile heißt sie Anna Wächter. Mit der Heirat von Robert Wächter hat sie der schreibenden Zunft den Rücken gekehrt. – Ihr werdet euch mögen, denke ich. Vielleicht rufe ich sie später an. – Aber bevor wir sie besuchen, müssen wir zuerst zu Willi Lasse ins Krankenhaus fahren.“

Dass Lasse in der Nordseeklinik lag, hatte Ruben noch von Köln aus herausgefunden. Es ginge ihm leidlich gut und er erwarte sie kurzfristig an seinem Krankenbett, hatte Lasse am Telefon mitgeteilt. Es gebe viel zu besprechen.

Willi Lasses Krankenzimmer bot zwar keinen Blick auf die Nordsee, war aber geräumig, hell und vor allem ein Einzelzimmer. Um in Ruhe zu reden, bestand so nicht die Notwendigkeit, einem Zimmergenossen aus dem Weg zu gehen.

„Schön dich halbwegs wiederhergestellt zu sehen“, begrüßte ihn Ruben. „Du scheinst das beste Zimmer der Klinik bekommen zu haben. Ich kann verstehen, dass du so schnell nicht wieder nach Hause möchtest.“

„Man hat so seine Kontakte.“

„Darf ich dir meine Kollegin Sophie vorstellen?“

„Sehr gern sogar.“ Lasse musterte sie unverblümt. „Ruben beweist ein gutes Händchen bei der Auswahl seiner Kolleginnen.“

Freundlich lächelnd ging Sophie Renger über das merkwürdige Kompliment hinweg und reichte dem Sylter Journalisten die Hand. „Ich habe schon viel von Ihnen gehört, Herr Lasse."

„Würdest du dann bitte die Freundlichkeit besitzen, mich zu duzen? ‚Herr Lasse' sagt nur der Pfarrer zu mir und den werde ich hoffentlich so bald nicht benötigen."

„Viel hat aber wohl nicht gefehlt, wie ich gehört habe." Ruben zog zwei Besucherstühle ans Krankenbett und sie setzten sich.

„Das war kein Unfall, sondern ein verdammter Mordanschlag."

„Die Polizei hat mir etwas anderes erzählt."

„Mit wem hast du gesprochen?"

„Kriminalhauptkommissar Brunner. Er ist der Einzige, den ich von der Westerländer Polizei gut genug kenne. – Allerdings befasst er selbst sich nicht mit deinem Unfall. Das machen ein Helge Frantz und sein Kollege Rainer Müller von der Bereitschaftspolizei."

„Na dann ist es kein Wunder, wenn die Untersuchung schnell wieder eingestellt wird."

„Nicht deine Freunde?"

„Das will ich so nicht sagen. Aber Helge Frantz halte ich nicht gerade für den fähigsten und eifrigsten Polizisten der Insel."

„Also von vorneherein schon skeptisch."

Sophie versuchte, Rubens kritischen Unterton zu ignorieren. In seinem demolierten Zustand war dieser Willi vielleicht gar nicht aufgefallen.

„Vielleicht sollten wir erst einmal vergleichen, welche Fakten die Polizei aufgenommen hat," schlug sie vor. „Und was du, Willi, uns darüber hinaus noch berichten kannst."

„Eine gute Idee", bekräftigte Ruben. „Brunner hat mir folgendes aus dem Untersuchungsbericht vorgelesen: Dein Passat kam von der Straße ab, überschlug sich und landete in den

Dünen. Von der Wucht des Unfalls wurde sogar der Motorblock herausgerissen. – So leid es mir tut, Willi, aber dein Auto ist ein Totalschaden. – Es gab eine Beifahrerin, die im Gegensatz zu dir angeschnallt war und deshalb nur leicht verletzt wurde. Sie hat man bereits wenige Stunden nach dem Unfall wieder aus dem Krankenhaus entlassen."

„Ja. Sie heißt Jana Nimb. Und ich bin froh, dass ihr nicht mehr passiert ist."

„Weitere Verkehrsteilnehmer waren nicht involviert. Außer deiner Beifahrerin und dem Fahrer eines Fords, der euch entgegengekommen ist, gibt es keine Zeugen."

„Na klar, der Idiot, der den Unfall verursacht hat, ist natürlich verschwunden. – Der war ‚involviert'. Den müssen sie suchen. Dieser Verbrecher hat versucht, Jana und mich umzubringen."

„Möchtest du nicht hören, was die Polizei sonst noch aufgenommen hat?" Ruben klang ungeduldig.

Willi presste seine Lippen aufeinander und legte mit gespielter Zerknirschtheit einen Zeigefinger darauf.

„Gut", setzte Ruben fort. „Der Ford-Fahrer hat ausgesagt, dass ein Überholender ihm entgegenkam. Er selbst habe seinen Wagen abgebremst, damit der Mercedes – er war sich allerdings nicht ganz sicher mit der Automarke – rechtzeitig vor dir wieder einscheren konnte."

„Um dann direkt vor meinem Wagen eine Vollbremsung durchzuführen."

„Davon hat Herr Petersen nichts zu Protokoll gegeben."

„Aber Jana hat genau das bei der Polizei ausgesagt."

„Auf Jana Nimbs Aussage von den Beamten angesprochen, hat Herr Petersen angegeben, von einer solchen Nötigung nichts bemerkt zu haben. Lediglich du hättest scharf gebremst. Der vermeintliche Mercedes sei in raschem Tempo davongefahren."

„Und die Aussage von Herrn Petersen wiegt also schwerer als die von Jana? Weil er ein Mann ist oder warum?"

„Was vor allem schwer wiegt, Willi, ist die Tatsache, dass du noch 0,5 Promille im Blut hattest, als die Ärzte dich auf die Operation vorbereitet haben."

„Ich hatte drei kleine Gläser Sekt zum Frühstück."

„Und noch etwas Restalkohol vom Vortag?"

„Ruben, mit 0,5 Promille habe ich gegen kein Gesetz der Straßenverkehrsordnung verstoßen."

„Außer du baust einen Unfall, Willi. Und genau das hast du getan, sonst wären wir alle jetzt nicht hier."

„Lassen wir diesen Punkt doch einmal kurz außen vor", vermittelte Sophie zwischen den beiden Streithähnen. „Hat der Hauptkommissar noch weitere Fakten genannt?"

„Nein. Er hat lediglich seine persönliche Einschätzung abgegeben. Er ist der Meinung, dass die Untersuchung kurzfristig abgeschlossen wird. Mit dem Ergebnis des Fahrens unter Alkoholeinfluss und eines Unfalls ohne Fremdeinwirkung."

Bevor Willi protestieren konnte, hob Sophie die Hand. „Danke dir, Ruben. Das war also der Ermittlungsbericht der Polizei." Sie legte eine dramaturgische Pause ein. „Jetzt kommen wir zu dir, Willi. Was hast du zu dem Unfallhergang zu sagen?"

„Es war kein Unfall, sondern ein verdammter Mordanschlag."

„Weil der Fahrer, der euch überholt hat, direkt danach gebremst hat?"

Willi schilderte seinen Eindruck des Vorfalls bis zu dem Punkt, an dem er die Kontrolle über seinen Passat verlor. „Jana Nimb hat ja bereits bestätigt, dass der Wagen direkt vor uns und ohne jede Vorwarnung derartig abgebremst hat, dass ich eine Vollbremsung versuchen musste."

„Und statt stehenzubleiben, ist dein Wagen von der Straße abgekommen?"

„So ist es wohl gewesen", antwortete Willi zerknirscht.

„Hast du den Fahrer des überholenden Fahrzeugs deutlich genug gesehen, um ihn wiederzuerkennen?"

„Nein, das habe ich nicht. Es ging alles sehr schnell; ich erinnere mich lediglich daran, dass er eine Mütze trug. Keine Baseballmütze, irgendetwas anderes, tief ins Gesicht gezogen. Und dass er stur geradeaus gestarrt hat, während er an uns vorbeigefahren ist."

„Als wollte er nicht erkannt werden?" Ein leichtes Lächeln lag auf Rubens Lippen.

Willi nickte.

„Trug er einen Bart? Oder war er glattrasiert?"

„Ich kann mich nicht daran erinnern." Willi hob seine Hand und rieb sich über den Schädel. „Vielleicht kommt ja irgendetwas wieder, wenn ich hier raus bin."

„Hat deine Beifahrerin vielleicht den Fahrer gesehen?"

„Nein, das habe ich Jana auch bereits gefragt. – Aber sie bestätigt, dass der Wagen ein blauer Mercedes war."

„Was hilft das ohne Typ, Modell, Nummernschild?" Rubens Frage klang erneut ungeduldig.

„Irgendetwas schlummert noch in meinem Kopf. Ich muss hier nur endlich raus. Vielleicht fällt es mir dann wieder ein."

Sophie sah kurz zu Ruben und schüttelte fast unmerklich den Kopf. Auffordernd wandte sie sich Willi zu: „Angenommen, du hast recht und es wollte jemand, dass du einen Unfall verursachst. Wem traust du zu, dass er dich für eine Weile oder sogar endgültig aus dem Weg schaffen will?"

Als Ruben etwas sagen wollte, forderte sie ihn durch ein Handzeichen auf, erst einmal Willi antworten zu lassen.

„Hier auf der Insel habe ich nicht nur Freunde."

„Das kann ich mir vorstellen", mischte sich Ruben jetzt doch ein.

„Lasst uns noch einmal auf das Motiv zurückkommen", bat Sophie. „Wem hast du in der letzten Zeit geschadet? Vielleicht sogar so sehr, dass du ihn damit auf eine derartig drastische Idee gebracht hast?"

„Mord, Mörder, Sylt? Denkst du gerade an eine solche Artikelüberschrift, Sophie? – Wenn auf dieser Insel jeder einen Mörder engagiert hätte, nur weil er sich durch einen meiner Artikel angegriffen gefühlt hat, dann hätte ich dich gar nicht mehr kennengelernt. Und Ruben wird es ähnlich gehen. Jedem aufrechten Journalisten, der keine Angst hat, ein heißes Eisen anzufassen. Wenn Mord zukünftig die Reaktion auf einen kritischen Artikel ist, dann gibt es bald keinen Enthüllungsjournalismus mehr."

„Ich weiß, Willi", gab sie zu. „Das Ganze ist sehr weit hergeholt. Aber einmal durchdenken sollten wir die Möglichkeit dennoch."

„Wie kann ich deine Beifahrerin erreichen?" Ganz offensichtlich wollte Ruben erst noch mit einem Augenzeugen sprechen, ehe er sich auf Willis Verschwörungstheorie einließ.

„Jana Nimb heißt sie", wiederholte Willi. „Ich habe sie gebeten, mich heute Vormittag hier zu besuchen."

Wie auf ihr Stichwort, klopfte es und eine gutaussehende Dunkelhaarige betrat das Krankenzimmer. Die Eintretende war in einem ähnlichen Alter wie sie selbst, stellte Sophie erstaunt fest, und hatte auch in etwa ihre Größe. Als Willis Begleiterin hatte sie eine deutlich gesetztere Dame erwartet.

Der Anblick der beiden Unbekannten im Krankenzimmer schien die Fremde einzuschüchtern. Willi hatte sie also nicht darauf vorbereitet, dass er sie mit seinem Besuch aus Köln zusammenbringen wollte.

„Ich wusste nicht, dass bereits jemand bei dir ist", begrüßte sie Willi und stellte dezent eine Tüte neben sein Bett. Ein leises Klimpern verriet deren flüssigen und wahrscheinlich auch promillehaltigen Inhalt.

„Du kommst genau richtig, meine Schöne. Ich möchte dir zwei Kollegen aus Köln vorstellen, Sophie und Ruben."

Ruben war aufgestanden und sah sich erfolglos nach einem weiteren Besucherstuhl um. Mit den Worten „Ich hole mal noch eine Sitzgelegenheit" verließ er den Raum.

Der leise, aber gleichzeitig etwas zu schrille Klang einer Altflöte umströmte Jana Nimb. Um ihr die Befangenheit zu nehmen, versuchte es Sophie mit einer Bemerkung über den Schutzengel, den sie offenbar beim Unfall mit Willi gehabt hatte.

„Vielleicht habe ich es auch nur dem Umstand zu verdanken, dass ich angeschnallt war. Der Gurt hat mich vor schlimmeren Verletzungen bewahrt." Mit einer leichten Bewegung ihrer linken Hand zeigte sie die Schiene am Unterarm, die Sophie bisher nicht aufgefallen war.

„Ein Bruch?"

„Ja, aber ganz unkompliziert. Er musste noch nicht einmal gerichtet werden. Und in ein paar Tagen werde ich auch wieder von der Schiene befreit."

Noch bevor Sophie weitere Fragen stellen konnte, kam Ruben mit leeren Händen in das Krankenzimmer zurück.

„Setz dich einfach auf meine Bettkante", schlug Willi vor und sein Blick zeigte, dass die Aufforderung eher an Jana gerichtet war als an Ruben.

Sophie stand auf und kam dem Vorschlag nach. Sie wollte Willi ein wenig ablenken, damit Ruben mit Jana über den Unfallhergang sprechen konnte. Vielleicht schaffte es Willis Beifahrerin ja, dass Ruben dessen Befürchtungen ernst nahm.

„Wann wirst du entlassen?"

„Der Unfall ist schon einige Tage her. Auf mein Drängen hin hat der Stationsarzt mir heute zugesagt, dass ich vor dem Wochenende raus kann."

„Also morgen oder übermorgen. Das trifft sich gut. Da sind wir auf jeden Fall noch auf der Insel. Hast du jemanden, der dir während der ersten Tage zuhause helfen kann?"

Willi schwieg und warf lediglich einen Blick auf Jana, die gerade über eine von Rubens Fragen nachzudenken schien.

„Nein, das kann ich mir überhaupt nicht vorstellen", hörten sie die schöne Dunkelhaarige antworten.

„Dass es jemand auf dein Leben abgesehen hat?", fragte Sophie nach.

„Ja. Wenn, dann muss Willi damit gemeint gewesen sein. Ich habe keine Feinde."

„Das ist ja mal freundlich!", kam es spontan vom Krankenbett.

„Du weißt, wie ich es meine."

Willi sah zu Ruben. „Glaubst du mir mittlerweile, dass mein Unfall provoziert wurde?"

Ruben antwortete nicht.

„Oder wenigstens, dass die Möglichkeit dafür besteht?", setzte Willi nach.

„Jana hat deine Schilderung des Unfallhergangs bestätigt", räumte Ruben ein. „Zumindest für die Zeit, während der sie ihre Augen geöffnet hatte."

Es klopfte und der Kopf eines Mannes schob sich durch die Tür. „Brauchst du noch lange?", fragte er.

Jana stand auf. „Kann ich gehen?" Ihre Frage war mehr an Ruben als an Willi gerichtet.

„Wenn du morgen gegen 10:00 Uhr wiederkommst", kam fordernd als Antwort aus dem Krankenbett. „Dann werde ich nämlich entlassen."

Jana nickte, winkte einmal in die Runde und schritt schnell auf den Türspalt zu.

„Wer war das denn?", wollte Ruben wissen, nachdem sich die Tür hinter den beiden geschlossen hatte.

„Ich glaube, das war ihr Freund."

„Was fährt er für ein Auto?" fragte Sophie und grinste.

„Wenn du damit andeuten möchtest, der Unfall sei ein Akt der Eifersucht gewesen, dann fasse ich das als Kompliment auf.

– Dumm wäre es allerdings schon gewesen, denn Jana hätte dabei schwer verletzt werden können."

„Ok. Wenn er es nicht war, wen verdächtigst du dann?" Ruben hatte einen seiner kleinen Schreibblöcke gezückt, die er immer in seiner alten Ledertasche mit sich trug.

„Ganz oben auf die Liste setze ich Kunibert Wedel."

„Deinen Erzfeind."

Statt eine Antwort zu geben, versicherte sich Willi: „Meine Unterlagen sind doch in Köln angekommen, oder?"

Ruben hatte Sophie die Aufzeichnungen von Willi zu lesen gegeben. Es war sicher unangenehm, den Vorwürfen ausgesetzt zu sein, den Immobilienhype der Insel für die Erpressung amouröser Gefälligkeiten zu nutzen. Aber wenn Wedel auch nur ansatzweise so gestrickt war, wie Sophie ihn sich vorstellte, beging er deshalb keinen Mord. Vielleicht fühlte er sich sogar in seiner männlichen Ehre geschmeichelt.

„Es sieht wohl so aus, als müsste ich Kunibert Wedel mal besuchen", kündigte sie an.

„Ist er verheiratet?", wollte Ruben wissen.

„Das ist er. Seit über dreißig Jahren mit derselben Frau. Frauke Wedel heißt sie und es scheint ihr nichts auszumachen, dass er auf sein Ehegelübde wenig Rücksicht nimmt. Soweit ich informiert bin, gehört das Immobilienkontor ihm und ihr zu gleichen Teilen. Eine Scheidung wäre also mindestens finanziell unangenehm für ihn."

„Kinder?"

„Ein Sohn, Sebastian. Ein verwöhnter Taugenichts in den Dreißigern."

„Jana Nimb hat mir erzählt, dass sie den Eindruck hatte, neulich in der Stadt verfolgt zu werden. Von einer Frau in den Fünfzigern, sportlich, mit kurzen blonden Haaren, gepflegt und teuer gekleidet. Fällt dir dazu jemand ein?"

„Das könnte durchaus Frauke Wedel gewesen sein. Sie wird Sechzig, wenn ich mich richtig erinnere. Aber für ihr Alter ist sie eine gut erhaltene Frau. Noch vorzeigbar. Ich denke, sie ist sehr diszipliniert und achtet auf sich und ihre Familie."

Irritiert sah Sophie zu Willi. Hatte er nicht vorhin noch erzählt, dass es ihr nichts auszumachen schien, dass Bert Wedel sie betrog? Achtete sie also nur auf den Eindruck, den sie und ihre Familie in der Öffentlichkeit hinterließen?

„Warum sollte Frauke Wedel versuchen, mehr über Jana Nimb zu erfahren?" Ruben schüttelte den Kopf. „Irgendwie passt das doch nicht."

Noch während er sie fragend ansah, verstand Sophie den Zusammenhang.

„Ich glaube schon, dass es passt", gab sie langsam von sich, den Moment von Rubens Unwissenheit genüsslich auskostend. „Es erklärt sich, wenn Jana Nimb eine der Frauen ist, die Kunibert Wedel mit ihrer finanziellen Abhängigkeit erpresst! Und wenn Frauke Wedel davon Wind bekommen hat und herausfinden will, ob sie ihr gefährlich werden kann."

Fassungslos sah Ruben sie an.

„Nicht nur schön, sondern auch ganz besonders klug", bestätigte Willi ihre Vermutung.

„Damit käme dann aber auch Frauke Wedel als Initiatorin des Anschlags auf eure Leben in Frage", kam es rasch von Ruben. „Falls das Ganze nicht doch ein Unfall war, der durch die Rücksichtslosigkeit des Überholenden und deine Alkoholisierung geschehen ist."

„Dann war Jana das Ziel des Anschlags." Sophie sah zu Willi und wartete auf eine Reaktion von ihm.

„Oder wir beide. Frauke Wedel hätte durch unseren Tod zwei Fliegen mit einer Klappe geschlagen: Der Ruf ihres Mannes wäre vor mir sicher gewesen und außerdem wäre eine ihrer Konkurrentinnen aus dem Weg geräumt worden."

Während die beiden Männer sich in den Gedanken hineinsteigerten, fiel Sophie etwas ganz anderes ein. „Willi, hast du eigentlich in der letzten Zeit Drohbriefe erhalten? Zum Beispiel wegen des Artikels, den du mit Leo Marx zusammen in der Rheinischen Allgemeinen veröffentlicht hast?"

„Kann sein. Ich schmeiße Briefe ohne Absender immer sofort in den Müll, ohne sie zu lesen."

„Unsere Redaktion hat einen erhalten, an Leo adressiert. Ruben, du erinnerst dich sicher auch."

„Stimmt. Mit einer merkwürdigen Formulierung: ,Ich werde Ihnen helfen, sich das Leben zu nehmen' lautete sie. So oder ähnlich."

„Das passt doch ganz gut auf einen provozierten Autounfall, oder?"

Willi blickte nur noch stumm von einem zum anderen.

„Dann wäre doch Willi das Ziel gewesen, falls überhaupt jemand den Unfall bewusst herbeigeführt hat. Leider hat Brunner mir nicht gesagt, ob die Polizei einen Hinweis darauf hat, wem dieser angebliche blaue Mercedes gehört und wer sein Fahrer war."

„Bei einer Untersuchung durch Helge Frantz gehe ich nicht davon aus, dass sie sich intensiv mit der Suche beschäftigt haben." Willi schien wieder bei der Sache zu sein.

Sophie notierte sich gedanklich, dass seine schlechte Meinung von der Sylter Bereitschaftspolizei oder zumindest von Helge Frantz bestimmt einen Grund hatte, den er ihnen noch nicht verraten hatte. Falls Ruben entschied, den Unfall genauer unter die Lupe zu nehmen, musste sie in jedem Fall der Westerländer Bereitschaftspolizei einen Besuch abstatten.

Mitte Juni auf Sylt

Wenn Frauke Wedel an den Tag zurückdachte, an dem sie Jana Nimb durch die Innenstadt Westerlands gefolgt war, wurde ihr immer noch ganz mulmig. Damals hatte sie nicht vorgehabt, diese Frau zu beschatten. Aber als sie Sebastians Freundin zufällig auf der Strandstraße erblickt hatte, war sie ihrem Impuls gefolgt. Es war dumm gewesen, und fast wäre es auch schief gegangen; einmal waren sie beinahe aufeinandergeprallt. Scheinbar panisch war Jana Nimb aus der Apotheke geflüchtet, die sie gerade erst betreten hatte, und Frauke hatte ihr kaum noch ausweichen können.

Im Kreis ihrer Freundinnen hatte sie das Gerücht vernommen, Jana Nimb ließe sich von Männern aushalten. Wenn das wahr war oder wenn es auch nur die geringste Wahrscheinlichkeit dafür gab, musste sie als Sebastians Mutter unbedingt dafür sorgen, dass er sich von ihr trennte. Aber wie sollte sie das schaffen, ohne sich ihren eigenen Sohn zum Feind zu machen? Zum ersten Mal schien Sebastian ernsthaft verliebt zu sein.

Ihre guten Kontakte zu einer Mitarbeiterin des Grundbuchamts Niebüll brachten ihr die Erkenntnis, dass die Wohnungen im Haus, in dem Jana Nimb wohnte, ursprünglich vom Immobilienkontor Wedel gebaut und verkauft worden waren. Verlegen hatte sie gelacht, als die Angestellte des Amtsgerichts ihr diese eigentlich vertrauliche Auskunft gegeben hatte. Danach hatte sie sich freundlich bedankt und sich geschworen, Jana Nimb allein für diese Peinlichkeit zu bestrafen.

Da Kunibert das Objekt im Robbenweg entwickelt und auf dem Markt angeboten hatte, war es nur natürlich, dass er den Namen von Sebastians Freundin kannte. Und so, wie diese Dame aussah, hatte Kunibert bestimmt auch heftig mit ihr geflirtet. Wahrscheinlich hatte sie ihn freundlich, aber bestimmt abgewiesen. Nun ärgerte er sich, dass sein Sohn mehr Erfolg bei ihr hatte als er selbst. Das war sicher der Grund, weshalb er es nicht gleich zugegeben hatte, sie zu kennen.

Noch während Frauke über die Gefühlswelt ihres Mannes sinnierte, stieg sie in den Keller ihres Reetdachhauses hinab, in dem sich das Archiv des Immobilienkontors befand. Da sie für die Ablage der alten Akten zuständig war, dauerte es nur wenige Minuten, bis sie die passenden Ordner gefunden hatte.

Wieder einmal etwas von Ruben Bertram zu hören, hatte Kriminalhauptkommissar Brunner wirklich gefreut. Immer noch war dieser dreiste, aber sympathische Journalist so neugierig und gleichzeitig so schnell mit seinem Verstand und Mundwerk, wie er ihn im Jahr 2013 kennengelernt hatte.

Aber dass er nun offenbar angetreten war, zu belegen, dass der Autounfall Willi Lasses kein Unglück, sondern ein Anschlag auf dessen Leben gewesen war, ärgerte Brunner. Meinte der Bengel wirklich, er sei schlauer als die Polizei? Warum konnte er nicht einfach akzeptieren, dass die verantwortlichen Beamten ihre Arbeit gewissenhaft getan hatten?

Die Ermittlung war so gut wie abgeschlossen. Willi Lasse war unter Alkoholeinfluss gefahren und hatte in einer Gefahrensituation – und diese war möglicherweise durch den Überholvorgang eines rücksichtslosen Verkehrsteilnehmers entstanden – überreagiert. Er hatte die Situation zu spät erkannt und war in Panik geraten, wodurch er sein Lenkrad verrissen und so den Unfall verursacht hatte. Die Untersuchung war beendet, der Abschlussbericht so gut wie geschrieben.

Seine Beziehung zu Jana machte ihn ungewohnt glücklich. Noch glücklicher wäre Sebastian Wedel natürlich, wenn er sich bereits getraut hätte, ihr die Wahrheit über sich und seine Lebensumstände zu erzählen. Erstaunlicherweise schien sie überhaupt nicht neugierig zu sein. Sie selbst war es offenbar so sehr gewohnt, ohne Familie zu leben, dass sie wie selbstverständlich anzunehmen schien, dass es Basti ähnlich ging.

Diese Phase der Heimlichkeit durfte nicht mehr lange anhalten. Mit jedem Tag lief er Gefahr, sich und seine Beziehung in ernsthafte Schwierigkeiten zu bringen. Aber die Blöße, sich als Sohn reicher Eltern zu präsentieren, dessen Hauptbeschäftigung lediglich darin lag, das Geld der Familie auszugeben, hatte er sich bislang nicht geben wollen.

Jana war finanziell ganz auf sich gestellt und arbeitete hart, um ihren Lebensunterhalt zu verdienen. Wenn sie ihn respektieren sollte, musste auch er zeigen, dass er die Verantwortung für sein eigenes Leben trug. Aus diesem Grund hatte er angefangen, sich ernsthaft im Immobilienkontor zu engagieren. Wenn er so weitermachte, konnte er es bald übernehmen. Seine Eltern drängten ihn doch sowieso bereits seit Jahren dazu.

Die Buchhalterin des Kontors, Jenna Hansen, kannte er bereits seit seinen frühesten Kindertagen. Seit bestimmt dreißig Jahren war sie das Herzstück des Unternehmens. Mit ihr zusammen hatte er sich in der letzten Woche die Zahlen der vergangenen Jahre angesehen. Das Unternehmen stand gut da, auch wenn die Gewinne in der letzten Zeit leicht rückläufig waren.

Als er Frau Hansen auf die selbstentwickelten Projekte seines Vaters ansprach, erklärte sie ihm, dass im letzten Jahr lediglich Fremd-Immobilien vermakelt worden seien. Sein Vater habe offenbar keine vielversprechenden Grundstücke mehr gefunden, die er bebauen lassen konnte. Aber Sebastian könne sich natürlich die Unterlagen aller selbstentwickelten Projekte aus dem Archiv holen. Immerhin seien diese Projekte bisher diejenigen gewesen, die zwar vielleicht die meiste Arbeit verursacht, aber auf jeden Fall auch den höchsten Gewinn erwirtschaftet hätten.

Dass er im Immobilienkontor lediglich Zugriff auf die Akten hatte, die aktuelle Projekte umfassten, nahm Basti mit größtem Erstaunen wahr. Keine der alten Akten war digitalisiert worden; das ungetrübte Gedächtnis des Kontors existierte lediglich im Archiv auf Papier. Sicher war dieses Archiv in exzellentem Zustand; immerhin war seine Mutter dafür verantwortlich. Aber dennoch würde es unter seiner Verantwortung eine der ersten Änderungen sein, diese Unterlagen zu sichten und die wichtigsten Dokumente zu scannen und online verfügbar zu machen.

Jenna Hansen klärte ihn auch darüber auf, dass sich das Archiv im Keller des Privathauses der Familie in Braderup befand. Im Kontor habe dafür nicht ausreichend Platz zur Verfügung gestanden. Lediglich eine Liste der archivierten Projekte konnte sie ihm zur Verfügung stellen.

Ohne die Unterstützung durch seine Mutter war es also schwierig, etwas im Archiv zu finden. Und so wie er sie kannte, würde sie die ganze Zeit hinter ihm stehen, damit er nur ja nichts durcheinanderbrachte. Damit war für ihn entschieden, dass er seine Recherchen über die selbstentwickelten Objekte erst einmal vertagen musste. Fand sich dazu etwas im Computer, wollte er es sich ansehen. Alle anderen Unterlagen wollte er erst sichten, wenn seine Mutter nicht mehr die Hand darüber hielt.

Gelangweilt ließ er seinen Blick über die Liste der alten Projekte gleiten und blieb an der Adresse ,Robbenweg 13a' hängen. In diesem Haus befand sich Janas Wohnung. Wenn er sich richtig erinnerte, hatte sie erwähnt, dass sie Eigentümerin war und nicht nur Mieterin. Also hatte sein Vater ihr wahrscheinlich die Immobilie verkauft.

Vielleicht lohnte es sich doch, seine Mutter auf diese Akte aus dem Archiv anzusprechen. Es war doch spannend, zu erfahren, was Jana damals für die Wohnung bezahlt hatte. Ob sie tatsächlich die erste Käuferin und damit Kundin des Kontors gewesen war?

Mitte Juni in Köln

Entgegen ihrer Gewohnheit der letzten zwei Monate hatten Ruben Bertram und Sophie draußen vor der Craft Beer Bar Platz genommen. Das Wetter war bereits so sommerlich, dass sie ihren Stammplatz drinnen, auf der Bank unter dem freizügigen Gemälde nach Édouard Manet, gern anderen Gästen überließen. Leo Marx hatte sich ‚für ein Bier‘ zu ihnen gesellt. Sogar Peter Hamann hatte angekündigt ‚vielleicht gleich noch zu ihnen zu stoßen‘.

Der Sommer hatte Besitz von der Stadt genommen; für einen Juni war es bereits viel zu heiß und viel zu trocken. Nach Rubens Auffassung ließen die warmen Abende keine andere Betätigung mehr zu, als sich mit Freunden oder Kollegen um einen runden Tisch herum im Schatten einer ausladenden Baumkrone bei leckeren Speisen und Getränken zu treffen. Und genau das tat er gerade.

Es waren zehn Tage vergangen, seitdem er und Sophie von Sylt nach Köln zurückgekehrt waren. Zehn Tage, in denen viel prominent ignoriert und noch mehr darüber geschrieben wurde: Trump leugnete den Klimawandel, Theresa May den Verlust ihrer absoluten Mehrheit im Unterhaus und die ganze Europäische Union die Schwierigkeiten, die das Vereinte Königreich ihr noch bei seinem Austritt bereiten würde. Und dann vermisste Ruben natürlich auch noch die Einsicht der Kölner Oberen, dass tatsächlich jemand am Einsturz des Stadtarchivs und am Desaster des Opernumbaus die Schuld tragen musste. Für seine wöchentliche Kolumne und die täglichen Berichte seines Ressorts gab es also mehr als genug Themen, die ihn – vom guten Wetter abgesehen – davon abhielten, sich zu viel mit den Hirngespinsten Willi Lasses auseinanderzusetzen.

Was Ruben aber während der vergangenen zehn Tage am meisten beschäftigte, war die Tatsache, dass seine Familie völlig seine Aussage ignoriert hatte, nie wieder selbst ein Auto fahren zu wollen. Im Mai, zu seinem dreiundvierzigsten Geburtstag, hatten sie ihm noch ganz scheinheilig ein Modellauto geschenkt, eine winzige Kopie seines geliebten Citroëns, der den Unfall im Jahr 2015 nicht überlebt hatte. Und dann, als er vier Wochen später von seinem Kurztrip nach Sylt wieder am Kölner Hauptbahnhof ankam, holte ihn seine Schwester mit einer echten ‚Göttin‘, einem Citroën DS, ab. Einem Traum von

Auto in der Farbe ‚Montecarlo-Blau‘, in optisch und technisch perfektem Zustand. Mit diesem göttlich schönen, alten Citroën stand sie vor dem Bahnhof und wartete auf seine Ankunft. Es wurde Liebe auf den zweiten Blick zwischen ihm und diesem Wagen. Die ersten beiden Tage weigerte er sich, den Wagen überhaupt nur anzusehen, geschweige denn zu fahren. Ab dem dritten Tag wollte er kaum noch daraus aussteigen. Auch jetzt stand die ‚Göttin‘ nicht weit entfernt am Straßenrand und Ruben konnte es nicht unterlassen, immer wieder bewundernde Blicke auf sie zu werfen.

„Hast du eigentlich noch einmal etwas von Willi oder Jana gehört?“, riss Sophie ihn aus seinen Träumen.

„Nein. Wahrscheinlich ist Willi beleidigt, weil Richard entschieden hat, seine Story über Kunibert Wedel nicht zu drucken.“

„Wäre Willi wirklich bereit gewesen, für eine Story die etwas zwielichtige Rolle seiner Freundin offenzulegen?“, mischte sich Leo in das Gespräch ein.

„Ich glaube schon.“ Ruben sah ihn nachdenklich an, bevor er ergänzte: „Aber vielleicht tue ich ihm auch unrecht. Irgendwie hatte ich den Eindruck, dass er gar nicht so böse war, als er von Richards Absage erfahren hat.“

„In den nächsten Tagen werde ich versuchen, einen von den beiden zu erreichen. Nicht, dass Willis Unfall doch ein Anschlag war und er schon wieder irgendwo im Straßengraben liegt.“

„Dann wüssten wir es, meine liebe Sophie. Wir arbeiten für ein Nachrichtenblatt.“

„Mir ist bisher auch nichts passiert“, bekräftigte Leo Rubens Skepsis.

„Du fährst ja auch jeden Tag mit der U-Bahn zur Arbeit.“

Sophies Erwiderung und Leos Lachen nahm Ruben schon wieder nicht mehr wahr. Erneut ruhten seine Augen auf seiner himmelblauen Göttin am Straßenrand.

Der Abend in der Hotelbar war anstrengend gewesen. Eigentlich hätten zwei Bedienungen hinter der Theke stehen sollen, aber Jana Nimbs Kollege hatte sich schon wenige Minuten nach Schichtbeginn so heftig in die Hand geschnitten, dass er im Krankenhaus versorgt werden musste. Natürlich war er danach nicht zur Arbeit zurückgekehrt. Sieben Stunden lang war Jana eifrig zwischen Theke und den Sitznischen hin- und hergerannt und hatte dennoch nur ein mäßiges Trinkgeld erhalten. Das warme Wetter hatte die Gäste nicht geduldiger gemacht.

Unzufrieden mit sich und dem Abend ging sie durch die Dunkelheit nach Hause. Ihre Müdigkeit und die unbestimmte Angst, die seit Wochen nicht weniger wurde, begleiteten sie.

Am liebsten hätte auch sie sich vor der Nachtschicht an der Bar gedrückt und sich einfach krankgemeldet. Aber sie war auf dieses Einkommen und vor allem auch die Trinkgelder angewiesen. Den ganzen Tag bereits hatte sie sich müde und verzweifelt gefühlt; die letzten beiden Nächte hatte sie kaum geschlafen.

Bert hatte seine Drohung wahr gemacht. Zum ersten Mal seit seinem angeblich letzten Besuch in ihrer Wohnung hatte er sich bei ihr gemeldet, telefonisch. Unverblümt hatte er gefordert, dass sie sich am Samstagabend mit ihm und einem seiner Kunden zum Essen traf. Was dann noch passiere, sei nicht mehr seine Sache – Hauptsache sein Kunde werde von diesem Arrangement ausreichend zufriedengestellt. Janas Weigerung hatte Bert vollständig ignoriert.

Natürlich hatte sie es nicht gewagt, seiner Forderung nicht nachzukommen und der gemeinsame Abend mit den beiden Männern war erstaunlich angenehm verlaufen. Bert hatte sich höflich verhalten und einen großen Teil der Unterhaltung bestritten, während sein Kunde, ein zurückhaltender Herr in den Vierzigern, so gewirkt hatte, als warte er nur darauf, dass Bert sich endlich verabschiedete. Als Jana schließlich mit ihm allein war, hatte er stumm ihre Hand genommen. Ohne miteinander zu reden, waren sie zu seinem Hotelzimmer gegangen.

Ein merkwürdiges Erlebnis hatte auf sie gewartet: In seinem Zimmer angekommen, legte der Fremde Schuhe und Hemd ab und setzte sich, immer noch stumm, auf das Bett. Jana ließ er unschlüssig abwartend mitten im Raum stehen. Als er sie schließlich ansprach, forderte er sie auf, sich bis auf ihre Unterwäsche und die hochhackigen Schuhe auszuziehen und langsam durch den Raum zu gehen. Er schien es zu genießen, ihr wortlos bei ihrer Wanderung zuzusehen. Als sie das erste Mal neben ihm am Bett stehenblieb, ließ er eine Hand sanft über ihren Slip gleiten. Im selben Moment begann er zu sprechen und sein Redefluss begleitete sie über die vielen Runden ihrer Wanderung durch das Zimmer. Nichts von dem, was er sagte, forderte eine Antwort von ihr. Also ging sie stumm durch das Hotelzimmer und blieb ab und zu neben ihm am Bett stehen. Nur noch einmal richtete er sich auf und legte eine Hand auf ihren BH. Als sich ihre Brustwarzen anspannten, zog er sofort die Hand weg. Gegen 1:00 Uhr morgens war er endlich eingeschlafen. Ein paar weitere Minuten noch hatte Jana ihren Weg durch das Zimmer fortgesetzt und seinen gleichmäßigen Atemzügen gelauscht, dann hatte sie sich angezogen und war gegangen.

Sie war sich nicht sicher, ob Bert ahnte, was sein Kunde von ihr erwartet hatte. In jedem Fall war es ein Abend, der sich so oder in anderer Art nicht wiederholen durfte. Auf Befehl von Kunibert Wedel wollte sie nie wieder mit einem fremden Mann ein Hotelzimmer betreten. Dieses Versprechen hatte sie sich selbst beim Verlassen des Hotelzimmers gegeben und in jeder wachen Minute der nächsten Tage bekräftigt.

In Gedanken an den sonderbaren Abend, ging Jana den Robbenweg entlang. Die frische Nachtluft tat ihr gut. Wenn Basti jetzt auf sie wartete, würde sie ihn nicht bitten, zu gehen.

Bereits einige Meter, bevor sie ihr Haus erreicht hatte, sah sie, dass auf dem Parkplatz, der zu ihrer Wohnung gehörte, ein Wagen stand. Dass es nicht Bastis Audi war, erkannte sie sofort. Je näher sie kam, umso deutlicher wurde, dass es sich um einen dunklen Mercedes handelte. Auch wenn Bert sein Auto früher nie direkt vor dem Haus geparkt hatte, wusste sie, dass er einen solchen Wagen fuhr. Die Angst der letzten Wochen steigerte sich zu Panik, die Jana die Luft anhalten und stehenbleiben ließ.

Sie konnte keinen Insassen im Mercedes erkennen. Wer auch immer den Wagen abgestellt hatte, befand sich also bereits im Haus. Widerwille weiterzugehen machte sich in ihr breit. Auf keinen Fall wollte sie in dieser Nacht noch Bert begegnen.

Aber hatte er nicht angekündigt, sie nie wieder hier zu besuchen? Vielleicht gehörte der Wagen ja Gästen eines Nachbarn, die ihren Wagen versehentlich dort abgestellt hatten.

Kein Fenster ihrer Wohnung war erleuchtet.

Sie musste sich ihrer Angst stellen und hineingehen. Wenn sie nicht endlich ein paar Stunden Schlaf bekam, versprach der heutige Tag noch anstrengender zu werden als der vergangene. Und gerade heute brauchte sie einen klaren Kopf. Sie hatte einen Termin in der Bank vereinbart und es ging um so viel.

Dass Bert in ihrer Wohnung auf sie wartete, konnte nicht sein. Der Mercedes war nicht sein Wagen. Bestimmt hatte ein Nachbar ihren Parkplatz genutzt. Wenn sie gleich die Wohnungstür aufschloss, war niemand dort. Es gab überhaupt keinen Grund zur Sorge.

Leise öffnete sie die Haustür und schlich das Treppenhaus hinauf. Vor ihrer Wohnungstür stehend, atmete sie ganz flach und lauschte; kein Laut war zu hören. Sie öffnete die Tür und betrat auf Zehenspitzen ihre Wohnung. Alles war dunkel.

Niemand schien auf sie zu warten.

Ende Juni in Köln

Noch bevor Sophie Renger die Zeit gefunden hatte, mit Willi in Kontakt zu treten, meldete er sich auf ihrem Handy.

„Jana ist tot", weinte er, noch bevor sie ihren Namen genannt hatte. „Sie musste sterben, weil ich zu dumm war, es vorauszusehen. Kaltblütig hat er sie ermordet. Meinetwegen. Ich trage die Schuld daran, weil ich zu dumm war. Und zu eitel. Nach unserem Unfall war ich viel zu sehr davon überzeugt, dass ich gemeint war. Dabei wollte er von Anfang an sie treffen."

Sophie wollte ihn beruhigen, aber er schrie sie fast an: „Du, Sophie, du warst die Einzige, die es gesehen hat. Nicht ich sollte bei dem provozierten Unfall das Opfer sein, sondern Jana."

„Willi, was ist passiert?"

„Nicht ich sollte bei dem Unfall sterben", wiederholte er. „Jana sollte das Opfer sein. Erfahrungsgemäß passiert den Beifahrern viel mehr als den Fahrern. Von Anfang an sollte Jana sterben und meine Eitelkeit hat es mir nicht erlaubt, diese Möglichkeit auch nur in Betracht zu ziehen. Ich trage die Verantwortung daran, dass er es jetzt geschafft hat. Wenn ich nur nachgedacht hätte, hätte ich bestimmt verhindern können, dass sie stirbt." Sein verzweifelter Redeschwall ging in ein Schluchzen über.

„Willi, bitte beruhige dich. Ich weiß immer noch nicht, was passiert ist. Aber ganz bestimmt hättest du es nicht verhindern können. – Kann ich dich in drei Minuten zurückrufen? Versprichst du mir, dass ich dich dann erreiche? Ich möchte, dass auch Ruben hört, was du erzählst."

Willi schluchzte immer noch. Sophie hatte den Eindruck, dass er trotz des frühen Vormittags bereits nicht mehr nüchtern war.

„Versprichst du mir, dass ich dich in drei Minuten erreiche, wenn ich zurückrufe? Wirst du dann ans Telefon gehen?"

Da Willi ihr immer noch nicht antwortete, beendete Sophie das Gespräch nicht. Stattdessen stellte sie ihr Handy auf laut und lief zu Rubens Einzelbüro.

Weit zurückgelehnt saß er auf seinem Schreibtischstuhl, beide Füße auf einer geöffneten Schublade abgestützt und telefonierte. Als er ihr Gesicht und ihre hektischen Gesten sah, beendete er sofort sein Gespräch und setzte sich aufrecht hin.

„Hier am Handy ist Willi", flüsterte sie. „Offenbar ist Jana etwas zugestoßen. Sie ist tot, sagt er. Mehr habe ich aus dem, was er mir mitgeteilt hat, noch nicht erfahren."

Sie legte das Handy mitten auf den Schreibtisch und setzte sich auf die Schreibtischkante. „Willi, bist du noch dran?"

„Sophie?", kam es fragend durch die Leitung.

„Ja, natürlich. Und Ruben sitzt neben mir. – Was ist passiert Willi?"

„Ach, Ruben. – Wir tragen beide die Schuld an ihrem Tod. Du wolltest es nicht sehen, und ich konnte es aus lauter Selbstüberschätzung nicht erkennen."

„Was wollte ich nicht sehen, Willi?"

„Dass Jana in Gefahr war. Bereits bei unserem gemeinsamen Unfall war sie das Ziel. Damals hat er schon versucht, sie zu töten – ich war ihm dabei nur im Weg. Gestern war sie allein und heute ist sie tot." Wieder schluchzte Willi laut. Dann hörten sie ihn schlucken.

„Willi, kannst du uns bitte sagen, was passiert ist, bevor du dir völlig den Verstand weggesoffen hast," herrschte Ruben ihn an.

„Ich habe es doch bereits gesagt: Sie ist tot. Jana ist gestern gestorben. Er hat sie getötet, brutal ermordet. Meine schöne

Jana. Und ich habe nichts getan, um sie zu beschützen, dabei hätte ich es doch wissen müssen."

Ein lautes Klappern lies Sophie annehmen, dass Willi sein Telefon hatte fallen lassen. Die Verbindung bestand nach wie vor. Die nächsten Minuten versuchten sie, Willi ins Gespräch zurückzuholen, aber ohne Erfolg. Schließlich gaben sie auf.

„Ich rufe Brunner an", kündigte Ruben an.

„Darf ich zuhören?"

„Klar."

Sophie schloss die Tür und setzte sich erneut auf die Ecke des Schreibtischs. Ruben tippte bereits auf seinem Handy herum.

Brunner war nicht zu erreichen, weder in seinem Büro noch unter seiner Mobilfunknummer. Enttäuscht sahen sie sich an.

„Was nun?", fragte sie und stand auf. „Wir können doch nicht schon wieder nach Sylt fahren."

„Doch. Ich kann auf jeden Fall. – Sollte Richard Schwierigkeiten damit haben, melde ich mich krank oder kündige."

„Du spinnst."

„Nein, es ist mir wichtig. – Ich muss wissen, ob Willi recht hat. Wenn der Autounfall vor vier Wochen bereits der erste Versuch war, Jana zu töten, dann hätten wir vielleicht etwas gegen einen zweiten Anschlag auf ihr Leben unternehmen können. – Ich muss wissen, ob ich Jana Nimbs Tod hätte verhindern können."

Ende Juni auf Sylt

Dieses Mal reisten sie mit dem Wagen an. Nach Sophie Rengers Empfinden dauerte die Fahrt deutlich länger als beim letzten Mal mit dem Zug, aber schließlich kamen sie doch an der Verladestation des Sylt Shuttle in Niebüll an. Und nur etwa eine

Stunde später erreichten sie mit einem der letzten Züge des Tages auch die Insel.

Komfortabel war dieses Schlachtschiff aus den Siebzigern auf jeden Fall nicht, das momentan den ganzen Stolz Rubens darstellte. Oder vielleicht auch zu komfortabel. Ein wenig fühlten sich die Sitze an wie das Sofa ihrer Oma, an das sie sich aus den frühesten Kindertagen noch zu erinnern meinte.

Wieder hatten sie zwei Zimmer im ‚Hotel Vier Jahreszeiten‘ gebucht und dieses Mal wurden ihnen bei der Anmeldung auch zwei benachbarte Einzelzimmer im Erdgeschoss zugewiesen.

„Ist die Suite unter dem Dach noch frei?“, fragte Sophie, als der Portier ihnen ihre Schlüssel reichte.

„Ah, ich erinnere mich. Letztes Mal haben Sie dort übernachtet. – Möchten Sie erneut in der Suite unterkommen?“

Kurz sah sie zu Ruben, der gleichzeitig mit ihr dem Portier zunickte. Wahrscheinlich waren nicht nur Willi, sondern auch sein Zuhause in einem desolaten Zustand. Das Wohnzimmer der Suite bot ausreichend Privatsphäre und konnte die Operationsbasis für ihre Ermittlungen sein, falls sie eine solche benötigten.

Der Portier gab ihnen den wohlbekannten Schlüssel am schweren Messinganhänger mit der Nummer 42. „Da wir Ihnen ja bereits beim letzten Mal einen Sonderpreis gewährt haben, gebe ich Ihnen als Wiederholungstäter die Suite erneut zum Preis der zwei Einzelzimmer.“

Seine Bemerkung war freundlich gemeint, aber Sophie fand sein Lachen wenig ansteckend. Wenn Jana wirklich ermordet worden war, konnte es sein, dass sie nach genau einem solchen Wiederholungstäter suchten.

Von der Suite aus riefen sie Willi an. Dieses Mal war er besser ansprechbar, auch wenn seine Aussprache nicht danach klang, als hätte er zu Trinken aufgehört, seitdem sie das letzte Mal miteinander telefoniert hatten.

„Wo bist du?", fragte Ruben.

„Am Strand. – Ich sitze hier und warte darauf, dass Janas wunderbare Seele an mir vorüberschwebt."

„Wo genau am Strand?"

„Ganz genau auf dem Sandkorn Nummer 128. – Du stellst Fragen, Mann!"

„Wir sind extra nach Sylt gefahren, um mit dir zu reden, Willi. Also reiß dich jetzt gefälligst zusammen. Wo finden wir dich?"

Es war mal wieder an der Zeit, zwischen den beiden zu vermitteln. „Wenn wir vom Brandenburger Platz aus auf den Strand kommen, in welche Richtung müssen wir gehen, damit wir dich finden?"

„Du bist auch da, Sophie?" Willi fing an zu weinen.

„Willi, in welche Richtung müssen wir gehen, um bei dir zu sein?"

„Geh in Richtung Wasser. Ich sitze nicht weit weg vom Strandaufgang."

Willi befand sich tatsächlich fast direkt vor dem Strandübergang und nur in kurzer Entfernung von der Strandbude, in der er sich wahrscheinlich mit Alkohol versorgt hatte. Schon nach wenigen Schritten durch den Sand, erkannten sie seine Silhouette vor den hellen Wellenkämmen der Nordsee. Zusammengesunken saß er wenige Zentimeter vor dem Flutsaum, seine Füße immer wieder leicht vom Wasser umspielt. Leise sang er vor sich hin.

„Ist das ein Kirchenlied?", fragte Sophie Renger zärtlich, als sie sich neben ihn in den Sand kniete.

Er sah sie an und sang laut und erstaunlich verständlich weiter:

„Warum es so viel Leiden, so kurzes Glück nur gibt?
Warum denn immer scheiden, wo wir so sehr geliebt?
So manches Aug gebrochen und mancher Mund nun stumm,

Ruben Bertram war hinter den beiden stehen geblieben. Weder hatte er Lust sich in den feuchten Sand zu setzen noch Trauerlieder am Strand zu hören und dabei in Tränen auszubrechen.

„Verdammt!", fluchte er laut. „Steht endlich auf, bevor die Flut euch mitnimmt."

„Du brauchst keine Angst zu haben", kam es von Willi. „Ich kenne den Gezeitenkalender auswendig. Das dauert noch ein paar Stunden bis zum nächsten Hochwasser."

„Aber nass wirst du trotzdem bereits."

Willi sah auf seine Füße hinab. „Da hast du ja mal so etwas von recht", stimmte er ihm zu, machte aber keine Anstalten, sich vor dem kalten Wasser in Sicherheit zu bringen.

„Hilf mir, ihn hier wegzubringen", forderte Sophie Ruben auf. Als sie sich zu ihm umdrehte, wendete er sein Gesicht ab und zog ein Taschentuch aus seiner Hosentasche.

Gemeinsam schafften sie es, Willi aus dem Sand zu befreien und zur Strandpromenade zu führen. Dort setzten sie ihn auf die nächstbeste Bank. Sophie nahm neben ihm Platz und hielt ihn fest.

„Es ist gut, dass ihr bei mir seid", versuchte er zu formulieren. Plötzlich lallte er wieder, obwohl er am Strand noch gut verständlich gesungen und gesprochen hatte.

„Wir bringen dich jetzt ins Bett. Wo ist dein Wohnungsschlüssel?"

„Nein. – Nein, ich will nicht nach Hause. Ich kann nicht mit mir allein sein. – Dann setzt mich lieber wieder auf den Strand."

Ruben beugte sich zu Sophie. „Können wir es wagen, ihn bei uns im Hotel schlafen zu lassen?"

Sie nickte und stand auf.

„Ruben Bertram, du weißt, dass du ein großes Herz hast, oder?", fragte sie ihn leise. Ihre Umarmung kam für ihn völlig unerwartet.

Erst am nächsten Morgen war Willi in der Lage, über Janas Tod zu berichten. Sein Frühstück, das sie ihm auf die Suite bestellt hatten, bestand aus einer ganzen Flasche Wasser, einer halben Kanne Kaffee und fünf fast rohen Spiegeleiern mit Tabasco-Sauce. Ruben und Sophie begnügten sich mit dem restlichen Kaffee und etwas Brot.

„Ich habe sie gefunden", war der erste vernünftige Satz, den Willi von sich gab.

„Wo und wann?" Ruben saß ihm gegenüber und hatte wieder einen seiner kleinen Notizblöcke auf den Knien.

„In ihrer Wohnung habe ich sie gefunden. Gestern um kurz vor 11:00 Uhr."

„Bitte, Willi!" Sogar Sophie schien langsam ungeduldig zu werden. „Ich weiß, dass es schwer für dich ist, aber wenn du uns nicht detailliert erzählst, was passiert ist, kommen wir nicht weiter."

„Für 10:30 Uhr waren wir verabredet", setzte er seine Schilderung zögerlich fort. „Ich sollte sie zuhause abholen. Als sie auf mein Klingeln nicht reagiert hat, bin ich unruhig geworden. Ein Nachbar hat mich nach einer Weile ins Haus gelassen und oben war ihre Wohnungstür nur angelehnt. Also bin ich hineingegangen. Und da lag sie. Tot. Ganz offensichtlich erwürgt. Sie hatte sogar noch das Tuch um den Hals, das der Täter genutzt haben muss."

Wieder trat eine Pause ein; Willi kämpfte gegen die Tränen an.

„Was ist dann passiert? Hast du versucht sie wiederzubeleben?"

„Hast du mir nicht zugehört, Ruben?", brüllte Willi. „Jemand hatte sie erwürgt."

Beschwichtigend kniete sich Sophie vor Willi und nahm eine seiner Hände zwischen ihre. Langsam beruhigte er sich wieder.

„Sie war schon eine Weile tot. Das habe ich sofort gesehen. Schon ein paar Stunden. Ihr Gesicht war ganz blass und kalt.

Ihr Gesichtsausdruck, ihre Zunge ... – Sie sah gar nicht mehr aus wie meine schöne Jana. – Nach ein paar Minuten habe ich den Notarzt gerufen. Und die Polizei."

„Warum erst nach ein paar Minuten?"

„Ich weiß es nicht."

„Und dann?"

„Dann habe ich gewartet."

„Willi, bitte!" Sofort traf Ruben ein mahnender Blick Sophies.

„Sollen wir eine Pause machen?", fragte sie.

„Nein. Mir geht es gut. Ich sehe Jana nur gerade wieder vor mir. So sollte niemand sterben müssen."

„Kannst du uns noch etwas genauer beschreiben, wie du sie aufgefunden hast? Wo lag sie? Ist dir irgendetwas an ihr oder in ihrer Wohnung aufgefallen?"

„Jana lag im kleinen Flur ihrer Wohnung, ganz in der Nähe der Eingangstür. Sie hatte diese Spuren am Hals und ihr Gesicht sah so furchtbar aus. Ihr ganzer Körper war irgendwie verrenkt. – Es ist ein Bullshit, den sie uns immer erzählen. Sterben ist nichts Friedliches. – Zumindest Janas Tod war es ganz sicher nicht."

„Bitte denk kurz nicht an sie und wie sie vor dir lag, Willi. – Ist dir in ihrem Umfeld irgendetwas aufgefallen, das uns einen Hinweis darauf gibt, wer ihr das angetan hat?"

„Ich weiß, wer es war. Er muss sie abgrundtief gehasst haben. Anders kann man einem Menschen so etwas doch nicht antun."

„Du weißt, wer es war? Was meinst du damit?"

„Natürlich. Es kann nur Kunibert Wedel gewesen sein. – Sie wollte sich gegen ihn zur Wehr setzen und das hat ihm nicht gepasst."

„Aber deshalb bringt man doch niemanden um." Ruben war nicht gewillt, Willis Verdacht einfach so hinzunehmen. „Ich stimme dir zu, dass es wahrscheinlich ein Mann gewesen ist.

Auch wenn ich noch nie versucht habe, jemanden mit einem Tuch zu strangulieren, glaube ich, dass dafür ziemlich viel Kraft notwendig ist."

„Wie hat die Polizei reagiert?", mischte sich Sophie ein. „Hast du den Beamten etwas von deinem Verdacht gesagt?"

„Nein. Zwei Polizisten haben mich sofort zu sich auf die Wache mitgenommen. Dort haben sie mir viele Fragen gestellt, die ich alle nicht beantworten konnte. – Sie haben mich nicht gefragt, ob ich weiß, wer es war. Und ich wollte ihnen nichts über Janas Dummheiten erzählen."

Mittlerweile saß Sophie neben Willi auf dem Sofa. Sie hatte ihren Arm um ihn gelegt und ihren Kopf an seine Schulter geschmiegt. Nach einer Weile ließ sie ihn los und rückte etwas von ihm ab.

„Warum warst du eigentlich mit Jana verabredet?", fragte sie. „Wolltet ihr wieder zusammen frühstücken?"

„Nein. Ich sollte sie zuhause abholen und dann wollten wir gemeinsam zu ihrer Bank gehen."

„Wegen ihrer finanziellen Abhängigkeit von Kunibert Wedel?"

„Genau. Endlich hatte sie den Mut aufgebracht, etwas dagegen zu unternehmen. – Ich weiß nicht, ob etwas vorgefallen war, aber plötzlich wollte sie unbedingt, dass ich sie zur Bank begleite. Und das konnte auch keinen weiteren Tag warten."

„Wann habt ihr das verabredet?"

„Zweite Tage davor. Bevor ich sie gefunden habe, meine ich. Gegen Mittag, denke ich."

„Solltest du in Wedels Rechte und Pflichten eintreten?" Umgehend erhielt Ruben für seine Frage einen strafenden Blick von Sophie.

„Ich habe sie wirklich gerngehabt, Junge, auch wenn du dir das offenbar nicht vorstellen kannst. Sie war ein feines Mädchen, egal was die Leute jetzt über sie erzählen werden."

„Und sehr gutaussehend."

„Natürlich war sie eine schöne Frau. Solche Frauen stoße ich normalerweise nicht von meiner Bettkante. Aber unsere Freundschaft hat sich nie in diese Richtung entwickelt.“

„Du warst also nie mit ihr intim? Es gab zu keinem Zeitpunkt einen derartigen Deal zwischen euch?“

„Erstens geht dich das überhaupt nichts an, Ruben, und zweitens hast du eine völlig falsche Meinung von Jana Nimb.“

Offenbar hatte er ein heikles Thema angesprochen. Vielleicht war Willis Eifersucht eines seiner Hauptmotive, sich immer wieder gegen Kunibert Wedel zu stellen, der ja mehr und mehr Besitzansprüche an Jana Nimb gestellt hatte.

„Ich entschuldige mich für meine Fragen“, kam er Willi entgegen. „Du hast absolut recht, dass ich wahrscheinlich einen falschen ersten Eindruck bekommen habe. Mein Urteil über sie war ungerecht.“

Noch immer verärgert, sah Willi ihn an.

„Weißt du, wie der Freund heißt, der sie vor vier Wochen zum Krankenhaus begleitet hat? Der, der ungeduldig geworden ist und bei dir ins Zimmer gesehen hat?“

„Nein. Sie hat mir nie etwas von ihm erzählt.“

„Kennst du andere Freunde von ihr?“

„Ich glaube nicht, dass Jana außerhalb ihrer Kollegen viele Freunde hatte.“

„Gibt es da vielleicht einen unter den Mitarbeitern im Hotel, der mehr über ihr Leben wissen könnte?“

„Es tut mir leid, aber mir wird jetzt erst klar, wie gut sie offenbar darin war, jedem ihrer Freunde oder Bekannten den Eindruck zu vermitteln, er sei der Einzige. Ich auf jeden Fall habe nie jemand anderen aus ihrem Kreis vorgestellt bekommen.“

„Eine Dame voller Geheimnisse also.“

„Notgedrungen hat sie wohl so gehandelt. Auch wenn die meisten der Männer sicher geahnt haben, nicht die einzigen Eroberer dieser wunderbaren Frau zu sein.“

„Aber du musst doch wenigstens ein paar ihrer Verehrer kennen."

„Nein, sie war sehr diskret. – Ohne es zu wissen, habe ich einmal zufällig einen Aspiranten von ihr kennengelernt, Ludwig Vaitmann, ein pensionierter Polizist aus Berlin. So wie er damals von seiner neuen weiblichen Bekanntschaft geschwärmt hat, war er auf jeden Fall nicht an einer Brieffreundschaft mit ihr interessiert."

Auch wenn Ruben es Willi gegenüber niemals sagen würde, hatte er den Eindruck, dass Jana nicht übermäßig wählerisch gewesen war, was ihre Männerbekanntschaften anging. „Wusste sie, dass dir Ludwig Vaitmann über den Weg gelaufen ist?"

„Nein. Erst nach seinem Tod habe ich erfahren, dass sie sich kannten."

Sophies fragender Blick brachte Willi dazu weitere Erklärungen abzugeben. Er erzählte von Vaitmanns Tod, Janas Beteiligung daran und ließ auch seinen Verdacht nicht unerwähnt, dass Vaitmann nicht hätte sterben müssen, da er keinen Herzinfarkt hatte, sondern lediglich einen Angina Pectoris Anfall.

„Ich kenne diese Nitro-Medikamente", pflichtete ihm Sophie bei. „Im Notfall retten sie einem Patienten das Leben."

„Genau. Aber es wurde kein solches Präparat in Vaitmanns Zimmer gefunden. Und das, obwohl er erst wenige Stunden zuvor eine frische Packung in der Apotheke gekauft hatte."

„Kann es vielleicht sein, dass Janas Tod mit diesem Umstand zusammenhängt?"

„Ich glaube das nicht. Was hat Kunibert Wedel mit Ludwig Vaitmann zu tun? – Aber die Ermittlungen zu dessen Tod wurden von Kriminalhauptkommissar Brunner persönlich geführt. Vaitmann war ein ehemaliger Kollege von ihm. Ruben, du kennst Brunner persönlich, erkundige dich doch bei ihm, wie der Stand der Ermittlungen ist."

„Wie ist er denn nach deinem Kenntnisstand?“

„Abgeschlossen. Aber ich mag mich irren.“

„Und die Ermittlungen zu deinem Unfall?“, wollte Sophie wissen.

„In jedem Fall abgeschlossen. Unfall wegen Fahrens unter Alkoholeinfluss. Da nicht nur ich, sondern auch Jana verletzt wurden, muss ich sogar noch mit einem Strafverfahren rechnen.“

Eine kurze Pause entstand, während der Ruben seine Notizen ergänzte. „Kannst du mit absoluter Gewissheit ausschließen, dass Jana etwas mit dem Verschwinden des Notfallpräparats zu tun hatte?“, fragte er schließlich.

„Mit absoluter Gewissheit, ja.“

„Dann muss es irgendwo auf dem Weg von der Apotheke ins Hotelzimmer abhandengekommen sein.“

„Ludwig Vaitmann war ein typischer pensionierter Polizist, strukturiert, ordentlich und gewissenhaft“, wandte Willi ein. „Ich kann mir nicht vorstellen, dass er ein für ihn so wichtiges Medikament einfach verloren hätte.“

Sophie sah ihn fragend an. „Willst du behaupten, er hätte es nie bekommen?“

„Das ist meine einzige Erklärung. Lange genug habe ich das Ganze in meinem Kopf hin und her gedreht. Eine andere Möglichkeit ist mir nicht eingefallen.“

„Also ist ein Fehler in der Apotheke passiert, der für Ludwig Vaitmann tödlich endete? – Hast du irgendeinen Beleg dafür?“

„Nur Indizien. – Genauer gesagt, hatte Jana diese Indizien in der Hand.“

„Auch ein Motiv, etwas gegen sie zu unternehmen, oder?“

Willis Miene verdunkelte sich wieder. Offenbar sah er erneut den toten Frauenkörper vor sich. Ruben beobachtete, wie er mehrfach seinen Kopf schüttelte, als wolle er ein Bild oder einen Gedanken verscheuchen.

„Es mag ja sein, dass du Kunibert Wedel für den Schuldigen hältst, aber wir haben keinen Beweis." Sogar Sophies Bemerkung konnte man anhören, dass sie Willis Verdacht für vorschnell hielt. „Können wir bitte in unsere Überlegungen auch noch andere Möglichkeiten einbeziehen?"

„Aber er muss es gewesen sein! Die Kleine wollte sich von ihm lösen. Sie war ziemlich verzweifelt über ihre Situation, denn er hat sie gezwungen, Dinge zu tun, die sie verabscheute."

„Und du solltest ihr genau einen Tag, nachdem sie getötet wurde, helfen, ihrer Abhängigkeit von ihm zu entkommen."

„Ursprünglich hatte sie gehofft, Ludwig Vaitmann könnte ihr helfen. Um den ehemaligen Kriminalpolizisten darum zu bitten, hat sie ihn an seinem Todestag im Hotel besucht. Aber dann wurde daraus natürlich nichts mehr."

„Weil Vaitmann gestorben ist."

„Genau."

Eine Pause entstand, in der Sophie und Ruben darauf warteten, dass Willi weitersprach.

Schließlich bat Sophie: „Lass uns noch einmal auf Janas Indizien gegen die Apotheke zurückkommen."

Willi nickte nachdenklich. „Nachdem Jana den Schock überwunden hatte, kann ihr Ludwigs unerwarteter Tod vielleicht wie eine Chance vorgekommen sein. Eine Chance, um an ausreichend Geld heranzukommen, um sich selbst zu helfen. Sie wusste etwas, das niemand sonst wissen konnte. Und diese Information in der Öffentlichkeit hätte das Renommee der Friedrich-Apotheke stark beeinträchtigt."

„Erpressung?"

„Die Idee ist ihr in jedem Fall gekommen, das weiß ich. Ob Jana sie umgesetzt hat, kann ich nicht sagen."

„Also gäbe es auch die Möglichkeit, dass der Betreiber oder Eigentümer der Friedrich-Apotheke ihr etwas angetan hat.

Weißt du, wer das ist? Traust du ihm zu, sich derartig aggressiv gegen eine Erpressung zur Wehr zu setzen?"

Gespannt sah Sophie zwischen Willi und Ruben hin und her.

„Die Eigentümerin", korrigierte Willi. „Und nein, ihr traue ich es nicht zu."

„Aber …"

„Ihrem Mann traue ich es vielleicht zu", ergänzte Willi. „Und da schließt sich der Kreis. Antje Frantz, die Eigentümerin der Friedrich-Apotheke ist verheiratet mit Helge Frantz, dem Bereitschaftspolizisten, der für die Untersuchung unseres Unfalls zuständig war."

Fassungsloses Schweigen erfüllte den Raum.

„Er ist Polizist!"

„Ja." Willi bekräftigte seine Antwort mit einem Nicken.

„Weiß er, dass du ein gutes Verhältnis zu Jana hattest?"

„Ja. Und nach dem Tod von Ludwig Vaitmann habe ich bei Antje Frantz auch ein wenig vorgefühlt, ob ein solcher Fehler generell möglich ist."

„Genau diese Fehler passieren tatsächlich", unterbrach ihn Ruben. „Ein Kollege hat dazu einen sehr spannenden Artikel geschrieben. Die Fälle, die ab und zu publik werden, haben meistens nicht ganz so drastische Folgen wie hier, falls es bei Ludwig Vaitmann tatsächlich so abgelaufen ist."

„Ermordet dieser Polizist, Helge Frantz, wirklich einen anderen Menschen, nur weil der droht, seiner Frau zu schaden? Und wäre der Schaden, der Antje Frantz beziehungsweise ihrer Apotheke aus einer Veröffentlichung des Fehlers entstünde, wirklich so gravierend?"

„Helge liebt seine Frau abgöttisch. Er hat auch allen Grund dafür; mir ist völlig schleierhaft, auf welche Art ein Mann wie er eine solche Frau erobern konnte."

„Du malst wirklich ein tolles Bild von ihm!", rief Sophie aus. „Also noch ein Grund, ihn mir mal anzusehen, genauso wie Kunibert Wedel."

„Aber mit Vorsicht!", sagte Willi drängend. „Noch einen Todesfall verkrafte ich in der nächsten Zeit nicht."

„Um Sophie musst du dir keine Sorgen machen, Willi. Pass du lieber die nächste Zeit gut auf dich auf. – Wenn du mit deiner gewagten These recht hast, sehe ich dich noch nicht außerhalb des Gefahrenbereichs. Dafür weißt du einfach zu viel."

Ein Zusammentreffen mit Kunibert Wedel zu arrangieren, war sicher deutlich einfacher, als zufällig Helge Frantz über den Weg zu laufen. Dennoch wollte Sophie Renger beides möglichst kurzfristig stattfinden lassen. Sie hatten keine Zeit zu verlieren, um sich ein Bild dieser beiden Verdächtigen zu machen.

Wedels Besuch plante sie noch für den Vormittag ein. Um es Ruben zu ermöglichen, sie beide für den Nachmittag mit Helge Frantz zusammenzubringen, versprach sie ihm, gegen Mittag wieder zurück im Hotel zu sein.

Kurz nach 11:00 Uhr traf sie vor dem Stammsitz des Immobilienkontors in Wenningstedt ein. Als sie eintrat, wurde sie von der Angestellten hinter dem Empfangstresen sofort freundlich begrüßt. Ein etwas arrogant blickender Mann an einem der vorderen Schreibtische musterte sie unverblümt.

Noch bevor die Empfangsdame Sophie nach ihren Wünschen fragen konnte, kam der Mann auf sie zu. „Sebastian Wedel", stellte er sich vor. „Was darf ich für Sie tun?"

„Sie müssen der Sohn von Kunibert Wedel sein", erwiderte Sophie und überlegte zeitgleich, warum der Mann ihr bekannt vorkam. „Mein Name ist Renger, Dr. Sophie Renger. Ihr Vater wurde mir als kompetenter Ansprechpartner empfohlen, wenn ich ein Haus oder eine Wohnung hier in Wenningstedt kaufen möchte. Am liebsten wäre mir ein Objekt mit Blick auf die Nordsee."

„Ich denke nicht, dass es etwas gibt, das mein Vater besser kann als ich", erhielt sie als unbescheidene Antwort.

Jetzt war es an Sophie, ihr Gegenüber auffällig zu mustern. Nur mit Mühe konnte sie ein Lächeln unterdrücken.

„Nein, sicher nicht", bestätigte sie übertrieben freundlich. „Aber darf ich vielleicht dennoch mit Ihrem Vater sprechen?"

Der Blick der Angestellten verriet ihr, dass sich Wedel Senior in einem der hinteren Büros aufhielt. Gespannt wartete sie ab, ob Wedel Junior sie seinem Vater vorstellen würde. Ganz offensichtlich gab es eine Art Wettstreit zwischen den beiden Männern.

„Sind Sie sicher, dass Sie lieber mit ihm sprechen möchten als mit mir?", fragte der Junior provokant.

Sophie erlaubte sich ein Lächeln. Eigentlich sah Sebastian Wedel ziemlich nett aus, fand sie, fast ihr Beuteschema. Aber etwas in seinem Blick gefiel ihr nicht. Und seine Melodie war bei weitem nicht so schmeichlerisch, wie sie es in solchen Situationen für gewöhnlich erlebte.

„Vielleicht erweisen Sie mir ja beide die Ehre, mir weiterzuhelfen."

Ohne ein weiteres Wort trat Wedel Junior an eine der hinteren Türen heran und öffnete sie. „Wir haben Besuch. Eine Dame möchte unbedingt mit dir sprechen, Paps."

Wedel Senior schien deutlich stärker an ihr interessiert zu sein als sein Sohn. Seine Melodie verriet ihn, so wie das selbstsichere Rufen eines Pfaus, unhörbar für die anderen Anwesenden und fast unerträglich für Sophie. Seine ersten Worte waren dann aber zurückhaltender, als sie es erwartet hatte.

„Vielen Dank, dass Sie den Weg zu uns gefunden haben", begrüßte er sie. „Ich bin Bert Wedel. Meinen Sohn Sebastian haben Sie ja bereits kennengelernt." Mit diesen Worten verließ er sein Büro und ging zu seiner Angestellten am Empfangstresen.

„Dürfen wir Ihnen eine Tasse Kaffee anbieten?", fragte er Sophie. „Oder einen Tee, ein Glas Sekt, Wasser?"

„Vielen Dank. Ein schwarzer Kaffee wäre wunderbar."

„Für mich bitte ebenfalls einen Kaffee", orderte er bei seiner Angestellten. „Lassen Sie uns ins Besprechungszimmer gehen."

Dass Kunibert Wedel ihren Arm berührte, als er zusammen mit ihr die wenigen Schritte in den Nachbarraum ging, überraschte sie nicht. Vom ersten Augenblick an hatte sie ihn als Mann eingeschätzt, der keine Zeit verlor auszutesten, wie weit er bei einer Frau gehen konnte. Heute musste sie ihm das durchgehen lassen, aber auch nur, damit er nicht bemerkte, dass er selbst gerade auf ihrem Seziertisch lag.

Nach einer halben Stunde hatte sie ihm alles erzählt, was ein Makler ihrer Meinung nach wissen musste. Dabei hatte sie ihn reichlich angelächelt und über seine faden Witze gelacht. Gut, dass sein Sohn sich ihnen nicht angeschlossen hatte, dachte sie. Er hätte sie bestimmt längst durchschaut. Bert Wedel selbst schien keinen anderen Gedanken zu haben, als sie möglichst schnell außerhalb des Kontors ein weiteres Mal zu treffen. Seine plumpen Avancen waren schwer zu übersehen. Einmal berührte er sogar, natürlich versehentlich, ihr linkes Knie, als er eine Karte von Sylt vom Boden aufhob, die er zuvor dorthin hatte fallen lassen.

„Wenn Sie die Insel bislang nicht sehr gut kennen, sollten wir unsere Suche nach einem geeigneten Objekt vielleicht damit beginnen, dass ich Ihnen ein paar der schönsten Flecken zeige", schlug er vor.

Sophie tat erfreut.

„Morgen hätte ich Zeit dafür", setzte er hinzu. „Gern hole ich Sie an Ihrem Hotel ab und wir fahren etwas über die Insel."

„Das ist ein großzügiges Angebot."

„Nun ja. Je besser wir uns kennenlernen, umso eher kann ich Ihnen genau das Objekt anbieten, das Sie zufriedenstellt."

Sophie konnte seine Dreistigkeit kaum fassen. Gab es wirklich Frauen, die sich auf so etwas einließen?

„Für morgen habe ich bereits eine Verabredung mit einem örtlichen Kollegen geplant", lavierte sie sich aus der Notwendigkeit einer direkten Antwort heraus. „Ich werde mich bei Ihnen melden, sobald ich absehen kann, wann ich Zeit für unser Treffen habe. Aber sicher komme ich kurzfristig auf Ihr freundliches Angebot zurück. Vielen Dank schon einmal."

Kunibert Wedels pathologisch narzisstischer Gesichtsausdruck war nur schwer zu ertragen.

Das Zusammentreffen mit Helge Frantz überließ Ruben Bertram nicht dem Zufall. Während Sophie mit Kunibert Wedel zusammensaß, verabredete er sie beide für den Nachmittag mit Kriminalkommissar Brunner.

Gern kämen sie zu ihm auf die Polizeiwache in Westerland, bot er an. Vielleicht sei es dann auch möglich, ein paar Worte mit Helge Frantz zu wechseln. Immerhin habe er den Unfall von Willi Lasse untersucht.

Brunner versprach, sein Glück zu versuchen, und sie vereinbarten einen Termin für 14:30 Uhr.

Pünktlich meldeten sie sich bei der Polizeiwache Westerland an.

Wenn Sophie Renger sich nicht täuschte, dann entsprach einer der im hinteren Wachzimmer anwesenden Beamten Willis Beschreibung von Helge Frantz. Unauffällig behielt sie ihn im Auge, aber nach ihm fragen wollte sie nicht.

Rubens Blick lag auf demselben Uniformierten.

Kriminalhauptkommissar Brunner, der sie in Empfang nahm, sah gänzlich anders aus, als Sophie ihn sich vorgestellt hatte. Seine braunen Haare standen wuschelig von seinem Kopf ab, sein Kinn war von einem Dreitagebart bedeckt. Durch seine geringe Größe von nur gut 1,70 m und sein Gewicht von wahrscheinlich 120 Kilogramm erinnerte er sie an einen gemütlichen Teddybären. Hätte sie ihn nicht bereits aus Rubens

Erzählungen gekannt, hätte sie sich durch sein Äußeres täuschen lassen und ihn unterschätzt. Aber laut Ruben war Brunners Verstand schnell und scharf und sein Ermittlungsstil unnachgiebig. Für ihn blieb Recht was Recht war, egal welche Kollegen betroffen oder welche menschlichen Schicksale davon berührt waren. Brunner war Sophie auf Anhieb sympathisch; höchst angenehm umschmeichelte sie seine Melodie.

„Dass wir uns dieses Jahr auch noch persönlich treffen, freut mich überaus", begrüßte er Ruben und spielte damit auf ihr Telefonat nach Willis Unfall an.

„Mich auch, Herr Kriminalhauptkommissar. Wie angekündigt, habe ich meine Kollegin mitgebracht. Sie wollte es sich nicht nehmen lassen, Sie und auch Sylt endlich kennenzulernen."

„Dann waren Sie bisher noch nie auf unserer schönen Insel?", fragte Brunner Sophie nach einer herzlichen Begrüßung.

„Erst einmal ganz kurz – aber je länger ich hier bin, umso besser verstehe ich, was ich bisher verpasst habe", schmeichelte sie und lächelte ihn dabei an.

Dass er zu ihr hinaufschauen musste, schien ihn nicht im Geringsten zu stören. „Sie werden feststellen, wie friedlich es hier ist – kein Vergleich zu Köln oder Berlin."

Überrascht sah sie ihn an. Offenbar hatte er seine Hausaufgaben gemacht und sich über sie erkundigt, nachdem Ruben ihre Teilnahme an ihrem Treffen avisiert hatte.

„Spricht etwas dagegen, dass wir uns irgendwo setzen, wo wir in Ruhe miteinander sprechen können?", wollte Ruben wissen.

„Ich hatte angenommen, Sie wollten vielleicht erst ein paar Worte mit Polizeiobermeister Frantz wechseln." Brunners Blick war für Sophie nicht zu deuten. Ein wenig Provokation oder Ironie lag in seinen Augen, schaffte es aber nicht, die offenherzige Freundlichkeit zu verdrängen.

„Ist es der Kollege von Ihnen dort hinten?" Ruben wies leicht mit seinem Kopf in die besagte Richtung. „Der mit der Glatze?"

„Na, diese Bezeichnung würde er nicht gern hören". Brunner öffnete die Glastür zum hinteren Bereitschaftszimmer und rief etwas hinein, das Sophie nicht verstehen konnte. Der etwa Fünfzigjährige mit dem lichten, blonden Haar drehte sein Gesicht zu ihnen und stand von seinem Schreibtischstuhl auf.

Der optische Eindruck, den er auf Sophie machte, war der eines fröhlichen, in sich ruhenden Menschen, der mit sich und seinem Leben zufrieden war. Willis Beschreibung von Frantz' geringem Ehrgeiz passte ziemlich gut in dieses erste Bild. Allerdings lag ein leises Zischen unterhalb seiner ruhigen Melodie, ganz so, als machte er sich über irgendetwas Sorgen.

„Moin", grüßte Frantz, als er sich dem langgestreckten, halbhohen Aktenschrank näherte, der den internen Teil des Dienstzimmers der Bereitschaftspolizei vom öffentlichen Bereich trennte. „Sie sind also Freunde von Willi Lasse?"

Ruben schien sich zu ärgern, dass Brunner sie seinem Kollegen ausgerechnet mit diesen Worten vorgestellt hatte. „Ich sehe uns eher als Kollegen an", relativierte er die Aussage.

„Falls Sie wegen seines Unfalls hergekommen sind, dann kann ich nur sagen, dass die Akte längst geschlossen wurde."

„Sie sehen also nicht die Möglichkeit, dass dieser Unfall im Zusammenhang mit Jana Nimbs Tod steht?"

„An dieser Ermittlung bin ich nicht beteiligt." Ein Blitzen war bei der Erwähnung von Janas Namen in seinen Augen erschienen, wenn Sophie sich das nicht nur eingebildet hatte.

„Dann bin ich beruhigt", antwortete Ruben und bedankte sich. „Ab und zu arbeiten Wilfried Lasse und ich zusammen. Ich wollte nur wissen, ob ich mir Sorgen um meine Sicherheit machen muss."

Ein Blick zu Ruben zeigte Sophie, dass auch ihm nicht verborgen geblieben war, dass seine Frage den Uniformierten kurz aus dem Gleichgewicht gebracht hatte. Aber die Bemerkung mit der Sorge um sein Wohlbefinden war trotzdem etwas zu dick aufgetragen. Mühsam kämpfte sie gegen ein Grinsen an.

Brunners Büro befand sich in der obersten Etage des alten Backsteinbaus. Obwohl es einen Aufzug gab, schien Brunner das Treppenhaus zu bevorzugen. Leicht schnaufend stieg er langsam und gleichmäßig vor ihnen die Stufen hinauf.

Sein Büro lag am Ende des langen, schmalen Flurs, der sich durch die gesamte Länge des Hauses zog. Dafür, dass das Schild neben seiner Zimmertür ihn als den Leiter der Sylter Kriminalpolizei auswies, war sein Büro höchst bescheiden ausgestattet. Hinter einem altmodischen Schreibtisch der Marke ‚Unzerstörbar‘ befand sich ein moderner Schreibtischstuhl, davor standen zwei unbequem aussehende Besucherstühle. Drei hohe Aktenschränke und ein paar Kakteen auf dem Fensterbrett vervollständigten die Einrichtung. Außer einem kleinen Foto im Holzrahmen auf dem Schreibtisch entdeckte Ruben Bertram keinerlei persönliche Gegenstände in diesem Raum, keine Bilder an den Wänden, keine Vorhänge, kein sonstiger Krimskrams. Da war sein kleiner Glaskasten in der Redaktion deutlich persönlicher ausgestattet.

„So, damit wäre Ihr Wunsch erfüllt", begann Brunner das Gespräch, nachdem sie sich auf die vorhandenen Stühle beidseitig des Schreibtischs verteilt hatten.

„Sie meinen die Kontaktaufnahme mit Helge Frantz?"

Brunners Antwort bestand nur aus einem freundlichen Blick.

„Ja, auch wenn es mir lieber gewesen wäre, Sie hätten uns nicht ausgerechnet als Freunde Willi Lasses vorgestellt. Die beiden scheinen ja so ihre festgeschriebenen Meinungen voneinander zu haben."

Immer noch gab Brunner keinen Laut von sich.

„Wenn ich auch einen Wunsch frei habe, möchte ich gern einen Blick in die Ermittlungsakte zu Jana Nimbs Tod werfen", sprang Sophie ein.

Brunner drehte seinen Kopf und sah nun sie an. „Wie sieht es mit meiner Wunschliste aus?" Seine offenherzige Freundlichkeit schien wie weggewischt zu sein.

„Jederzeit. Was können wir für Sie tun?" Auf keinen Fall wollte Ruben Brunners Gunst verlieren. Der Leiter der Sylter Kriminalpolizei war der Einzige, der ihnen vielleicht die Fakten offenlegen würde, die er und seine Kollegen ermittelt hatten.

„Fangen Sie doch einfach damit an, mir zu erzählen, woher Sie Jana Nimb kennen, Herr Bertram. Und dann interessiert es mich auch noch, weshalb Sie beide davon überzeugt sind, mir bei der Aufklärung ihres Todes behilflich sein zu müssen."

Ein Blick zu Sophie zeigte Ruben, dass sie ihm bereitwillig die Antworten überließ.

„Wir wollten nicht den Eindruck erwecken, Sie benötigten unsere Hilfe, Herr Brunner. Es ist eher so, dass wir Ihre Unterstützung anfragen."

Erneut hatte der Kriminalkommissar seine scheinbar freundliche Miene aufgesetzt. Abwartend lehnte er sich in seinem Stuhl zurück und schwieg.

„Wieviel Zeit haben wir?", fragte Ruben.

„Legen Sie los", forderte ihn Brunner auf. „Wenn Ihre Informationen interessant genug für mich sind, habe ich den ganzen Tag Zeit. Vielleicht passen Ihre Puzzlesteine ja genau in die Lücken, die meine Überlegungen bisher gelassen haben. So etwas Ähnliches haben wir schon einmal gespielt."

Brunner erinnerte sich also noch wohlwollend an ihre Zusammenarbeit bei der Aufklärung des Mordes, der den Grundstein für seine Karriere in der Kriminalpolizei gelegt hatte. Eine gute Voraussetzung für eine erneute Kooperation.

„Kurz bevor Willi Lasse zusammen mit Jana Nimb in seinem Wagen verunglückt ist, hat die Rheinische Allgemeine einen

Artikel veröffentlicht, an dem auch er beteiligt war", begann Ruben. „Als dann der Unfall passierte und Willi davon überzeugt war, dass er gerade einen Anschlag auf sein Leben überstanden hatte, haben wir uns natürlich Sorgen um unseren beteiligten Redakteur gemacht. Deshalb sind Frau Dr. Renger und ich das erste Mal nach Sylt gefahren."

„Ist Ihrem Kollegen Leo Marx in der Zwischenzeit etwas passiert?" Brunner war ganz offensichtlich gut über die letzten Veröffentlichungen von Willi Lasse informiert.

„Nein. Es war zwar ein Drohbrief an ihn adressiert, aber es hat keinerlei Anschlag stattgefunden."

„Also haben Sie den Autounfall doch als Unfall hingenommen", vermutete Brunner.

„Ja. – Auch wenn wir damals noch weitere Ideen hatten, warum jemand Jana oder Willi etwas antun könnte."

„Kannten Sie Frau Nimb bereits vor dem Unfall?"

„Nein. Und natürlich haben wir sie auch damals nicht wirklich kennengelernt. Wir waren nur drei Tage auf der Insel."

„Aber Willi Lasse kannte sie gut, nicht wahr?"

„Es bestand eine Art Freundschaft zwischen den beiden, rein platonisch, wie Willi uns versichert hat."

Brunner hatte inzwischen drei Aktenmappen aus einer seiner Schreibtischschubladen genommen und sie vor sich auf den Tisch gelegt. „Die Unfallaufnahme und auch die Ermittlung wurden maßgeblich von Helge Frantz durchgeführt", ergänzte er Rubens Ausführungen und öffnete die oberste Mappe. „Sie hatten ja vorhin Gelegenheit, sich einen ersten Eindruck von ihm zu verschaffen."

Sophie und Ruben nickten fast gleichzeitig und blieben beide stumm.

„Das Meiste aus der mittlerweile geschlossenen Akte, hatte ich Ihnen bereits im Mai vorgelesen. – Neben Frau Nimb, die mit Lasse im Wagen saß, gab es nur einen weiteren Zeugen, den

Fahrer eines Fords, der auf der entgegenkommenden Spur gefahren ist."

„Und der nicht bestätigen konnte, dass das überholende Fahrzeug den Unfall provoziert hat."

„So ist es. Außerdem war Lasse leicht alkoholisiert, was bei ihm nicht das erste Mal im Straßenverkehr vorgekommen ist. – Die Kollegen haben oft genug die Augen zugedrückt, alle. Aber da Lasse in diesem Fall einen Unfall verursacht hatte und sein Blutalkohol im Krankenhaus dokumentiert wurde, war es offiziell."

„Also wurde die Akte, wie von Ihnen erwartet, geschlossen: Unfall unter Alkoholeinfluss und ohne Fremdeinwirkung."

„Das ist das abschließende Ergebnis der Ermittlung durch Helge Frantz", bestätigte Brunner.

„Darf ich bitte einen Blick in die Akte werfen?"

Ohne Zögern reichte Brunner Sophie die oberste Mappe.

„Ich sehe auf Ihrem Tisch zwei weitere Akten liegen", merkte Ruben zögerlich an. „Eine betrifft sicher den Tod von Jana Nimb. Enthält die andere vielleicht die Untersuchungsergebnisse zu Ludwig Vaitmanns Tod?"

Ein leichtes Lächeln zeigte sich auf Brunners Gesicht.

„Nach Jana Nimbs Tod hat diese Untersuchung vielleicht wieder etwas an Aktualität zurückgewonnen", setzte Ruben nach.

„Vielleicht", war die einzige Antwort von Brunner.

„Ich weiß, dass Sie damals die Ermittlung geleitet haben. Mit welchem Ergebnis wurde sie beendet?"

Brunner richtete die zwei Aktenmappen sauber nebeneinander aus und legte dann seine linke Hand auf eine von beiden. „Da die Ermittlung noch nicht abgeschlossen ist, werde ich nicht mit Ihnen darüber sprechen."

Mit einer ähnlichen Antwort hatte Ruben gerechnet. Bevor er einen Kommentar dazu abgeben konnte, legte Sophie den geöffneten Untersuchungsbericht von Lasses Unfall auf den Schreibtisch und zeigte auf ein Blatt.

„Dort steht, dass es einen weiteren Zeugen gibt." Fragend sah sie zu Brunner. „Hat jemand mit dem Jungen gesprochen?"

„Nach den protokollierten Zeugenaussagen in den Unterlagen, nicht. – Der Kleine ist erst fünf Jahre alt, soweit ich mich erinnere."

Sophie nickte stumm. Schnell machte sie mit ihrem Handy ein Foto vom obersten Blatt. Dann klappte sie die Mappe zu und schob sie über den Schreibtisch zu Brunner.

„Sie haben jetzt also zwei Todesfälle und einen vermeintlichen Unfall auf Ihrem Schreibtisch liegen. Und Sie vermuten einen Zusammenhang, können ihn aber noch nicht beweisen. Habe ich das richtig mitbekommen?" Sophies Lächeln war ebenso freundlich wie das von Brunner.

„Das werde ich so nicht bestätigen", widersprach Brunner halbherzig.

Sophie zeigte auf die linke Aktenmappe vor dem Kommissar. „Wie ist Jana Nimb gestorben?"

Brunner begann wieder, die Mappen aufeinander zu stapeln.

„Auch wenn Willi Lasse Frau Nimb gefunden hat, erweist er sich jetzt als denkbar schlechter Zeuge", setzte Sophie nach.

„Das ist wahr", bestätigte Brunner.

„Ist sie tatsächlich mit einem Halstuch stranguliert worden?"

„Man hat sie gewürgt, ja."

„Also doch mit bloßen Händen?"

„Die Würgemale sprechen eine klare Sprache. Das Tuch, das das Opfer um seinen Hals trug, war nicht das Tatwerkzeug. Ich gehe davon aus, dass es die Hämatome verdecken sollte."

„Dass der Täter es ihr nachträglich umgebunden hat? Merkwürdig. – Waren die Würgemale ihre einzigen Verletzungen?", fragte Sophie jetzt deutlich zögerlicher. „Ich meine, hat jemand sie …?"

„Wenn Sie fragen wollen, ob das Opfer sexuell misshandelt wurde, so kann ich dies verneinen. Allerdings hat Frau Nimb nicht lange vor ihrem Tod Sexualkontakt gehabt."

„Wurden Spermaspuren sichergestellt?"

„Nein. Leider nicht."

„Andere Spuren?"

„Reichlich. Vor allem Fingerabdrücke."

Ruben war sich nicht sicher, aber irgendetwas an der Art, in der Brunner Sophies Fragen beantwortete, machte ihn stutzig. Er verheimlichte ihnen etwas Wichtiges.

„Haben Ihre Kollegen Feststellungen gemacht, die einen Hinweis auf den Täter geben?", fragte er gezielt nach.

„Die Auswertung der Fingerabdrücke wird noch ein paar Tage dauern", antwortete Brunner. „Wahrscheinlich werden wir die meisten nicht in unserer Kartei finden. Aber das Opfer wurde offenbar auch noch bestohlen. Die Kollegen haben diverse Handtaschen in der Wohnung sichergestellt, aber in keiner befand sich das Portemonnaie von Frau Nimb. Weder Geld noch ihre Ausweise hat die Spurensicherung vorgefunden."

„Wenn sie kurz vor ihrem Tod Sex hatte, sieht es für mich ganz danach aus, als wäre ein Mann ihr Mörder."

„Das werde ich nicht bestätigen." Immer noch richtete Brunner die Aktenmappen sauber übereinander aus.

„Jana Nimb war etwa so alt wie ich und hatte meine Größe." Sophie erhob sich kurz von ihrem Stuhl und richtete sich auf. „Für eine durchschnittliche Frau dürfte es eine Herausforderung gewesen sein, sie zu erwürgen."

„Das glaube ich auch", bestätigte Ruben. „Sie müsste schon mindestens so groß gewesen sein wie Jana selbst."

Brunner sah nur freundlich vor sich hin und schwieg.

„Es muss doch Kampfspuren in der Wohnung geben", setzte Sophie nach. „Und Abwehrspuren bei Jana."

„Der Flur der Wohnung befindet sich in einer gewissen Unordnung, aber nach einem langen Kampf sieht er nicht aus."

„Dann muss der Täter ein sehr großer und starker Mann sein."

„Wahrscheinlich hätten Sie recht, wenn Frau Nimb wirklich erwürgt worden wäre. Man hat sie gewürgt, erst mit bloßen Händen und später wahrscheinlich noch mit einem Lederriemen. Aber daran ist sie nicht gestorben. Nach dem ersten Angriff muss sie noch einige Stunden gelebt haben. Gestorben ist sie später, durch den Versuch der Strangulation und den Bruch ihres Genicks."

„Wie furchtbar!" Sophie sah Ruben entsetzt an. „Was ist in dieser Wohnung nur passiert?"

„Es spricht viel dafür, dass Frau Nimb die Person bekannt war, von der sie mit bloßen Händen gewürgt wurde. Die Spuren an ihrem Hals belegen, dass sie sich Auge in Auge gegenübergestanden haben, während es passiert ist. Und Frau Nimb scheint sich bei diesem Angriff nicht gewehrt zu haben."

„Hat Willi nicht erzählt, dass Kunibert Wedel sehr spezielle Vorstellungen davon hatte, was er beim Sex mit ihr wollte?" Sophie fasste sich unbewusst an den Hals.

„Würgen als Teil der Befriedigung, meinst du?"

„Als Machtbeweis vielleicht."

„Wir sollten Willi in jedem Fall fragen, ob Jana ihm Details zu Wedels Vorlieben mitgeteilt hat."

Brunner hatte eine Akte geöffnet und machte sich Notizen.

„Würgen im Bett und Strangulation zum Abschied?" Ruben schüttelte den Kopf. „Das Erste kann ich mir ja noch vorstellen, aber beim Zweiten muss doch irgendetwas schiefgelaufen sein."

„Jana Nimb hat vollständig bekleidet in ihrer Wohnung gelegen, oder?"

Brunner bestätigte Sophies Vermutung.

„Auf welchen Zeitraum hat die Gerichtsmedizin ihren Todeszeitpunkt eingeschränkt?"

„Auf Dienstag, den 27. Juni, zwischen 12:00 Uhr und 14:30 Uhr."

„Also könnte sie am Vorabend Sex mit einem Herrn gehabt haben, der es mochte, sie beim Liebesspiel zu würgen. Und am Vormittag danach ist sie mit diesem oder einem anderen Mann in Streit geraten."

„Am Vorabend hatte das Opfer Dienst an der Bar des ‚Hotel Dünenlust'. Der sexuelle Kontakt hat also wahrscheinlich erst in der Nacht nach 2:00 Uhr stattgefunden. Zu dem Zeitpunkt kam sie üblicherweise nach Hause, wenn sie gearbeitet hat."

„Am Vorabend oder in der Nacht ist doch nicht ganz so entscheidend, oder?"

Brunners Blick, mit dem er Ruben ansah, war deutlich unfreundlicher geworden.

„Außerdem gehen die Würgemale am Hals des Opfers weit über das hinaus, was man als sinnliches Vorspiel bezeichnen könnte." Die Miene des Kriminalkommissars zeigte, dass er keinerlei Verständnis für derartige Sexualpraktiken hatte. „Der Kollege aus der Gerichtsmedizin meinte, das Opfer sei wahrscheinlich durch das Würgen ohnmächtig geworden. Oder es habe zumindest nicht viel bis dahin gefehlt."

„Und sie hat sich nicht gewehrt?" Sophie konnte sich das überhaupt nicht vorstellen.

„Nicht stark auf jeden Fall; mehr können wir dazu nicht sagen. Im Bericht steht nichts von auffälligen Blutergüssen, abgebrochenen Fingernägeln oder Ähnlichem."

„Gestorben ist sie dann erst einige Stunden später? Voll bekleidet, im Flur der Wohnung. Durch Strangulation, verbunden mit einem Genickbruch."

„Genau."

„Wie geht das?", wollte Ruben wissen.

„Ihre Verletzungen sind denen ähnlich, die in früheren Zeiten beim ‚Tod durch den Strang‘ entstanden sind“, erklärte Brunner.

„Hing ein Galgen vor ihrer Wohnungstür?“

Als Antwort auf Rubens ironische Frage war Brunner ein Kopfschütteln ausreichend.

„Hatte Jana Nimb Schuhe an?“, wollte Sophie wissen. „Einen Mantel?“

Brunner blätterte in der Akte und reichte dann zwei Fotos über den Schreibtisch.

„Schuhe an beiden Füßen“, stellte Ruben fest. „Ihr Mantel liegt neben ihr.“

„Und ihre Kleidung sieht etwas derangiert aus“, ergänzte Sophie. „Ich habe den Eindruck, dass da ein Knopf an ihrer Bluse abgerissen wurde.“

Ruben nahm noch einmal die Bilder hoch und betrachtete sie.

„Bei nur einem der Schuhe war der Reißverschluss geschlossen“, kam es von Brunner. „Frau Nimb könnte also dabei gewesen sein, die Wohnung zu verlassen. Oder sie war gerade zurückgekehrt, als sie angegriffen wurde.“

„Dann waren es wahrscheinlich zwei unterschiedliche Täter. Der Würger und derjenige, der ihr das Genick gebrochen hat.“

„Das kann ich nicht bestätigen“, zog sich Brunner wieder aus der Diskussion zurück. Mit einer Handbewegung forderte er die beiden Fotografien der Toten zurück.

„Wenn wir Ihnen einen Zusammenhang zwischen Ihren drei Fällen darstellen können, arbeiten wir dann als Team zusammen an der Ergreifung des Mörders von Jana Nimb?“

Sophies Direktheit brachte sogar Brunner zum Schmunzeln. „Bevor Sie mir keine schlagkräftigen Indizien für einen solchen Zusammenhang vorgelegt haben, werde ich auch das nicht bestätigen.“

Ruben beobachtete, dass Sophie zufrieden nickte, aufstand und Brunner die Hand reichte. „Dann machen wir es so. Vielen Dank für Ihre Offenheit. Wir werden uns kurzfristig wieder bei Ihnen melden."

„Was war denn das?", fragte er Sophie, als sie draußen vor der Wache standen.

„Für heute hat Brunner uns alle Informationen gegeben, die er uns offenlegen wollte. Jede weitere Minute hätte ihn nur gegen eine Zusammenarbeit mit uns gestimmt."

„Das machst du daran fest, dass er die Fotos wieder an sich genommen hat?"

„Ja, und an seinem Klang, Ruben. Du weißt doch, dass ich damit mehr mitbekomme, als du sehen kannst."

Natürlich wartete Willi Lasse nicht in seiner Wohnung darauf, dass sie sich meldeten.

Nach dem Frühstück hatten sie ihn dort abgesetzt und mit der Aufforderung allein gelassen, keinen Unsinn zu machen. Vor allem sollte er sich auf keinen Fall erneut betrinken. Als Ruben Bertram und Sophie nun nach ihren Besuchen im Immobilienkontor und bei der Polizei bei ihm ankamen, fanden sie einen Notizzettel an der Tür, er sei im ‚Zum kleinen Strand' anzutreffen. Eine kurze Internetrecherche klärte die beiden darüber auf, dass es sich um ein Restaurant in der Westerländer Innenstadt handelte, nur wenige hundert Meter von Lasses Wohnung entfernt. Und tatsächlich saß Willi dort an der Theke, als sie das Restaurant betraten.

„Meine Freunde", rief er ihnen entgegen. Deutlich konnten sie hören, dass das Bier, das vor ihm stand, nicht das erste des Tages war, obwohl es gerade einmal 17:00 Uhr war.

„Kannst du bei Willi bleiben und versuchen, noch ein paar vernünftige Gedanken mit ihm auszutauschen?", fragte Sophie Ruben. „Ich möchte gern heute noch einmal mit dem älteren Herrn sprechen, der im Mai Zeuge von Willis Unfall wurde.

Vielleicht erinnert er sich noch an etwas, das nicht im Protokoll steht."

„Wohnt er hier auf der Insel?"

„Ja, in Keitum."

„Hast du dich schon bei ihm angemeldet? Erwartet er dich? Und wie willst du nach Keitum kommen? – Sollen wir ihn nicht lieber morgen gemeinsam besuchen?"

„Leihst du mir deine himmelblaue ‚Göttin‘, wenn ich verspreche, sehr sorgsam mit ihr umzugehen?", erwiderte Sophie, statt auch nur eine seiner Fragen zu beantworten.

„Dir soll ich meinen Wagen anvertrauen?"

„Ruben, ich bitte dich."

Höchst ungern reichte er ihr den Autoschlüssel. Seit ihrer Ankunft auf der Insel hatte er den blauen Citroën nicht mehr bewegt. Und eigentlich hatte er ihn auch erst wieder vom sicheren Hotelparkplatz wegfahren wollen, wenn sie die Rückreise antraten.

„Wir treffen uns spätestens heute Nacht im Hotel. Einverstanden?"

Er nickte und verfluchte dabei innerlich Willi Lasse. Viel lieber wäre er zusammen mit Sophie in seinem Citroën über die Insel gecruist, statt an der Bar dieses Restaurants sitzen zu bleiben. Sophie vergnügte sich mit seinem Auto, während er versuchen musste, ein paar sinnvolle Informationen aus seinem lallenden Sitznachbarn heraus zu kitzeln. Und später musste er auch noch dafür sorgen, dass sein Kollege wohlbehalten in seinem Bett landete.

Knut Petersen war zuhause, als Sophie Renger an der Tür seiner kleinen Kate am Rand von Keitum klopfte. Ohne jeden Vorbehalt bat er sie herein und ließ sich in Ruhe erklären, warum sie ihn aufsuchte.

„Der Polizei habe ich damals alles zu Protokoll gegeben, an das ich mich erinnern konnte. Das Ganze ging doch sehr schnell. – Die jungen Leute haben ja alle keine Zeit mehr. Noch nicht einmal mehr ausreichend Zeit, ihr Leben zu genießen. Entsprechend fahren sie auch Auto. Alles muss schnell gehen. Auch die Überbrückung einer Entfernung von A nach B darf keine Zeit kosten. Dabei ist es doch oft der Weg, den man genießen sollte, nicht bloß die Ankunft selbst."

Sophie lächelte den älteren Herrn geduldig an und verrührte den Kandis in der Tasse Schwarzen Tee, den er ihr angeboten hatte. Friesentee, ein ganz besonders guter, hatte Petersen das Getränk angepriesen. Und tatsächlich schmeckte Sophie der Tee, auch wenn sie die Prozedur mit dem Sahnewölkchen geschmacklich nicht nachvollziehen konnte. Die friesische Teetradition sei seit dem letzten Jahr Immaterielles Kulturerbe, hatte Petersen ihr stolz mitgeteilt, von der deutschen UNESCO-Kommission für Deutschland anerkannt – leider nur die ostfriesische.

Es konnte ein langer Abend werden, wenn sie Petersens Redefluss nicht in den Griff bekam. Nicht die wenigen Fragen, die sie während der Hinfahrt gedanklich vorbereitet hatte, würden die Zeit verschlingen, sondern Petersens Antworten. Und mit Sicherheit die Geschichten, die er ihr darüber hinaus noch ungefragt erzählen musste.

„Ihr Enkel saß mit Ihnen im Auto?", versuchte sie das Gespräch wieder in die richtige Richtung zu lenken.

„Nils. – Ja, er ist ein sehr lebhafter Junge. Wenn Sie wüssten, wie sehr der Kleine mich auf Trab hält. – Aber das ist sicher auch gut so. Seit Anni nicht mehr lebt, meine Frau, wissen Sie. – Ich wäre ja hier sonst ganz allein."

„Also wohnt Nils bei Ihnen? Ist er da?"

„Er muss jeden Moment kommen." Petersen sah auf seine Uhr. „Nils wird Hunger haben, wenn er hier ist. Darf ich Sie vielleicht einladen, uns bei unserem einfachen Abendbrot Gesellschaft zu leisten?"

Noch bevor Sophie zusagen konnte, stand Petersen aus seinem Sessel auf und marschierte in die Küche. Sie folgte ihm. Die Kate war innen nicht größer, als sie von außen gewirkt hatte, und der Esstisch, der in der Küche an der Wand stand, bot eigentlich nur Platz für zwei Personen.

„Ich habe wirklich keinen Hunger", versuchte es Sophie vorsichtig. „Aber ich möchte mich gern kurz mit Nils unterhalten. Vielleicht kann ich mich einfach zu Ihnen setzen, während Sie beide essen, und dabei meine Fragen stellen."

„Das kommt überhaupt nicht in Frage. Sie müssen wenigstens eine Scheibe Brot mit uns essen."

Sophie half Petersen, einen Stuhl aus dem benachbarten Wohnzimmer in die Küche zu tragen. Dann deckten sie gemeinsam den Tisch. Das Klopfen an der Tür kündigte die Ankunft des Enkels an. Nachdem Petersen die Haustür geöffnet hatte, hörte sie ihn ein paar Worte mit einer unbekannten Frau wechseln und Nils auf den unerwarteten Besuch einer Dame vorbereiten. Noch während er mit ihm sprach, stürmte der kleine Junge in die Küche.

„Ist das dein Auto da vor der Tür?", fragte er und zog Sophie in Richtung Haustür. „Das muss alt sein, mindestens so alt wie Opa. Darf ich mich mal hineinsetzen?"

Petersen schüttelte leicht den Kopf, aber Sophie konnte nicht anders, als die Bitte des Jungen zu erfüllen.

„Ich weiß, dass es ein Citroën ist", kam begeistert von Nils, als er hinter dem Steuer saß, „ich kenne das Zeichen. Aber es muss älter sein als alle Autos, die ich bisher gesehen habe." Fast ehrfurchtsvoll streichelte er über das Lenkrad.

„Dieses Auto ist etwas ganz Besonderes", stimmte sie ihm zu. „Es ist zwar nur ungefähr so alt wie ich, aber mittlerweile ziemlich selten. Es gehört einem Freund von mir, der es heiß und innig liebt".

„Autos sind toll, nicht wahr?", brach es begeistert aus Nils hervor, während er Sophie anstrahlte.

Sie nickte.

Wenn der Kleine ein solcher Autonarr war, dann hatte er sich vielleicht auch ein paar Details zu dem Wagen gemerkt, der im Mai Lasses Unfall verursacht hatte.

„Sollen wir vielleicht zu deinem Opa gehen und etwas essen? Wenn er nichts dagegen hat, drehe ich danach noch eine kleine Runde mit dir in diesem alten Schätzchen."

Nils schien sein Glück kaum fassen zu können. „Lieber jetzt", schlug er vorsichtig vor und sah sie fragend an.

Petersen hatte nichts dagegen, solange sie in spätestens zehn Minuten wieder zurück waren. Sophie ließ den Jungen auf den Beifahrersitz rutschen und fuhr langsam die Straße entlang, bis sie auf die ziemlich gerade verlaufende Hauptstraße einbiegen konnte. Dort hielt sie an und sah fragend zu Nils. „Möchtest du auch einmal steuern?"

Fassungslosigkeit sprach aus seinem Blick, aber sein Nicken hätte nicht begeisterter ausfallen können.

Sophie rutschte mit dem Sitz etwas nach hinten und ließ Nils auf ihre Beine klettern. Gerade noch kam sie an die Pedale und der Kleine saß hoch genug, um vernünftig durch die Windschutzscheibe zu blicken. Gemeinsam fuhren sie bis zur nächsten Seitenstraße geradeaus, sogar die Kurve zum Abbiegen schaffte Nils fast ohne Hilfe. Als Sophie den Wagen anhielt, klatschte er begeistert in die Hände und kletterte bereitwillig auf den Beifahrersitz zurück.

„Das bleibt unser Geheimnis, einverstanden?"

Nils nickte.

Bestimmt konnte er sein Versprechen nur wenige Minuten einhalten, aber sie freute sich, den kleinen Mann so glücklich gemacht zu haben. Dafür ertrug sie auch Petersens Vorwürfe.

Auf dem restlichen Weg zurück zur kleinen Kate erfuhr sie alles, an das sich Nils von dem Unfall im Mai noch erinnern konnte. Dieser kleine Ausflug hatte sich wirklich gelohnt.

Freitag, 30. Juni auf Sylt

Der Morgen begann so trüb und wolkenverhangen, wie der vorangegangene Abend ausgeklungen war. Ruben schlief noch, ein leises Schnarchen klang durch die geschlossene Tür seines Schlafzimmers. Sophie Renger entschied, die Gunst der frühen Stunde für etwas Bewegung zu nutzen und ein paar Kilometer über den Strand zu laufen.

Der Sand war tief und schwer; verschwitzt und leicht außer Atem kam sie ins Hotel zurück, genau in dem Moment, als Ruben Willi in Empfang nahm. Ohne sie zu bemerken, verschwanden die beiden Männer zusammen im Frühstücksraum.

Als Sophie sich eine knappe halbe Stunde später frisch geduscht zu ihnen setzte, sahen beide Männer bereits gut gesättigt aus. „Guten Morgen, haben wir noch Zeit für mein Frühstück?"

Willi strich sich ostentativ über seinen Bauch. „Was muss, das muss", antwortete er. „Schlag zu, schöne Frau. Wir werden uns mit Zuschauen begnügen."

„Dann könnt ihr mir parallel dazu ja verraten, was ihr gestern noch besprochen habt."

„Gut", stimmte Ruben zu. „Ich fange an, aber danach bist du mit deinem Bericht dran."

Sophie nickte kauend.

„Willi und ich haben uns vor allem Gedanken dazu gemacht, wie die drei Vorfälle, Ludwig Vaitmanns Tod, Willis Unfall und Janas Ermordung zusammenhängen können. Egal, wie wir es drehen und wenden, irgendwie stehen immer wieder Antje und Helge Frantz im Mittelpunkt. Sie sind das verbindende Glied."

„Ja, das sagt mir mein Gefühl auch", stimmte sie zu. „Aber habt ihr mehr als nur einen Verdacht?"

„Das Ganze ist eine Kette von Ereignissen und eine Begebenheit hat die nächste bedingt. Ludwig Vaitmanns Tod war der

Anfang. Er geschah, weil in der Friedrich-Apotheke ein Fehler passiert ist. Die Eigentümerin, Antje Frantz, hat Vaitmann persönlich bedient, also ist sie es, die die Schuld an dem Ganzen trägt. Sie hat ihm sein Notfallmedikament korrekt und entsprechend seinem Rezept verkauft, es ihm aber trotzdem nicht mitgegeben."

„Wie könnt ihr das so überzeugt behaupten?"

„Jana war sich dessen sehr sicher", warf Willi ein.

„Welche Beweise hatte sie dafür?"

„Sie besaß den Kassenzettel aus der Apotheke und eine Kopie des abgezeichneten Rezepts. Und sie konnte bezeugen, dass das Medikament nicht in seinem Hotelzimmer war, als Ludwig starb. – Es gibt keine andere Erklärung, als dass er sein Medikament nie erhalten hat."

„Wenn er es nicht auf dem Weg verloren hat."

„Sophie, Ludwig Vaitmann war ein pensionierter Polizist. Er war ordentlich und diszipliniert bis in die Haarspitzen. Ein Medikament, das im Notfall sein Leben rettet, verliert so jemand nicht."

„Gut, nehmen wir an, es wäre wirklich so passiert, wie ihr es euch zusammengereimt habt. Soll Antje Frantz deshalb versucht haben, dich und Jana aus dem Weg zu schaffen? Woher konnte sie denn überhaupt ahnen, dass Jana von ihrem Fehler wusste?"

„Weil Jana daran gedacht hat, Antje Frantz deshalb zu erpressen. Ob sie es getan hat, weiß Willi nicht. Aber er weiß, dass sie nach Ludwigs Tod und vor ihrem Unfall in der Apotheke gewesen ist."

„Und ich ebenfalls, unabhängig von Jana", ergänzte Willi. „In Summe waren wir damit vielleicht ein wenig zu aufdringlich."

„Antje Frantz wusste also, dass sowohl du als auch Jana davon ausgingen, dass der Tod Ludwig Vaitmanns auf einem Fehler von ihr basierte."

„Und ihr Mann Helge wusste es damit ebenfalls."

„Helge Frantz ist ein Polizist und dem Gesetz verpflichtet!" So schnell wollte Sophie den Überlegungen ihrer beiden Kollegen nicht zustimmen.

„Laut Willi liebt Frantz seine Frau abgöttisch", gab Ruben zu bedenken. „Jemand, der ihr etwas antut, wird zu seinem Todfeind. Vielleicht hat er diese Empfindung ein wenig zu ernsthaft ausgelebt."

„Mit dieser Hypothese wollt ihr zu Brunner gehen? Wo bleibt darin Platz für Kunibert Wedel?"

„Kein Platz", gab Ruben zu. „Aber das ist bislang unsere einzige schlüssige Erklärung für einen Zusammenhang zwischen allen drei Vorfällen. Allerdings hat sie einen Schönheitsfehler: Laut Protokoll war Helge Frantz einer der Beamten, die zuerst an der Unfallstelle ankamen. Er hat, zusammen mit seinem Kollegen vom Festland, den Unfall aufgenommen. Beide haben später auch die Ermittlung abgeschlossen. – Damit kann er selbst nicht der Fahrer des überholenden Fahrzeugs gewesen sein, das Willi von der Straße gedrängt hat. Er hätte für das Provozieren dieses Unfalls also jemand anderen beauftragen müssen. – Außerdem ist Frantz nicht im Besitz eines dunklen Mercedes. Soweit wir erfahren haben, besitzt er überhaupt kein eigenes Fahrzeug."

Sophie grinste breit, schwieg aber. So schnell wollte sie ihre beiden Jungs noch nicht erlösen.

„Du amüsierst dich über unsere Argumentation?", wollte Willi schließlich wissen. „Oder freust du dich, dass Kunibert Wedel darin nicht mehr vorkommt? Immerhin hast du ihn mittlerweile kennengelernt."

Leicht angewidert verzog Sophie den Mund. „Nein, weder das eine noch das andere. Ich bin nur begeistert, dass ich die gute Fee für euch spielen kann. – Helge Frantz war nicht an der Unfallstelle. Im Streifenwagen saß nur ein einzelner Beamter und der sah Frantz überhaupt nicht ähnlich."

„Kannst du das beweisen?"

„Zumindest habe ich einen glaubwürdigen Zeugen für diese Aussage: Nils Petersen."

„Ist das der ältere Herr, der unseren Unfall gemeldet hat?"

„Nein, Willi, Nils ist sein fünfjähriger Enkel."

Beide Männer schüttelten den Kopf.

„Ohne eine Bestätigung durch Petersen Senior haben wir nichts", wandte Ruben ein. „Ein Fünfjähriger ist kein glaubhafter Zeuge."

„Das scheinen die Beamten auch gedacht zu haben; sie haben ihn überhaupt nicht befragt. Dabei hat Nils auch noch andere Beobachtungen gemacht, die bei der Untersuchung des Unfalls weitergeholfen hätten."

Eine kurze dramaturgische Pause schien ihr jetzt angemessen. Ruben und Willi sahen sie ungeduldig an.

„Er hat den Mercedes, der dich, Willi, überholt hat, ganz genau beschrieben. Der Kleine war sich sogar sicher, den Typ wiederzuerkennen, wenn man ihm ein vergleichbares Modell zeigt. Und er kannte einen Teil des Nummernschilds. – Bevor ihr das bezweifelt: Sein Opa übt bereits seit einem Jahr mit ihm, Ziffern und Buchstaben zu erkennen. Der Kleine kann mit seinen fünf Jahren tatsächlich ein Nummernschild lesen."

„Und niemand hat ihn befragt?"

„Wenn Frantz tatsächlich etwas mit dem Unfall zu tun hatte, lag es natürlich nicht in seinem Interesse, zu viele und vor allem zu detaillierte Zeugenaussagen zu erhalten."

„Wir müssen sofort mit Brunner sprechen. Oder hast du die Informationen des Jungen bereits an ihn weitergegeben?"

„Nein, Brunner weiß noch nichts davon."

Zu dritt wollten sie den Kriminalhauptkommissar nicht mit ihren neuen Erkenntnissen konfrontieren. Nach kurzer Beratung bot Willi an, im Café Kurz zu warten, während Sophie Renger und Ruben mit der Polizei sprachen.

Erneut nahm Brunner sie im Bereitschaftszimmer im Erdgeschoss des alten Backsteinbaus in Empfang. Ohne lange Begrüßung stieg er wieder, ihnen voran, die Treppenstufen zur Etage der Kriminalpolizei hinauf. In seinem Büro angekommen, setzte er sich hinter seinen Schreibtisch und lächelte sie auffordernd an.

„Sie haben also etwas herausgefunden, das mir bisher verborgen geblieben ist", eröffnete er das Gespräch.

„Das war doch Ihr Auftrag an uns", antwortete Sophie und erwiderte sein Lächeln freundlich. „Allerdings muss ich zugeben, dass wir etwas Glück und eine Göttin auf unserer Seite hatten."

Beide Männer sahen sie zweifelnd an.

„Rubens Auto", erklärte sie. „Ein Citroën DS. Diese ‚Göttin' hat mir geholfen, einen Zeugen zum Reden zu bringen."

„Einen Zeugen, dessen Aussage den Zusammenhang zwischen den drei Fällen belegt?"

„Seine Aussage stützt eine Hypothese von uns", relativierte sie Brunners Erwartung.

„Möchten Sie dazu auch etwas sagen?" sprach der Kriminalkommissar Ruben an, der daraufhin seinen Kopf schüttelte. „Es ist der Erfolg meiner Kollegin."

„In Ordnung. Dann also Sie, Frau Dr. Renger." Die Betonung von Brunners Antwort lag auf Sophies akademischem Titel. „Vielleicht erlauben Sie mir noch eine Frage vorab: Welcher wissenschaftlichen Disziplin haben Sie Ihre Promotion gewidmet?"

„Der Psychologie, Herr Brunner." Wieder lächelte sie ihn an. „Das sollten Sie bei der Überprüfung meines Werdegangs doch bereits festgestellt haben."

Mit keiner Miene gab der Kommissar zu erkennen, ob er sich ertappt oder bestätigt fühlte. Er zog einen Block zu sich heran und sah Sophie auffordernd an.

„Sie haben mich gestern einen Blick in die Ermittlungsakte zu Willi Lasses Unfall werfen lassen", begann sie. „Dort ist ein Zeuge vermerkt, Knut Petersen, der mit seinem fünfjährigen Enkel auf die Unfallstelle zufuhr."

Brunner nickte.

„Herr Petersen war so freundlich, mich für den gestrigen Abend zu sich zum Essen einzuladen. Bei der Gelegenheit habe ich auch Nils kennengelernt, ein aufgewecktes Bürschchen und ein absoluter Autonarr."

Erneut nickte Brunner sie ermutigend an.

„Hier kam deine ‚Göttin' ins Spiel, Ruben. Ich musste Nils damit fahren lassen, damit er mir alles verrät."

Sophie hörte, wie neben ihr die Luft angehalten wurde. Brunner grinste.

„Nils Petersen ist von den ermittelnden Beamten nie befragt worden. Mir hat er eine perfekte Beschreibung des Mercedes gegeben, der den Wagen von Willi Lasse überholt hat. Darüber hinaus hat er bestätigt, dass dieser Mercedes nach dem Überholvorgang fast eine Vollbremsung durchgeführt hat. – Nils meinte, der Fahrer hätte seinen Wagen nicht im Griff gehabt. Hätte er nicht so scharf abgebremst, wäre er wahrscheinlich selbst von der Straße abgekommen. – Schlussendlich hat sich Nils auch noch einen Teil oder sogar das ganze Nummernschild gemerkt. Er erinnerte sich an ‚NF-FN 6'.

„Ein Fünfjähriger liest ein Nummernschild und merkt es sich dann auch noch über Wochen?"

„Ja, glauben Sie mir. Der Junge kann Buchstaben und Ziffern lesen. – Und ein solches Nummernschild ist leicht zu merken, nicht wahr? Allerdings war sich Nils nicht sicher, ob hinter der ‚6' noch weitere Ziffern standen."

Brunner drehte sich zu seinem Computer und tippte eifrig auf der Tastatur herum. Sophie sah kurz zu Ruben und erkannte ein zufriedenes Schmunzeln auf seinen Lippen. Ihre

Eigenmächtigkeit mit seinem geliebten Citroën schien er ihr nicht ernsthaft übel zu nehmen.

„Ich wusste es doch!", kam es schließlich vom Kriminalhauptkommissar.

Sophie sah ihn nur stumm an.

„'NF-FN 6' kann es nicht gewesen sein. Ein Wagen mit genau diesem auffälligen Nummernschild stand zum Zeitpunkt des Unfalls sichergestellt bei uns im Hof. Wir werden die Suche also etwas ausweiten müssen. Aber zusammen mit dem richtigen Wagentyp sollte es nicht zu viele Zulassungen geben, die passen."

„Wer hat denn Zugriff auf einen beschlagnahmten Wagen, der im Hof der Polizei abgestellt wurde?"

„Eigentlich niemand mehr. Der Wagen wartet dort, bis er ordnungsgemäß abgeholt wird. – In unserem Fall befanden sich die Wagenschlüssel in der Akte, die wir zu der Strafsache eines Zuhälters angelegt haben. Und die Akte war unter Verschluss, da kam nicht jeder dran. – Hier auf der Insel kommt es im Übrigen sehr selten vor, dass wir einen Wagen sicherstellen. Dieser Mercedes wurde lediglich auf Grundlage eines Gerichtsbeschlusses von uns in Verwahrung genommen und wartete bei uns auf dem Parkplatz auf seinen Abtransport auf das Festland."

„Ist es ein neues Modell der S-Klasse?"

„Ja, in dunkelblau. – Dieser Wagen wartet immer noch auf seinen Transport, wie ich gerade lese. Er steht also nach wie vor bei uns im Hof. Offenbar will ihn keiner mehr haben. – Sie können ihn sich ansehen."

„Theoretisch hätte sich das Auto jemand ausleihen können, oder?", mischte sich Ruben ein.

„Theoretisch schon, aber praktisch wird das niemand wagen. Er müsste um die Akte bitten, um den Schlüssel zu erhalten. Und es fiele auf, wenn der Wagen nicht mehr auf seinem Platz im Hof stünde. Außerdem wurde der Tachostand penibel notiert, die Tankfüllung, der Gesamtzustand des Fahrzeugs. Alles viel zu offensichtlich und nachprüfbar."

„Ihnen scheint der Wagen in der letzten Zeit ja nicht mehr aufgefallen zu sein, sonst hätten Sie gewusst, dass er noch nicht abgeholt wurde. Dabei parkt er in dem Hof, in dem Sie Ihr eigenes Fahrzeug wahrscheinlich ebenfalls jeden Tag abstellen."

Brunner sah Ruben nachdenklich an.

„Nils Petersen hat noch etwas erzählt, das ich spannend finde", mischte sich Sophie wieder in das Gespräch ein. „Der Kleine ist sich sicher, dass in dem Streifenwagen, der als erstes Einsatzfahrzeug zur Unfallstelle kam, lediglich ein einzelner Polizist saß."

„Das ist absolut unmöglich. Hier auf der Insel besteht die Besatzung eines Streifenwagens grundsätzlich aus zwei Einsatzkräften. In diesem Fall waren es Helge Frantz und einer der jungen Kollegen vom Festland, nämlich …" Brunner sah in die Aktenmappe. „Rainer Müller war seine Begleitung. Ein sehr gewissenhafter und beliebter Kollege, den wir alle gern hier auf der Insel halten wollen."

„Jung sagen Sie. Auch muskulös und sportlich?"

Brunner grinste kurz und nickte dann. „Sehr trainiert, soweit ich es beurteilen kann", bestätigte er.

„Das passt. Dann war er der Uniformierte, der an der Unfallstelle die ersten Gespräche geführt hat. – Nach seiner Ankunft hielten bald ein Löschzug der Feuerwehr, ein Krankenwagen und ein Notarztwagen. Von da an war er nicht mehr allein."

„Wollen Sie behaupten, Helge Frantz sei überhaupt nicht mit zur Unfallstelle gefahren? Es habe lediglich Rainer Müller im Streifenwagen gesessen?"

„So hat es mir Nils Petersen gestern versichert."

Brunner lehnte sich in seinem Stuhl zurück und stieß hörbar die Luft aus. Dann schüttelte er den Kopf.

„Verdammt, dem muss ich nachgehen", sagte er schließlich und sah Sophie ernst an. „Sie unternehmen nichts. Das ist eine Information, die ich erst einmal Behörden-intern verifizieren muss. Danach sehen wir weiter."

Sie nickte und sah aus dem Augenwinkel, dass Ruben ebenfalls zustimmte.

„Machen Sie eine Runde durch die Stadt oder gehen Sie ein wenig am Meer spazieren. Ich rufe Sie an, wenn ich alles erledigt habe und wir weiterreden können. Das wird wahrscheinlich so in etwa einer Stunde sein."

Brunner war bereits aufgestanden und zur Bürotür geeilt, ehe er zu Ende gesprochen hatte. Für einen so wohlbeleibten Mann bewegte er sich erstaunlich schnell, wenn es darauf ankam.

Dieses Mal hielt Willi Wort und erwartete sie im Café Kurz bei einem zweiten Frühstück. Es stand kein Glas auf dem Tisch, aus dem Ruben Bertram schließen konnte, dass sein Kollege gegen seine Trauer bereits wieder Alkohol getrunken hatte, aber sein Atem verriet es.

„Ich verstehe ja, dass Janas Tod immer noch auf dir lastet", ermahnte er ihn, „aber deshalb kannst du dich nicht tagelang unter Alkohol setzen. Wenn wir herausfinden sollen, wer sie getötet hat, brauchen wir deine Unterstützung. Betrunken bist du uns keine Hilfe."

Ein vorwurfsvoller Blick war alles, was er als Reaktion erhielt.

„Lasst uns draußen sprechen", schlug Sophie vor. „Hier hören mir zu viele Menschen zu."

Ruben zahlte für Willi und sie folgten Sophie vor die Tür. Dort schilderte er kurz den Verlauf des Gesprächs mit dem Kriminalkommissar und endete mit der Vermutung, der bei dem Unfall genutzte Mercedes sei ein sichergestelltes Fahrzeug, das bereits seit Wochen im Hof der Polizeiwache abgestellt sei.

Brunners Bitte, ihm eine Stunde Zeit für seine Polizei-internen Gespräche zu geben, überraschte Willi nicht. „Klar, dass er euch da nicht als Zeugen haben will."

„Wir haben noch etwas Zeit. Was machen wir jetzt?"

„Kommt mit", schlug Willi vor. „Ich zeige Euch, wo alles angefangen hat. Das ‚Hotel Vier Jahreszeiten', in dem Ludwig Vaitmann gestorben ist, kennt ihr ja schon. Aber an der Friedrich-Apotheke seid ihr wahrscheinlich bisher nur vorbeigelaufen. Da gehen wir jetzt hin."

Die Westerländer Fußgängerzone war Ruben von seinen letzten Aufenthalten auf Sylt noch gut bekannt. Auch die Friedrich-Apotheke hatte es damals bereits gegeben. Dennoch trottete er bereitwillig Sophie und Willi hinterher. Amüsiert beobachtete er die irritierten Blicke, die das ungleiche Paar hervorrief. Sophie hatte sich bei Willi eingehakt und wurde wahrscheinlich abwechselnd für die verwöhnte Tochter, Geliebte oder sogar Ehefrau des ungepflegten, aber sicher überaus betuchten, älteren Herrn gehalten, der stolz lächelnd neben ihr ging. Ruben war sich sicher, dass Sophie die Situation genoss – und Willi ganz offensichtlich nicht weniger.

Kurz bevor sie die Apotheke erreicht hatten, stürmte ein uniformierter Polizist auf Willi zu. Erst nach einer Schrecksekunde erkannte Ruben ihn als Helge Frantz.

„Du Parasit!", schimpfte der Uniformierte. „Das Unglück anderer Leute ist das Einzige, das dich interessiert. Das macht dich an, nicht wahr? Etwas anderes hast du nie gelernt, als unbescholtene Menschen in den Dreck zu ziehen."

Sofort ließ Willi Sophie los. „Beruhige dich, Helge", versuchte er es beschwichtigend. „Ich weiß überhaupt nicht, wovon du sprichst."

„Von Antjes Ruf natürlich. Und von meiner Unbescholtenheit. – Alles versuchst du kaputt zu machen. Keinem gönnst du sein Glück. Und nur, weil du selbst nichts auf die Reihe bekommst."

„Ich kapiere kein Wort", erwiderte Willi ganz ruhig und versuchte Helge in Richtung Apotheke zu drängen.

„Fass mich nicht an!", schrie ihn dieser an. „Und wage es ja nicht, Antje oder mir auch nur noch einmal in die Quere zu kommen." Mit diesen Worten machte er sich frei und quetschte sich durch den Ring aus Touristen, der sich mittlerweile um sie herum gebildet hatte.

Willi drehte sich zu Ruben und Sophie, die die Szene aus ein paar Schritten Entfernung beobachtet hatten. Noch bevor er sie erreichte, klingelte Rubens Handy. „Brunner hier. Ich möchte umgehend mit Ihnen sprechen. Aber nicht in meinem Büro. Haben Sie eine Ferienwohnung gemietet, in der wir uns treffen können?"

„Eine Suite im ‚Hotel Vier Jahreszeiten'. In zehn Minuten können wir da sein."

„Gut, dann treffen wir uns dort", stimmte Brunner zu und beendete ohne jedes weitere Wort das Gespräch.

Dass es ausgerechnet das ‚Vier Jahreszeiten' sein musste, in dem sie alles besprechen wollten! Leicht melancholisch gestimmt betrat Kriminalhauptkommissar Brunner das Hotel, in dem Ludwig Vaitmann gestorben war.

Auch wenn es viele Jahre her war, dass sie zusammengearbeitet hatten, war er seinem alten Mentor immer noch sehr verbunden. Und bisher hatte er noch keinen Schuldigen für seinen Tod überführt. Natürlich ahnte er, wie alles abgelaufen war. Die Apothekerin hatte vergessen, Ludwig das verschriebene Medikament mitzugeben. Auch wenn die Rechtsmediziner es nicht verbindlich bestätigen konnten, war Brunner davon überzeugt, dass Ludwig Vaitmann gestorben war, weil er keinen Zugriff auf sein Notfallpräparat hatte. Ein unnötiger Tod, der wahrscheinlich nie aufgeklärt würde. Beweise für den Fehler in der Apotheke gab es sicher nicht mehr.

Wenn er wenigstens noch die Gelegenheit gehabt hätte, mit der Frau zu sprechen, die in der Nacht seines Todes bei Ludwig war. Wenn sie ihm die Kapseln nicht bewusst vorenthalten hatte, hatte es für sie keinen Grund gegeben, sich vor der Polizei zu verstecken. Außer natürlich, sie wollte nicht als Prostituierte identifiziert werden.

Ein leises Seufzen war das erste, das der Portier des Hotels von ihm hörte. Danach erst war Brunner in der Lage, nach der Zimmernummer der Gäste aus Köln zu fragen.

Außerhalb der Polizeiwache wirkte Brunner noch viel überzeugender wie ein gemütlicher Brummbär, fand Sophie Renger.

Der Wohnraum der Suite bot gerade ausreichend Sitzgelegenheiten für vier erwachsene Menschen und da Brunner als Letzter dazukam, musste er im hellblauen Korbsessel Platz nehmen, der sich sofort passgenau um ihn herum schmiegte.

Der Kriminalhauptkommissar schien die Lächerlichkeit der Situation nicht zu bemerken. Sogar die Teilnahme von Willi Lasse an der vertraulichen Besprechung brachte ihn nicht aus dem Konzept. Nachdem er vor sich auf dem niedrigen Couchtisch seine drei Aktenmappen aufgestapelt hatte, sah er der Reihe nach Willi, Ruben und Sophie an.

Mit ernster Miene eröffnete er das Gespräch: „Ich denke, ich muss nicht betonen, dass alle Informationen, die wir hier austauschen, vertraulich sind. Lese ich auch nur die geringste Andeutung zum Inhalt unseres heutigen Gesprächs in einer Zeitung oder im Internet, werde ich dafür sorgen, dass es dem Betreffenden leidtut. Ganz besonders gilt dies für Sie, Herr Lasse."

Ein vorwurfsvoller Blick traf Brunner, aber Willi zeigte dennoch durch ein Nicken, dass er verstanden hatte. Ruben und Sophie nickten ebenfalls.

„Gut. Das waren die Formalien von meiner Seite aus. Hat einer von Ihnen noch etwas Derartiges im Vorfeld zu klären?"

Drei Köpfe wurden verneinend geschüttelt.

„Die Informationen, die Sie, Frau Dr. Renger, mir heute morgen gegeben haben, wurden zum größten Teil bestätigt", setzte Brunner seine Rede fort. „Polizeiobermeister Frantz besteht zwar weiterhin darauf, am 28. Mai ohne Unterbrechung seinem Dienst nachgegangen zu sein, aber Polizeimeister Müller ist relativ schnell eingeknickt. Glücklicherweise konnte ich ihm verdeutlichen, dass es seine Kündigung nicht wert ist, einem Kollegen den Rücken freizuhalten."

„Also hatte Nils Petersen recht."

„Und wir haben eine Erklärung dafür, warum Helge Frantz Willi vorhin so angefeindet hat", ergänzte Ruben.

„Der kleine Mann hatte auf der ganzen Linie recht, scheint mir. – Der sichergestellte Mercedes, der nach wie vor auf dem Parkplatz der Polizei Westerland auf seinen Abtransport aufs Festland wartet, wurde seit seiner Verbringung zu uns bewegt. Er hat etwa sechzig Kilometer zu viel auf dem Tachometer."

„Du kennst Frantz doch", wandte sich Sophie an Willi. „Traust du ihm wirklich zu, dass er dir nicht nur droht, sondern dich auch handfest angreift? Dass er versucht, dich mit einem gestohlenen Wagen von der Straße zu drängen. Und, dass er mit diesem provozierten Unfall wirklich vorhatte, dich tödlich verunglücken zu lassen?"

Willi blieb stumm.

„Aktuell spricht nichts dagegen, dass es so passiert sein kann", antwortete Brunner ihr stattdessen. „Frantz war während seines Dienstes unentschuldigt nicht anwesend. Es war für ihn nicht schwierig, sich Zugriff auf den sichergestellten Wagen samt Autoschlüsseln zu verschaffen. Außerdem hat er später seinen Kollegen Rainer Müller gebeten, für ihn zu lügen."

„Aber für Sie sind das nur Indizien, nicht wahr?"

Brunner erwiderte ihr vorsichtiges Grinsen. „Richtig. Bisher haben wir keinen Beweis, dass es tatsächlich so abgelaufen ist."

„Gibt es Fingerabdrücke im Wagen?", fragte Ruben.

„Derzeit möchte ich die Welle nicht zu groß werden lassen, die Frantz ergriffen hat. Eine Untersuchung des Wagens würde genau dafür sorgen. Für die nächsten Tage habe ich Frantz beurlaubt. – Ich bin kein Freund schneller Vorverurteilungen und solange ich nicht alle Fakten kenne, reicht es mir, wenn er für ein paar Tage nicht zum Dienst erscheint."

Sophie musterte Brunner eine Weile. „Sie glauben nicht wirklich daran, dass er den Unfall böswillig verursacht hat", stellte sie in den Raum. „Sonst müssten Sie auch befürchten, dass er der Mörder Jana Nimbs ist. – In diesem Fall hätten Sie andere Maßnahmen gegen Helge Frantz ergriffen."

Das Lächeln von Brunner verschwand so schnell, wie es auf seinem Gesicht erschienen war. Sophie konnte quasi hören, wie es in ihm arbeitete.

„Bisher habe ich keinen Beleg dafür, dass Jana Nimbs Ermordung überhaupt etwas mit dem Autounfall oder Ludwig Vaitmanns Tod zu tun hat." Erneut sortierte Brunner die drei Aktenmappen um.

„Die schöne Jana war die Unbekannte in seinem Hotelzimmer", kam es plötzlich von Willi. „Sie war bei Ludwig Vaitmann, als er seinen Angina Pectoris Anfall bekam."

Das Nicken Brunners verriet Sophie, dass ihm diese Information nicht neu war.

„Woher wussten Sie es?", fragte sie und grinste.

Freundlich ruhte sein Blick auf ihr. „Bis zu ihrem Tod hatte ich nur so ein Gefühl. Man hört einiges, wenn man sich über Menschen erkundigt. – Bestätigt wurde meine Ahnung, als die Spurensicherung in Frau Nimbs Wohnung Ludwigs Portemonnaie gefunden hat. Und einen Herrenmantel, der ihm gepasst haben muss. – Ich erkläre es mir so, dass sie nach ihrem unbekleideten Hilferuf schnell das erstbeste Kleidungsstück übergezogen hat. Dieses war zufällig Ludwigs Mantel. Danach hat sie ihre Habseligkeiten zusammengerafft und ist über den Notausgang geflüchtet."

„Sie wusste, ob sich das Notfallmedikament im Hotelzimmer befand oder nicht. Und sie besaß die Rechnung der Apotheke, die sich in Vaitmanns Portemonnaie befunden hat." Rubens Zusammenfassung quittierte Brunner mit einem kurzen Nicken.

„Das Notfallmedikament war nicht dort", mischte sich Willi ein. „Deshalb hat Helge Frantz für Jana Nimbs Ermordung ein starkes Motiv. Er muss durch sie die Existenz seiner Frau bedroht gesehen haben."

„Nur wenn er gewusst hat, dass Jana Nimb die Frau war, die sich bei Vaitmann im Hotelzimmer befand." Offenbar wollte Brunner noch nicht an die Schuld seines Kollegen der Bereitschaftspolizei glauben.

„Er hat es gewusst. Der Portier des Hotels hat es ihm bestätigt."

Wie eine Bombe schlug diese Information von Willi bei Brunner ein.

„Paul Harmssen heißt der gute Mann übrigens. Kurz nach Ludwig Vaitmanns Tod habe ich das erste Mal mit ihm gesprochen. Er war es, der in der Nacht von Ludwig Vaitmanns Tod Dienst hatte. Und er hat gesehen, wie Jana zusammen mit dem armen Ludwig aufs Zimmer ging. – Gestern Früh habe ich mich noch einmal mit Harmssen unterhalten. – Ich glaube, du, schöne Frau, hast großen Eindruck auf ihn gemacht."

Sophie ignorierte Willis Bemerkung.

Brunners Miene war wieder verschlossen.

„Gestern hat Harmssen mir erzählt, dass Helge Frantz bereits vor ein paar Wochen bei ihm war und ihm ein Bild von Jana Nimb unter die Nase gehalten hat. Helge Frantz und er kennen sich gut. Sie singen im selben Kirchenchor."

Der Kriminalkommissar notierte sich die neuen Informationen und brummte dabei leise vor sich hin.

„Sein Motiv wird immer stärker", bestätigte Sophie. „Frantz hat nachgeforscht, wer die weibliche Begleitung Ludwig Vaitmanns war. So etwas tut man nicht ohne Grund. – Aber trotzdem ist das noch kein Beweis dafür, dass Frantz sie auch getötet hat."

Brunner warf ihr einen freundlichen Blick zu. „Das ist wohl wahr," stimmte er zu. „Allerdings hat der Kollege uns nicht an seinen Erkenntnissen teilhaben lassen. Und irgendetwas hat er sicher mit seinem Wissen vorgehabt. Unschuldig ist Frantz also nicht. Aber ein Mörder ist er auch nicht, da bin ich mir absolut sicher. – Wer also spielt noch eine Rolle in diesem Beziehungskarussell?"

„Antje Frantz", schlug Ruben vor.

„Nein, ich habe sie kennengelernt," widersprach Brunner. „Sie ist eine feine, gewissenhafte Frau. Während unseres letzten Gesprächs hätte sie mir fast die Wahrheit über Ludwigs fehlendes Notfallpräparat gesagt. Sie war kurz davor, das habe ich gespürt. Aber ihr Mann wird es ihr untersagt haben."

„Wer dann?", fragte Ruben.

„Das ist dann wohl wieder mein Stichwort," meldete sich Willi zu Wort. „Kunibert Wedel. Er hat auf jeden Fall für die Tötung Jana Nimbs ein Motiv, vielleicht auch für den Anschlag auf mein Leben. Und ich traue ihm beides zu."

„Ein Motiv mag er haben." Rubens Skepsis war deutlich zu hören. „Aber kannte er Ludwig Vaitmann überhaupt?"

„Vielleicht täuschen wir uns ja und Vaitmanns Tod und die Vorkommnisse in der Friedrich-Apotheke haben überhaupt nichts mit den Ereignissen danach zu tun."

Brunner sagte nichts zu Willis Verdacht. Ein Blick zu ihm machte Sophie klar, dass er alles andere als überzeugt war; Enttäuschung hatte sich auf seinem Gesicht breit gemacht. Natürlich war auch er über die Feindschaft zwischen den beiden Männern informiert.

„Gestern habe ich ihm einen Besuch abgestattet und ich muss dir zustimmen, Willi: Kunibert Wedel ist ein unangenehmer Zeitgenosse. Allerdings kann ich nach einem halbstündigen Gespräch mit ihm nicht einschätzen, ob er einen Mord begehen könnte. Er ist ein Mann mit narzisstischer Persönlichkeitsstörung, so lautet meine Schnelldiagnose. Charmant bis zudringlich mir gegenüber. Möglicherweise auch gewalttätig, wenn sich jemand nicht so verhält, wie er es gern möchte.“

Erleichtert stellte Sophie fest, dass Brunner ihren Ausführungen mit einer Spur Amüsement folgte.

„Haben nicht eher Sie ein Motiv, Herrn Wedel etwas anzutun, als umgekehrt?“, fragte Brunner nun Willi in sarkastischem Tonfall. „Was ist sein Motiv?“

„Kunibert Wedel hatte bis zu Jana Nimbs gewaltsamem Tod ein intimes Verhältnis mit ihr. Und er wird davon ausgehen, dass ich darüber informiert bin.“

„Seine Ehe einmal außer Acht gelassen: Warum sollte es Herrn Wedel unangenehm sein, wenn Sie es öffentlich machen, dass er ein Verhältnis hat? Frau Nimb war eine attraktive Frau.“

„Es geht hier um die Art des Verhältnisses. Kunibert Wedel hat Jana zu sexuellen Dienstleistungen gezwungen. Das war keine Beziehung, die beide Seiten gewollt haben. Zu Anfang vielleicht, aber was er später von ihr verlangt hat, war nichts, das Jana freiwillig getan hat. Er hat sie schlicht und einfach dazu genötigt, indem er ihre finanzielle Abhängigkeit ausgenutzt hat.“

„Und warum sollte er dann Frau Nimb töten?“

„Jana hat sein Ansehen bedroht. Sie wollte sich von ihm befreien und war auch bereit, ihn bloßzustellen. Der ehemalige Polizist Ludwig Vaitmann war der erste, der ihr dabei helfen sollte, sich aus ihrer finanziellen Abhängigkeit zu lösen. Später hat sie mich darum gebeten. Darüber hinaus hätte ich sie überaus gern dabei unterstützt, die Wahrheit über den feinen Immobilienmakler zu veröffentlichen. – Vaitmann ist zu früh gestorben. Aber ich bin noch da.“

„So wie Sie es darstellen, kann Frau Nimb kein Interesse am Tod von Ludwig Vaitmann gehabt haben. Sie schließen also aus, dass sie ihm sein Notfallmedikament absichtlich vorenthalten hat?“

„Ja, definitiv. Zu so etwas wäre sie nicht fähig gewesen. Außerdem hätte sie davon keinen Vorteil gehabt. Sie hatte Ludwig Vaitmann ja nicht nur als stolzen Ritter gegen Wedel vorgesehen. Er sollte auch einer ihrer zahlenden Geliebten werden.“

„Wissen oder vermuten Sie das alles, Herr Lasse?“, wurde Brunner offiziell. „Im Gegensatz zu einem Artikel in der Zeitung, kommt eine Mordermittlung nicht mit Gerüchten und Annahmen aus.“

„Nachdem Ludwig ihr nicht mehr zur Seite stehen konnte, hat Jana mich eingeweiht und um Hilfe gebeten. An dem Morgen, als ich sie tot in ihrer Wohnung aufgefunden habe, waren wir verabredet, um gemeinsam zur Bank zu fahren und ihre Probleme zu lösen. Den dort vereinbarten Termin werden Sie bestimmt von der Bank bestätigt bekommen. Und ich bin mir sicher, dass Sie und Ihre Kollegen in Janas Unterlagen alle notwendigen Informationen zu ihrem Immobilienkredit finden werden.“

„Wusstest du bereits über ihre Abhängigkeit von Wedel Bescheid, als ihr den Unfall hattet?“

„Ja, Ruben.“

„Und musste Wedel bereits damals davon ausgehen, dass du eingeweiht warst?“

„Ich weiß es nicht. – Wie ich Jana kenne, hat sie ihn mehrfach gebeten, sie freizugeben. Ob sie ihm dabei mit einer öffentlichen Bloßstellung gedroht hat, kann ich nicht sagen.“

„Hätte für Wedel die Möglichkeit bestanden, an den sichergestellten Wagen heranzukommen?“, wollte Ruben von

Brunner wissen. „Oder halten Sie es für möglich, dass ihm einer Ihrer Kollegen geholfen hat?"

„Nein. Beides halte ich für absolut ausgeschlossen."

Stille trat ein, während der Brunner erneut seine Aktenmappen sortierte. Eine interessante Darstellung seiner Denkprozesse, dachte Sophie.

„Wo waren eigentlich Sie zu der Zeit, in der Jana Nimb gestorben ist?" Der Blick, den der Kriminalkommissar Lasse zuwarf, war ganz und gar nicht mehr freundlich. Die beiden Männer hatten also bereits eine Vorgeschichte, die sie nicht zu Freunden hatte werden lassen.

„Ich habe sie wirklich sehr gemocht", war Willis Antwort in vorwurfsvollem Ton.

„Vielleicht ein wenig zu sehr?", setzte Brunner nach. „Möglicherweise waren Sie eifersüchtig, dass Frau Nimb sich immer wieder andere Männer ausgesucht hat, aber nicht Sie."

„Nein. Das Thema stand niemals zwischen uns."

„Oder hat Frau Nimb Sie bereits vor Ihrer Unterstützung am nächsten Morgen mit Sex bezahlt? Ist irgendetwas dabei schiefgelaufen? Hat sie sich über Sie lustig gemacht? Haben Sie gestritten?"

Erstaunt über diesen Angriff sah Sophie zuerst Brunner, dann Willi an.

Lasses Augen waren feucht. Die ersten Tränen bahnten sich ihren Weg über seine Wangen. „Jana Nimb habe ich wirklich sehr gemocht. Auch wenn Sie sich das nicht vorstellen können, es war so. Sie war klug und schön; vielleicht manchmal nicht misstrauisch genug, um ohne Probleme durchs Leben zu gehen. Und die Erfahrungen, die sie in ihren ersten Jahren auf Sylt mit Männern gemacht hat, waren für mich Entschuldigung genug für jeden Euro, den sie für ihre Gunst verlangt hat. Dass eine solche Frau ab und zu bereit war, unentgeltlich ein paar Stunden mit mir zu verbringen, war eine Ehre für mich. Ein sexuelles Verhältnis zwischen uns war nie ein Thema."

„Können Sie mir bitte dennoch sagen, wo Sie sich in der Nacht vor ihrem Tod und am Tag ihres Todes aufgehalten haben", hakte Brunner scheinbar unbewegt nach.

„An dem Abend vor Janas Tod saß ich im ‚Zum kleinen Strand'. Dafür werden Sie reichlich Zeugen finden. Die Nacht und den nächsten Tag habe ich zum großen Teil in meiner Wohnung und an meinem Computer verbracht. Allein. – Ich wünschte, Sie hätten recht mit Ihren Vorstellungen zu Janas und meinem Verhältnis. Dann wäre ich vielleicht an dem besagten Tag bei ihr gewesen und sie hätte nicht sterben müssen."

„Danke." Mit der Betonung dieses einen Wortes gelang es Brunner, seinen Dank wie eine Entschuldigung klingen zu lassen.

„Also ist Kunibert Wedel jetzt einer der Verdächtigen für die Ermordung Jana Nimbs?", unterbrach Sophie die unangenehme Stille, die sich breitgemacht hatte.

„Nach den Informationen, die Herr Lasse uns gerade gegeben hat, gehe ich zumindest von einem Motiv aus. Vielleicht auch dafür, Ludwig Vaitmann und Willi Lasse zum Schweigen zu bringen. – Aber ich habe Wedel, genauso wie Sie, gestern bereits einen Besuch abgestattet. Er hat ein Alibi für die Zeit, in der Jana Nimb gestorben ist; seine Frau hat mit ihm zusammen zuhause in Braderup zu Mittag gegessen."

Brunners Antwort überraschte Sophie nicht. „Sind Sie in Janas Unterlagen auf seinen Namen gestoßen?"

Brunner nickte und lächelte sie an, erneut den freundlichen Teddybären darstellend.

„Haben sich aus der Überprüfung von Janas Lebensumständen weitere Verdächtige ergeben? Jemand, von dem wir Kölner vielleicht gar nichts wissen?"

Bei ihrer Frage erkannte sie ein leichtes Blitzen in Brunners Augen. „Sie haben noch eine andere Idee, nicht wahr?", setzte sie nach.

„Frau Nimb soll in den letzten Wochen häufig Übernachtungsbesuch von ein und demselben Mann gehabt haben. Ich gehe also davon aus, dass sie einen Lebensgefährten hatte, zahlend oder nicht zahlend. – Herr Lasse, können Sie mir vielleicht seinen Namen nennen?“

„Nein. Ich kenne seinen Namen nicht.“

„Aber Sie können bestätigen, dass es einen solchen Mann im Leben von Frau Nimb gab?“

„Sie hat nie über ihn geredet. Aber ich habe mitbekommen, dass es jemanden gab, der sie ernsthaft umwarb.“

„Ernsthaft umwarb?“, wiederholte der Kriminalkommissar, ein wenig spöttisch klingend.

Lasse richtete sich auf und blitzte ihn an. „Vielleicht fällt es Ihnen leichter, Janas Mörder zu fassen, wenn Sie sich bemühen, sie so zu sehen, wie sie war: Eine wunderbare Frau, die aus jedem Mann das Beste herausholen konnte.“

„Wie das Verhalten Kunibert Wedels und auch das ihres Mörders ja deutlich beweisen“, erwiderte Brunner ironisch.

Nein, diese beiden Männer wurden keine Freunde mehr, konstatierte Sophie enttäuscht. Schade; sie konnte beide gut leiden.

Nachdem Brunner sich verabschiedet hatte, setzten sich Sophie Renger, Ruben und Willi auf die Terrasse eines Restaurants auf der Friedrichstraße. Schweigend sahen sie eine Weile lang den schnell vorbeilaufenden Touristen zu. Unzufrieden mit ihrem vorangegangenen Gespräch mochte keiner von ihnen eine weitere Diskussion über Kunibert Wedel oder andere Verdächtige führen.

Den ganzen Tag lang war die Sonne nicht hinter den Wolken hervorgekommen, mittlerweile nieselte es sogar leicht. Ein Sommertag am Meer sollte anders verlaufen, fand Sophie. In jeder Hinsicht anders.

Gern hätte sie das unfreundliche Wetter genutzt, ausgiebiger mit Brunner zusammen nach Janas Mörder zu suchen. Aber kurz nach seiner Auseinandersetzung mit Willi war der Kriminalhauptkommissar gegangen. Wie seine nächsten Schritte aussahen, hatte er offengelassen, auch ob er sich noch einmal mit ihr und Ruben treffen wollte. Sie hatten ihm alles gesagt, was sie bislang herausgefunden hatten. Er selbst hatte wenig von seinen Ermittlungen preisgegeben. Eigentlich gab es keinen Grund mehr für ihn, sie in seine weiteren Überlegungen und Aktivitäten einzubinden.

Das Mittagessen hatten sie ausfallen lassen, Ruben und ihr knurrten die Mägen. Das Restaurant, auf dessen Terrasse sie unter Heizpilzen dem feuchtkalten Wetter trotzten, bot den ganzen Tag lang eine umfangreiche Auswahl an kleinen Speisen an. Sie bestellten sich ein frühes Abendessen, während Willi versuchte, seine tägliche Kalorienzufuhr flüssig hinter sich zu bringen.

„Kann es Janas neuer Freund gewesen sein, der sie gewürgt hat?", kam Ruben schließlich auf das Thema zurück, das sie alle beschäftigte. „Immerhin soll sie kurz vor ihrem Tod noch einvernehmlichen Sex gehabt haben."

„Sex kann sie auch mit Kunibert Wedel gehabt haben."

„Nein, kann sie nicht. Seine Frau hat Brunner gegenüber ausgesagt, sie hätten den gesamten Abend und die Nacht zusammen in ihrem Haus in Braderup verbracht."

„Außerdem wurde Jana bestohlen, zumindest hat die Polizei ihr Portemonnaie nicht gefunden." Sophie konnte sich nicht vorstellen, dass ein Mensch wie Wedel Geldbörsen fremder Menschen mitnahm. „Es befanden sich weder Geld noch Papiere in der ganzen Wohnung."

Willi grummelte etwas Unverständliches, bevor er das vor ihm stehende Glas in einem Zug austrank.

„Wir müssen unbedingt herausbekommen, mit wem Jana sich so oft getroffen hat. Wer der Mann war, der die vielen Nächte bei ihr in der Wohnung verbracht hat."

Willis Blick bewies ihr, dass er bereits erste Erfolge bei seinen Bemühungen, sich zu betrinken, zu verzeichnen hatte. Wenn sie noch sinnvolle Antworten von ihm bekommen wollten, mussten sie schnell sein. „Was weißt du über Janas Freund?"

„Ich weiß überhaupt nichts", nuschelte er.

„Irgendetwas muss sie dir doch gesagt haben."

„Ja, das hat sie. Dass er anders ist als die anderen."

„Und was genau hat sie damit gemeint?", fragte Ruben ungeduldig.

„Dass er nett zu ihr ist, wahrscheinlich." Der Blick, den Willi Ruben zuwarf, war vorwurfsvoll. „Alle Männer außer mir wollten sie nur ausnutzen."

„Möglicherweise hat sie damit auch gemeint, dass er nicht viel Geld besitzt", vermutete Sophie. „Hast du einen Schlüssel zu Janas Wohnung, Willi?"

„Nein."

„Wen aus ihrem Umfeld kennst du?"

Willi nahm einen tiefen Schluck aus dem frisch vor ihm abgestellten Bierglas und sah Sophie dann sehr ernst an. „Ich glaube immer noch, dass es Kunibert Wedel war", formulierte er betont deutlich. „Niemand hat sie so gehasst und erniedrigt wie er. Ein Alibi seiner Frau ist doch nichts wert. Und dass die Polizei Janas Portemonnaie nicht in der Wohnung gefunden hat, kann ein Ablenkungsmanöver sein."

Am Abend von Kunibert Wedels Tod meinte es das Wetter nicht gut mit den Urlaubsgästen auf Sylt. Dem leichten Nieselregen während des Nachmittags schloss sich Starkregen bis tief in die Nacht an. Innerhalb kürzester Zeit war die halbe Insel unter Wasser gesetzt; nur wer wirklich Dringendes zu

erledigen hatte, verließ überhaupt noch seine Ferienwohnung
oder sein Hotelzimmer.

Sophie und Ruben brachten Willi bis zu seiner Wohnung
und verabschiedeten sich dort, ohne ihn hineinzubegleiten.
Möglichst schnell wollten sie zum ‚Hotel Vier Jahreszeiten‘ zurückkehren, um sich dort mit trockener Bekleidung zu versor-
gen. Bereits wenige Meter nachdem sie die Markise des Restaurants als Schutz hinter sich gelassen hatten, hatten Regen und
Sturm ihre gesamte Kleidung durchnässt. Jeder weitere kalte
Tropfen schien direkt auf ihre Haut zu fallen. Beide froren und
freuten sich auf eine heiße Dusche. Danach wartete ihr warmes
Bett auf sie.

Samstag, 1. Juli auf Sylt

Ruben Bertrams Handy klingelte, während er zusammen mit
Sophie am Frühstückstisch saß. Er hob das Gerät hoch, warf einen Blick auf das Display und drehte es dann so, dass auch sie
sehen konnte, dass Brunner versuchte, ihn zu erreichen.

„Geh dran.“ Außer ihnen saß niemand mehr im Frühstücksraum des Hotels. Alle anderen Gäste waren bereits aufgebro-
chen.

Während Ruben sich meldete, erschien eine Servicekraft des
Hotels mit einem leeren Tablett und näherte sich ihrem Tisch.
Sophie erhob sich von ihrem Platz und gab Ruben ein Zeichen,
ihr zu folgen.

Draußen regnete es zwar nicht mehr, aber es war bewölkt,
kühl und windig. Auf der Suche nach einer ruhigen Ecke innerhalb des Hotels, in der sie ungestört mit Brunner telefonieren
konnten, kamen sie am von abreisenden Urlaubern umlagerten
Empfangstresen vorbei. Schräg gegenüber öffnete sich der
Durchgang in eine Art Bibliothek, in die Sophie Ruben ungeduldig lotste. Der Raum besaß zwar keine Tür, aber er war groß

genug, um ausreichend Abstand zu den mit Bonbonpapier knisternden und laut lachenden Touristen zu gewinnen.

„Ist Frau Dr. Renger in Ihrer Nähe?", fragte Brunner sofort, nachdem er seinen Namen genannt hatte.

„Sie steht neben mir und hört mit."

„Reichen Sie mich bitte weiter."

Sophie meldete sich und Brunner forderte sie auf, den Lautsprecher auszuschalten.

„Ich möchte Sie umgehend bei mir im Büro sprechen."

„Ausschließlich mich?"

„Ja. Ausschließlich Sie, Frau Dr. Renger. Lassen Sie Herrn Bertram im Hotel."

„Darf ich erst noch den restlichen Tag mit ihm planen?"

„Falls Sie es vorziehen, kann ich Sie auch von einem Streifenwagen abholen lassen."

„Was ist passiert?"

„Das erfahren Sie, sobald Sie in meinem Büro sitzen. Eine Viertelstunde sollte Ihnen für den Weg ausreichen."

Brunners eindringlicher Klang, der seine Worte durch das Telefon begleitete, irritierte Sophie. Es musste etwas sehr Ernsthaftes vorgefallen sein, das ihn dazu zwang, sie offiziell zu sich zu beordern.

„Es ist nicht notwendig, dass Sie mir einen Wagen schicken, vielen Dank", versuchte sie mit Humor die Situation aufzuheitern. „Ich mache mich direkt auf den Weg. In der vorgegebenen Zeit werde ich bei Ihnen sein."

Ohne jedes weitere Wort legte Brunner auf.

„Habe ich das richtig gehört – Brunner will mit uns sprechen?", fragte Ruben und sah sie erwartungsvoll an. „Hat er seine Meinung doch noch geändert?"

„Nur mit mir will er sprechen. Ausdrücklich nicht mit uns beiden. Du sollst im Hotel bleiben."

Trotz Brunners Anweisung ließ sich Ruben natürlich nicht davon abhalten, sie zur Polizeistation zu begleiten.

„Ich warte hier irgendwo in der Nähe", sagte er. Sophie konnte seiner Stimme entnehmen, dass er besorgt war. „Ruf mich an, wenn ich zu euch kommen darf. Oder wenn ihr beide fertig seid mit eurer vertraulichen Besprechung."

Wieder holte Brunner Sophie Renger persönlich im Bereitschaftszimmer ab. Und erneut stieg er vor ihr die Treppen hinauf bis zu seinem Büro. Als er die Tür hinter ihnen beiden geschlossen hatte, sah er sie ernst an.

„Hoffentlich haben Sie heute Nacht besser geschlafen als ich", eröffnete er das Gespräch, noch bevor sie sich gesetzt hatten. Die Zweideutigkeit seines Wunsches wurde Sophie erst später bewusst.

„Vielen Dank der Nachfrage."

„Meine Nachtruhe war leider gegen Mitternacht beendet. Glücklicherweise hatte ich da schon zwei Stunden Schlaf hinter mir."

Stumm sah Sophie ihn an. Seine sonst so freundliche Melodie war kaum noch zu hören. Sein leiser Klang erweckte den Eindruck, als habe sich Brunner auf die behutsame Jagd nach einem scheuen Wild begeben.

„Wann sind Sie denn gestern Nacht ins ‚Hotel Vier Jahreszeiten' zurückgekehrt? – Wie ich hörte, hatten Sie am Abend noch eine Verabredung."

„Willi Lasse, Ruben Bertram und ich haben bis kurz nach 18:30 Uhr gemeinsam gegessen. Danach sind wir alle recht schnell in unsere Unterkünfte zurückgekehrt, Ruben und ich ins Hotel. Den Rest des Abends haben wir getrennt voneinander verbracht."

„Das passt. – Haben Sie Herrn Bertram noch einmal gesprochen, bevor Sie das Hotel wieder verlassen haben?"

„Ich habe das Hotel nicht noch einmal verlassen. Den Rest des Abends und die ganze Nacht war ich dort. – Bitte sagen Sie mir, was passiert ist und was ich damit zu tun haben soll?"

„Es gibt einen weiteren Todesfall." Brunner nahm die oberste Aktenmappe von seinem Stapel und legte sie vor sich auf den Schreibtisch.

Erschrocken fiel Sophie ein, dass sie bereits seit sechzehn Stunden nichts mehr von Willi gehört hatte. „Ist Herrn Lasse etwas passiert?"

„Nein, nicht ihm. Bei dem Toten handelt es sich um Kunibert Wedel."

Erleichtert atmete Sophie aus und bemerkte dann, dass Brunner sie aufmerksam beobachtete.

„Gestern Abend war Herr Wedel mit Ihnen verabredet, wurde mir mitgeteilt."

„Kunibert Wedel mit mir? Nein, ganz bestimmt nicht."

„Das ist merkwürdig. Es ist ein entsprechender Termin in seinem Kalender verzeichnet. Für 20:00 Uhr in Wenningstedt. Und eine Angestellte des Immobilienkontors hat mir seine Verabredung mit Ihnen bestätigt."

Fassungslos sah sie Brunner an und schüttelte dann den Kopf. „Ich habe Kunibert Wedel nur das eine Mal getroffen, von dem ich Ihnen bereits berichtet habe. Das war am Vormittag, kurz bevor Ruben und ich Sie besucht haben. Ich wollte ihn kennenlernen, da es mich interessiert hat, was für ein Mensch sich Jana Nimb gegenüber so schäbig verhalten konnte."

„Ja, Sie haben es erwähnt."

„Seinen Sohn habe ich dabei auch getroffen. Es fehlte nur seine Frau."

„Wie man mich informiert hat, haben Sie im Anschluss an diese erste Begegnung einen weiteren Termin mit ihm verabredet."

„Nein, das habe ich nicht getan. Auch wenn er während unseres Gesprächs ein Treffen außerhalb des Immobilienkontors vorgeschlagen hat, habe ich mich nicht darauf eingelassen. Für den Moment hatte ich erst einmal genug von ihm. Wahrscheinlich wäre ich heute noch einmal auf ihn zugegangen, da Willi nach wie vor davon überzeugt ist, dass Kunibert Wedel Jana Nimb getötet hat."

Wieder sah Brunner sie ernst an. „Leider muss ich Sie das fragen: Gibt es jemanden, der bezeugen kann, dass Sie das Hotel gestern Abend nicht mehr verlassen haben?"

Ihr Kopfschütteln ließ ihn nur noch ernster blicken.

„Es wäre besser, wenn Sie einen Zeugen hätten. – Sie können sich auch auf meine Diskretion verlassen."

Brunner schien davon auszugehen, dass Ruben und sie den Ausflug nach Sylt privat zu nutzen wussten. „Nein, Herr Kriminalhauptkommissar. Mein Bett habe ich weder mit Ruben Bertram noch mit jemand anderem geteilt."

Ohne jede Regung im Gesicht öffnete Brunner die Aktenmappe und schrieb ein paar Worte auf das oberste Blatt.

„Ich nehme an, Herr Bertram hat es sich trotz meines Hinweises nicht nehmen lassen, hier irgendwo in der Nähe darauf zu warten, dass ich Sie wieder gehen lasse", sagte er schließlich und hob den Blick.

Sophie nickte.

„Ist Herr Lasse bei ihm?"

„Nein, das glaube ich nicht. Zumindest haben wir das nicht verabredet."

Brunner verließ sein Büro und Sophie hörte ihn mit einem seiner Mitarbeiter reden. Welche Anweisung er ihm gab, konnte sie nicht verstehen.

Als Brunner wieder vor ihr saß, forderte er sie auf: „Rufen Sie Herrn Bertram an. Er soll umgehend herkommen und uns Gesellschaft leisten."

Während der Wartezeit, bis Ruben, von einem Uniformierten begleitet, Brunners Büro betrat, erlebte Sophie den Kriminalhauptkommissar wieder als freundlichen Brummbären. Höflich erkundigte er sich, wie ihr, von den unerwarteten Todesfällen abgesehen, die Insel gefiele und was sie bisher bereits

Schönes gesehen habe. Danach empfahl er ihr noch zwei seiner Lieblingsrestaurants in Westerland.

Als Ruben schließlich neben ihr auf dem zweiten Besucherstuhl Platz genommen hatte, blickte Brunner wieder ernst. Seine Begrüßung war sehr knapp ausgefallen.

In dem Moment, in dem Sophie Ruben über den neuen Todesfall aufklären wollte, bat er sie mit einer Geste, zu schweigen.

„Die Ankunft von Herrn Lasse werden wir noch abwarten“, kündigte Brunner an und legte ohne ein weiteres Wort alle vier Mappen nebeneinander auf den Schreibtisch.

Der Uniformierte, der bereits Ruben nach oben begleitet hatte, schob endlich auch Willi in den Raum. Wenige Sekunden später erschien er mit einem dritten Besucherstuhl, auf dem Willi umgehend Platz nahm.

„Ich wäre Ihnen dankbar, wenn Sie vor meinem Büro warten könnten, bis ich Ihnen Bescheid gebe“, forderte Brunner seinen uniformierten Kollegen auf. „Es kann sein, dass ich Ihre Unterstützung gleich noch einmal benötige.“

Nachdem der Uniformierte die Tür geschlossen hatte, lehnte Brunner sich mit einem finsteren Gesichtsausdruck in seinem Bürostuhl zurück und legte seine beiden Hände auf je zwei der vier Aktenmappen.

„Dann wollen wir mal“, eröffnete er das Gespräch. „Wir haben einen weiteren Todesfall zu beklagen und im Moment sind Sie drei meine Hauptverdächtigen.“

Mit Sicherheit ging Brunner nicht wirklich davon aus, dass einer von ihnen in den Stunden seit ihrem letzten Treffen jemanden getötet hatte. Ruben Bertram wunderte sich über die Show, die der Kriminalkommissar veranstaltete. Hoffte er, sie damit einzuschüchtern? Aber warum? Dass sie zur Kooperation bereit waren, hatten sie am Tag zuvor doch bereits deutlich gezeigt.

„Wer ist gestorben?", fragte er.

„Kunibert Wedel."

„Bert Wedel wurde ermordet?", kam es fassungslos von Willi. „Hat endlich einer den Mut gehabt, Gerechtigkeit walten zu lassen?"

„Eine solche Aussage hilft Ihnen nicht weiter", kam es süffisant von Brunner.

„Wie ist es passiert?"

„Herr Wedel ist in der vergangenen Nacht vom roten Kliff gestürzt", antwortete Brunner. „Im Moment wird sein Leichnam noch von der Gerichtsmedizin untersucht, um eine Fremdeinwirkung zu bestätigen oder auszuschließen."

„Ist es an dem Ort passiert, an dem er angeblich mit mir verabredet war?", fragte Sophie zu Rubens Verwunderung. Eine Verabredung im Freien bei dem gestrigen Mistwetter traute er noch nicht einmal ihr zu.

„Laut seiner Angestellten wollte Herr Wedel sich mit Ihnen auf dem Dünenpfad zwischen Wenningstedt und Kampen treffen. Dieser führt über das rote Kliff."

„Also bin ich tatsächlich in gewisser Weise an seinem Tod beteiligt. Zumindest war ich der Lockvogel, falls ihn jemand von der Klippe gestoßen hat."

Brunner sah stumm zu Sophie. Es kam Ruben fast so vor, als versuche er wortlos, sie zu beruhigen.

„Kunibert Wedel soll eine solche Verabredung eingehalten haben?", fragte Willi grinsend. Er schien den Ernst der Situation noch nicht begriffen zu haben. „Bei dem Regen, der gestern vom Himmel gefallen ist? – Sophie, du musst wirklich Eindruck auf ihn gemacht haben."

„Wundert Sie das, Herr Lasse?", kam es schnell vom Kriminalkommissar.

Wenn Brunner mit ihnen Theater spielte, konnte er selbst das erst recht tun, dachte Ruben. „Hast du die Verabredung eingehalten, Sophie? Den Autoschlüssel hattest du ja noch."

„Da ich nichts davon wusste, dass Wedel mich erwartet, war ich auch nicht dort. Jemand hat ihn in meinem Namen auf die Düne gelockt, aber ich war es nicht.“

„Dann ist es verständlich, dass er sich vor lauter Enttäuschung umgebracht hat“, folgerte Ruben und beobachtete aufmerksam Brunner, dessen Miene immer grimmiger wurde.

„Der hat sich niemals selbst die Klippe hinabgestürzt.“ Willi schien die Ironie in Rubens Aussage nicht verstanden zu haben.

„Nein, das hat er meines Erachtens nicht getan“, stimmte Brunner zu. „Aber in jedem Fall ist er tot. – Vielleicht könnten die Herren Journalisten sich dieser Tatsache gegenüber angemessener äußern.“

„Sie haben recht.“ Genug des Theaters, dachte Ruben.

Willi blieb stumm.

Nach einem weiteren strafenden Blick setzte Brunner seine Erläuterungen fort: „Die Kollegen der Spurensicherung haben vor Ort keinen Hinweis auf ein Verbrechen gefunden. Auch ich war in Wenningstedt und habe mir den Tatort angesehen. – Ein Sachverhalt spricht gegen einen Suizid, nämlich die Verabredung des Opfers mit Frau Dr. Renger. Diese Terminvereinbarung ist das Einzige, dem wir momentan nachgehen können.“

„Wann und wie wurde die Verabredung getroffen?“, wollte Sophie wissen.

„Per E-Mail. Von einem gmail-Account mit Ihrem Namen.“

„Einen solchen Account habe ich nicht.“

„Aber es gibt ihn. Wir ermitteln gerade, von welcher IP-Adresse aus er angefragt und genutzt wurde.“

„Es wäre ein bisschen leichtsinnig von Frau Dr. Renger, auf diese Weise einen Mord vorzubereiten, oder nicht?“

„So etwas soll schon vorgekommen sein, Herr Bertram. Besonders schlaue Menschen gönnen sich gern derartige Scherze der Polizei gegenüber.“

„Vielen Dank.“

Sophies freundschaftliches Lächeln wurde von Brunner mindestens ebenso freundschaftlich erwidert. Flirtete der Polizist etwa mit ihr?

„Die Kollegen von der Abteilung Internetkriminalität des BKA haben mir keine große Hoffnung gemacht, dass man denjenigen identifizieren wird, der den Account beantragt hat. Sie haben aber festgestellt, dass die E-Mail-Adresse erst wenige Stunden vor der besagten Kommunikation eröffnet wurde. Damit sieht es sehr nach einer fingierten Verabredung aus. – Wenn der Täter allerdings nur ein wenig versiert ist, werden wir ihm online nicht auf die Spur kommen."

„Dann müssen wir uns ihm anders nähern." Endlich ging das Gespräch in die richtige Richtung.

„Genau deshalb habe ich Sie drei hergebeten", bestätigte Brunner und verwandelte sich wieder in den freundlich blickenden Brummbären. „Fangen wir damit an, über Ihre Alibis zu sprechen."

„Für welchen Zeitraum?", fragte Sophie.

„Nehmen wir der Einfachheit halber den Zeitpunkt der Verabredung bis etwa zwei Stunden später. Also 20:00 Uhr bis 22:00 Uhr."

„Da saß ich in der kleinen Eckkneipe wenige Schritte von meiner Wohnung entfernt", antwortete Willi wie aus der Pistole geschossen.

„Wir haben dich doch extra nach Hause begleitet", kam es vorwurfsvoll von Sophie.

„Aber ihr habt mich nicht ins Bett gebracht."

„Ich lag ab etwa 20:00 Uhr in meinem Hotelbett und habe die Nachrichten gesehen. Danach bin ich durch die Programme gesprungen, ohne irgendetwas Interessantes zu finden. Gegen 21:30 Uhr müsste ich ungefähr geschlafen haben."

„Und Sie, Frau Dr. Renger?"

„Ich habe telefoniert. Erst mit Richard Achtelik und später noch mit meinen Eltern."

Brunner machte sich Notizen.

„Außer mir haben also alle ein nachprüfbares Alibi", fasste Ruben die Informationen zusammen. „Bin ich damit Ihr Hauptverdächtiger?"

Ein ungnädiges Kopfschütteln war Brunners einzige Reaktion.

„Wer sind dann Ihre Verdächtigen?"

„Dank der vorgetäuschten Verabredung mit Ihnen, Frau Dr. Renger," Brunner zwinkerte Sophie zu, „fällt die Liste ziemlich klein aus. Es kann nur jemand gewesen sein, der mitbekommen hat, dass Sie am Donnerstag das Immobilienkontor besucht und mit Kunibert Wedel persönlich gesprochen haben."

„Das stimmt." Rubens Bestätigung klang erstaunter, als es ihm lieb war.

Brunner quittierte den Ausruf mit einem Nicken, setzte dann seinen Austausch mit Sophie fort. „Wer war anwesend, als Sie Herrn Wedel besucht haben?"

„Eine Angestellte mittleren Alters hat mich in Empfang genommen. Wahrscheinlich ist sie seit Ewigkeiten dort angestellt und das Faktotum des Kontors. Außerdem war Wedels Sohn dort. Sebastian, wenn ich mich richtig erinnere. Ein paar Jahre jünger als ich, gutaussehend und möglicherweise durchaus charmant, wenn er sich in seinem Umfeld wohlfühlt."

Ruben sah sie fragend an.

„Im Immobilienkontor trat er recht arrogant auf. Aber die Unsicherheit hinter der Arroganz war kaum zu übersehen. Er schien nicht das beste Verhältnis zu seinem Vater zu haben. Sie trugen eine Art Konkurrenzkampf aus, hatte ich den Eindruck."

Wieder sah Brunner schmunzelnd zu Sophie. „Sonst haben Sie niemanden gesehen?"

„Nein, sonst hat sich mir niemand gezeigt."

„Mit Frau Kluge habe ich heute morgen gesprochen. Sie ist Ihr ‚Faktotum'. Ein sehr passender Ausdruck, wie ich finde. –

Frau Kluge hat mir bestätigt, dass an diesem Vormittag außer ihr lediglich Vater und Sohn Wedel anwesend waren."

„Ich muss so gegen 11:45 Uhr das Immobilienkontor wieder verlassen haben. Wann kam denn die E-Mail, mit der die Verabredung für den nächsten Abend getroffen wurde?"

Brunner sah auf seine Notizen. „Um 16:37 Uhr desselben Tages. – Es dauert wenige Sekunden, einen passenden gmail-Account anzulegen."

„Ich habe eine private Visitenkarte dort gelassen. Wer kann in den vier bis fünf Stunden bis zur E-Mail von meinem Besuch erfahren haben?"

„Wahrscheinlich jeder, der Zugriff auf die Adressdaten der Interessenten und Kunden hat."

„Also neben Kunibert Wedel seine Frau, sein Sohn und alle Angestellten des Immobilienkontors."

„Ist es so einfach? Ein Mord in der Familie?" Ruben konnte es nicht glauben.

„Der vermeintliche Selbstmord wird erst zum Mord, wenn wir einen Beweis dafür finden", mahnte Brunner. „Diese Bestätigung fehlt im Moment vollständig. – Wir haben weder Zeugen für den Moment des Sturzes, noch gibt es verdächtige Spuren auf dem Kliff oder an der Fundstelle des Leichnams. Wir wissen lediglich, dass Kunibert Wedel durch eine E-Mail auf den Dünenpfad gelockt wurde. Diese Tatsache ist nicht mehr als ein Indiz."

„Konnten Sie bereits mit Frauke Wedel sprechen?"

„Ja. Das habe ich als erstes getan, nachdem wir das Opfer vom Strand abtransportiert hatten. – Frau Wedel hat ihren Mann bereits identifiziert."

„Wie geht es Ihr?", fragte Willi endlich in ernstem Ton.

„Sie war gefasst, als ich bei ihr war. Aber mein Eindruck war dennoch, dass die Nachricht sie sehr getroffen hat. – Ich war froh, sie damit nicht allein lassen zu müssen. Ihr Sohn war bei ihr."

„Und wie war Ihr Eindruck von ihm?", wollte Sophie wissen.

„Meine Wahrnehmung passt zu Ihrer Beobachtung. Es muss Spannungen zwischen Vater und Sohn gegeben haben. Sebastian Wedel hat die Nachricht vom Tod seines Vaters nicht wirklich getroffen, auch wenn er es mir weismachen wollte."

„Unser erster Verdächtiger, also?"

„Mutter und Sohn geben sich gegenseitig ein Alibi", wandte Brunner ein.

„Wieder ein Alibi durch Frauke Wedel." Sophies Blick sprach Bände.

„Ja, so ist es." Brunner nickte.

„Kann sie etwas mit den Todesfällen zu tun haben?"

„Für heute Nachmittag habe ich sie und ihren Sohn zu uns auf die Wache gebeten. Es wird wohl am besten sein, wenn ich sie getrennt befrage."

„Wie geht es mit Helge Frantz weiter?", wollte Ruben wissen. „Und mit seiner Frau, der Apothekerin?"

„Die beiden müssen warten. Sie laufen uns ja nicht weg. – Die Ermittlungen zu Kunibert Wedels Tod gehen erst einmal vor."

„Können wir einen Selbstmord wirklich ausschließen?" Sophie sah Brunner an. „Auch wenn ich Kunibert Wedel nur kurz gesprochen habe, hatte ich den Eindruck vor einem Mann mit einer narzisstischen Persönlichkeitsstörung zu stehen. Einem Mann, der unter pathologischer Selbstüberschätzung, mangelnder Empathie und Egozentrik leidet. – Eine Schnelldiagnose, ich weiß. – Keine andere Persönlichkeitsstörung weist vergleichbar hohe Suizidraten auf wie diese."

„Wirklich?" Jetzt überraschte Sophie ihn wirklich. „Wie passen Selbstüberschätzung und Selbsttötung zusammen?"

„Der Grund dafür liegt im Versagen der Kompensationsmechanismen und einem Gefühl innerer Leere. Diese Menschen leben in einem äußerst zerbrechlichen inneren Gleichgewicht.

Wenn eine besonders stark empfundene Kränkung oder Zurückweisung sie trifft, kann das überzogene und zugleich labile Selbstwertgefühl zusammenbrechen."

„Bisher wurde kein Abschiedsbrief gefunden." Brunner sah von seinen gerade gemachten Notizen auf.

„Den gäbe es in einer solchen Situation auch wahrscheinlich nicht."

Erneut machte sich Brunner Notizen.

„Vielleicht gibt es ja noch andere Frauen, denen er ähnlich zugesetzt hat wie Jana Nimb", warf Willi ein. „Die hätten wahrlich ein Motiv, ihn von der Klippe zu schubsen."

„Kann Helge Frantz auch mit diesem Todesfall etwas zu tun haben?" Ruben zweifelte bereits an seiner eigenen Idee, während er sie aussprach.

„Vielleicht statte ich dem freigestellten Polizeiobermeister heute doch noch einen Besuch ab." Brunner schloss den Aktendeckel. „Solange ich den abschließenden Bericht der Spurensicherung und der Gerichtsmedizin nicht vorliegen habe, kann ich nichts anderes tun, als Gespräche zu führen. – Was planen Sie für heute?"

„Ist die Untersuchung von Jana Nimbs Wohnung abgeschlossen?" Sophie lehnte sich etwas nach vorn und lächelte Brunner besonders freundlich an. „Gern möchte ich mir dort einen Eindruck verschaffen."

„Sie bitten mich um ihren Wohnungsschlüssel?"

Brunner schien ernsthaft über Sophies Ansinnen nachzudenken. Ein gutes Zeichen für ihre Zusammenarbeit.

„Sie erhalten ihn spätestens Montagfrüh zurück. Zusammen mit jedem Hinweis, den Ihre Kollegen in Janas Wohnung vielleicht übersehen haben."

Erneut lächelte Sophie Brunner an, während dieser ein Schlüsselbund aus einer seiner Schreibtischschubladen zog und es ihr reichte.

Sonntag, 2. Juli auf Sylt

Willi in Janas Wohnung mitzunehmen, entsprach nicht Sophie Rengers Plan. Aber er hatte darauf bestanden und es sich auch von Ruben nicht ausreden lassen.

Zwei Polizeisiegel klebten quer über dem Türrahmen und der Tür, so dass das Schloss verdeckt war. Das untere war zerrissen. Offenbar hatte bereits jemand die Wohnung betreten, nachdem die Spurensicherung sie versiegelt hatte. Sophie tippte auf Brunner. Einen kurzen Moment machte sie sich klar, warum die polizeilichen Klebestreifen an der Wohnungstür befestigt worden waren, dann riss sie das noch intakte Siegel mit einem Ruck in der Mitte durch und steckte den Schlüssel ins Schloss. Der letzte Besucher hatte es für notwendig erachtet, das Schloss zweimal abzuschließen. Eine nette Geste für den Schutz der Wohnung einer Verstorbenen.

Vorsichtig bemüht, keine Dreckspuren auf dem Teppichboden des Eingangsbereichs der Wohnung zu hinterlassen, betraten sie zu dritt Janas Wohnung. Ruben zog die Tür leise hinter ihnen ins Schloss und schaltete das Licht im Flur ein.

„Ich weiß nicht, wie es euch geht," kam es leise von Willi, „aber ich fühle mich gerade, als sollte ich nicht hier sein."

„Ob es Brunner auch jedes Mal so geht, wenn er die Wohnung eines Opfers betritt?", fragte Ruben.

„Wir dürfen hier sein. Wir müssen es sogar. – Vergesst nicht, dass wir hergekommen sind, um nach Hinweisen auf Janas Mörder zu suchen, welche die Polizei vielleicht übersehen hat."

„Aber trotzdem kommt es mir falsch vor", kam es leise von Willi, der mitten in dem kleinen Wohnraum stand und sich sichtlich nicht wohl fühlte.

„Willst du unten warten?", fragte Sophie.

„Ja, das mache ich. – Tut ihr, was ihr für notwendig erachtet."

„Was suchen wir?", wollte Ruben wissen, nachdem er hinter Willi erneut die Wohnungstür geschlossen hatte. „Worauf soll ich achten?"

„Du sollst einfach nur mit offenen Augen durch die Wohnung gehen. Wie du siehst, ist sie sehr aufgeräumt und sauber. Wo auch immer du den Eindruck hast, dass etwas anders aussieht als es sollte, gib mir bitte Bescheid." Am liebsten hätte Sophie die Wohnung ganz allein durchsucht. Im Gegensatz zu Ruben hatte sie Übung in solchen Tätigkeiten. „Ich fange im Schlafzimmer an, danach nehme ich mir das Bad vor. Einverstanden?"

Ruben schien die Aufteilung recht zu sein. Er nickte.

Der Inhalt von Janas Kleiderschrank war schnell durchgeschaut. Ein paar edle Kleider und ein lederner, dunkelroter Jumpsuit-Overall hingen auf der einen Seite der Stange, abendtaugliche Outfits für die Arbeit in der Hotelbar auf der anderen. Ein paar zurückhaltende Hosen und Blusen bildeten die Mitte der hängenden Garderobe. Daneben auf den Einlegeböden stapelten sich Dessous unterschiedlicher Qualität, Strümpfe, Pullover und sogar ein goldener, glänzender Jogginganzug. Die Schuhe, die ordentlich in den beiden untersten Fächern des Kleiderschranks standen, hatten alle einen Absatz von mindestens acht Zentimetern. Jana schien niemals flache Schuhe getragen zu haben, auch nicht in ihrer Freizeit.

Sie hatte gewusst, dass sie schön war, schloss Sophie aus Janas Garderobe. Und mit ihrer Kleidung hatte sie es bewusst provoziert, die Blicke der Männer auf sich zu ziehen.

Ein Abend mit ihr wäre sicher ein überaus amüsantes Erlebnis gewesen. Sie beide zusammen, in aufreizenden Outfits, hätten die Männerwelt in den Kneipen und Restaurants der Insel Kopf stehen lassen. Gern hätte sie diese Frau besser kennengelernt, die sich ihrer femininen Wirkung so sicher gewesen war und sich dennoch von Kunibert Wedel derartig schlecht hatte behandeln lassen. Leider war es dafür jetzt zu spät. Sophie beschloss, Sylt nicht eher zu verlassen, als der Mörder Jana Nimbs überführt worden war.

Sie warf einen letzten Blick in den Schrank und schloss dann die Türen. Nachdenklich drehte sie sich zum Bett um. Nicht ein Kleidungsstück eines Mannes hatte sie im Schrank gefunden. Eine Kommode oder ähnliches gab es nicht. Nach ihrer Erfahrung hinterließ ein Mann beim wiederholten Besuch einer Wohnung immer ein paar Dinge. Wo waren die?

Sie durchsuchte die beiden Nachttischchen neben dem Bett. Die Schublade des einen enthielt Cremes und diverse Kosmetika, die sie Jana zuordnete. Im anderen fand sie etwa ein Dutzend ungenutzter Kondome. Das Bett selbst gab keinen Aufschluss auf seine letzten Benutzer.

Sicher hatten die Polizeibeamten das Schlafzimmer besonders gründlich durchsucht. Es wäre erstaunlich, wenn sie dort etwas übersehen hätten.

Das Badezimmer sah aus wie frisch geputzt. Entweder war Jana eine extrem ordentliche und sauberkeitsliebende Frau gewesen, oder sie hatte alle Spuren ihres letzten Besuchers tilgen wollen.

Warum putzte eine Frau, direkt nachdem ihr Besuch gegangen war? Ekel? Wut? Trauer?

Der offene Teil eines Regals enthielt ordentlich gestapelte, saubere Handtücher. Im geschlossenen Fach darunter stand ein Vorrat der üblichen Mischung an Utensilien, die eine Frau regelmäßig benötigte. Sophie identifizierte auf den ersten Blick Shampoo, Haarspray, und zwei Packungen Tampons.

Von was hielten Männer am ehesten Abstand, wenn sie sich in der Wohnung einer Frau umsahen? Von allem, das mit der weiblichen Periode zu tun hatte wahrscheinlich.

Sie kniete sich vor das Regal und nahm die beiden Tampon-Verpackungen heraus. Die eine Schachtel sah so aus, als sei sie noch verschlossen, die andere war bereits angebrochen. Als Sophie die verschlossene Schachtel in der Hand wog, wusste sie, dass mit ihr etwas nicht stimmte. Sie war zu leicht und ließ sich seitlich eindrücken. Sophie drehte die Verpackung um und entdeckte, dass der Boden des Pappkartons sorgfältig entfernt und die Schachtel über eine weitere Verpackung desselben Herstellers geschoben worden war. Vorsichtig die beiden Kartons auseinanderziehend, entdeckte sie ein Bündel Euroscheine und ein kleines schwarzes Buch.

Traurig vor sich hin lächelnd, stand sie auf. Wieder einmal hatte sich bestätigt, dass männliche Polizisten auch im Dienst typische Männer blieben. Sogar wenn es darauf ankam, konnten sie ihr Unbehagen gegenüber bestimmten Utensilien für die weibliche Hygiene nicht besiegen.

Sie setzte sich auf den Toilettendeckel und öffnete das Buch, das sich schnell als Taschenkalender herausstellte. Die letzten acht Wochen vor Janas Tod erregten ihre Aufmerksamkeit. Der Name Basti war auf fast jeder Seite aufgeführt. War Basti nicht die Kurzform für Sebastian? So wie Bert eine Abkürzung von Kunibert war?

Die Rolle Banknoten, wahrscheinlich fünf- bis sechstausend Euro, legte Sophie wieder in die Tamponschachtel und verschloss diese, wie sie sie vorgefunden hatte. Den Taschenkalender nahm sie mit, als sie das Bad verließ.

Als Sophie ihm das kleine Büchlein entgegengestreckt hatte, war er davon ausgegangen, dort Informationen über Janas Liebhaber zu finden. Informationen, die sie für kleinere Geldforderungen nutzen konnte. Vielleicht die sexuellen Vorlieben der zahlenden Männer oder andere Fakten, welche diese nicht öffentlich gemacht sehen wollten.

Enttäuscht stellte Ruben Bertram fest, dass keine brisanten Notizen darin enthalten waren. Das Buch war ein ordinärer Taschenkalender des Jahres 2017. Darin eingetragen war eine Art Zyklus-Tagebuch, wie Sophie ihm erklärte. Bei jedem der vergangenen Monate waren die Tage markiert, an denen Jana ihre

Periode hatte. Für die noch kommenden Monate hatte sie markiert, an welchen Tagen die Periode einsetzen sollte.

„Sie war wirklich sehr gewissenhaft und ordentlich." Sophie nahm ihm das Büchlein wieder aus der Hand.

„Sicher sehr sinnvoll bei dem Nebenerwerb, den sie hatte. Man weiß nie, ob bei der Nutzung eines Kondoms nicht etwas schief geht."

„Aber sie hat nicht nur kontrolliert, dass ihre Periode regelmäßig kam, sie hat auch festgehalten, mit wem sie an welchen Tagen geschlafen hat." Sophie zeigte auf die Namen, die auf einigen Seiten in gut leserlicher Schrift notiert worden waren. „Wäre sie also versehentlich schwanger geworden, hätte sie nachsehen können, von wem."

„Doch ein brisantes Buch."

„Gut, dass die Polizei es nicht gefunden hat." Mit einer raschen Bewegung schlug Sophie den Kalender zu.

„Warum willst du es der Polizei nicht geben?"

„Weil diese Notizen bestimmt nicht dafür gedacht waren, Janas Ruf oder das Privatleben ihrer Liebhaber zu zerstören."

„Du hast Brunner ein Versprechen gegeben. Ich denke, du solltest es einhalten. – Über die Weitergabe dieses Buchs müssen wir noch sprechen."

„Später. In Ordnung. – Hast du hier im Wohnraum oder in der Kochecke etwas gefunden?"

„Nein, nichts. Die Mülleimer sind weitestgehend leer. Es gibt kein dreckiges Geschirr, der Inhalt des Kühlschranks ist auch unauffällig. Nichts."

„Warst du schon im Flur?"

„Dort hat man sie doch gefunden." Überrascht sah Ruben sie an.

„Ja, und?"

„Die Polizei hat im Flur bestimmt alles besonders gründlich untersucht."

„Bitte schau dort auch noch einmal nach."

Wollte sie ihn loswerden? Während er sich hinkniete, um unter den Garderobenschrank zu sehen, zog sich Sophie erneut in Janas Schlafzimmer zurück und schloss die Tür hinter sich. Nach wenigen Minuten kehrte sie mit einer kleinen Reisetasche in der Hand in den Flur zurück.

„Fertig?", fragte sie.

„Ja. Auch hier habe ich nichts gefunden."

Er zeigte auf die Tasche. „Was hast du eingepackt?"

„Ein paar Sachen für Jana. Sie muss doch etwas Schönes zum Anziehen haben, wenn sie schließlich beerdigt werden kann."

„Aha." Seinem skeptischen Nicken hatte Sophie bereits den Rücken zugedreht, während sie eilig vor ihm die Wohnung verließ.

Noch während sie Ruben den Kalender zeigte, arbeitete Sophie Renger ihren Plan für die nächsten Tage aus. Sie hatte einen Verdacht, wer der Mann aus Janas Kalender mit Namen ‚Basti' möglicherweise war, konnte sich ihre Idee aber selbst nicht erklären. Um so weniger sah sie sich in der Lage, ihre Vermutung mit Ruben zu diskutieren. Ihrer Ahnung musste sie unbedingt sofort nachgehen. Allein.

War es vorstellbar, dass Sebastian Wedel eine ernsthafte Beziehung mit der Frau führte, die von seinem Vater zu Sex gezwungen wurde? Oder hatte er vielleicht nichts davon gewusst, was sein Vater tat? War er zufällig in diese Situation geraten? Ohne zu ahnen, in wen er sich verliebt hatte?

Jana musste der Zusammenhang zwischen den beiden Männern doch in jedem Fall klar gewesen sein. War ihr eine solche ‚ménage à trois' zuzutrauen? Warum hätte sie diese Dreiecksbeziehung wissentlich eingehen sollen? Ohne Basti über die Erpressung durch seinen Vater zu informieren? Es war doch vorhersehbar, dass eine solche Situation zu nichts Gutem führte.

Sophie kam eine noch schlimmere Idee: War Sebastian Wedel vielleicht in das Abhängigkeitsverhältnis zwischen Jana und Wedel Senior eingetreten? Hatte er Jana von seinem Vater ‚geerbt'? Hatte in der letzten Zeit er sie zu Sex gezwungen und nicht mehr sein Vater?

Aber warum hatte dann eine solche Spannung zwischen den beiden Männern bestanden?

Hatte Sebastian Wedel vielleicht eine schlechte Angewohnheit seines Vaters aufgenommen, nachdem dieser sich endlich davon befreit hatte? War es möglicherweise zu keiner freiwilligen Übergabe zwischen den beiden gekommen?

Sie musste Wedel Junior mit ihrem Verdacht konfrontieren. Hart und unerwartet musste sie ihn treffen, damit er keine Möglichkeit hatte, sie zu belügen. Ihr Plan war genau dafür geeignet.

Dass die beiden Janas Wohnung durchsuchten, während sie selbst, kalt und tot, darauf wartete, endlich ihre letzte Ruhe zu finden, bedrückte Willi Lasse. Aber er konnte Sophie und Ruben nicht daran hindern. Sie taten es, um Janas Mörder zur Rechenschaft zu ziehen.

Mit gesenktem Kopf verließ er das Haus im Robbenweg 13a.

Noch nie zuvor war ihm aufgefallen, dass zwischen Haus und Parkplätzen Blumenbeete angelegt waren. Und noch nie zuvor hatte er die wunderbaren Rosen, die dort bereits blühten, bewusst wahrgenommen.

Er griff nach einer der Blüten, stach sich dabei in den Daumen und ließ die Blume ins Beet fallen. Als er sich bückte, um sie aufzuheben, fiel ihm ein blaues Bonbonpapier auf, das das gepflegte Beet verschandelte. Zusammen mit der weißen Blüte hob er es auf. Gedankenlos steckte er es in eine seiner Taschen, bevor er die Rose an die Nase hielt und an ihr schnupperte.

Die Blume roch süß und verheißungsvoll.

Montag, 3. Juli auf Sylt

Derartig schnell eine passende Haarpracht zu besorgen, wäre ihr ohne die Hilfe des Portiers Harmssen, der ihr den einzigen Perückenmacher der Insel genannt hatte, nicht gelungen. Mit einem Foto von Jana Nimb in der Hand, betrachtete sich Sophie Renger zufrieden im Spiegel der Hotelsuite. Auf den ersten Blick stellte sie eine ansehnliche Kopie der Verstorbenen dar.

Es war bereits 16:20 Uhr, als sie Harmssen bat, ihr ein Taxi nach Wenningstedt zu bestellen. Sein Blick, als er sie unter ihrer Aufmachung erkannte, war eigenartig.

Schon seit ihrem ersten Aufeinandertreffen war der Portier ihr nicht geheuer, aber bisher hatte sich Sophie nie die Zeit genommen, sich näher mit diesem Eindruck zu befassen. Und jetzt war auch nicht die richtige Gelegenheit dazu; passend zum Büroschluss des Immobilienkontors wollte sie, wie zufällig, vor dessen Türen stehen. Ihr Plan sah vor, Sebastian Wedel beim Verlassen seiner Arbeitsstätte ins Auge zu fallen und eine Reaktion auf den Anblick der Totgesagten zu provozieren. Dass er den ganzen Nachmittag im Kontor anwesend war, hatte sie telefonisch von Frau Kluge erfahren.

Natürlich war ein solches Vorgehen überaus unmoralisch. Als Wiedergeburt einer erst kürzlich ermordeten Frau aufzutreten, machte sogar Sophie nervös. Aber falls Sebastian Wedel Jana gekannt hatte und vielleicht sogar für ihren Tod verantwortlich war, sah sie keine andere Möglichkeit, ihn zum Sprechen zu bringen. War er schuldig, würde er sicher alles abstreiten, wenn Sophie ihn in einem normalen Gespräch dazu befragte. Und wenn er Jana nie zuvor begegnet war, erschrak er bei ihrem Anblick auch nicht. Dann war es egal, wie sie sich zurecht gemacht hatte, um ihm zu begegnen.

Als das Taxi in der Nähe des Immobilienkontors hielt, zeigte Sophies Uhr 16:55 Uhr. Pünktlich war sie auf jeden Fall schon einmal. Langsam ging sie auf die Fassade des Kontors zu. Dort angekommen, tat sie so, als interessiere sie sich für die Immobilien, die im Schaufenster angeboten wurden. Den Kopf gesenkt, warf sie durch ihre aufgeklebten Wimpern hindurch einen Blick in den Empfangsraum. Frau Kluge wirkte bereits so, als wolle sie ihren Arbeitstag im Büro beenden. Eine Handtasche hing über ihrer Schulter und ein Schlüsselbund lag in ihrer rechten Hand. Aber etwas hielt sie noch davon ab, zur Eingangstür zu gehen.

Gerade, als Sophie anfing, ungeduldig zu werden, trat Sebastian Wedel aus einem der hinteren Büros. Mit weiterhin gesenktem Kopf blickte sie über die Immobilienanzeigen hinweg und hoffte, dass Wedel Junior endlich auf sie aufmerksam wurde. Nichts geschah.

Sophie Renger hob den Kopf ein wenig und wandte ihren Blick erkennbar in den Innenraum des Kontors. Sebastian Wedel sagte etwas zu Frau Kluge und lächelte. Plötzlich gefror seine Miene. Er schien sie entdeckt zu haben.

Hatte sie vorher nervös auf diesen Moment hingefiebert, war sie jetzt ganz ruhig. Mit einer Bewegung, als langweilten sie die Anzeigen im Schaufenster, wandte sie sich ab. Danach entfernte sie sich mit zügigem Schritt vom Kontor.

Innerhalb von Sekunden trat Wedel Junior auf den Gehweg. Während Frau Kluge noch die Tür abschloss, lief er bereits Sophie hinterher. Durch die Scheibe hatte er sie nur kurz von vorne sehen können. Jetzt wandte sie ihm ihren Rücken zu, in einem von Janas Kleidern und mit einer Perücke auf dem Kopf, die den Haaren der Toten irreführend ähnlichsah. Die Täuschung schien zu gelingen. Sophie verlangsamte ihren Schritt nicht, dennoch musste Sebastian Wedel sie gleich erreicht haben.

Als er ihren Arm berührte, blieb sie abrupt stehen und drehte sich zu ihm um. Es dauerte eine Sekunde, bis er seinen Irrtum realisiert hatte.

„Ich …, bitte entschuldigen Sie", stotterte er und sah sie immer noch gebannt an.

„Sie haben mich für Jana Nimb gehalten."

„Ja. – Nein, sie ist tot. – Ich weiß nicht, warum ich hinter Ihnen her gegangen bin."

Wedel Junior war kurz davor, seine Fassung zu verlieren. Er hatte Jana nicht nur gekannt, er schien sie geliebt zu haben. Trostlosigkeit lag in seinem Blick; auf keinen Fall konnte er sie ermordet haben.

„Bitte entschuldigen Sie meine Täuschung", bat Sophie reumütig.

„Sie wollten aussehen wie Jana?"

Sophie blieb ihm eine Antwort schuldig.

„Warum haben Sie das getan?"

„Ich sah es als die einzige Möglichkeit an, von Ihnen zu erfahren, ob Sie für Janas Tod verantwortlich sind."

Seine Miene wechselte so schnell von Verzweiflung zu Wut, dass Sophie schon fürchtete, sich in ihm getäuscht zu haben.

„Wie können Sie so etwas auch nur annehmen! Ich habe Jana geliebt." Sein Arm hob sich.

Hart wäre sie von seiner Hand getroffen worden, wenn sie seine Bewegung nicht vorausgeahnt hätte. Blitzschnell wich sie aus, fing seinen Arm auf und nutzte dessen Schwung, ihn von der Hand aus schmerzhaft zu verdrehen.

„Scheiße, was tun Sie da?", fluchte Wedel Junior laut. „Lassen Sie sofort meine Hand los. Sie tun mir weh."

Verzweifelt versuchte er, sich aus ihrem Griff zu befreien. Je mehr er sich wehrte, um so schmerzhafter wurde Sophies Umklammerung. Wenn er sich noch heftiger aus ihrem Griff zu befreien versuchte, musste sie ihn loslassen, um ihm nicht versehentlich einen seiner Unterarmknochen zu brechen.

„Helfen Sie mir, Janas Mörder zu finden!", forderte sie Sebastian Wedel eindringlich auf. „Versprechen Sie mir das. Dann lasse ich Ihren Arm sofort los."

Wütend blitzte er sie an, wagte aber nicht, ein weiteres Mal an seiner Hand zu zerren, um sie aus ihrem Griff zu befreien.

„Reden Sie mit mir", bat Sophie betont sanft. „Erzählen Sie mir, was in der Nacht vor Janas Tod vorgefallen ist. Mehr verlange ich nicht von Ihnen."

„Lassen Sie meine Hand los", zischte er ein weiteres Mal.

Sie öffnete ihren Griff und mit einem lauten Schmerzensschrei zog er seinen Arm an den Körper. „Sie spinnen doch. Wer sind Sie überhaupt?"

Erleichtert stellte Sophie fest, dass Wedel Junior ihr immer noch gegenüberstand. Er war nicht weggelaufen, obwohl sie ihn losgelassen hatte.

„Ich war eine Freundin von Jana", log sie. „Als ich von ihrem Tod gehört habe, bin ich sofort nach Sylt gekommen."

„Jana hat Sie nie erwähnt." Die Wut in Wedels Blick war wieder seiner verzweifelten Traurigkeit gewichen.

„Sie aber schon", log Sophie erneut. „Jana war auf dem besten Weg, sich in Sie zu verlieben. Bei den Erfahrungen, die sie bislang mit Männern gemacht hat, war das etwas ganz Besonderes."

Wedel beobachtete sie stumm. Ganz offensichtlich wusste er nicht, was er von Sophie halten sollte. Noch weniger wahrscheinlich von dem, was sie ihm gerade erzählt hatte. „Ich kann nicht mit Ihnen reden, solange Sie so aussehen", sagte er schließlich.

„Wenn wir in Ihr Büro gehen, kann ich mich wieder in Sophie Renger zurückverwandeln."

Wedel wurde blass und machte einen Schritt weg von ihr.

„Sie haben mich nicht erkannt?"

Stumm schüttelte er den Kopf. Als sie ihre Bitte wiederholte, in Ruhe im Kontor miteinander zu sprechen, setzte er sich endlich in Bewegung. Vor der verschlossenen Tür stehend, zog er mühsam einen Schlüssel aus seiner Hosentasche. Sein rechter Arm schien immer noch zu schmerzen. Sophie nahm ihm den

Schlüssel ab und schloss die Eingangstür auf. Nachdem sie hinter ihm eingetreten war, schloss sie die Tür von innen wieder ab und ließ den Schlüssel im Schloss stecken.

„Soll ich mir Ihren Arm ansehen? Nur um sicherzugehen, dass ich Ihnen keinen Knochen gebrochen habe?"

Entsetzt drehte er sich von ihr weg.

„In Ordnung. Dann kochen Sie uns bitte einen Kaffee, während ich mich umziehe."

Als Sophie, wieder wie sie selbst aussehend, den Toilettenraum des Kontors verließ, schien Wedel Junior sich gefangen zu haben. Ruhig saß er hinter dem Schreibtisch im vorderen Raum, an dem er auch bei Sophies erstem Besuch des Kontors gesessen hatte. Zwei Becher Kaffee standen vor ihm auf der Tischplatte.

„Ich muss etwas mit dir besprechen." Willi nahm Ruben Bertram am Arm. „Lass uns die Zeit nutzen, die Sophie für ihren geheimnisvollen Termin benötigt."

Verwundert folgte Ruben ihm nach draußen. Es regnete nicht mehr und Willi führte ihn zu einer der Bänke, die mit dem Blick zur Düne in der Nähe des Hotels aufgestellt waren.

„Weißt du, was Sophie vorhat?"

„Ich glaube nicht, dass ich es wirklich wissen möchte. Sie hat ein paar Worte mit unserem Portier gewechselt und ist dann mit dem Taxi zum Einkaufen gefahren. Seitdem habe ich sie nicht mehr gesehen. Aber ich glaube, sie war vorhin noch einmal in unserer Suite, bevor sie endgültig davongefahren ist."

„Machst du dir keine Sorgen um sie? Wenn Wedel Senior sich nicht selbst vom Roten Kliff gestürzt hat, ist ein Mörder auf der Insel unterwegs, dem sie jetzt vielleicht in die Quere kommt."

„Um Sophie müssen wir uns keine Sorgen machen."

Nachdenklich sah Willi ihn an. „Ich wünschte, das hätte ich auch von Jana sagen können", antwortete er schließlich.

„Abgesehen davon, dass ich wünschte, sie wäre noch bei uns, werde ich nicht damit fertig, dass ihr feiger Mörder nicht mehr zur Rechenschaft gezogen werden kann."

„Du gehst immer noch davon aus, dass es Kunibert Wedel war?"

„Eigentlich schon. – Er muss es gewesen sein."

„Aber seine Frau hat ihm im Gespräch mit Brunner ein Alibi gegeben."

„Vielleicht war Frauke Wedel ja an Janas Ermordung beteiligt. In den letzten Stunden musste ich immer wieder über die Begebenheit nachdenken, von der Jana dir im Krankenhaus erzählt hat."

Ruben unterließ es, Willi zu drängen, als dieser eine Pause einlegte.

„Sie hat dir doch gesagt, dass sie das Gefühl hatte, in der Innenstadt Westerlands von einer ihr unbekannten Frau verfolgt zu werden. Und so wie sie diese Fremde beschrieben hat, könnte es Frauke Wedel gewesen sein."

„Du hast recht. Das muss dann irgendwann im Mai gewesen sein."

Willi sah ihn auffordernd an, aber Ruben wusste nicht, worauf er hinauswollte.

„Falls Janas Verfolgerin wirklich Frauke Wedel war, ändert das alles", half ihm Willi. „Dann könnte sie sogar Jana getötet haben."

Eine Weile blinzelte Ruben in die nur leicht hinter den Wolken sichtbare Sonne. „Du hast recht. Und sie hätte ein Motiv, ihren Mann vom Kliff zu stoßen."

„Das hätte sie sicher auch vorher schon gehabt", erwiderte Willi. „Jana ist bestimmt nicht die erste Frau, mit der er sie betrogen hat."

„Ob sie die anderen auch gestalked hat?"

Willi zog ein überaus unansehnliches Stofftaschentuch aus seiner Hosentasche und schnäuzte sich. Ein zerknittertes, blaues Papier segelte neben ihm zu Boden. Als Ruben sich danach bückte und es hochhob, erkannte er, dass es die Verpackung eines der Bonbons war, die vorne im Eingangsbereich des ‚Hotel Vier Jahreszeiten‘ für die Gäste bereit lagen. Langsam faltete er es auseinander und hielt es Willi hin. „Das ist dir gerade aus der Tasche gefallen.“

„Haben wir keine anderen Probleme?“

„Genau ein solches Papier habe ich in Janas Wohnung gefunden. Es lag unter ihrem Garderobenschrank im Flur und muss von der Polizei übersehen worden sein.“

„Ein Bonbonpapier des Hotels?“

„Ja. – Aber wahrscheinlich warst du es, der das Papier in Janas Wohnung verloren hat, genauso wie dieses gerade. Damit ist es für unsere Suche nach ihrem Mörder ohne Belang.“

„Nein, das Papier stammt nicht von mir.“

„Aber es ist vor meinen Augen aus deiner Tasche gefallen.“ Ruben sah Willi irritiert an.

„Das mag sein, aber ich habe noch nie eines dieser Bonbons gegessen. Das Papier in Janas Wohnung kann also nicht von mir stammen.“

„Und warum hattest du dieses dann in deiner Hosentasche?“

Unsicher sah Willi zu Ruben. „Ich muss es gestern vor Janas Haustür aufgehoben habe.“

Als von Ruben keine Reaktion kam, erklärte er: „Während ich auf euch gewartet habe, fielen mir die wunderschönen Rosen vor der Tür auf. Bei keinem meiner Besuche vorher hatte ich sie auch nur bemerkt. Und das gepflegte Beet des Vorgartens. – Wenn du mich vorher gefragt hättest, hätte ich behauptet, vor ihrer Haustür gäbe es nur Autostellplätze.“

„Willi, das Bonbonpapier!“

„Ja, Ruben. – Ich weiß noch, dass ich eine Blüte von den Rosen abgerissen habe. Ein Dorn hat mich dabei verletzt. Irgendetwas hat das Beet verschandelt und ich habe es aufgehoben.

Das muss dieses Papier gewesen sein. Ich glaube, ich habe es eingesteckt, ohne darüber nachzudenken. – Ihr wart oben in Janas Wohnung und ich habe das irgendwie nicht als richtig empfunden. Bitte nimm mir das nicht übel. Dieser Gedanke hat alles beherrscht."

„Sollen wir aufhören, nach ihrem Mörder zu suchen? Es der Polizei überlassen?"

„Nein. Jana hätte gewollt, dass ihre Freunde den Mörder überführen und dafür sorgen, dass er bestraft wird. Sie hat sich viel zu oft von Männern schlecht behandeln lassen müssen, ohne dass sie von der Polizei Hilfe erwarten konnte."

Willis Traurigkeit färbte auf Ruben ab und fing an, ihn zu lähmen. Aber die Frage nach der Herkunft des Bonbonpapiers kam ihm für den Moment zu wichtig vor, um seinen düsteren Gefühlen nachzugeben. „Glaubst du, dass Jana selbst diese Bonbons gegessen hat?"

„Nein, ganz bestimmt nicht. Sie hat sehr auf ihre Figur geachtet. Und sie war so stolz auf ihre schönen Zähne, dass sie bestimmt keine Bonbons gelutscht hat."

„Dann muss jemand sie besucht haben, der sich hier im Hotel aufgehalten und sich keine derartigen Sorgen um Figur und Zähne gemacht hat."

„Ein Mann", schlug Willi fragend vor.

„Nicht zwangsläufig."

„Ludwig hat im Hotel gewohnt. Und er hat Jana zuhause besucht. – Allerdings ist beides natürlich Monate her."

„Hast du nicht gesagt, das Rosenbeet hätte gepflegt ausgesehen? Das Bonbonpapier kann unmöglich bereits seit Ende Februar dort gelegen haben."

„Das stimmt."

„Es wird wahrscheinlich erst vor ein paar Tagen ins Beet gefallen sein. Jemand aus dem Hotel muss also innerhalb der letzten Woche Jana besucht haben."

„An ihrem Todestag zum Beispiel."

„Wir brauchen eine Gästeliste", fasste Ruben ihre Überlegungen zusammen.

„Ich könnte Harmssen darum bitten", schlug Willi vor. „Er ist kleineren Geldgeschenken gegenüber durchaus aufgeschlossen. Vielleicht ist er dafür bereit, uns eine solche Liste zu erstellen."

Sophie Renger rückte einen der Besucherstühle des Kontors an Wedels Schreibtisch und setzte sich. „Darf ich Basti sagen?"

Statt ihr zu antworten, musterte er sie argwöhnisch.

„Du bist nicht wie dein Vater. Das habe ich sofort gespürt, als ich euch beide vor ein paar Tagen hier im Kontor kennengelernt habe."

Immer noch schwieg er.

„Du hast nichts davon gewusst, nicht wahr?"

„Wovon habe ich nichts gewusst?"

„Von dem, was dein Vater Jana angetan hat."

Eine ganze Palette von Gefühlen schien Basti zu durchströmen. Mühsam versuchte er, seine Miene zu beherrschen und seinen Blick weiterhin kühl auf Sophie ruhen zu lassen. Aber seine Melodie verriet ihn.

„Wieso wusste Jana nicht, dass du ein Wedel bist?"

„Irgendwie hat es sich nie ergeben. Sie wollte nichts über ihr Leben erzählen und vielleicht hat sie mich deshalb auch nie nach meinem gefragt. Wir haben immer nur im Moment gelebt, wenn wir zusammen waren. Keine Vergangenheit, keine Pläne für die Zukunft, nur das ‚Hier und Jetzt'."

„Und du warst ganz froh darüber."

„Ja. Seitdem ich Jana kannte, war ich nicht mehr besonders stolz auf die Art, wie ich bisher mein Leben gelebt habe."

Ein fragender Blick Sophies ließ ihn weitersprechen. „Immer war ich nur der Sohn meiner wohlhabenden Eltern. Mein Leben habe ich nach ihren Vorstellungen geführt. Deshalb dachte ich auch, es stünde mir zu, auf ihre Kosten zu leben. – Mein einziger Verdienst liegt darin, eine Frau wie Jana erobert zu haben."

„Hattest du nie Angst, dass sie es herausfindet, bevor du es ihr sagen kannst?"

„Ich habe ja nicht gewusst, was es für sie bedeutet, zu erfahren, dass ich der Sohn meines Vaters bin."

Mittlerweile wusste er also, was Kunibert Wedel Jana angetan hatte. Sophie blieb stumm und ließ ihn weiterreden.

„Ich wollte sie bitten, meine Frau zu werden. Deshalb habe ich mich die letzten Wochen ernsthaft darauf vorbereitet, das Kontor von meinen Eltern zu übernehmen."

„Und dabei hast du es entdeckt. Du hast aus den Unterlagen erfahren, dass dein Vater Jana die Wohnung verkauft hat."

„Ja."

„Auch, dass er für sie die monatlichen Finanzierungskosten bezahlte?"

Sebastian zögerte eine Millisekunde und antwortete dann: „Nein."

Sophie wusste, dass er sie gerade anlog. Vielleicht hatte es nicht in den Unterlagen gestanden, aber gewusst hatte Basti es.

„Hast du ihn oder deine Mutter auf die Immobilie angesprochen?"

„Nein. Warum sollte ich?"

„Waren die beiden über dein Verhältnis zu Jana informiert?"

„Nein, das glaube ich eigentlich nicht. Über meine Freundinnen habe ich nie mit ihnen gesprochen. – Und Jana zu uns nach Hause mitnehmen, konnte und wollte ich natürlich nicht. Deshalb haben wir uns immer nur bei ihr getroffen."

Basti stockte. Sophie war sich sicher, dass er erneut nicht die ganze Wahrheit gesagt hatte. Außerdem hatte er das Wort ‚eigentlich' in seiner Antwort benutzt.

„Glaubst du, dass deine Eltern deine Heiratspläne unterstützt hätten?"

Basti sah sie böse an und schwieg. Ganz offensichtlich hatte sie einen wunden Punkt getroffen. Vielleicht kam sie weiter, wenn sie an dieser Stelle nachhakte.

„Deine Eltern haben doch von dir und Jana gewusst, nicht wahr?"

„Nein. – Ja, wahrscheinlich. – Mittlerweile." Basti schüttelte resigniert den Kopf. „Zumindest meine Mutter muss davon erfahren haben. Sie hatte die Unterlagen über Janas Wohnung bereits aus dem Archiv geholt, bevor ich überhaupt wusste, dass mein Vater das Objekt entwickelt hat."

„Was meinst du, seit wann es deine Mutter wusste?"

„Das kann ich nicht einschätzen. Ich selbst habe etwa Mitte Juni nach den Unterlagen gesucht. Zu der Zeit musste sie es bereits entdeckt haben."

„Also hast du es wenige Tage vor Janas Tod erfahren?"

„Ja."

„Hast du Jana darauf angesprochen?"

„Nein."

Wieder wurde Wedel einsilbig. Er log erneut, da war sich Sophie sicher.

„Was ist in der Nacht vor Janas Tod passiert? Du warst doch bei ihr?"

Er sah sie wütend an.

„Ich glaube nicht, dass du Jana töten wolltest, auch wenn du sie bis zur Bewusstlosigkeit gewürgt hast. Vielmehr bin ich davon überzeugt, dass du Jana auf ihr Verhältnis zu deinem Vater angesprochen hast. Du hattest wahrscheinlich gerade erst erfahren, dass Jana sowohl mit ihm als auch mit dir eine sexuelle Beziehung führte. Du musst sehr wütend gewesen sein. Hast du sie deshalb gewürgt? Um die Wahrheit von ihr zu erfahren? Oder wolltest du es ihr heimzahlen? Sie verletzen? In diesem Moment der Aussprache?"

„Nein! Ich wollte ihr nichts tun! – Ich war nur so furchtbar wütend. Und sie hat es noch nicht einmal abgestritten."

„Was genau ist passiert, Basti?"

„Sie kam von der Arbeit. Es war bereits weit nach Mitternacht und ich habe in der dunklen Wohnung auf sie gewartet. Ausreichend Wartezeit, um mich in meine Wut hineinzusteigern, obwohl ich bis dahin nur einen Verdacht hatte. – Ich war extra mit dem Wagen meines Vaters gekommen und hatte ihn direkt vor der Tür geparkt. Sie sollte annehmen, er wartete auf sie. – Jana betrat die Wohnung und war ganz offensichtlich erleichtert, dass ich dort war und nicht jemand anderes. Durch diese Reaktion wusste ich, dass mein Verdacht wahr war. Sie hatte befürchtet, mein Vater hielte sich in ihrer Wohnung auf. Er musste also einen Schlüssel zu ihrer Wohnung besitzen. Natürlich! Warum sollte er auch sonst ihre Finanzierungsraten bezahlen. Ohne Gegenleistung tat er es bestimmt nicht. – Als ich sie damit konfrontiert habe, dass Kunibert Wedel mein Vater ist, hat sie verlangt, dass ich sofort ihre Wohnung verlasse. Sie hat mich geschlagen, wollte mich nie wiedersehen. – Dabei hatte ich ihr doch überhaupt nichts getan! Ich war es, dem übel mitgespielt wurde. Von ihr und von meinem Vater. Ich war der Dumme!"

„Deshalb hast du Jana gepackt und gewürgt? Bist du denn keinen Moment lang auf die Idee gekommen, dass Jana sich mindestens genauso betrogen vorgekommen sein muss wie du?"

„Ich weiß nicht, was passiert ist. Irgendwie habe ich komplett die Beherrschung verloren. Ich war wie von Sinnen. – Ich kann mich erst wieder daran erinnern, dass sie im Schlafzimmer auf dem Boden lag und ich neben ihr gekniet habe."

„War sie ohnmächtig?"

„Ja. Aber sie kam schnell wieder zu sich."

„Und dann?"

„Habe ich mich zu ihr gelegt."

Sophie hob die Hand, um ihn am Weiterreden zu hindern. Um nichts auf der Welt wollte sie darüber nachdenken, ob das,

was dann geschehen war, auch Janas Wunsch entsprochen
hatte.

„Wann hast du ihre Wohnung verlassen?"

„Am frühen Morgen. Ich wollte den Wagen meines Vaters
wieder zuhause abstellen, bevor er ihn vermissen konnte."

„Du wolltest zuhause sein, bevor dein Vater wach ist? Hast
du tatsächlich nur wegen des Wagens eine Auseinandersetzung mit deinem Vater gescheut?"

Erneut traf sie ein wütender Blick von Basti. „Nein, ich
wollte ihm nur einfach nicht über den Weg laufen. – Noch
nicht."

„Und mit Jana hattest du dich ausgesprochen?"

„Ja."

„Ihr habt gemeinsam entschieden, zusammen zu bleiben?"

„Ja."

„Es gab keinen Grund mehr für dich, Jana zu hassen?"

„Gehasst habe ich sie nie. Ich liebte sie. – Als ich an dem
Abend zu ihr kam, war ich wütend, das gebe ich zu. Aber nur
weil ich noch nicht wusste, dass allein mein Vater für alles verantwortlich war. – Ich bin später nicht zu ihr zurückgefahren,
wenn du das meintest. Ich war es nicht, der Jana getötet hat."

„Warum bist du vorhin so erschrocken, als ich dir gesagt
habe, wer ich wirklich bin?"

„Ich, …, nein", kam es zögerlich von Sebastian Wedel.

„Du machst auf mich nicht den Eindruck, als hättest du
Angst vor mir."

„Nein, natürlich nicht."

„Immerhin hatte dein Vater für den Abend, an dem er gestorben ist, eine Verabredung mit mir in seinem Kalender stehen."

Bastis Blick wurde verschlossen. Sophie ahnte, einen wichtigen Punkt angesprochen zu haben.

„Glaubst du, dass dein Vater Suizid begangen hat?", setzte
sie nach.

„Davon bin ich überzeugt, ja."

Bastis Erklärung, welche Gründe Wedel Senior für einen Selbstmord gehabt haben könnte, klang für Sophie wie aus einem Lehrbuch der Psychologie. Sie widersprach ihm nicht, sondern nickte verständnisvoll.

„Meine Mutter wird sich Sorgen machen, wenn ich nicht bald zuhause bin", kam es schließlich von Basti. „Im Moment ist sie sehr auf mich angewiesen. Der Tod meines Vaters kam unerwartet für sie. Für uns beide."

Sophie entschuldigte sich, dass sie ihn aufgehalten hatte, und das erste Mal an diesem frühen Abend lächelte er leicht.

„Es hat gutgetan, mit dir über Jana zu sprechen. Ich bin froh, dass sie eine Freundin wie dich hatte."

„Bitte entschuldige, dass ich dich vorhin getäuscht habe. Ich wollte nicht pietätlos sein, aber ich musste Gewissheit über euer Verhältnis bekommen."

„Und das hast du jetzt?"

„Ja. – Hilf mir, Janas Mörder zu identifizieren!"

Statt ihr zu antworten, sah Basti an ihr vorbei nach draußen.

„Es hat wieder angefangen zu regnen", kam es unvermittelt von ihm. „Ziemlich stark sogar. Wie an dem Abend, an dem mein Vater gestorben ist."

Paul Harmssen hatte seinen Dienst bereits beendet, als Ruben Bertram zusammen mit Willi das Hotel betrat. Als es zu regnen angefangen hatte, waren sie erneut zum Restaurant gelaufen, unter dessen Markise sie schon am Abend zuvor Schutz gesucht hatten. Nun war es bereits nach 20:00 Uhr und am Empfang des ‚Hotel Vier Jahreszeiten' saß ein hungrig wirkender, junger Mann mit strengem Seitenscheitel und lichtem Vollbart.

„Können Sie uns sagen, wann Herr Harmssen wieder hier sein wird?", sprach ihn Lasse an.

„Soweit ich weiß, hat er die ganze Woche lang Frühdienst. Morgen ab 8:00 Uhr sollte er also wieder da sein."

Willi drehte sich zu Ruben um. „Warten wir so lange mit unserer Liste oder stören wir den Kriminalkommissar in seinem Feierabend?"

„Wir werden wohl warten müssen." Ruben ärgerte sich, dass sie nicht eher ins Hotel zurückgekehrt waren. „Langsam wird es Zeit, dass Sophie mal wieder etwas von sich hören lässt."

„Also bist du jetzt doch besorgt um deine schöne Kollegin?"

Ruben schüttelte den Kopf, auch wenn Willi den Nagel auf den Kopf getroffen hatte. Er machte sich Sorgen um Sophie. Was auch immer sie vorgehabt hatte, es war sicher nicht ohne Risiko. Dafür kannte er sie mittlerweile zu gut. Wenn eines sie magisch anzog, dann das Abenteuer.

Basti hatte nicht übertrieben. Es regnete, als sollte alles Böse der letzten Monate von der Insel geschwemmt und diese damit für neue Sünden gereinigt werden.

„Soll ich dich noch irgendwo hinbringen?", kam es vom jungen Wedel. „Mein Wagen steht direkt gegenüber auf dem Parkplatz."

Sophie Renger zögerte kurz. Sie war sich sicher, dass er Jana nicht getötet hatte. Aber vom Selbstmord seines Vaters war sie nicht überzeugt. Konnte sie es wagen, sich mit ihm zusammen in sein Auto zu setzen oder begab sie sich damit in Gefahr? Der Regen entschied für sie, vielleicht auch ihre Überzeugung, sich aus jeder Gefahr unbeschadet befreien zu können.

„Ich wohne in einem Hotel in Westerland. Das ist nicht ganz deine Richtung, oder?"

Basti lächelte sie traurig an. „Auf dieser winzigen Insel ist es ganz schön, ab und zu einen kleinen Umweg fahren zu müssen. Ganz besonders, wenn man eigentlich nicht ans Ziel kommen will."

„Dann nehme ich dein Angebot gern an." Sophie musterte ihn. „Geht es dir gut?"

„Doch, doch. – Wo darf ich dich denn absetzen?“

„Irgendwo in der Nähe des ‚Hotel Vier Jahreszeiten‘ wäre nett.“

Basti nickte. Dann wandte er ihr den Rücken zu, während er die Tür des Kontors sorgfältig verschloss.

Als er sich wieder zu ihr umdrehte, schien er sein Angebot noch einmal überdacht zu haben. „Eigentlich sollte ich dich im Regen stehen lassen.“

Mit der Hand, die immer noch das Schlüsselbund hielt, strich er leicht über den weichen Stoff von Janas Kleid an Sophies Körper. „Es war eine wirklich harte Nummer, die du da vorhin abgezogen hast.“

„Ja, das war nicht fair von mir. Ich weiß.“

„Sei froh, dass du ein so krummes Ding mit mir nicht versucht hast, bevor ich Jana kennengelernt habe. Damals hätte ich dich nicht ungeschoren davonkommen lassen.“ Er lachte trocken. „Und ganz bestimmt hätte ich dich nicht auch noch nach Hause gefahren.“

„Wie meinst du das?“

„Jana hat mich verändert.“ Wedel sah gedankenverloren vor sich hin. „Ich hatte immer Angst davor, zu werden wie mein Vater.“

Allmählich begann Sophie zu frieren. Das dünne Kleid, das auf der Seite, mit der sie nicht mehr unter dem schmalen Vordach des Immobilienkontors stand, immer nasser wurde, begann an ihrem Körper zu kleben.

„Vielleicht sollten wir jetzt in dein Auto steigen“, schlug sie vor und machte einen weiteren Schritt unter dem Vordach hervor.

„Ja, natürlich. – Der silberne Audi auf der anderen Straßenseite ist meiner.“

Mit einer schnellen Bewegung schlüpfte Basti aus seinem Sommerjackett und legte es ihr über die Schultern. Dann umfasste er ihre Taille und zog sie energisch auf die Straße.

Aus dem Augenwinkel heraus nahm Sophie ein dunkles Fahrzeug wahr, das sich ihnen mit erstaunlich hoher Geschwindigkeit näherte. Hatte der Wagen nicht gerade noch am Straßenrand geparkt? Bevor sie Basti warnen konnte, hatte offenbar auch er die Gefahr erkannt. Sophie spürte, dass er sie losließ. Fast zeitgleich beobachtete sie entsetzt, wie er sich vor sie mitten auf die Straße stellte, so als könne er auf diese Art den Wagen zum sofortigen Anhalten zwingen. Mit einem dumpfen Krachen traf ihn das Fahrzeug in Kniehöhe, riss ihn von den Füßen und überrollte ihn rumpelnd. Der Fahrer unternahm nicht den geringsten Versuch, dem Zusammenstoß auszuweichen oder zu bremsen. Obwohl Sophie rechtzeitig zur Seite gesprungen war, wurde auch sie noch vom leicht schlingernden Wagen erwischt; der Außenspiegel an der Beifahrerseite traf sie an der Seite und warf sie zu Boden, nur etwa einen Meter von Basti entfernt.

Er rührte sich nicht, als sie zu ihm hinübersah.

Sophie versicherte sich, dass von dem mörderischen Autofahrer keine Gefahr mehr ausging. Sein dunkler Mercedes war nicht mehr zu sehen; die Straße war frei.

Als sie sich neben ihn kniete, stellte sie erleichtert fest, dass Basti noch atmete. Aber sein Anblick entsetzte sie. Sein Gesicht war blutverschmiert und um seinen Körper herum breitete sich unaufhörlich eine Blutlache aus. Voller Panik wählte Sophie den Notruf.

Als sie sich endlich auf seinem Handy meldete, verwandelte sich Ruben Bertrams anfängliche Erleichterung schnell in Bestürzung. Sophie befand sich im Krankenhaus; ein unbekannter Wagen hatte sie angefahren. Auch wenn sie ihm versicherte, ihr sei nicht viel passiert, machte er sich Vorwürfe, dass er sie allein hatte fortgehen lassen. Sie beide hatten doch geahnt, dass immer noch ein Mörder frei auf der Insel herumlief.

Es dauerte nur wenige Minuten, bis er sie, vor der Nordseeklinik stehend, in die Arme schließen konnte. Ihr Stöhnen ließ ihn seine Umarmung sofort wieder lösen. „Du bist verletzt."

„Es ist nicht schlimm. Ich habe mir nur ein paar Rippen geprellt und den Arm aufgeschürft."

„Aber wie? Was ist passiert? Wo warst du?"

„Jemand hat versucht, uns zu überfahren."

„Euch?"

„Sebastian Wedel war bei mir. – Ich weiß immer noch nicht, wie es ihm geht." Sophies Stimme klang jämmerlich. So hatte Ruben sie noch nie erlebt. „Er hat sich vor mich gestellt, als der Wagen auf uns zu raste."

„Also hat der Wagen ihn zuerst angefahren?"

Sophies Blick war Antwort genug.

„Wir gehen jetzt hinein und fragen in der Notaufnahme. Dort muss er doch zuerst behandelt worden sein."

„Ich wusste nicht, wie ich ihm helfen sollte. Er hat so stark geblutet."

„Sophie, die Ärzte werden für ihn tun, was sie können."

Als er sie auf eine Bank im Eingangsbereich des Krankenhauses setzen und allein in die Notaufnahme gehen wollte, blitzte sie ihn wütend an. „Wenn ich eines heute nicht mehr gebrauchen kann, dann einen vermeintlichen Kavalier, der meint, mich beschützen zu müssen."

Beschwichtigend hob er beide Arme und folgte ihr den langen Krankenhausflur entlang in Richtung Notaufnahme.

Es verging fast eine Stunde, bis ein hochgewachsener, junger Mann im Arztkittel auf sie zukam. Zum gefühlt hundertsten Mal standen sie am Informationsschalter der Notaufnahme und baten um Auskunft.

„Setzen wir uns", bat der junge Mediziner Sophie und führte sie zu einer der Sitzgruppen, die den Flur säumten. „Sie waren bei ihm, als er angefahren wurde, nicht wahr?"

Sophie nickte und sah den Arzt unverwandt an.

„Sind Sie eine Angehörige?“

„Er hat sich zwischen mich und den Wagen gestellt, als dieser auf uns zugefahren ist.“

„Ich verstehe.“

„Er hat es nicht geschafft.“ Sophies schlichte Feststellung schien dem Arzt unangenehm zu sein. Hilfesuchend sah er zu Ruben, der es aber vorzog, nicht zu reagieren.

„Wir haben alles versucht“, kam es schließlich von dem jungen Mediziner. „Aber wir konnten ihn nicht retten. Als er bei uns eintraf, hatte er bereits so viel Blut verloren, dass sein Herz nicht mehr gearbeitet hat.“

Sophie nickte stumm. Ihre Miene wirkte wie versteinert.

„Es tut mir wirklich leid.“ Der Arzt war wieder aufgestanden und auch Sophie erhob sich. „Bitte warten Sie hier, bis die Polizei eingetroffen ist. Wir benötigen auch noch die Personalien des Verstorbenen. Ihre Daten haben wir bereits, wie mir die Schwester sagte. Und vielleicht gibt es Angehörige, die wir benachrichtigen sollen.“

Noch ehe Sophie etwas antworten konnte, hörte Ruben laute Schritte hinter sich, die für ihn deutlich nach Polizei klangen. Als er sich umdrehte, erkannte er Brunner in Begleitung zweier Uniformierter.

Seine Menschenkenntnis hatte ihn damit rechnen lassen, dass sich die schöne Journalistin in Gefahr brachte. Es war ihr irgendwie anzusehen. Ein gewisser Übermut, der für ihn wahrscheinlich auch einen Teil ihrer Attraktivität ausmachte. Aber die Nachricht, dass sie dabei verletzt worden war, und möglicherweise sogar schwer, hatte Kriminalhauptkommissar Brunner keine Sekunde zögern lassen, zu ihr ins Krankenhaus zu fahren.

Ein mitdenkender Bereitschaftspolizist hatte ihn, bereits im Feierabend weilend, darüber informiert, dass zwei seiner Verdächtigen von einem Auto angefahren und ins Krankenhaus eingeliefert worden waren. Beide seien verletzt, einer wahrscheinlich lebensgefährlich. Mehr konnte ihm der Beamte am Telefon nicht mitteilen, weitere Details hatte er nicht.

Erleichtert stellte Brunner nun fest, dass Sophie Renger auf ihren eigenen Beinen auf dem Krankenhausflur stand. Sie war es damit also nicht, die mit dem Tod rang. Dem Anschein nach war ihr bei dem Unfall nicht ganz so viel passiert, einzig am Arm erkannte er einen Verband.

„Herr Kriminalhauptkommissar", begrüßte Bertram ihn in fast süffisant klingendem Ton. „Es scheint, als passiere auf dieser Insel nichts, ohne dass Sie davon erfahren."

„Leider immer erst hinterher." Brunner wandte sich an Sophie Renger: „Ich bin froh, Sie hier halbwegs wohlbehalten stehen zu sehen. Sie haben mir einen gehörigen Schreck eingejagt. Wie geht es Ihnen?"

Das Lächeln, das sie ihm zuwarf, war so traurig, dass er sofort ahnte, wie es um den anderen Unfallbeteiligten stehen musste.

„Mir geht es gut."

„Wer war bei Ihnen?"

„Sebastian Wedel."

Brunner runzelte die Stirn. Es konnte doch nicht sein, dass nach und nach alle Personen, die in diesem furchtbaren Chaos Täter sein konnten, starben.

„Fühlen Sie sich wohl genug, um mir noch heute Abend ein paar Fragen zu beantworten?"

Sophie Renger versicherte ihm, dass ihr wirklich nichts passiert sei und sie setzten sich in den Warteraum der Notaufnahme, der zu der mittlerweile nächtlichen Stunde leer auf sie zu warten schien.

„Was ist passiert?"

„Sebastian Wedel ist tot", begann Sophie Renger. „Ein Wagen hat uns angefahren. Ich bin davon überzeugt, dass es kein Versehen war. Ob wirklich er das Opfer sein sollte oder ich, kann ich noch nicht sagen. Es ging alles so schnell. Das einzige, was ich sicher weiß, ist, dass Basti nicht hätte sterben müssen."

Den Satz hatte Brunner schon einmal gehört. Ludwig Vaitmann hätte auch nicht sterben müssen, wahrscheinlich.

„Haben Sie den Wagen gesehen? Können Sie sich an das Modell oder sein Nummernschild erinnern?"

„Ich habe ihn gesehen, bevor es passiert ist. Aber nur aus dem Augenwinkel. – Und nachher, als er weggefahren ist. – Es war ein Mercedes, da bin ich mir sicher."

„Schon wieder ein Mercedes", kam es leise von Bertram.

„Können Sie sich an das Nummernschild erinnern? Die Farbe des Wagens, sein Modell?"

„Ich weiß es nicht. Der Wagen war dunkel. Blau, grau oder schwarz, denke ich. Und das Nummernschild habe ich bestimmt gesehen, aber momentan kann ich mich nicht daran erinnern."

Zusammengesunken saß Sophie Renger auf ihrem Stuhl und hatte beide Arme um sich geschlungen. Eine ganz andere Frau als noch vor wenigen Tagen in seinem Büro, dachte Brunner mitleidig.

„Er hätte nicht sterben müssen", wiederholte sie. „Wenn ich nicht zu ihm gefahren wäre, wäre er noch am Leben."

„Das können Sie gar nicht wissen", versuchte er sie zu trösten.

Sophie Renger dankte es ihm mit einem wütenden Blick.

„Bringen Sie Frau Dr. Renger am besten jetzt ins Hotel", forderte er Bertram auf. „Sorgen Sie dafür, dass sie ein paar Stunden schläft. Morgen früh möchte ich dann mit ihr sprechen. Mit Ihnen beiden am besten."

Nachdem die Kölner Journalisten sich verabschiedet hatten, überschlugen sich die Ereignisse für Brunner und die ihn eskortierende Polizeistreife. Bevor er sich endlich gegen Mitternacht ins Bett legen konnte, hatte er in Braderup der Mutter des Toten kondoliert, in Wenningstedt mit einem Zeugen des

Unfalls gesprochen, in Archsum den Unfallwagen in Augenschein genommen und schließlich in Westerland eine vorläufige Festnahme durchgeführt.

‚Noch eine Akte mehr in diesem Chaos', war sein letzter Gedanke, bevor er endlich einschlief.

Dienstag, 4. Juli auf Sylt

Nur wenige Minuten nachdem Kriminalhauptkommissar Brunner seine Notizen und Gedanken zu Sebastian Wedels Tod festgehalten und abgeheftet hatte, klopfte ein uniformierter Kollege aus dem Erdgeschoss an seine Tür. Fünf Akten lagen nun auf einem Stapel vor ihm; fünf ungelöste Fälle, die irgendwie zusammenhingen.

Entgegen seiner Erwartung waren die beiden Besucher, die der Uniformierte ihm ankündigte, nicht die beiden Kölner Journalisten, sondern Antje Frantz in Begleitung von Willi Lasse.

Die Apothekerin sah müde aus; wahrscheinlich hatte sie die ganze Nacht nicht geschlafen. Als sie Brunner begrüßte und ihm dankte, dass er sie so früh empfing, klang ihre Stimme brüchig und deutlich tiefer, als er sie in Erinnerung hatte.

„Was kann ich für Sie tun, Frau Frantz?"

„Ich möchte gern mit Ihnen über Ludwig Vaitmanns Tod sprechen."

„Im Beisein von Herrn Lasse?"

„Ja. Er weiß bereits, was passiert ist. Und nach dem Unfall gestern hat er mich davon überzeugt, dass es dringend notwendig ist, Ihnen die Wahrheit zu sagen."

„Er soll wirklich bleiben?"

Antje Frantz nickte. „Ich hätte viel früher zugeben müssen, welchen Fehler ich begangen habe. Als Sie damals bei mir waren, haben Sie es doch schon geahnt. Ich habe es Ihnen angesehen."

„Es hätte nichts mehr geändert."

„Doch! – Vielleicht wären dann andere Unglücke nicht passiert. – Auf jeden Fall wären Sie dann heute nicht davon überzeugt, Helge hätte versucht, jemandem Schaden zuzufügen."

„Ludwig Vaitmann hat also ohne sein Notfallmedikament Ihre Apotheke verlassen?"

„Ja, das hat er. Ich weiß nicht, wie es passieren konnte, aber ich habe es ihm nicht eingepackt. Als ich nach seinem Tod den Bestand des Präparats kontrolliert habe, musste ich feststellen, dass eine Packung zu viel davon in der Schublade lag."

„Und Ihr Mann hat Ihnen dazu geraten es zu vertuschen?"

„Ich … – Nein, er meinte nur, es brächte Ludwig Vaitmann sein Leben nicht zurück, egal, was ich täte."

„Natürlich hat Helge sie davon abgehalten, die Wahrheit zu gestehen", mischte sich Lasse ein. „Antje, du hättest dich sicher wohler gefühlt, wenn du deinen Fehler hättest zugeben dürfen."

„Er hat es ja nur gut gemeint. Und schließlich war es meine Verantwortung, über meinen Fehler zu schweigen."

„Und alle Beweise zu vernichten, nehme ich an." Auch wenn Brunner von Antje Frantz' Geständnis nicht überrascht war, wusste er noch nicht, welche Konsequenzen er daraus ziehen sollte.

„Ich werde es nicht mehr abstreiten. – Aber Helge trägt nicht die Verantwortung für die Fehler, die ich begangen habe. Und er hat auch niemandem etwas getan. Er kann es nicht gewesen sein, der die beiden Unfälle verursacht hat."

„Er kann nicht?" Brunner sah sie fragend an.

„Er ist ein guter Mensch. Sie kennen ihn doch."

Antje Frantz sprach nur aus, wovon er selbst von Anfang an überzeugt gewesen war. Dass er am gestrigen Abend Helge Frantz vorläufig festgenommen hatte, sollte eher seinem Schutz als seiner Strafverfolgung dienen. Solange Brunner nicht wusste, wie der Unfall und die vier Todesfälle zusammenhingen, wollte er kein Risiko mehr eingehen. Eine sechste Akte kam nicht in Frage.

„Fragen wir ihn doch selbst", schlug er vor, griff nach seinem Telefon und bat darum, ihm den Inhaftierten in sein Büro zu bringen.

„Ich warte dann wohl draußen?", kam es fragend von Lasse.

„Wie Sie es möchten. Unsere Vereinbarung bezüglich aller Informationen dieser Vorfälle gilt immer noch. – Von mir aus können Sie bleiben und zuhören, was der Kollege zu sagen hat. Immerhin geht es auch um einen Unfall, bei dem Sie verletzt wurden."

Als Helge Frantz, zusammen mit einem weiteren Stuhl, in Brunners Büro geschoben wurde, sprang Antje Frantz auf. Noch bevor jemand etwas sagen konnte, hatte sie ihren Mann fest umarmt. Sie ließ seine Hand auch nicht los, während sie beide vor Brunners Schreibtisch Platz nahmen.

„Ich hoffe, die Nacht in unserer einfachen Unterkunft war nicht zu unangenehm", begann Brunner.

Frantz schüttelte den Kopf und strich sich mit der freien linken Hand die wenigen Haare nach hinten.

„Wenn es Ihnen nichts ausmacht, lassen wir Ihre Frau und Herrn Lasse einfach zuhören, während Sie mir endlich verraten, was Sie mit den beiden Unfällen mit dem sichergestellten Zuhälter-Benz zu tun haben."

Lasse wollte etwas sagen, aber Brunner brachte ihn mit einer Geste zum Schweigen.

„Ich war das nicht. Gestern. Ich meine, ich habe den Wagen gefahren, damals. Aber nicht gestern."

Frantz' hektische Worte bestätigten Brunners Annahmen, beantworteten aber noch lange nicht alle seine Fragen. „Dann werden Sie mal etwas deutlicher", forderte er, bevor erneut an seine Tür geklopft wurde.

„Hier sind noch zwei Personen, die behaupten, Sie hätten sie für heute morgen angefordert", entschuldigte der

Uniformierte, der bereits Antje Frantz und Lasse gebracht hatte, die Störung.

Brunner stand auf und erkannte die beiden Kölner Journalisten vor seiner Tür. „Ich würde Sie ja hereinbitten, aber dafür ist mein Büro zu klein. – Wir ziehen um in den Besprechungsraum am anderen Ende des Flurs. – Herr Ziegler, bitte begleiten Sie Ihren Kollegen Frantz dorthin und warten auf uns. Wir folgen gleich."

Nachdem Helge Frantz das Zimmer verlassen hatte, winkte Brunner Sophie Renger und Bertram herein und schloss die Tür. Die fünf stehenden Personen füllten den Raum fast vollständig.

„Auch wenn ich es so nicht geplant hatte, freunde ich mich gerade damit an, dass wir hier alle heute morgen zusammengekommen sind."

Ernst sah er jeden Einzelnen kurz an, soweit das in der Enge des Raums überhaupt möglich war.

„Wenn einer von Ihnen etwas dagegen hat, dass wir alle gemeinsam die Karten auf den Tisch legen, dann sollte er es jetzt sagen, bevor wir alle in den Besprechungsraum gehen. Andernfalls erwarte ich, dass wir unser Tête-à-Tête erst auflösen, wenn ich weiß, was hier los ist."

Fragende Blicke trafen ihn.

„Immer noch bin ich überzeugt, dass alle fünf Akten, die sich hier auf meinem Schreibtisch stapeln, zusammengehören. Aber ich finde das verbindende Glied nicht. Mittlerweile habe ich Angst, dass jedes Mal, wenn ich einen Verdächtigen identifiziert habe, dieser stirbt. – Das mache ich nicht mehr mit. – Jeder von Ihnen scheint mir eine Information vorzuenthalten. Dieses Mal lasse ich Sie nicht eher gehen, bis ich alles weiß und endlich alles verstehe."

Brunner öffnete die Tür.

„Will jemand unserer Besprechung fernbleiben?"

Vier Köpfe wurden stumm geschüttelt.

Mit einem lauten Seufzen griff Brunner nach den fünf Aktenmappen und verließ, seinen Besuchern voran, sein Büro.

Vorsichtig setzte sich Sophie Renger auf den ersten der Kunstledersessel an der langen Seite des Besprechungstischs; ihre Rippen schmerzten bei jeder Bewegung und jedem Atemzug. Rechts neben ihr nahm Ruben Platz, vor Kopf und damit links von ihr hatte sich Brunner gesetzt. Willi nahm den Stuhl rechts von Ruben ein und das Ehepaar Frantz die beiden ersten Plätze auf der gegenüberliegenden Seite. Niemand sagte etwas.

Die Fenster des Besprechungsraums zeigten nach Osten; lang vermisste Sonnenstrahlen brachten Sophie zum Blinzeln. Ohne hinsehen zu müssen, hörte und roch sie, dass jemand an einer Kaffeemaschine hantierte. Ein angenehmer, sanfter Duft nach Kaffeepulver legte sich über den Geruch des alten Gemäuers. Nachdem die Maschine geräuschvoll ihren Dienst begonnen hatte, verteilte der Uniformierte Kaffeetassen auf dem Tisch und verließ danach wortlos den Raum.

„So." Brunner legte seine mittlerweile fünf Aktenmappen leicht überlappend vor sich auf den Tisch. „In der Annahme, dass diese fünf Vorfälle eine Kette bilden, schlage ich vor, sie chronologisch zu besprechen."

Niemand widersprach ihm.

„Ludwig Vaitmann." Brunner machte eine Pause und schloss kurz die Augen. Sophie konnte seine Trauer um den Kollegen hören. „Ludwig Vaitmann ist möglicherweise – die Gerichtsmediziner können es nicht verbindlich bestätigen – an einem Angina Pectoris Anfall gestorben. Es kann auch ein klassischer Herzinfarkt gewesen sein. Will man hier von Fremdverschulden sprechen, so gibt es zwei Fragestellungen: Warum wurde ihm seine Herzschwäche genau an diesem Abend zum Verhängnis? Und: Hätte die schnelle Gabe eines Medikaments ihn retten können?"

Immer noch unterbrach ihn niemand.

Sophie beobachtete, wie Helge Frantz ganz leise seiner Frau etwas zuflüsterte und diese daraufhin den Kopf schüttelte.

„Die Frage des Zeitpunkts beantwortet schon die Anwesenheit der jungen Dame, Jana Nimb, in seinem Hotelzimmer. Darüber hinaus haben die Kollegen der Spurensicherung eine angebrochene Packung Potenzmittel in seinem Badezimmer gefunden. Den Rest kann sich wohl jeder von Ihnen denken.“

Sophie hoffte, dass Willi sich sein übliches Grinsen verkniff. Antje Frantz schüttelte erneut leicht den Kopf.

„Kommen wir zu der Frage, ob Frau Nimb ihm hätte helfen können. Sehr wahrscheinlich nicht, lautet die Antwort. – Antje Frantz hat mir gegenüber mittlerweile zugegeben, Ludwig Vaitmann sein Notfallmittel gegen Angina Pectoris zwar verkauft, aber versehentlich nicht mitgegeben zu haben. Ob Ludwig dieses Mittel gerettet hätte, wissen wir nicht. – Diese Frage wird wahrscheinlich auch nie beantwortet werden.“

Die Miene der Apothekerin zeigte Sophie, dass sie sich durchaus als mitverantwortlich sah.

Brunner schloss noch einmal kurz die Augen, atmete tief durch und sah dann wieder zu den Anwesenden. „Kommen wir zur nächsten Akte und der Frage, die sich mir stellt: War der Tod Ludwig Vaitmanns der Auslöser für den Unfall oder möglicherweise Anschlag auf Jana Nimb und Willi Lasse?“

„Nein, das war er nicht“, schrie Helge Frantz. „Meine Frau und ihre Apotheke haben überhaupt nichts mit dem Unfall auf der L24 zu tun.“

„Und warum hast du uns dann von der Straße gedrängt?“ Der Ton, in dem Willi seine Frage stellte, war eisig.

„Das habe ich doch gar nicht. Zumindest war es nie meine Absicht. Ich wusste doch überhaupt nicht, dass ihr in dem Wagen saßt.“

„Aber Sie haben den blauen Mercedes gefahren“, wiederholte Brunner Frantz’ Geständnis.

„Nein. Ich meine, ja. Aber eigentlich wollte ich es nie tun. Ich wollte nur einmal in einem solchen Wagen sitzen und wissen, was das für ein Gefühl ist. Eine solche Luxuslimousine kann sich ein ehrlicher Polizist ja niemals leisten. Die fahren immer nur die anderen.“

„Und dann ist der Wagen von ganz allein mit dir losgefahren?“ Spöttischer hätte man diese Frage nicht stellen können, aber Frantz sah Willi nur nickend an.

„Sie sind dann also doch mit dem Wagen vom Hof gefahren“, assistierte Brunner.

„Ja. Das bin ich. Ursprünglich habe ich das tatsächlich nicht gewollt, aber als ich erst einmal mit dem Wagen auf der Straße war, bin ich einfach weitergefahren, bis Hörnum. Erst dort unten am Hafen, ist mir klar geworden, was ich gerade tue. Dass ich meinen Job damit aufs Spiel setze. Also wollte ich den Wagen so schnell wie möglich wieder nach Westerland und zurück auf den Hof der Polizei bringen.“

„Und dabei war Willi Ihnen im Weg?“, fragte nun Sophie.

„Nicht er persönlich. Einfach nur ein trödelig vor sich hin fahrender alter Wagen. – Ich wollte nicht, dass ein Unfall passiert. Ich habe es noch nicht einmal bemerkt. Ich war so damit beschäftigt, den Mercedes wieder in den Griff zu bekommen, nachdem ich überholt hatte, dass ich gar nicht in den Rückspiegel geschaut habe. Erst später habe ich von dem Unfall erfahren.“

„Das war der Moment, in dem Sie Ihren Kollegen Müller gebeten haben, für Sie zu lügen.“

„Ja.“ Frantz hielt den Kopf gesenkt.

„Wie konnten Sie nur so dumm sein?“, schimpfte Brunner.

„Das war gefährliche Körperverletzung und noch dazu Fahrerflucht“, tobte Willi. „Wir sind dabei fast gestorben.“

„Es tut mir wirklich leid“, kam es leise von Frantz.

„Du verdammter Idiot!“ Willi drehte sich demonstrativ von Frantz weg.

„Unabhängig davon, welche Konsequenzen Ihr Vergehen noch für Sie haben wird, Herr Frantz, bleiben Sie dabei, dass es keinen Zusammenhang mit Ludwig Vaitmanns Tod hatte?"

„Überhaupt keinen. – Der Fehler war ja nie passiert. Ich meine, es gab keinen Beleg mehr dafür. – Weder Willi noch Frau Nimb hätten jemals beweisen können, dass Ludwig Vaitmann sein Medikament nicht erhalten hat."

„Hat Frau Nimb Sie wegen Ludwigs Tod erpresst, Frau Frantz?"

Gebannt beobachtete Sophie, dass Helge Frantz Brunners Frage beantworten wollte, aber der Kriminalhauptkommissar ihm mit einer Geste den Mund verbot. Frantz stockte und seine Frau antwortete: „Nein, das hat sie nicht. – Ich glaube, sie war kurz nach seinem Tod einmal in meiner Apotheke, aber dann sah sie Helge, in Uniform."

„Sie glauben?"

„Ich kannte Jana Nimb nicht. Aber ich gehe davon aus, dass sie diese Frau war."

„Und Herr Lasse? Hat er sie darauf angesprochen?"

Antje Frantz lächelte leicht und sah zu Willi. „Ja, er hat mich ganz allgemein auf die Möglichkeit solcher Fehler angesprochen. Aber bestimmt wäre er nie auf die Idee gekommen, einen eigenen Vorteil daraus zu ziehen. Auch wenn er geahnt hat, was vorgefallen war."

„Nun gut." Brunner legte zwei der fünf Mappen zur Seite. „Lassen wir diese beiden Vorfälle einmal kurz außer Acht und beginnen unsere Kette bei der Tötung von Jana Nimb neu."

„Sie wurde brutal ermordet", verbesserte Willi in anklagendem Ton.

„Diese Einschätzung müssen wir dem Richter überlassen, sobald wir einen Täter überführt haben", widersprach Brunner. „Was wissen wir über die letzten Stunden bis zu ihrem Tod?"

„Am Vorabend hat sie gearbeitet." Sophie fand, nun sei der richtige Moment, ihre neuen Informationen zu teilen.

„Ja, das haben wir nachgeprüft", bestätigte Brunner. „In der Bar des ‚Hotel Dünenlust'. Bis gegen 1:00 Uhr. Sie wird also spätestens um 2:00 Uhr zuhause gewesen sein."

„Dort hat Sebastian Wedel auf sie gewartet."

„Sebastian Wedel, nicht Bert Wedel?", kam es erstaunt von Willi.

„Ja. Ich hatte so eine Idee, deshalb war ich gestern bei ihm im Immobilienkontor und habe ihn darauf angesprochen." Nur ab und zu von Brunner unterbrochen, erzählte Sophie von Jana Nimbs Taschenkalender und ihrer Ahnung, der dort erwähnte Basti könne Sebastian Wedel sein. Ihre Kostümierung, mit der sie Wedel zum Sprechen gebracht hatte, erwähnte sie nicht. Als sie schließlich mit dem tödlichen Autounfall endete, blieb es eine Weile still im Raum.

„So wie du es schilderst, hat er versucht, dich zu beschützen", unterbrach Willi die Stille.

„Ja, so sieht es aus."

„Was soll es sonst bedeuten, dass er sich zwischen dich und den Wagen gestellt hat?"

„Es ging ihm nicht besonders gut. Vielleicht hat er bewusst in Kauf genommen, den Zusammenprall mit dem Wagen nicht zu überleben."

Niemand sagte etwas.

„Warum hat der Dummkopf nicht versucht, dem Wagen auszuweichen?" Sophie spürte, dass Tränen ihre Wangen hinunterliefen. „Ich muss von keinem Mann beschützt werden."

Ruben griff nach einer ihrer Hände.

„Der Fahrer muss gewollt haben, dass Basti stirbt. Er hat nicht gebremst, es noch nicht einmal probiert. – Und nach dem Unfall ist er einfach davongefahren. Ich habe noch das Quietschen der Räder im Ohr, als der Wagen um die nächste Kurve gerast ist."

„Sollen wir eine Pause machen?" Brunners mitleidiger Blick machte es Sophie nicht leichter, ihre Tränen zu unterdrücken.

„Ich habe das Gefühl, an seinem Tod mitschuldig zu sein",
flüsterte sie kaum hörbar.

Auch wenn sie damit eine seiner Akten in der Chronologie
übersprangen, entschied Kriminalhauptkommissar Brunner,
den Anwesenden von den weiteren Ereignissen der letzten
Nacht zu erzählen.

„Nur etwa eine Stunde nachdem Sie und Sebastian Wedel
ins Krankenhaus eingeliefert wurden, haben wir den Unfallwagen am Straßenrand gefunden. Er stand auf einem Privatweg
zwischen Wenningstedt und Westerland und wurde von einem
verärgerten Anwohner der Polizei gemeldet. Es ist definitiv der
Wagen, der Sie angefahren hat. Er weist deutliche Unfallspuren
auf und das Blut an der Front stammt von Sebastian Wedel."

„Ist es der beschlagnahmte blaue Mercedes?"

„Ja das ist er, Frau Dr. Renger. Sie haben sich also doch noch
an den Wagen und sein Kennzeichen erinnert?"

Alle Blicke richteten sich plötzlich auf Helge Frantz.

„Ich habe den Wagen nicht gefahren. Ich war das nicht.
Nicht dieses Mal."

„Schon beim ersten Mal habe ich mich gefragt, woher Sie die
Autoschlüssel des Wagens hatten. Die Kollegen haben mir versichert, dass die Akte nicht angerührt wurde. Und auch heute
morgen durften wir feststellen, dass der Schlüssel immer noch
darin liegt."

Helge hatte wieder den Blick gesenkt.

„Es befindet sich also ein weiterer Schlüssel dieses Wagens
auf der Insel. Wenn Sie davon wussten, hätten Sie es uns sagen
müssen."

„Ich habe ihn nicht mehr."

„Und wieso war er überhaupt in Ihrem Besitz?"

Frantz sah ängstlich erst zu seiner Frau, dann zu Brunner.
„Ich hatte ihn mir geliehen. Aber ich wollte mit dem Wagen
wirklich nie fahren. Nur einmal darin sitzen. Mir vorstellen,

wie es wäre, ihn mir leisten zu können. – Paul hat immer so davon geschwärmt."

„Welcher Paul?" Antje Frantz war Brunner nur knapp zuvor gekommen mit ihrer Frage.

„Paul Harmssen. Der dicke Bass in unserem Kirchenchor. Du kennst ihn."

„Oh." Ihre Antwort sprach Bände.

„Paul Harmssen, der Portier des ‚Hotel Vier Jahreszeiten'?", fragte Brunner nach.

„Ja."

„Warum besaß er einen Schlüssel für diesen Wagen?"

Wieder sah Frantz konzentriert auf den Tisch vor sich und versuchte, sich um eine Antwort herumzudrücken.

„Im Moment muss ich immer noch davon ausgehen, dass Sie, Herr Frantz, gestern den Wagen gesteuert haben, der Sebastian Wedel getötet hat", sagte Brunner in möglichst bedrohlichem Ton.

„Ich war es nicht."

„Ein Alibi haben Sie aber auch nicht."

„Liebster, nichts ist so schlimm, wie die Verantwortung für den Tod eines Menschen zu tragen", kam es leise von Antje Frantz.

Helge Frantz nahm erneut ihre Hand. Dann räusperte er sich. „Paul Harmssen hat ab und zu ein paar Aufträge vom ‚schönen Heinz' bekommen. Meistens musste er nur ein paar Leute über die Insel fahren. Dafür hatte er den Schlüssel für den Benz."

„Prostituierte und Kunden?"

„Ja."

„Und Sie hielten es nicht für nötig, uns davon zu berichten?"

„Paul singt mit mir im Kirchenchor."

Fast hätte Brunner über diese unsinnige Erklärung gelacht.

„Darüber hinaus war Harmssen aber auch noch der

Handlanger eines berüchtigten Zuhälters, dem gerade der Prozess gemacht wird."

„Die Bonbonpapiere!", rief Bertram aus.

Brunner beobachtete, wie Lasse und Bertram sich zunickten. „Möchten Sie das erklären?"

„Als wir am Sonntag Jana Nimbs Wohnung nach zusätzlichen Spuren durchsucht haben, haben wir zwei Bonbonpapiere des ‚Hotel Vier Jahreszeiten' gefunden. Willi eins im Rosenbeet vor dem Haus und ich eins unter Janas Garderobenschrank." Ruben kramte in seiner Hosentasche und legte ein zerknittertes blaues Stück Papier auf den Tisch. „Ihre Kollegen müssen es übersehen haben."

„Und Harmssen muss geahnt haben, dass wir Janas Tod untersuchen. Er hat gestern mitbekommen, dass ich als Jana verkleidet das Hotel verlassen habe."

„Sie haben was getan?" Brunner traute seinen Ohren nicht.

Jetzt war es an Sophie Renger, zwei ihm bisher vorenthaltene Gegenstände auf den Tisch zu legen, den Taschenkalender, den sie bereits erwähnt hatte, und die Perücke, mit der sie Sebastian Wedel getäuscht hatte.

„Nur so habe ich ihn dazu gebracht, es zuzugeben", setzte sie ihren Bericht fort. „Basti war es, der Jana gewürgt hat. Aber er hat sie nicht ermordet."

„Woher wissen Sie das?"

„Weil er davon überzeugt war, dass sein Vater Janas Mörder war."

„Und deshalb hat er ihn getötet", kam es aufgeregt von Lasse.

„Genau", stimmte ihm Bertram zu.

„Dafür haben wir noch keinen sicheren Beweis", versuchte Brunner die Stimmung zu beruhigen.

„Aber eine Art Geständnis", kam es leise von Sophie Renger. „Je länger ich darüber nachdenke, um so klarer wird mir, dass er es mir während unseres Gesprächs gestanden hat. Und deshalb ist er auch dem Wagen nicht ausgewichen.“

„Die IP-Adresse, über die der gmail-Account mit Ihrem Namen angelegt wurde, gehört auf jeden Fall zum Immobilienkontor“, gab Brunner eine bisher zurückgehaltene Information preis. „Damit ist es zumindest wahrscheinlich, dass Sebastian Wedel die Verabredung am Roten Kliff vorgeschlagen hat.“

„Aber welches Motiv soll Paul haben, den jungen Wedel zu töten?“, kam es ungläubig von Helge Frantz.

„Hast du es immer noch nicht begriffen?“, blaffte ihn Lasse an. „Dein wunderbarer Freund und Chorsänger hat Jana umgebracht. Und er muss befürchtet haben, dass Sebastian Wedel ihm auf die Spur gekommen ist.“

„Nein, Willi“, widersprach Bertram in sanftem Ton. „Paul Harmssen wollte nicht Sebastian Wedel töten, sondern Sophie. Sie hat als Jana verkleidet das Hotel verlassen. Es dürfte ein Leichtes für ihn gewesen sein, zu erfahren, wohin der Taxifahrer sie gebracht hat. – Und ich Idiot habe ihn heute morgen auch noch nach einer Gästeliste der letzten Woche gefragt.“

Brunner hatte sich inzwischen erhoben und war gerade dabei den Raum zu verlassen, als er Helge Frantz ungläubig fragen hörte: „Aber warum?“

Am liebsten wäre Brunner selbst zusammen mit den uniformierten Kollegen losgefahren, um Harmssen zu verhaften, aber noch waren nicht alle Fragen beantwortet. Stattdessen schickte er eine Streife zum ‚Hotel Vier Jahreszeiten‘ und eine zur Sicherheit auch zu Harmssen nach Hause. Wenn es tatsächlich die Absicht des Portiers gewesen war, Sophie Renger zu töten, bestand durchaus die Gefahr, dass er seinen Dienst im Hotel abgebrochen hatte, nachdem er feststellen musste, sein Ziel verfehlt zu haben. Dann war er jetzt wahrscheinlich dabei, die Insel zu verlassen. Falls ihm das nicht bereits gelungen war. Es war schon viel zu viel Zeit vergangen, seitdem Harmssen Sophie nur leicht verletzt gesehen hatte.

Als er in den Besprechungsraum zurückkehrte, hörte er gerade noch, dass die beiden anwesenden Frauen versuchten, einen Streit zwischen Helge Frantz und Willi Lasse zu schlichten.

„Natürlich kann es so gewesen sein", pflichtete Sophie Renger Helge Frantz bei. „Dann kann er dem Kriminalhauptkommissar ja einfach mitteilen, an wen er den Schlüssel weitergegeben hat, und wir haben einen neuen Verdächtigen."

„Gut, dass Sie wieder zurück sind", begrüßte Lasse ihn. „Damit befindet sich ein vernunftbegabter Mensch mehr im Raum. – Unser Dorfpolizist bestreitet immer noch die Möglichkeit, dass sein Freund und Sangesbruder Paul Harmssen der Mörder Jana Nimbs ist."

„Ich habe nur gesagt, dass ihr mir noch kein überzeugendes Motiv geliefert habt. Paul ist kein kaltblütiger Mörder, das weiß ich."

„Bisher wissen wir ja noch nicht einmal, ob er überhaupt etwas mit den beiden Todesfällen zu tun hat", beschwichtigte Brunner die Diskussion. „Aber ich hoffe, dass ich ihn das gleich fragen kann. Wenn er nicht bereits die Insel verlassen hat, sollten die Kollegen ihn in wenigen Minuten herbringen. Sobald er da ist, werde ich Sie bitten müssen, zu gehen."

Er wollte sie genau im richtigen Moment verabschieden. Harmssen sollte ruhig mitbekommen, mit wem er vor dem Gespräch mit ihm zusammengesessen hatte.

Zwei uniformierte Polizisten hatten ihn im Hotel abgeholt und für ein Gespräch mit dem Kriminalhauptkommissar zur Polizeiwache Westerland gefahren. Optimistisch, schnell wieder an seinen Arbeitsplatz zurückzukehren, hatte er lediglich das Schild aufgehängt, das er immer nutzte, wenn er auf die Toilette ging, und das ankündigte, er sei in wenigen Minuten wieder am Platz.

Während er nun, von den beiden Beamten flankiert, den Gang in der obersten Etage des Polizeigebäudes entlangschritt, registrierte Paul Harmssen entsetzt, wer ihm entgegenkam. Es waren nicht nur die beiden Hotelgäste aus Köln, sondern auch Helge Frantz und seine Frau, sowie dieser viel zu neugierige Lokalreporter Lasse. Hatten sie sich alle mit dem Kommissar zusammengetan, um ihm das Handwerk zu legen?

Als er sich mit den beiden Polizisten in den Streifenwagen gesetzt hatte, war er noch zuversichtlich gewesen, sich aus allem herausreden zu können. Aber langsam schwand seine Überzeugung, schnell und vor allem ungeschoren die Polizeiwache wieder verlassen zu können.

Was wusste Helge Frantz von ihm und seinen Kontakten zum ‚schönen Heinz‘ und seinem Harem? Ahnte er, dass Harmssen seit dessen Inhaftierung versuchte, das verwaiste Geschäft zu übernehmen? Die meisten der ‚Damen‘ von Heinz, waren zwar nicht auf sein Angebot eingegangen, sie zu beschützen, aber das konnte sich im Laufe der nächsten Wochen ja noch ändern. Offenbar hatten sie bisher mehr Angst vor ihrem inhaftierten Chef und seinen Schergen als vor ihm, Paul Harmssen. Wenn er nur die Gelegenheit hätte, ihnen etwas drastischer die Risiken einer Selbständigkeit zu verdeutlichen. Wenn er es nur schaffte, aus diesem verdammten Schlamassel wieder herauszukommen.

Harmssens Gedanken kreisten immer noch um die Frage, was Helge und die anderen dem Kriminalkommissar erzählt hatten und welche Schlüsse dieser daraus zog; fast wäre er weitermarschiert, als seine uniformierte Eskorte bereits vor einer geöffneten Tür angehalten hatte. Ein Ruck an seinem linken Arm brachte ihn abrupt zum Stehen. Bis auf den Kriminalhauptkommissar war der große Raum leer, in den er hineingeschoben wurde.

Brunner bot ihm einen Platz an, setzte sich ihm gegenüber und entließ die beiden Uniformierten.

Harmssen konnte den Blick, mit dem der Kommissar ihn musterte, nicht deuten.

Knapp zwei Minuten schwiegen sie sich an, dann brach Brunner das Schweigen: „Ich nehme an, Sie können sich denken, warum ich Sie hergebeten habe."

Harmssen musste sich räuspern, ehe er verneinte.

„Nun, dann kläre ich Sie auf." Der Kriminalkommissar lächelte ihn freundlich an. „Ich suche einen Mörder. Und soweit ich bislang informiert wurde, können Sie mir dabei behilflich sein."

Panik stieg in Harmssen auf. „Ich weiß nicht, was Helge Ihnen gesagt hat. Oder die neugierigen Journalisten, die gerade bei Ihnen waren. Auf jeden Fall verbitte ich mir jede Andeutung, ich hätte irgendetwas mit einem Mord zu tun." Er versuchte, seine Worte zornig und nicht ängstlich klingen zu lassen.

„Habe ich das gesagt?"

Brunners freundlicher, übertrieben harmloser Blick konnte ihn nicht täuschen. Er polterte weiter: „Wie soll ich Ihnen bei der Suche nach einem Mörder behilflich sein, wenn ich nichts von einem Mord weiß?"

„Vielleicht war es ja lediglich ein Unfall." Brunner lächelte ihn erneut an. „Sagt Ihnen diese Wortwahl eher zu?"

„Wovon sprechen Sie, verdammt?" Seine nun tatsächlich aufkeimende Wut, ließ ihn ungeduldig werden. „Sie haben mich doch wohl nicht von meiner Arbeitsstätte abholen lassen, um ein dämliches Ratespiel mit mir zu veranstalten."

Brunners Miene verfinsterte sich. „Falls Sie es bisher nicht verstanden haben, erkläre ich es Ihnen gern: Sie sitzen hier, weil entweder Sie gestern einen Menschen getötet haben oder es jemand getan hat, dem Sie den Schlüssel für den sichergestellten Mercedes von Heinz Borscheid überlassen haben. – Ich weiß, dass Sie im Besitz der Wagenschlüssel waren."

Verzweifelt überlegte Harmssen, was er antworten konnte. Seinen motorisierten Angriff auf Sophie Renger zuzugeben, kam überhaupt nicht in Frage. Wozu auch? Sie war ihm doch entkommen, kaum verletzt.

„Ich weiß nicht, wovon Sie sprechen", antwortete er schließlich und las an Brunners Gesicht ab, dass er das Falsche gesagt hatte. „Dieses Schlüsselbund habe ich schon vor langer Zeit vernichtet", versuchte er, seine Antwort zu verbessern. „Direkt nachdem Helge so blöd war, mit dem Benz eine Spritztour zu machen."

„Vernichtet", kam es eisig von Brunner. „Dann reden wir eben zuerst über den Dienstag vor einer Woche. An diesem Tag wurde Jana Nimb getötet."

„Soll ich damit auch etwas zu tun haben? – Ich kenne niemanden dieses Namens."

„Natürlich kannten Sie sie. Sie haben sie in der Nacht von Ludwig Vaitmanns Tod sogar nackt gesehen."

„Oh. Diese Dame." Nur mühsam gelang es Harmssen seine übliche verächtliche Betonung des Wortes ‚Dame' zu unterlassen.

„Was haben Sie am Dienstag vor einer Woche getan?"

„Gearbeitet natürlich. Ich hatte Dienst im Hotel."

„Auch am Dienstag? Den ganzen Tag?"

Es brauchte nur ein kurzes Telefonat, bis der Kriminalhauptkommissar wusste, dass Harmssen in der vergangenen Woche Nachtdienst hatte. Er konnte es genauso gut direkt zugeben.

„Nein, ich hatte erst ab 17:00 Uhr Dienst. Davor habe ich geschlafen."

„Sie leben allein, nicht wahr?"

„Ja. Meine Frau hat mich schon vor ein paar Jahren für einen anderen Mann verlassen."

„Dann gibt es wahrscheinlich niemanden, der bezeugen kann, dass Sie am 27. Juni zwischen 12:00 Uhr und 14:30 Uhr zuhause waren."

„Können Sie über jede Minute Ihres Tagesablaufs Rechenschaft ablegen?", brauste Harmssen erneut auf.

„Nein. Aber ich stehe auch nicht im Verdacht, zwei Menschen getötet zu haben.“

Der Kriminalkommissar sah ihn nachdenklich an. „Ich nehme an, Ihre Fingerabdrücke sind bislang nicht in unserer Kartei.“

„Doch. Vielleicht.“

„Soll ich nachschauen lassen, oder erklären Sie mir, wieso wir sie haben könnten?“

„Ein Missverständnis.“

Brunner sah ihn herausfordernd an und klopfte ungeduldig mit den Fingern auf die Aktenmappen, die vor ihm lagen.

„Ließen Sie Ihre Frau einfach so zu einem anderen Mann abhauen? Ich wollte wenigstens wissen, wer das ist. Und der Hansel hat mein Auftauchen in seiner Wohnung gleich hochgespielt. Als hätte ich ihm etwas antun wollen.“

„Ich verstehe.“

Erneut warf Brunner ihm einen Blick zu, der Harmssen überhaupt nicht gefiel. Diese alte Geschichte hätte jetzt wirklich nicht hochkommen müssen, dachte er und ärgerte sich.

„In der Wohnung von Frau Nimb wurde eine große Anzahl unterschiedlicher Fingerabdrücke sichergestellt.“

Brunner schien abwarten zu wollen, welche Reaktion seine Aussage bei ihm hervorrief. Harmssen war klar, dass er sowohl in Borscheids Wagen als auch in Nimbs Wohnung Fingerabdrücke hinterlassen hatte. Er hatte ja überhaupt keine Veranlassung gehabt, das zu vermeiden.

„Nun gut, ich habe die Frau gekannt, intim sogar. – Herr Kommissar, ich bin auch nur ein Mann, der den besonders anziehenden Exemplaren des schönen Geschlechts nicht widerstehen kann.“

„Wir werden also einige der Abdrücke als Ihre identifizieren können?“

„Davon gehe ich aus. Zumindest habe ich keine Handschuhe getragen, als ich mit ihr geschlafen habe.“

„Wann war das?"

„Das muss wenige Tage vor ihrem Tod gewesen sein. – Warten Sie, Sonntag, glaube ich. Sonntag vor zehn Tagen."

„Ich verstehe", kam es erneut von Brunner.

„Den Wagen habe ich so oft gefahren. Da werden Sie wahrscheinlich fast ausschließlich meine Fingerabdrücke finden."

Langsam fühlte Harmssen sich wieder sicherer. Das lief doch gar nicht schlecht.

Der Kommissar sagte nichts, sondern taxierte ihn nur stumm.

Warum hatte er sich überhaupt solche Sorgen gemacht? Es gab nicht einen Beweis gegen ihn. Überhaupt keinen.

„Gibt es außer Ihnen noch jemanden auf der Insel, der einen Schlüssel für Borscheids Mercedes gehabt hat?", wollte Brunner wissen und riss Harmssen aus seinen Gedanken.

„Vielleicht einer seiner Handlanger. – Ja wahrscheinlich sogar. Borscheid ist nie selbst gefahren. Ich glaube, er hat überhaupt keinen Führerschein mehr."

Das lief ja immer besser, dachte Harmssen. Langsam wurde ihm klar, dass der Kommissar im Trüben fischte. Wenn er selbst keinen Fehler machte, konnte ihm nichts passieren. Nur mühsam unterdrückte er ein Aufatmen.

„Ich verstehe", kam es erneut von Brunner.

„Wer diese Männer sind, die für ihn gearbeitet haben, wissen Sie und Ihre Kollegen wahrscheinlich besser als ich."

Der Kriminalkommissar schwieg.

„Waren das Ihre Fragen? Kann ich jetzt gehen? Meine Portiersloge ist langsam etwas zu lange verwaist."

Er sollte wirklich gehen, weit weg am besten. Sobald es möglich war, musste er die Insel verlassen, vielleicht sogar das Land. Während er über die Handlanger gesprochen hatte, war ihm klar geworden, dass Borscheids Mädels wahrscheinlich wussten, warum sie sich davor fürchteten, zu ihm zu wechseln. Möglicherweise hatte längst einer von Borscheids Schergen sein Geschäft übernommen. Dann waren diesem Nachfolger seine eigenen Versuche, sich ins Spiel zu bringen, bestimmt übel aufgestoßen.

„Die beiden Beamten werden Sie wieder ins Hotel bringen. – Und es kann sein, dass ich Sie in den nächsten Tagen noch einmal sprechen möchte. Planen Sie, kurzfristig zu verreisen?"

Brunner schien seine unausgesprochene Reaktion richtig zu deuten.

„Unterschätzen Sie mein Interesse an Ihnen nicht, Herr Harmssen. Nur ungern möchte ich Sie in ein paar Tagen per Haftbefehl suchen lassen."

Harmssen nickte ergeben. Vor Borscheids Nachfolger und gleichzeitig auch noch vor der Polizei auf der Flucht zu sein, überstieg seine Abenteuerlust. Er musste sich einfach die nächsten Tage bedeckt halten. Keine weiteren Versuche unternehmen, zusätzliche Mädels an sich zu binden. Einfach nur als unbescholtener Portier seinen Dienst tun und hoffen, dass Brunner klar wurde, dass er niemals einen Beweis gegen ihn in die Hand bekäme.

„Brunner hat mit Harmssen gesprochen und ihn danach wieder laufen lassen", fasste Ruben Bertram sein Telefonat mit dem Kriminalhauptkommissar zusammen.

Sophie verzog den Mund. „Das habe ich befürchtet. Unser Verdacht gegen Harmssen basiert nur auf Indizien. Brunner konnte ihn nicht festhalten."

„Er hat ihn sogar wieder ins Hotel chauffieren lassen."

„Dann sitzt er jetzt unten." Sophie sah auf ihr Handy und stellte fest, dass es bereits früher Nachmittag war.

„Was machen wir, wenn er das Weite sucht, sobald er Feierabend hat?", wollte Ruben wissen.

Auch wenn sie Jana Nimb nur kurz kennengelernt hatte, fühlte sich Sophie persönlich verantwortlich für die Aufklärung ihrer Todesumstände. Hätten sie mehr Zeit miteinander verbringen können, wären sie bestimmt gute Freundinnen geworden. Mit dem Eindringen in Janas Wohnung und deren Durchsuchung hatte Sophie bewusst die Aufgabe übernommen, Janas Mörder zu finden und vor einen Richter zu bringen. Der Tod Sebastian Wedels hatte diese Verpflichtung noch verstärkt.

Über Rubens Frage musste sie nicht lange nachdenken. „Wir sollten versuchen, das zu verhindern. In ein paar Tagen hat Brunner sicher etwas in der Hand, das es ihm erlaubt, einen Haftbefehl gegen Harmssen zu erwirken. Bis dahin sind eben wir gefragt."

„Sollen wir ihm den ganzen Tag hinterherlaufen?"

„Wir können uns ja ablösen."

Der skeptische Blick, den Ruben ihr zuwarf, war berechtigt. Ein professionelles Überwachungsteam bestand aus mindestens sechs Personen. Sie waren lediglich zu zweit und Ruben alles andere als ein Beschattungsprofi.

„Solange er seinen Dienst als Hotelportier verrichtet, haben wir frei", versuchte sie seine Bedenken zu reduzieren. „Damit reden wir also von maximal fünfzehn Stunden, von denen er sicher mindestens sechs verschläft."

„Und wann schlafen wir?"

„Weißt du, wo Harmssen wohnt?"

„Ja, Brunner hat mir seine Adresse genannt. Paul Harmssen bewohnt ein Erdgeschoss-Appartement im ‚Dünenstieg 16'. Das ist irgendwo in Westerland."

„Was hältst du davon, wenn du dir und deinem schönen Auto in der Nähe seiner Wohnung einen Platz suchst. Möglichst so, dass wir von dort aus die Haustür des Wohngebäudes im Auge behalten können. Ich gehe ihm nach, sobald er Feierabend macht und bleibe dann dort. Gegen 2:00 Uhr löst du mich ab."

„Und was soll ich tun, wenn er mit oder ohne Koffer das Haus verlässt?"

„Dann rufst du mich sofort an."

Sein Unwillen war Ruben so sehr anzusehen, dass Sophie lachen musste. „Es sind nur sechs Stunden, während denen du ihn im Auge behalten musst. Und den Großteil davon wird er wahrscheinlich schlafen. Einverstanden?"

Er nickte unwillig.

„Um 8:00 Uhr beginnt wieder Harmssens Dienst im Hotel. Wenn wir Glück haben, musst du ihm nur unauffällig auf dem Weg dorthin folgen."

Ruben zog eine Grimasse.

„Soweit ich weiß, hat Harmssen kein eigenes Auto. Es wird also hoffentlich immer nur ein kurzer Spaziergang zwischen seiner Wohnung und dem Hotel. Morgen, nach Dienstschluss übernehme ich wieder und begleite ihn nach Hause und dann wiederholt sich alles, so wie wir es gerade festgelegt haben."

„Und wie lange sollen wir das machen?"

„Bis wir oder Brunner wissen, warum er Jana Nimb getötet hat."

Kopfschüttelnd zog sich Ruben in sein Schlafzimmer zurück. Nach wenigen Minuten kehrte er mit seiner alten Ledertasche über der Schulter in den Wohnraum der Suite zurück.

„Du klärst mit Richard, dass wir noch ein paar Tage länger auf Sylt bleiben", forderte er und verließ ohne weitere Abschiedsworte die Suite.

Mittwoch, 5. Juli auf Sylt

Nichts Auffälliges war vorgefallen, seitdem sie Harmssen beschatteten. Am gestrigen Abend und in der Nacht hatte er weder seine Wohnung verlassen noch Besuch empfangen. Jetzt saß er bereits seit Stunden in seiner Portiersloge im ‚Hotel Vier Jahreszeiten'; in etwa einer Viertelstunde wurde er von einem

Kollegen abgelöst und ging dann hoffentlich direkt zu Fuß wieder nach Hause zurück.

Der Regen, der bereits den ganzen Tag den Touristen den Sommerurlaub verdorben hatte, war in sanftes Nieseln übergegangen. Gemeinsam im Wohnraum der Suite sitzend, hatten Sophie Renger und Ruben lange mit Brunner telefoniert und erfahren, dass Heinz Borscheid, der ‚schöne Heinz‘, Besitzer der sichergestellten Mercedes-Limousine und jahrelang unangefochtener Herr über den größten Sex-Club Sylts im Gefängnis getötet worden war. Die Vollzugsbeamten hatten ihn zwei Stunden nach dem Frühstück in seiner Zelle in der Justizvollzugsanstalt Neumünster leblos vorgefunden. Die sofort durchgeführten Wiederbelebungsversuche waren nicht erfolgreich und der hinzugerufene Gefängnisarzt hatte nur noch den Tod Heinz Borscheids bescheinigen können. Eine umgehende Untersuchung der Reste seines Frühstücks und die Autopsie des Leichnams brachten die Todesursache ans Licht: Borscheid war mit Akonitin, einem der wirksamsten Pflanzengifte überhaupt, ermordet worden.

Nachdem Brunner das Telefonat beendet hatte, sahen sie sich nachdenklich an.

„Das zeitliche Zusammentreffen der Ereignisse finde ich merkwürdig“, kam es schließlich von Sophie.

„Du meinst Borscheids Tod und die Verwendung seines Wagens hier auf Sylt?“

Sich mit beiden Händen die Hose festhaltend, stand Sophie neben dem schmalen Sofa, auf dem Ruben mehr lag als saß. „Vielleicht hat sogar Janas Tod etwas damit zu tun.“

„Kann es sein, dass sie für ihn gearbeitet hat?“

„Nein, das halte ich für ausgeschlossen. Außerdem hätte Willi es uns gesagt.“

Beide sahen sich ratlos an.

„Hat Brunner sonst noch etwas herausbekommen?“ Sophie war während des Telefonats kurz in ihr Schlafzimmer gegangen, da sie sich für ihre nächsten Überwachungsstunden hatte umziehen müssen. Jetzt stand sie in Rubens abgetragenster Jeans, einem knapp über der Taille zusammengeknoteten Hoody und lässigen Sneakers, die sie sich vor wenigen Stunden in Westerland gekauft hatte, neben ihm. Mit schnellen Bewegungen krempelte sie die bereits zu kurze Jeans noch um einige Zentimeter hoch.

Ruben sah ihr irritiert bei ihren Bemühungen zu. „Willst du wirklich so auf die Straße gehen?"

„Nur, wenn du mir noch deinen Gürtel leihst." Sie lachte. „Sonst bin ich die ganze Zeit damit beschäftigt, deine Hose nicht zu verlieren."

Der nachlässig zusammengehaltene Dutt auf ihrem Kopf schien es Ruben besonders angetan zu haben.

„Gefalle ich dir nicht?"

„Du siehst aus, als hätte dich eine Zeitmaschine in deine frühen Zwanziger zurückgeschickt", antwortete er. „Vielleicht ein wenig zu lässige Zwanziger. Es wirkt, als hättest du nichts anderes als Joints und Abhängen im Kopf."

„Gut, dann ist mir meine Verkleidung ja gelungen." Mit Rubens Gürtel hielt die Hose endlich knapp oberhalb ihrer Hüftknochen. „Was hat Brunner noch erzählt, während ich weg war?"

„Die Polizei hat tatsächlich Harmssens Fingerabdrücke in Janas Wohnung sichergestellt. Harmssen hat es damit erklärt, Jana für eine Nacht besucht zu haben, wenige Tage vor ihrem Tod. Aber in dem Taschenkalender, den du Brunner überlassen hast, findet sich kein Eintrag, der das bestätigt. – Brunner ist mittlerweile auch davon überzeugt, dass Harmssen Jana getötet hat. Ihm fehlt nur immer noch das Motiv."

„Dann geht es ihm nicht besser als uns."

„Vielleicht hat es etwas mit Ludwig Vaitmanns Tod zu tun, meinte er."

Sophie verabschiedete sich mit einer lässigen Handbewegung.

Als sie durch den Hinterausgang das Hotel verlassen und sich hinter einem Müllcontainer des Nachbarhotels versteckt hatte, war es bereits wenige Minuten nach 17:00 Uhr.

Am Vortag hatte sie festgestellt, dass der Heimweg, den Harmssen einschlug, nur schlecht geeignet war, sich vor ihm zu verbergen. Beinahe hätte er sie entdeckt; nur eine Ansammlung von Seniorenrad-Fahrern, die zwischen ihnen geradelt waren, hatte sie davor bewahrt. Heute hatte sie sich dafür entschieden, sich zu verkleiden. Auch wenn sie durch ihre optisch unvorteilhafte Kostümierung hoffte, von Harmssen nicht sofort erkannt zu werden, wollte sie ihm in möglichst großem Abstand folgen. Falls er direkt zu seiner Wohnung zurückkehrte, war das kein Problem, sie kannte seinen bevorzugten Weg ja bereits.

Die wenigen Minuten, die es dauerte, bis Harmssen das Hotel verließ, tat Sophie so, als interessiere sie sich ausschließlich für ihr Handy. Als sie ihn dann endlich sah, schob sie das Gerät rasch in eine der Vordertaschen der Jeans. Sie wollte Harmssen gerade folgen, als ein dunkelgekleideter Mann hinter einem der geparkten Wagen hervortrat und ihr zuvorkam. Der Unbekannte kam ihr fast so breit wie hoch vor. Sein Gang und seine Haltung verrieten Sophie, dass sein Körperumfang eher durch Krafttraining als durch übermäßiges Essen entstanden war. Wer war dieses Muskelpaket, das Harmssen in einem Abstand von etwa hundert Metern folgte?

Sorgfältig darauf achtend, nicht ebenfalls entdeckt zu werden, schloss sie sich den beiden Männern an. Sowohl den Unbekannten als auch Harmssen dabei im Blick zu behalten, war sogar für sie schwierig. Der muskelbepackte Unbekannte ließ sie sehr vorsichtig agieren, denn eine Konfrontation mit ihm wollte sie gern vermeiden, zumindest unbewaffnet.

Der Weg, den Harmssen einschlug, war der gleiche, den er auch am Vortag gewählt hatte. Aller Voraussicht nach hatte der Portier also vor, direkt nach Hause zu gehen. Sophie war neugierig, was der Fremde vorhatte, nachdem Harmssen in seiner Wohnung verschwunden war.

In gemächlichem Tempo gingen sie hintereinander den vom Dauerregen aufgeweichten Fußweg zwischen Düne und der ersten Reihe Häuser entlang. Wegen des immer noch schlechten Wetters begegneten ihnen nur wenige andere Spaziergänger. Eine schlechte Voraussetzung für eine unauffällige Beschattung, dachte Sophie, aber weder Harmssen noch der breitschultrige Unbekannte drehten sich auch nur einmal um.

Nur noch etwa dreihundert Meter von Harmssens Wohnung entfernt griff Sophie nach einer Holzlatte, die von einem Jägerzaun herabhing. Noch während sie dabei war, die Latte vom Zaun zu lösen, erkannte sie, dass der Unbekannte seinen Schritt beschleunigte. Offenbar wollte er Harmssen erreichen, ehe dieser im Dünenstieg angekommen war. Sie fluchte innerlich, riss an der Holzlatte und hastete los. Nun war es egal, ob sie entdeckt wurde; ihr Instinkt sagte ihr, dass Harmssen einen Zusammenprall mit dem Unbekannten nicht überleben würde. Sie musste eingreifen, wenn sie Janas Mörder vor den Richter bringen wollte.

Entsetzt beobachtete sie im Laufen, dass der Unbekannte den Portier erreicht hatte, während sie selbst immer noch fünfzig Meter von den beiden trennten. Der Muskelmann schrie Harmssen etwas zu, das Sophie nicht verstehen konnte. Noch bevor der Portier etwas antworten konnte, zog der Unbekannte eine Waffe aus seinem Hosenbund. Aus kurzer Entfernung zielte er auf Harmssens Brust. In dem Moment, in dem er den Abzug betätigte, erreichte Sophie die beiden Männer und hieb, noch aus dem Schwung des Laufens heraus, die Holzlatte auf den Arm des Angreifers. Ein lautes Splittern war zu hören. Sophie nahm an, dass nicht nur die Latte gebrochen war, sondern auch die Unterarmknochen des Muskelmanns. Ein Schuss löste sich, bevor der Unbekannte die Waffe zu Boden fallen ließ, und Harmssen brach stöhnend zusammen. Reglos blieb er vor den Füßen seines wütenden Angreifers liegen.

Sophie hatte keine Zeit, sich darum zu kümmern, an welcher Stelle Harmssen von der Kugel getroffen worden war. Er musste die nächsten Minuten entweder ohne ihre Hilfe überleben oder eben nicht. Im Moment galt es, ihr eigenes Leben zu verteidigen. Noch bevor der Muskelmann sich bücken und nach seiner Waffe greifen konnte, ließ Sophie diese mit einem gezielten Tritt unter einen Rosa Rugosa Busch rutschen. Ihr Gegner nutzte den Moment, in dem sie nur auf einem Bein stand und hieb ihr mit voller Wucht eine Faust gegen die Brust. Laut entwich Sophie die Luft, dann spürte sie, wie ihr Bein unter ihr wegrutschte. Ohne sich noch rechtzeitig abfangen zu können, schlug sie auf dem matschigen Boden auf. Ihr Angreifer gab ein kurzes Lachen von sich und trat mit seinem rechten Bein nach ihr. Sophie erwischte seinen Fuß und verdrehte das Bein so stark, dass auch der Muskelmann zu Boden fiel. Nebeneinander im Matsch liegend, starrten sie sich den Bruchteil einer Sekunde wütend an, dann warf sich ihr Gegner mit vorgestreckten Händen auf sie. Sophie schaffte es gerade noch, sich rechtzeitig zur Seite zu rollen und sprang auf. Nur einen winzigen Moment später stand auch der Unbekannte wieder, ihr direkt gegenüber. Hasserfüllt musterte er sie. Begleitet von einem lauten Schrei griff er sie erneut an. Blitzschnell entschied Sophie, gegen einen so viel schwereren Gegner jede Fairness in den Wind zu schlagen. Sie schaffte es, ihn am Kragen seiner Jacke zu greifen, senkte den Kopf und rammte ihren Schädel so heftig sie konnte auf seine Nase. Erneut hörte sie ein unangenehmes Knacken und direkt danach einen lauten Schmerzensschrei. Sie hatte es geschafft. Mit gebrochener Nase ließ er von ihr ab und lief den Weg zurück, den sie gekommen waren.

Schwer atmend sah sie dem Davoneilenden hinterher. Blut rann ihr die Stirn hinunter.

Mittlerweile waren ein paar dem Regen trotzende Urlauber auf sie und den verletzten Harmssen aufmerksam geworden. Einer von ihnen kniete sich neben den Portier und sprach beruhigend auf ihn ein. Die Kugel war also nicht tödlich gewesen. Harmssen lebte und ihr Einsatz hatte sich gelohnt.

Ein Krankenwagen näherte sich mit lautem Martinshorn den schmalen Dünenpfad entlang. Als er abrupt vor der Gruppe von Menschen stehen blieb, öffnete sich der Ring der Zuschauer und ließ zwei Mediziner zu den beiden Verletzten durch. Dankbar ließ Sophie sich die Verantwortung für Harmssens Überleben abnehmen. Schon die Verantwortung für ihr eigenes Wohlergehen wog in diesem Moment zu viel. Als der junge Sanitäter damit begann, ihr vorsichtig das Blut aus dem Gesicht zu tupfen, schaffte sie es gerade noch, sich an ihm festzuhalten, bevor ihre Beine unter ihr nachgaben.

Erneut von Sophie aus dem Krankenhaus angerufen zu werden, war ein Schock für Ruben Bertram. Vor etwa zwei Stunden hatte sie sich in ihrem irren Surfer-Outfit von ihm verabschiedet und nun befand sie sich in ärztlicher Behandlung. Ihre Versicherung, ihr sei auch dieses Mal nicht viel passiert, hörte er zwar, glaubte sie aber nicht.

Mit einem Taxi ließ er sich zur Nordseeklinik fahren. Vor dem Hauptportal parkten drei Streifenwagen der Polizei, in einen stieg gerade Brunner ein, als Ruben sich näherte.

„Was ist passiert? Wer hat jetzt einen Anschlag auf Sophie verübt?"

„Nicht sie war das Opfer", antwortete Brunner und quälte sich wieder aus dem Wagen. „Frau Dr. Renger hat Paul Harmssen das Leben gerettet."

Brunner gab rasch einen Großteil der Informationen wieder, die er von den beiden Verletzten und den Ärzten erhalten hatte.

„Auch wenn Frau Dr. Renger wahrscheinlich Schmerzen hat, weigert sie sich, in der Klinik zu bleiben. Sie wird froh sein, wenn Sie sie ins Hotel fahren.“

Ruben nickte.

„Harmssens Schusswunde war glücklicherweise harmlos. Trotzdem wird er bis morgen ein Einzelzimmer auf der Chirurgischen Station bewohnen – selbstverständlich mit einer Wache vor der Tür. Ich denke, dass er im Krankenhaus erst einmal besser aufgehoben ist als im Gefängnis in Neumünster. Außerdem möchte ich mich noch ausgiebig mit ihm unterhalten, bevor ich ihn von der Insel lasse.“

Donnerstag, 6. Juli auf Sylt

Trotz ihrer schmerzhaften Prellungen kam Sophie Renger gar nicht auf die Idee, die Einladung Brunners abzulehnen. Er hatte ihr angeboten, dabei zu sein, wenn er ein weiteres Mal mit Harmssen sprach. Sie solle einfach gegen 9:00 Uhr zu ihm ins Büro kommen, zu der Zeit werde auch Harmssen vom Krankenhaus zur Polizeiwache eskortiert.

Ruben brachte sie im Citroën bis vor die Tür des altehrwürdigen Polizeigebäudes.

„Brunner hat gesagt, ich soll allein kommen. Er macht schon eine große Ausnahme, mich mit dem Verdächtigen sprechen zu lassen. Noch mehr Zivilisten wird er bestimmt nicht dabeihaben wollen.“

Ruben nickte.

„Aber vielleicht kannst du ja hier auf mich warten? Es dauert bestimmt nicht lang.“

„Natürlich warte ich auf dich.“

Ganz langsam schob sie sich aus dem Wagen. Die gesamte linke Seite ihres Körpers schmerzte und schrie nach Schonung. Sie grinste Ruben kurz an und betrat dann die Wache. Zu ihrem

Erstaunen saß Helge Frantz im Dienstzimmer, seine Beurlaubung war offensichtlich aufgehoben worden.

Als er Sophie eintreten sah, stand er sofort auf und kam auf sie zu. „Moin."

„Guten Morgen, Herr Frantz. Kriminalhauptkommissar Brunner erwartet mich."

„Ja, das hat er mir mitgeteilt. Ich soll Sie zu ihm nach oben begleiten."

Stumm stiegen sie nebeneinander die steinerne Treppe bis in die oberste Etage hinauf.

„Ich glaube, ich sollte mich bei Ihnen bedanken", kam es schließlich von Frantz, als sie schon vor Brunners Tür standen.

„Wofür?"

„Sie haben Paul das Leben gerettet. Und mich haben Sie von dem Verdacht befreit, Sie und Sebastian Wedel angefahren zu haben."

Sophie lächelte. Bevor sie etwas sagen konnte, öffnete Brunner die Tür. „Habe ich doch richtig gehört, Sie sind schon da", begrüßte er sie. Sein Lächeln war so herzlich, dass Sophie fast eine Umarmung befürchtete.

„Paul Harmssen wird sicher auch in ein paar Minuten bei uns eintreffen."

„Die Kugel hat also keinen großen Schaden angerichtet?"

„Nein. Dank Ihnen, wenn ich den Zeugenaussagen glauben darf."

Brunners Blick veränderte sich, wurde fast liebevoll. „Sie sind ein beeindruckender Mensch, Frau Dr. Renger. Sie haben Ihr Leben riskiert, um den Mann zu retten, der noch wenige Stunden zuvor versucht hat, Sie zu überfahren."

Sie erwiderte sein Lächeln. „Reiner Selbstnutz. Ich glaube immer noch, dass Harmssen Jana getötet hat. Wenn er gestern Abend gestorben wäre, hätte ich vielleicht nie erfahren, ob er es wirklich war und warum."

„Fürchten Sie sich eigentlich niemals?"

„Vor vielen Situationen habe ich Respekt. Aber ich habe gelernt, auf mich selbst aufzupassen. Es gibt nur wenig, vor dem ich mich wirklich fürchte."

Brunner wollte gerade etwas erwidern, als es an seiner Tür klopfte. Auf eine einzelne Krücke gestützt, betrat Harmssen Brunners Büro. Ein uniformierter Polizist blieb zögernd im Türrahmen stehen.

„Vielen Dank, Herr Müller. Ich denke, von Herrn Harmssen geht im Moment keine Gefahr aus. Und weglaufen wird er uns auch nicht."

Der Uniformierte machte einen Schritt zurück in den Flur und schloss die Tür. Brunner stand auf und half dem Portier, sich neben Sophie auf den zweiten Besucherstuhl zu setzen.

Harmssens fragender Blick zeigte Sophie, dass er sich über ihre Anwesenheit im Raum wunderte. Soweit es die beengten Verhältnisse in Brunners Büro zuließen, rutschte er mit seinem Stuhl von ihr weg.

„Ich habe Frau Dr. Renger gebeten, bei der heutigen Befragung dabei zu sein, da sie Zeugin des gestrigen Überfalls auf Sie war." Brunner machte eine Pause, um Harmssen zu Wort kommen zu lassen. Als dieser nichts erwiderte, ergänzte er: „Um es klarer zu sagen: Frau Dr. Renger hat Ihren Angreifer verjagt und damit wahrscheinlich dafür gesorgt, dass Sie heute noch unter den Lebenden weilen."

Harmssen sah Sophie mit großen Augen an, sagte aber immer noch nichts.

Brunner las die Schilderung des Überfalls vor, so wie er sie am gestrigen Abend von den Zeugen und Harmssen zu Protokoll genommen hatte. „Haben Sie dem heute noch etwas hinzuzufügen?"

Der Portier räusperte sich und krächzte: „Nein."

„Sie haben Ihren Angreifer also nicht erkannt?"

„Nein."

„Dann ist es ja ein glücklicher Umstand, dass wir seine Waffe sicherstellen konnten. Eine tschechische Pistole, eine CZ85 um genau zu sein. Etwas älter schon, aber durchaus noch funktionstüchtig, wie Sie am eigenen Leib erfahren mussten."

„Ein sehr präzise schießendes Modell mit 9 mm Standardmunition – das sollte wahrscheinlich tödlich enden", ergänzte Sophie und erfreute sich an Brunners erstaunter Miene.

„Zu den Fingerabdrücken, die wir von der Waffe abnehmen konnten, haben wir in unserer Kartei einen Treffer gefunden. Sie gehören zu Ari Bramatsch, genannt Igor. Er ist der Polizei als brutaler Schläger bekannt. Leider ist er untergetaucht oder hat bereits die Insel verlassen. Wir haben ihn zur Fahndung ausgeschrieben."

Bei der Erwähnung des Namens rutschte Harmssen unruhig auf seinem Stuhl herum.

„In welcher Beziehung stehen Sie zu Igor?"

„Ich kenne den Mann überhaupt nicht."

„Aber sein Name sagt Ihnen etwas."

„Er hat für den ‚schönen Heinz' gearbeitet. Mehr weiß ich nicht."

„Heinz Borscheid ist gestern gestorben. Von wem also kann Igor beauftragt worden sein, Sie zu töten? Wer übernimmt gerade Borscheids Geschäft? Und warum stehen Sie ihm dabei im Weg?"

Die Information von Borscheids Tod hatte Harmssen auf seinem Stuhl zusammensinken lassen. „Ich weiß es nicht", antwortete er leise.

„Natürlich wissen Sie es", widersprach ihm Brunner in einem fast süffisant klingenden Ton. „Sie sind doch ganz blass vor Angst."

Harmssen blieb stumm.

„Wir haben zwei Möglichkeiten. Nummer 1: Sie reden mit mir. Nummer 2: Ich lasse Sie jetzt gehen und verbreite die Information, Sie hätten uns alles über die Geschäfte Heinz

Borscheids verraten, so dass wir kurz davor stehen, alle Beteiligten zu verhaften."

„Ich habe Ihnen überhaupt nichts gesagt!" Harmssen war der Schweiß ausgebrochen.

„Das nächste Mal werde ich Sie nicht mehr retten", flüsterte ihm Sophie zu. „Sie haben Jana Nimb getötet. Ich werde es genießen, wenn Ihnen dasselbe angetan wird."

„Ich wollte ihr nichts tun!", brach es aus Harmssen heraus. „Ich wollte nur verhindern, dass sie die Wohnung verlässt, zur Polizei geht. – Es sollte doch endlich auch einmal mir gutgehen."

„Was ist passiert? Warum waren Sie überhaupt bei ihr?"

„Ich sage Ihnen alles, wenn Sie versprechen, mich zu beschützen."

Brunner nickte.

„Ich darf nicht ins Gefängnis gehen. Den ‚schönen Heinz' haben sie dort ja auch getötet."

„Wir werden herausfinden, wer das getan hat."

Harmssen brauchte eine Weile, seine Alternativen zu durchdenken. Sophie wunderte sich über die Geduld des Kriminalkommissars.

„Ich wollte Jana Nimb niemals etwas antun. – Als ich bei ihr war, wollte ich sie nur dazu überreden, mit mir zusammenzuarbeiten."

„Ihre Form der Überredung hat Ihnen bereits eine Vorstrafe eingebracht, Herr Harmssen."

„Ich habe ihr wirklich nichts getan. Ich habe sie nur festgehalten."

„Sie haben ihr das Genick gebrochen", mischte sich Sophie wütend ein und erntete sofort einen warnenden Blick von Brunner.

„Fangen wir doch damit an, weshalb Sie überhaupt bei ihr in der Wohnung waren", schlug er vor.

„Seit der Verhaftung vom ‚schönen Heinz‘ habe ich versucht, ein paar seiner Frauen davon zu überzeugen, für mich zu arbeiten“, gab Harmssen nach kurzem Zögern zu. „Die meisten hatten aber offensichtlich zu viel Angst vor Heinz oder seinen Handlangern.“

„Jana Nimb war keine Prostituierte.“ Sophie konnte nicht anders, als sich erneut einzumischen.

„Sie hat sich genauso wie die anderen Weiber von Männern für Sex bezahlen lassen“, widersprach ihr Harmssen und sah sie zum ersten Mal richtig an. „Sie hat lediglich auf eigene Rechnung angeschafft. – Ihre schöne Freundin war eine Prostituierte. Und ich wollte, dass sie ab sofort für mich arbeitet.“

Es kostete Sophie viel Mühe, einfach nur ganz ruhig seinen Blick zu erwidern.

„Frau Nimb hat Ihr Angebot abgelehnt?“, fragte Brunner weiter.

„Sie ist total ausgerastet. Hat mich beschimpft und mir gedroht, zur Polizei zu gehen, wenn ich sie nicht in Ruhe lasse. Dann wollte sie die Wohnung verlassen. Sie hatte schon ihre Tasche umgehängt und war dabei ihre Stiefel anzuziehen, als ich begriffen habe, dass sie es ernst meint.“

„Und was ist dann passiert?“

„Ich wollte sie überreden, nicht zu gehen. Aber sie ließ sich nicht beruhigen. Also habe ich an ihrer Tasche gezogen, um sie zurückzuhalten. So eine Handtasche, die quer über der Schulter hängt. Die Nimb hat versucht, sich zu befreien, aber ich habe nicht losgelassen. Sie war ja schon halb im Treppenhaus. Irgendwie hatte ich Panik. Ich weiß nicht mehr genau, was passiert ist. Sie muss versucht haben, die Tasche loszuwerden, aber ich war stärker. Ich habe den Riemen immer enger zusammengehalten. Und daran gezerrt. Versucht, sie wieder in die Wohnung zurückzuziehen. Das ist alles, woran ich mich noch erinnere. – Sie durfte einfach nicht zur Polizei gehen. Ich hatte doch niemandem etwas getan. – Gerade noch hat sie gekämpft wie eine Furie und dann ist sie plötzlich zusammengebrochen. Einfach so. Plötzlich lag sie vor mir und hat sich nicht mehr gerührt. Ich dachte, sie wäre vielleicht nur ohnmächtig geworden. Aber trotzdem hatte ich Angst. Ihre Wohnungstür stand bereits offen. Die Nachbarn konnten alles mitbekommen haben. Ich habe sie wieder ganz in ihre Wohnung gezogen und bin einfach weggerannt. Als ich in meinem eigenen Appartement angekommen war, habe ich festgestellt, dass ich immer noch ihre Handtasche umklammert hielt. Die ganze Zeit bin ich mit dieser blöden Tasche in der Hand durch die Gegend gelaufen."

Jetzt wusste sie also, wie die letzten Minuten von Jana verlaufen waren, dachte Sophie traurig. Sie kannte sogar ihre letzten zwölf Stunden. Wenig Schönes hatten sie Jana beschert, erst die Auseinandersetzung mit Basti und dann auch noch Paul Harmssen. Kein Wunder, dass Jana mit aller Kraft versucht hatte, wegzulaufen.

„Nun." Brunner räusperte sich. „Ihre Schilderung des Tathergangs werden wir mit den Ergebnissen der Rechtsmedizin vergleichen."

„Auch Ihnen wollte ich nie ernsthaft etwas antun." Harmssen schien sich plötzlich alles von der Seele reden zu wollen. „Sie müssen mir das glauben. Sie sollten sich nur etwas erschrecken. – Ich hatte Sie ja gesehen, als Sie das Hotel verlassen haben, als Jana Nimb zurecht gemacht. Dass Sie eine Freundin von ihr waren, hatte ich mir schon gedacht, aber was Sie mit dieser Kostümierung erreichen wollten, war mir völlig schleierhaft. – Also habe ich den Taxifahrer gefragt, wo er Sie hingebracht hat, habe mir den Mercedes vom Hof der Polizei genommen und bin nach Wenningstedt gefahren."

„Erschrecken wollten Sie mich?" Sophie sah ihn angewidert an. „Das haben Sie geschafft. Es erschreckt mich immer wieder, zu was Menschen in der Lage sind. – Was hatte Basti ihnen denn getan? Sie haben ihn überfahren. Sie haben noch nicht einmal versucht, ihm auszuweichen oder zu bremsen. Und Sie haben auch nicht angehalten, nachdem es passiert war."

„Warum ist er denn auch vor mir stehengeblieben? Kein vernünftiger Mensch bleibt stehen, wenn ein Wagen auf ihn zurast."

Sophie wusste, dass Harmssen genau die richtige Frage gestellt hatte. Kein vernünftiger Mensch ließ sich einfach so überfahren, wenn er noch Zeit dafür hatte, sich in Sicherheit zu bringen. Aber Wedel Junior hatte sich nicht in Sicherheit gebracht.

„Gibt es noch etwas, das Sie Ihren bisherigen Aussagen hinzufügen möchten?"

Harmssen schüttelte nur den Kopf.

„Frau Dr. Renger, ich muss Sie bitten, das soeben Gehörte für sich zu behalten." Brunner sah sie eindringlich an.

Sie nickte. „Das bedeutet, dass ich jetzt gehen soll?"

Dieses Mal war er es, der lediglich nickte.

Es dauerte fast eine Stunde, bis Sophie endlich aus dem Hauptportal der Polizeiwache trat. Ruben Bertram hupte einmal kurz und sie kam auf ihn und seine ‚Göttin' zu.

„Alles in Ordnung bei dir?", fragte er, als sie sich vorsichtig auf den Beifahrersitz setzte.

„Meinst du physisch oder psychisch?"

„Was auch immer du mir beantworten möchtest."

„Ich brauche etwas Meer. Und Sonne. – Lass uns an den Strand gehen, bitte."

Ohne jeden Kommentar startete er den Motor und fuhr mit seiner ganz offensichtlich angeschlagenen Fracht zum ‚Hotel Vier Jahreszeiten' zurück. Dort angekommen, parkte er seinen geliebten Citroën auf dem Hotelparkplatz und half danach Sophie beim Aussteigen.

„Dir tut jeder Knochen weh, oder?"

Ein schiefes Grinsen war alles, was er als Antwort erhielt.

„Hat Harmssen sich wenigstens bedankt?"

„Irgendwie schon."

Diese kryptische Bemerkung würde sie ihm bestimmt noch erklären.

Gemeinsam gingen sie den Strandübergang hoch und die wenigen Schritte hinunter bis zum weißen Geländer, das sie vom Strand trennte. Schweigend ließen sie ihren Blick über Sand und Meer schweifen. Es war erst Vormittag, die Sonne stand fast noch in ihrem Rücken. Lange Schatten fielen über den Sand, weiße Schaumkronen standen auf den Wellen, lachende Kinder eroberten nach und nach den Strand.

„Das Leben geht ganz normal weiter, zumindest für die, die überlebt haben", kam es leise von Sophie.

Ruben legte sanft einen Arm um ihre Hüfte.

„Wir sollten uns einen Strandkorb mieten. Und dem Meer dabei zusehen, wie es die Menschen und ihre Bosheit einfach nicht zur Kenntnis nimmt."

Ruben ließ sie los und machte ein paar Schritte auf der Strandpromenade in Richtung Strandkorbvermietung. Sophie war stehengeblieben.

„Ganz vorne in der ersten Reihe?", fragte er sie.

Er beobachtete, wie sie ihren Kopf hochnahm, sich aufrichtete und den Blick vom Meer abwendete. „Immer ganz vorne in der ersten Reihe. Dafür sind wir doch Journalisten geworden."

„Ich hätte nie gedacht, dass ich noch einmal in einem Strandkorb auf Sylt sitze."

Sophie Renger war froh, Ruben bei sich zu haben, auch wenn sie wusste, dass er nur für sie im Strandkorb Platz genommen hatte.

„Möchtest du mir jetzt erzählen, was im Polizeirevier passiert ist?"

„Nicht unbedingt."

„Irgendetwas anderes?"

Sophie sah Ruben von der Seite an. Fast ohne zu atmen, blickte er nach vorne aufs Meer.

„Manchmal verzweifle ich darüber, dass es mir so gut geht." Sie nahm nicht an, dass er wusste, was sie meinte. Aber das war nun einmal gerade der Gedanke, der sie am stärksten beschäftigte.

„Und dass es andere Menschen so schwer haben?" Er wandte ihr den Kopf zu.

„Jana. – Sie muss eine sehr starke Frau gewesen sein, aber trotzdem hat sie ihr Glück im Leben nicht gefunden."

„Vielleicht wäre das Sebastian Wedel gewesen, wenn sie mehr Zeit zusammen gehabt hätten."

„Ihretwegen hat er seinen Vater getötet. – Ich glaube nicht, dass Kunibert Wedel sich selbst vom Roten Kliff gestürzt hat."

„Wenn du recht hast, muss er davon überzeugt gewesen sein, dass sein Vater Jana getötet hat."

Sophie hielt es für unnötig, darauf zu antworten.

„War es wirklich Harmssen? Hat er Jana getötet?"

„Ja, er hat es zugegeben."

„Und warum hat er Wedel Junior überfahren?"

„Ihn wollte er so wenig umbringen wie Jana. Er wollte mich nur ein wenig erschrecken, hat er gesagt. Mich davon abbringen, weiter nach demjenigen zu suchen, der Janas Tod zu verantworten hat."

Beide schwiegen eine Weile und sahen dem Meer dabei zu, wie es die immer lauter werdende Menschenmenge am Strand ignorierte und völlig unbeeindruckt Welle um Welle über den Sand laufen ließ.

„Dann war der Tod von Kunibert Wedel der einzige Mord, der in den Aktenmappen von Kriminalhauptkommissar Brunner schlummert?"

Sophie hielt eine Antwort für unnötig.

„Kunibert Wedel wurde aus Hass getötet. – Alle anderen Todesfälle waren Unfälle?"

„Nein, aus Liebe." Sophie sah wieder zu Ruben, der immer noch aufs Meer starrte. „Und für diesen Mord kann niemand mehr bestraft werden."

„Weil er sich aus der Verantwortung gestohlen hat."

„Nein, weil er mit der Verantwortung nicht leben konnte. Er hat sich selbst bestraft."

Wieder schwiegen beide eine Weile und ließen das Meer seine Wirkung auf ihre Seelen entfalten.

„Harmssen hat zwei Leben auf dem Gewissen. Welche Strafe wird er dafür bekommen?"

„Wahrscheinlich nicht mehr als zehn Jahre Gefängnis", antwortete Ruben. „Das Gericht wird ihn höchstens für Totschlag verurteilen können."

„Und Helge Frantz? Welche Folgen werden der Unfall und seine Fahrerflucht für ihn haben?"

„So wie ich Brunner einschätze, wird er dafür sorgen, dass Frantz im Polizeidienst bleiben darf. Vielleicht wird er herabgestuft, aber mehr passiert ihm sicher nicht."

„Für Ludwig Vaitmanns Tod wird wahrscheinlich niemand zur Rechenschaft gezogen."

Ruben nickte stumm, was Sophie mehr ahnte als sah. Das Meer forderte immer noch ihre Aufmerksamkeit.

Nach ein paar Minuten, in denen beide stumm die Wellen beobachteten, nahm Sophie Rubens Hand. „Lass uns nach Hause fahren. Aber vorher möchte ich noch Anna kennenlernen. Und wir müssen uns von Willi verabschieden. Ich bin gespannt, was für eine Story er aus dem Ganzen macht."

„Oh, ja. Sein Artikel wird bestimmt ein Knüller."

„Wird ihn jemand drucken?"

„Nein. Davon bin ich überzeugt. Richard werde ich noch nicht einmal fragen."

Beide lachten und wandten sich noch einmal dem Meer zu, das immer noch ungerührt mit weißen Schaumkronen auf den Wellen tat, was ein Meer eben zu tun hat.